Marion Todd

Die Nummern des Todes

EDITION M

Das Buch

Kurz nachdem Detective Inspector Clare Mackay ihre neue Stelle im schottischen St. Andrews angetreten hat, bekommt sie es mit einem grausamen Mord zu tun. Am Rande einer Hochzeitsfeier wird ein Mann ohne Vorwarnung von einem SUV überrollt. Und das gleich zweimal. Der Täter hinterlässt Reifenspuren und eine rätselhafte Karte mit der Zahl Fünf. Noch bevor Clare und ihr Team alle Spuren ausgewertet haben, werden sie schon zum nächsten Tatort gerufen. Wieder finden sie neben dem brutal überfahrenen Opfer eine Karte, diesmal mit der Zahl Vier. Während sie fieberhaft nach der Verbindung zwischen den beiden Toten suchen, ahnt Clare bereits, dass das Blutvergießen noch nicht beendet ist.

Die Autorin

Die aus Dundee stammende Marion Todd studierte Musik an der Open University und arbeitete viele Jahre lang als Klavierlehrerin und Begleitmusikerin. Ihr vorübergehendes Engagement als Pianistin in einer Hotellounge bot ihr reichlich Stoff für das Schreiben und sie begann, mit einer Vielzahl von Genres zu experimentieren.

Für eine begeisterte Krimi-Leserin wie sie war die Verlockung dieses Genres jedoch am größten, und so schrieb sie schließlich ihren ersten Kriminalroman. Heute ist sie hauptberuflich Schriftstellerin und lebt in North East Fife. Oft findet man sie bei der Ausarbeitung von Plots für ihre Romane, bei der Pflege ihres dschungelartigen Gartens oder beim Gassi gehen mit dem widerspenstigen, aber liebenswerten Hund ihrer Tochter.

MARION TODD

DIE NUMMERN DES TODES

Ein Clare-Mackay-Krimi

Aus dem Englischen
von Tanja Lampa

EDITION M

Die englische Ausgabe erschien 2019 unter dem Titel
»See Them Run« bei Canelo Crime, London.

Deutsche Erstveröffentlichung bei
Edition M, Amazon Media EU S.à r.l.
38, avenue John F. Kennedy, L-1855 Luxembourg
August 2022

Die Übersetzung dieses Buches wurde durch Amazon Crossing ermöglicht.

Umschlaggestaltung: bürosüd° München, www.buerosued.de
Umschlagmotiv: © J5M / Shutterstock; © Rosanna U / Getty Images;
© Charlotte Gilliatt / ArcAngel
Lektorat und Korrektorat: VLG Verlag & Agentur, Haar bei München,
www.vlg.de
Gedruckt durch:
Amazon Distribution GmbH, Amazonstraße 1, 04347 Leipzig /
Canon Deutschland Business Services GmbH, Ferdinand-Jühlke-Str. 7,
99095 Erfurt /
CPI books GmbH, Birkstraße 10, 25917 Leck

ISBN 978-2-49671-130-1

www.edition-m-verlag.de

Für meine Eltern, Catherine
und Jack

Kapitel 1

Samstag, 18. Mai

»Und wenn Braut und Bräutigam jetzt den Anfang machen wollen … stellt euch bitte alle für den ›Orcadian Strip the Willow‹ auf.«

Die Paare strömten auf die Tanzfläche. Der »Strip the Willow« war schon sehr populär, aber die Orkney-Version war ein echter Ohrwurm und der Höhepunkt jeder schottischen Hochzeitsfeier. In diesem Moment vibrierte Andys Handy in der Felltasche über seinem Schottenrock, und er fischte es heraus. Eine Textnachricht von einer Nummer, die er nicht kannte.

HEY DU, DEIN KILT GEFÄLLT MIR!

Andy starrte auf die Nachricht. Kein Name am Ende. Er ging in Gedanken einige Optionen durch, bevor er zurückschrieb:

DAS FREUT MICH.

Die Tänzer standen inzwischen in einer Reihe. Andy sah zu, wie sich seine Frau Angela unsicher von ihrem Platz auf der anderen

Seite des Tisches erhob. Sie zog den goldenen, glitzernden Bolero aus, der ihr die Arme warm halten sollte, und ließ ihn auf den Boden fallen. Ein Hauch von schalem Schweißgeruch stieg ihm in die Nase, und er hoffte, dass sie ihn nicht zum Tanz auffordern würde. Er nahm das Handy vom Tisch und schob es in die Felltasche zurück, aber seine Sorge war unbegründet gewesen. Sie wankte zu einem der Trauzeugen am Nebentisch und zog ihn in Richtung Tanzfläche. Immer dasselbe. Sie war noch nie besonders trinkfest gewesen. Seine Felltasche brummte wieder.

UND, BIST DU EIN WAHRER SCHOTTE? WAS TRÄGST DU UNTER DEM KILT?

Ja, was wohl? Er spürte eine vertraute Regung, lehnte sich auf seinem Stuhl zurück und streckte die Beine unter dem Tisch aus. Auf der Tanzfläche herrschte jetzt reger Betrieb, aber der Alkohol war den ganzen Tag in Strömen geflossen und die Tänzer brauchten eine Weile, um sich zu sortieren. Angela zog ihre Schuhe aus und warf sie über die Tanzfläche in seine Richtung. Einige andere Frauen folgten ihrem Beispiel. Andy rechnete damit, dass es am Ende des Tanzes einige geprellte und gebrochene Zehen geben würde. Er bewunderte die schlauen Leute, die ihre Turnschuhe in einem Stoffbeutel mitgebracht hatten. Aber das war nicht Angelas Stil. Sie war immer top gestylt: Haare, Nägel, Schuhe – das volle Programm. Nur dass sie jetzt, nach neun – oder waren es zehn – Wodka, nicht mehr ganz so glamourös aussah.

Fergus, der Akkordeonspieler, dessen Augen von seinem dichten, dunklen Pony fast verdeckt wurden, bewegte die Finger auf der Tastatur auf und ab. Er wirkte ungeduldig, als reichte es ihm für den Abend, dachte Andy. Aber wer konnte ihm das verdenken? Hochzeiten waren ein einziges langes Herumgehänge. Als Andy sich die Band genauer besah, verstand er, warum

Hammy der Frontmann war und nicht Fergus. Beide waren zwar groß und muskulös gebaut, aber im Gegensatz zu Fergus hatte Hammy immer einen passenden Spruch parat und dieses Funkeln in den Augen. Nach der Menge Bier zu urteilen, die er im Laufe des Abends getrunken hatte, wäre er bestimmt der ideale Trinkkumpan gewesen. Wahrscheinlich kannte er sich auch bei den Frauen aus. Jeder, der ein paar Pints versenken und diese Reels und Jigs aus seiner Geige herauskitzeln und dabei den Leuten auf der Tanzfläche zulächeln konnte, war es wert, ihn kennenzulernen.

Hammy versuchte es erneut. »Bildet bitte zwei lange Reihen, die Damen auf der einen und die Herren auf der anderen Seite. Braut und Bräutigam stellen sich jeweils am oberen Ende auf. Wo seid ihr, Sandra und Davie? Ah, da kommen sie ja.«

Fergus stimmte unter dem Beifall der Gäste den Hochzeitsmarsch an. Hammy warf ihm einen Blick zu, der besagte, er solle damit aufhören, und wandte sich dann wieder den Tänzern zu. »Wenn die untere Hälfte ein wenig weiter nach unten rücken könnte … ab dem Mann in den sexy Beinlingen …«

Ein Raunen ging durch die Menge, und der Mann im Schottenrock quittierte es mit einem Lachen und einer Verbeugung, bevor er seine Partnerin in die gewünschte Richtung führte.

Andy holte sein Handy wieder heraus. Da fragte sich also jemand, was er unter seinem Kilt trug, richtig? Er tippte eine Antwort ein.

WILLST DU DAS WIRKLICH WISSEN?

Die Braut forderte die Leute, die noch immer saßen, auf, mitzutanzen, doch einige ältere Gäste lehnten mit einem Winken ab. Andy sah sich nach Angela um, die nun am oberen Ende des Saals stand und ihre Hüften dem Trauzeugen entgegenstreckte, der daraufhin ebenfalls reagierte. Hammy erklärte den Tanz, während Braut und Bräutigam ihn vorführten. Sein Handy summte erneut.

SONST WÜRDE ICH NICHT FRAGEN.

Andy schob seinen Stuhl zurück, bis er fast die Wand berührte, warf einen Blick nach links und rechts und schrieb dann zurück:

DANN WERDEN WIR DAS WOHL KLÄREN MÜSSEN.

Fergus zog das Akkordeon auseinander, Hammy nahm seinen Bogen und der Schlagzeuger gab den Rhythmus vor. Andy sah zu, wie Sandra und Davie sich gegenseitig herumwirbelten, und grinste breit, als Sandra ausrutschte, auf dem Hintern über den Boden rutschte und mit zwei Männern zusammenstieß, die weiter hinten in der Reihe standen. Sein Telefon summte erneut.

WIE WÄRE ES MIT JETZT?

Andy sah sich um. War die mysteriöse SMS-Schreiberin hier im Raum? Die Braut war inzwischen wieder auf den Beinen, nachdem die Männer sie hochgezogen hatten, die sie kurz zuvor fast umgestoßen hätte. Sie tanzte weiter, wirbelte erneut von Arm zu Arm und arbeitete sich an der Reihe der Tänzer entlang. Das nächste Paar am oberen Ende begann sich zu drehen, während die Band »The Atholl Highlanders« schmetterte. Je weiter der Tanz fortschritt, desto schwieriger wurde es, den Überblick zu behalten. Die meisten sitzenden Gäste waren ältere Paare. Unter ihnen sah niemand so aus, als könnte sie die mysteriöse SMS-Schreiberin sein.

WO BIST DU?,

schrieb er zurück.

Er schaute ungeduldig auf den Bildschirm, aber die Antwort ließ auf sich warten. Die Band spielte nun einen anderen Jig, und immer mehr Paare schwangen das Tanzbein. Ein übereifriger junger Mann, der gerade in den Stuhl neben Andy gekracht war, tanzte weiter, als ob er es nicht bemerkt hätte. Andy stand auf und ging in Richtung Tür am anderen Ende des Ballsaals, da es draußen ruhiger war, als das Telefon erneut summte.

AM ENDE DER AUFFAHRT. KOMM HER!

Er warf einen letzten Blick auf die Tanzfläche. Angela würde ihn nicht einmal vermissen. Also stieß er die Saaltür auf und trat hinaus in den Empfangsbereich. Ein schlanker Mann im Anzug schaute hinter dem Mahagonitresen auf; sein Lächeln war angespannt, aber freundlich. Andy nickte ihm kurz zu, während er zum Vordereingang lief und die schwere Messingdrehtür in Bewegung setzte. Er trat in die kühle Abendluft hinaus und hielt kurz inne, als ihm Zigarettenrauch in die Nase stieg. Dem Geräusch nach zu urteilen, hatten sich die Raucher an der Seitentür versammelt, und er war versucht, sich ihnen anzuschließen. Er würde später noch Zeit für eine Zigarette danach haben, sagte er sich und schlich leise über den Schotter, damit niemand ihn hörte. Ein lautes Lachen der Raucher bestätigte, dass seine Sorge unbegründet war, und er beschleunigte seinen Schritt.

Der Vorgarten wurde von Lichterketten beleuchtet, die in der Auffahrt hingen, welche sich sanft zur Hauptstraße schlängelte und auf der einen Seite von einer hohen Buchenhecke gesäumt wurde. Während er ging, dachte er über die mysteriöse SMS-Schreiberin nach. Wer zum Teufel war sie? Er hatte da so eine Ahnung. Oder besser gesagt, eine ganze Reihe von Ahnungen.

Er nahm sein Handy heraus und sah sich die Nachricht noch einmal an. Wahrer Schotte? Er würde ihr schon zeigen, was unter seinem Kilt war. Er schaute sich um, um sicherzugehen, dass er nicht beobachtet wurde, bevor er stehen blieb und seine Boxershorts herunterzog. Seine Felltasche war bereits mit einer Handvoll zerknitterter Zehnerscheine gefüllt, also wickelte er die Boxershorts zusammen und versteckte sie in der Hecke. Er würde sie auf dem Rückweg wieder holen.

Während er die Auffahrt hinunterging, verschwand das Hotel aus seinem Blickfeld und die Straße wurde schmaler. Die Hecke wich zu beiden Seiten hohen Sandsteinmauern, deren gealtertes Mauerwerk von den Scheinwerfern eines unsichtbaren Autos hervorgehoben wurde. *Es muss direkt hinter der Kurve sein.* Er beschleunigte seinen Schritt und spürte, wie sich sein bestes Stück unter dem Kilt mächtig regte.

Und dann sah er es, oder besser gesagt, er sah die Scheinwerfer. Geblendet vom Fernlicht blieb er einen Moment stehen. Dann hob er seinen Kilt, um ihr einen Blick auf den »wahren Schotten« zu gewähren.

Als Antwort heulte der Wagen auf.

Oh, sie war bereit, sehr gut.

Das Auto drehte erneut auf und schlingerte vorwärts.

Reg dich ab, ich komme ja schon!

Doch der Wagen hielt nicht an. Es sah eher so aus, als würde er beschleunigen.

Auf beiden Seiten gab es kein Entkommen. Also drehte er um und lief in die Richtung zurück, wo der Weg breiter wurde.

Diese blöde K…

Es gab keinen Knall. Keinen Aufprall. Nur das Knirschen der Reifen auf dem Schotter. Keine Zeit zum Schreien. Der Boden kam ihm entgegen, und der Schmerz schoss ihm durch die Beine. Instinktiv zog er den Kopf an die Brust und drückte sich in den Kies. Und dann war es vorbei.

Es war vorbei und er lebte immer noch.

Er hob den Kopf und versuchte, sich zu orientieren. Er sah das Auto vor sich, wobei er nur die bunten Lichter ausmachen konnte. Er erkannte die Rücklichter und das rechteckige Nummernschild. Es sah aus wie ein alter Land Rover. *Dieses Aas!* Er zwang sich, hinzusehen. Um sich zu erinnern. Er würde die Schlampe kriegen. Er krallte sich in den Boden und versuchte, sich aufzurichten und vor dem Auto zu fliehen. Doch der Schmerz war unbeschreiblich. Merkwürdigerweise war er nicht nur in den Beinen, sondern auch im Rücken und im Gehirn.

Er blinzelte, als die Bremslichter aufleuchteten, und wartete darauf, dass sich die Tür öffnete. Dass sie mit dem Handy am Ohr heraussprang, während sie den Notruf wählte. Doch die Tür öffnete sich nicht. Er hörte den Motor im Leerlauf dröhnen und sah dann die weißen Rückfahrlichter. Panik erfasste ihn, und er schnappte nach Luft. Irgendjemand musste doch kommen, oder? Er keuchte erneut und versuchte, zu schreien, als die weißen Lichter näher kamen. Er wollte in Richtung Wand rollen, aber seine Gliedmaßen gehorchten ihm nicht. Der brennende Schmerz in seinem Kopf war überwältigend. Sein Telefon surrte wieder, doch die Nachricht würde er niemals sehen. Schwärze brach über ihn herein.

Kapitel 2

Sonntag, 19. Mai

Es war kurz nach Mitternacht, als Clare das Telefon hörte. Dank der jahrelangen Schichtarbeit und der nächtlichen Notfälle auf der belebten Wache an der Maryhill Road in Glasgow war sie darauf trainiert, selbst aus dem tiefsten Schlaf zu erwachen. Nach dem zweiten Klingeln saß sie aufrecht im Bett. »DI Mackay.«

»Sorry, dass ich dich wecke, Clare. Aber wir brauchen dich hier.«

»Was gibt es, Jim?«

»Fahrerflucht. Sieht nach Vorsatz aus.«

Sie stellte das Telefon auf Lautsprecher und stieg aus dem Bett, während sie das Gespräch fortsetzte. »Der Tatort?«

»Kenlybank Hotel. An der A917.«

»A917?«

»Die Küstenstraße hinter St. Andrews. Fahr Richtung Schwimmbad und halte dich dann links. Du siehst die Autos, wenn …«

Seit ihrer Ankunft in St. Andrews vor ein paar Monaten war Clare ein paar Mal im East-Sands-Freizeitzentrum gewesen, was zwar eigentlich ein Familienspaßbad, aber besser als nichts war, wenn sie nur wenig Zeit hatte. »Ich kenne den Weg«, unterbrach sie ihren Sergeant. »Gib mir fünfzehn Minuten. Zwanzig, höchstens.«

»Okay, bis gleich.«

»Oh, und Jim?«

»Ja?«

»Ruf Chris an. Und die Spurensicherung. Und ein paar Streifenpolizisten, um den Tatort zu sichern.«

»Schon erledigt.«

Das musste man Jim lassen, dachte Clare. Er war zwar alles andere als ein Energiebündel, aber seine Aufgaben erledigte er prompt. Von ihm hätte sich Kollege DS Chris West eine Scheibe abschneiden können.

Clare bedankte sich bei Jim und legte auf. Sie nahm eine Stoffhose aus dem Schrank und zog sie an, bevor sie sich einen schlichten grauen Pullover überstreifte, der über der Lehne eines Cocktailsessels hing. Dann zog sie die Vorhänge im Schlafzimmer zurück und schaute hinaus in die Dunkelheit. Wenigstens war kein Regen auf der Fensterscheibe. Hastig bürstete sie ihr dunkles Haar, band es mit einem Gummiband zusammen und lief die Treppe hinunter. In der Küche füllte sie eine Flasche unter dem Wasserhahn auf und nahm ein Plundergebäck aus dem Brotkasten. Ihr Blick fiel auf einen langen, cremefarbenen Umschlag, der noch ungeöffnet auf dem Küchentisch lag, und ein vertrauter Knoten bildete sich in ihrem Magen. Ein Knoten, der sie von St. Andrews nach Glasgow zurückbrachte. Nach Glasgow. Zu Tom und der Vergangenheit, die sie hinter sich gelassen hatte.

Später, sagte sie sich. *Oder vielleicht auch morgen …*

Sie verdrängte die Erinnerungen, zog ihren Mantel an, schnappte sich ihre Umhängetasche und machte sich auf den

Weg in die Nacht, in der Hoffnung, dass es ein einfacher Fall werden würde.

* * *

Die Fahrt von Clares Haus nahe dem Zentrum von St. Andrews zum Kenlybank Hotel, das etwas mehr als einen Kilometer südlich der Stadt lag, dauerte nur zehn Minuten. Sie hatte Jims Beschreibung ignoriert, eine Abkürzung über den Lamond Drive genommen und manövrierte ihren Renault Clio gerade über Bodenschwellen. Einige Autos waren ungünstig geparkt, und sie fluchte über das ominöse Geräusch, das von der Unterseite des Autos kam, als sie schräg über eine der Erhebungen fuhr. Vielleicht hatte Jim doch nicht ganz unrecht gehabt.

An der Kreuzung mit der A917 ließ sie St. Andrews hinter sich und folgte ihr etwa einen Kilometer die Küste entlang. Östlich der Schnellstraße lag die Nordsee, und als sie in diese Richtung sah, konnte sie einen winzigen Lichtfleck erkennen, vermutlich ein Fischerboot. Sie fuhr weiter, und mit einem Mal wurde der Nachthimmel, ein dunkler Sternenteppich, von den blinkenden Lichtern der entfernten Einsatzfahrzeuge erhellt, und als die Straße eine Rechtskurve machte, sah sie eine Reihe von Polizeiautos und einen Krankenwagen, die auf dem Seitenstreifen standen, vermutlich vor dem Hoteleingang. Das Hotel selbst war durch eine hohe Buchenhecke von der Straße abgeschirmt. Clare entdeckte jedoch das braune Hinweisschild, das zum Eingang zeigte, und hielt hinter der Reihe geparkter Fahrzeuge an.

Sie biss in das Plundergebäck, sprang aus dem Auto und nahm einen papiernen Schutzanzug aus dem Kofferraum. Jim erwartete sie bereits am Tor und führte sie an der Absperrung vorbei, die den größten Teil der Schotterauffahrt einnahm. Hinter dem Band beugten sich gerade zwei Beamte der

Spurensicherung in weißen Anzügen über eine Leiche, während ein dritter den umliegenden Bereich abtastete.

»Darf ich mal?«, fragte Clare.

Eine Kollegin der Spurensicherung schaute auf und schüttelte den Kopf. »In zehn Minuten, Inspector.«

Clare nickte und wandte sich wieder an Jim. »Chris?«

»Ist oben am Vordereingang und redet mit den Gästen.«

»Ist es eine Hochzeitsfeier?«

Jim nickte. »Ja. Ein übles Ende für ihren großen Tag.«

»Danke, Jim«, sagte Clare. »Geh du zum Tor zurück, ich suche Chris.«

Sie lief zügig die Auffahrt hinauf, und als sie um die Kurve bog, kam ein großes viktorianisches Haus in Sicht. Wahrscheinlich war es einmal ein Landsitz gewesen, dachte Clare und betrachtete die langen Fenster und die verzierte Eingangstür. Die eingelassene Drehtür war erst später hinzugefügt worden, stellte sie fest, aber der honigfarbene Steingiebel über der Tür sah original aus. Es erinnerte sie an ein Herrenhaus, das Tom und sie einmal besucht hatten.

Sie ging weiter und betrachtete die Szene vor ihr. Die herausgeputzten Gäste liefen umher, einige rauchten, andere saßen in Gruppen zusammen. Ein drei- oder vielleicht vierjähriges Mädchen in einem weißen Kleid hing am Bein seines Vaters, ein Kuscheltier unter den Arm geklemmt. Clare zögerte einen Moment, als ihr plötzlich bewusst wurde, dass alle Augen auf sie gerichtet waren. Selbst ohne Uniform versprühte ihre drahtige, knapp einen Meter achtzig große Gestalt eine gewisse Autorität. Das hatte sie ihrer jahrelangen Tätigkeit bei groß angelegten Ermittlungen zu verdanken. Doch das hier war nicht Glasgow mit seinen viel beschäftigten Sonderkommissionen, in denen es erfahrene Detectives wie Sand am Meer gab. Das hier war St. Andrews – eine kleine Küstenstadt, die als Heimat des Golfsports bekannt war und deren Einwohnerzahl nur durch die Studenten der jahrhundertealten Universität wuchs. Als ranghöchste Beamtin in der Stadt trug Clare die alleinige Verantwortung für das, was um sie herum geschah. Und zwei Monate nach dem Umzug vom geschäftigen Glasgow fühlte sich dieser Ort recht einsam an.

Sie schaute sich um und suchte die Einfahrt nach Chris ab, ihrem Detective Sergeant. Er bemerkte sie und kam auf sie zu. Sie wartete auf ihn, damit er sie auf den neuesten Stand bringen konnte, ohne dass die Gäste sie hören konnten. Über seine Schulter hinweg sah Clare eine Frau in einem langen Brautkleid, die weinend auf einer hölzernen Gartenbank in der Nähe des Hoteleingangs hin und her schaukelte. Sie wirkte unpassend, dachte Clare, eingehüllt in Schichten von schimmerndem weißem Taft, der nicht zu ihren hässlichen Wehklagen passte. Ein paar Hochzeitsgäste wuselten um sie herum, während ein Mann mit Schottenrock unbeholfen neben ihr stand und heimlich aus einem kleinen silbernen Flachmann trank.

Clare nickte in Richtung der Frau, als Chris sich ihr näherte. »Ist das die Ehefrau?«

Er schüttelte den Kopf. »Die Schwester des Opfers. Die Ehefrau ist da drüben.« Er deutete auf eine Frau in einem orangefarbenen Kleid, die auf dem Rand eines Steintroges saß und eine Zigarette rauchte. Ihre Miene war ausdruckslos. Clare fragte sich, ob sie unter Schock stand. Oder gab es einen anderen Grund für ihre fehlende Reaktion?

»Sind wir sicher, dass es ihr Ehemann ist?«

Chris nickte in Richtung des Mannes mit dem Flachmann. »Der Bräutigam hat den Schottenrock identifiziert, oder zumindest das, was davon übrig ist. Er war der Einzige, der auf der Hochzeit dieses Muster trug.«

»Okay.« Clare nickte. »Name?«

»Das Opfer heißt Andy Robb. Die Ehefrau Angela. Und da ist noch etwas, was du sehen solltest.«

Clare taxierte ihren Detective Sergeant. Selbst im Dunkeln, nur im Schein der Lichterketten, bemerkte sie, dass seine Augen rosa waren. Und dass sein Atem unverkennbar nach Whisky roch. »Du hast getrunken.«

Chris fuhr sich mit der Hand durchs Haar und wich ihrem Blick aus. »Samstagabend, Chefin …«

»Und du hast Bereitschaft.«

»Ja, aber …«

»Nichts aber. Glaubst du, das fällt schon niemandem auf, wenn du einen dreiteiligen Anzug anziehst?«

Chris trat unruhig von einem Fuß auf den anderen. »Tut mir leid, Chefin.«

»Das ist nicht das erste Mal, Chris, oder?«

Hierauf erhielt sie keine Antwort. Clare kramte in ihrer Tasche und holte eine Packung extra starker Minzbonbons heraus. »Hier«, sagte sie, »lutsche ein paar davon und halte dich um Himmels willen so weit wie möglich von den Zeugen fern. Oh, und Detective Sergeant …«

»Chefin?«

»Wenn du darauf bestehst, eine Weste zu tragen, mach den unteren Knopf nicht zu. Das ist geschmacklos.«

»Ja, Chefin.«

»Du meintest, es gebe noch etwas, was ich sehen sollte?«

»Ja, dort drüben.«

Chris führte sie zu einer Lücke in der Buchenhecke, in der ein Kleidungsstück versteckt worden war. »Sieht aus wie ein Paar Boxershorts.«

»Du glaubst, dass sie unserem Opfer gehört haben?«

»Wahrscheinlich. Der Kilt des armen Kerls ist hochgerutscht. Vielleicht hat er sich im Autoreifen verfangen. Es ist kein schöner Anblick, aber er trug mit Sicherheit nichts darunter.«

Clare warf einen Blick auf die Hecke und das zerknitterte Kleidungsstück. »Pack sie ein. Ich werde sehen, wie es der Ehefrau geht. Vielleicht kann sie einen Blick darauf werfen …« Sie sah zur Absperrung hinüber. Die Kollegen der Spurensicherung hatten ihre Arbeit inzwischen abgeschlossen, und sie kehrte zu ihnen zurück.

»Irgendetwas gefunden?«, fragte sie.

»Nichts Ungewöhnliches«, antwortete eine Kriminaltechnikerin. »Es würde mich überraschen, wenn er nicht durch den Aufprall getötet wurde. Der Kopf steht in einem seltsamen Winkel ab. Vermutlich ist er gerannt, um dem Auto zu entkommen, und hat vielleicht zurückgesehen, als er erwischt wurde.«

»Könnte es ein Unfall gewesen sein?«, wollte Clare wissen. »Hat der Fahrer vielleicht die Kontrolle über sein Fahrzeug verloren?«

Die Beamtin der Spurensicherung schüttelte den Kopf. »Das bezweifle ich.« Sie deutete auf die Steinmauern. »Keine Schäden hier – oder auf der anderen Seite. Ich würde sagen, der Fahrer kam hierher, fuhr auf unseren Mann zu – oder besser gesagt *über* unseren Mann drüber – und setzte dann wieder zurück.«

Clare sah sich Leiche und Auffahrt an und malte sich den Schrecken des Opfers aus, als es versuchte, dem Auto zu entkommen. Die Einfahrt war an dieser Stelle sehr schmal. Der Mann hatte keine Chance gehabt. Seine letzten Momente mussten grauenvoll gewesen sein. Eine Welle der Übelkeit überkam sie, und sie bereute das Plundergebäck. Sie räusperte sich und fragte dann: »Gleich hier drüben?«

»Ich fürchte, ja. Mit allen Rädern, glaube ich. Und dann noch einmal, als das Auto rückwärts wegfuhr. Sehen Sie, wie die Leiche in den Boden gedrückt wurde?«

Clare zwang sich, den verstümmelten Körper zu betrachten. Das weiße Hemd des Opfers wies Abdrücke auf, die wie Reifenspuren aussahen. »Glauben Sie, Sie können aus diesem Hemd etwas herausholen?«, fragte sie. »Wenn wir den Reifentyp näher bestimmen könnten …«

Die Beamtin nickte. »Sollte reichen. Und wenn das Hemd nichts taugt, ist da an der Stelle, wo der Kies weggeschoben wurde, ein ziemlich guter Abdruck, den wir vielleicht verwenden können.«

Clare wandte sich an Chris. »Irgendwelche Spuren auf der Straße?«

Chris schüttelte den Kopf. »Hauptsächlich Bremsspuren. War offensichtlich eine schnelle Flucht.«

»Da ist noch etwas anderes, Inspector«, warf die Kollegin von der Spurensicherung ein. »Chris hat bereits einen Blick darauf geworfen, aber Sie sollten das auch tun.«

Clare hob eine Augenbraue.

»Das ist nämlich ein ziemlich seltsamer Fall.«

»Inwiefern?«

Die Kollegin griff nach unten und hob eine Asservatentüte auf. »Das wurde auf der Brust des Opfers gefunden. War an das geheftet, was von seinem Hemd übrig geblieben ist.«

Clare starrte auf den durchsichtigen Beutel, der eine weiße Karte in der Größe einer Postkarte enthielt, auf die die Zahl Fünf geschrieben war, wahrscheinlich mit einem breiten Markierstift. Sie wandte sich wieder an Chris. »Was soll das sein?«

»Keine Ahnung.«

»Ein Partyspiel vielleicht?«

»Das glaube ich nicht«, erwiderte Chris. »Ich habe den Bräutigam bereits gefragt. So etwas gab es nicht.«

»Eine Tischnummer?«

Chris schüttelte den Kopf. »Die Tische wurden nach Schottenmustern benannt. McPherson, McLeod … und so weiter.«

Clare runzelte die Stirn, während sie darüber nachdachte. Vielleicht konnte die Ehefrau etwas Licht in die Sache bringen. Sie blickte die Auffahrt hinauf zu Angela Robb, die gerade das Ende ihrer Zigarette mit einer orange- und cremefarbenen Sandale in den Boden drückte. Clare ging auf sie zu und hob ihren Ausweis, als sie näher kam. Die Frau sah auf, ihr Blick war noch immer leer.

»Mrs Robb? Ich bin Detective Inspector Clare Mackay. Es tut mir sehr leid, dass ich Sie zu diesem Zeitpunkt belästigen muss.«

Angela erwiderte ihren Blick nicht, sondern schob mit dem Fuß weiter Kies hin und her. »Ist schon gut. Sie müssen ja Ihren Job erledigen. Er ist also wirklich tot?«

»Wir warten noch auf den Arzt, aber ja, ich fürchte, es gibt keinen Zweifel.«

»Fahrerflucht also?«

»Er wurde von einem Auto angefahren, ja.« Clare zögerte kurz, bevor sie fortfuhr. »Haben Sie eine Ahnung, was er hier draußen gemacht hat? Unten an der Auffahrt, meine ich? Es ist ein bisschen weit, um eine Zigarette zu rauchen.«

Angela ließ den Kies in Ruhe und hob den Blick, um Clare anzusehen. »Wie ich Andy kenne, war er wahrscheinlich auf einen Quickie im Gebüsch aus. Wäre nicht das erste Mal gewesen. Er verschwand, während ich gerade tanzte. Ich habe ihm eine Nachricht geschickt, um zu fragen, wo zum Teufel er steckt, aber er hat nicht geantwortet.«

»Wir haben Boxershorts in einer Hecke entdeckt, ganz in der Nähe der Stelle, wo Ihr Mann gefunden wurde. Fühlen Sie sich in der Lage, sie zu identifizieren?«

Angela nickte und wollte sich schon in Bewegung setzen, aber Clare legte eine Hand auf ihren Arm. Die Leiche war noch nicht weggebracht worden, und sie wollte Angela nicht mit dem schrecklichen Anblick belasten. »Sie bleiben hier. Ich werde das Hotel bitten, uns ein Zimmer zur Verfügung zu stellen, in das wir Sie bringen können, weg von den anderen Gästen. Gibt es jemanden, der sich in der Zwischenzeit um Sie kümmern kann?«

»Francine. Meine Freundin. Sie ist die Brautjungfer – da drüben.« Angela deutete auf eine große Frau in einem langen roten Kleid. Clare gab ihr ein Zeichen, zu ihnen zu kommen. »Könnten Sie vielleicht ein paar Minuten bei Mrs Robb bleiben?«

Francine nickte und legte einen Arm um Angela.

Clare ging zurück zu Chris, der auf weitere Anweisungen wartete. Mit Erleichterung stellte sie fest, dass sein Atem jetzt hauptsächlich nach Minze roch. »Wir brauchen ein paar Zimmer, um die Gäste zu befragen, Chris. Wir beide werden Mrs Robb und die nächsten Verwandten übernehmen. Jim und die übrigen Streifenpolizisten können mit den anderen Gästen beginnen. Besorge dir die Kontaktdaten und die üblichen Informationen – wo sie waren, was sie gesehen haben, ob jemand etwas gehört hat. Dies gilt insbesondere für die Raucher, die sich zu diesem Zeitpunkt im Freien aufhielten. Und befragt auch das Personal. Gab es eine Band oder Musik vom Band?«

»Eine Band. Sie hat schon alles eingepackt und wartet auf die Abreise.«

»Dann müssen die Leute eben weiter warten. Erst die nächsten Verwandten, dann das Personal.«

»Die Band stand auf einer Art Erhöhung an einem Ende des Ballsaals und hatte einen guten Blick auf alles, was vor sich ging.«

Clare dachte kurz darüber nach. »Okay, dann befragen wir sie nach der Familie. Und gebt der Braut um Himmels willen Vorrang. Sie weckt mit diesem Geheule ja noch alle auf.«

Sie liefen über den Kiesweg zum Hotel und schoben sich durch die Drehtür, die zur Rezeption führte. Ein adrett gekleideter Mann Ende zwanzig lungerte hinter dem Tresen herum. Auf seinem Namensschild stand »Pawel Nowicki – Duty Manager«. Clare erklärte ihm ihre Wünsche, und er führte sie zu einem Nebenraum, öffnete die Tür und schaltete das Licht ein. Der Raum war nicht groß, verfügte aber über einen Tisch und sechs Stühle. Clare schaute sich kurz um und nickte dem Mann zu. »Perfekt. Gibt es noch so einen?«

Er gab ihnen ein Zeichen, ihm zu folgen, und präsentierte ihnen eine weitere Tür, die zu einem identischen Raum führte. »Wir stellen sie unseren Gästen für Geschäftstreffen zur Verfügung.«

»Danke, Pawel. Diese Räume sind perfekt.«

Er lächelte und überließ sie sich selbst.

»Okay«, sagte Clare. »Jim und die Streifenpolizisten können dieses Zimmer haben. Du und ich werden nebenan die Hauptpersonen übernehmen. Und wir fangen mit der Ehefrau an.«

Clare schätzte Angela Robb auf Anfang vierzig. Ihr blondes Haar verdankte sie mehr der Aufmerksamkeit ihres Friseurs als der Natur, und ihre künstliche Bräune war fast so orange wie ihr Kleid. Trotzdem wirkte sie blass und erschöpft und schien vom gewaltsamen Tod ihres Mannes eher betäubt als erschüttert zu sein. Clare war besorgt genug, um ihr anzubieten, einen Arzt zu holen.

»Ich bin okay«, war alles, was sie sagte. »Francine wird mich nach Hause bringen.«

»Wir bringen Sie zurück. Machen Sie sich darum keine Sorgen«, erklärte Clare.

Angela identifizierte die Boxershorts als die ihres Mannes und gab zu verstehen, dass sie sie nicht zurückhaben wollte. Die anderen Fragen beantwortete sie mechanisch. Nein, sie wusste nicht, warum Andy draußen gewesen war, aber ja, wahrscheinlich, um sich mit einer anderen Frau zu treffen. Ja, er hatte ständig Affären, und sie hatte sich inzwischen daran gewöhnt. Ja, sie hatte selbst auch Affären, und ja, sie hatte derzeit einen Freund.

»Billy Dodds«, sagte sie ihnen. »Lebt in Cupar.«

Clare warf Chris einen kurzen Blick zu.

»Das ist ein kleiner Ort, etwa fünfzehn Kilometer westlich von St. Andrews«, erklärte er ihr leise.

Clare lächelte dankend und befragte Angela weiter über Billy Dodds.

Ja, fuhr sie fort. Sie könne ihnen Billys Adresse und Handynummer geben, aber sie bezweifelte sehr, dass ihm die Sache wichtig genug war, um Andy zu überfahren. Nein, sie wusste nicht, wer das getan haben könnte, aber Andy hatte wahrscheinlich genügend Ehemänner verärgert. Nein, sie hatte keine Ahnung, wer seine Frauen waren. Sie interessierten sie nicht. Nein, ihr fiel niemand ein, mit dem er sich vielleicht gestritten hatte. Vielleicht konnte seine Schwester ihnen mehr dazu sagen, wenn sie endlich für einen Moment aufhören würde, herumzuheulen.

Daraufhin brachte Clare die bei der Leiche gefundene Karte mit der Zahl Fünf zur Sprache.

Angela zeigte sich darüber sehr überrascht. Das erste echte Zeichen einer Reaktion. »Was? Die Zahl Fünf?«, fragte sie. Clare schickte Chris los, und als er mit der sicher im durchsichtigen Asservatenbeutel verstauten Karte zurückkehrte, legte sie sie vor Angela auf den Tisch.

Angela starrte ihn an. »Und die war an sein Hemd geheftet?«

Clare nickte.

Angela wirkte ratlos. »Wirklich? Keine Ahnung. Er muss sie bei sich gehabt haben, als er nach draußen ging. Tut mir leid, ich habe wirklich keine Ahnung.«

In der Zwischenzeit war der Polizeiarzt eingetroffen, und nachdem er den Tod des Opfers festgestellt hatte, sah er sich auf Clares Bitte hin Angela an. Er händigte Francine eine Schlaftablette aus mit der Anweisung, sie ihrer Freundin erst zu geben, wenn sie in ihrem Haus angekommen war. Clare forderte einen Wagen an, der die beiden zu Angelas Haus in der Scooniehill Road bringen würde, und versprach, am Sonntagmorgen vorbeizukommen.

Die Braut, nun Mrs Sandra McDade, hatte ihren Tränenvorrat aufgebraucht und nippte an einem doppelten Wodka mit Limonade. Ihr Gesicht war tränenüberströmt, und eine ihrer falschen Wimpern begann sich zu lösen.

»Es tut mir sehr leid, dass ich Sie zu diesem Zeitpunkt belästigen muss«, meinte Clare. »Nur ein paar Fragen, dann lassen wir Sie gehen.«

Zwischen den Schniefgeräuschen erklärte Sandra, dass sie drinnen getanzt habe und erst herausgekommen sei, als einer der Raucher gesagt hatte, dass es einen Unfall gegeben habe. Daraufhin begann sie wieder zu weinen.

Clare wartete, bis sie sich beruhigt hatte. »Hatte Ihr Bruder irgendwelche Feinde? Irgendjemanden, den er verärgert haben könnte?«

Sandras Augen weiteten sich. Die Wimper verrutschte noch etwas mehr, und sie versuchte, sie wieder an ihren Platz zu schieben. »Feinde? Aber es war doch Fahrerflucht, oder? Jemand hat ihn angefahren und einfach liegen gelassen, nicht wahr?«

»In diesem Stadium unserer Ermittlungen können wir noch nichts mit Sicherheit sagen und müssen alle Möglichkeiten ausloten. Also, gibt es jemanden, den er verärgert haben könnte?«

Sandra schüttelte den Kopf. »Alle liebten Andy. Er war ein großartiger Kerl. Ein toller Bruder.«

Die Wimper löste sich wieder, und dieses Mal zog Sandra sie vorsichtig ab. Mit nur einer buschigen Wimper gab sie eine komisch-tragische Figur ab.

»War seine Ehe glücklich?«

Ihre Miene verhärtete sich. »Was glauben Sie denn? Sie haben sie doch gesehen. Ein wahrer Albtraum, mit ihr leben zu müssen.«

»Hatte er Affären?«

»Ein paar. Ich glaube, Angela und er sind nur noch aus Bequemlichkeit zusammengeblieben. Sie haben seit Jahren getrennte Schlafzimmer, aber keiner von ihnen wollte gehen. Stattdessen haben sie sich beide mit anderen Leuten amüsiert.«

»Kennen Sie eine der Freundinnen Ihres Bruders?«

»Nein, aber vielleicht seine Kollegen. Und ich glaube, er ging donnerstags immer in einen Klub. Ich bin mir allerdings nicht sicher, in welchen. Aber sie könnten es wissen.«

Clare notierte sich den Namen von Andys Arbeitgeber, und nach ein paar weiteren Fragen ließ sie Sandra gehen. Ihr frischgebackener Ehemann, Davie, konnte nicht viel mehr hinzufügen, als zu bestätigen, dass Andy ein toller Kerl gewesen war. Er dachte, Andy hätte etwas mit einem Mädchen in der Stadt laufen gehabt, war sich aber nicht sicher, ob die Affäre zuletzt noch aktuell gewesen war. Clare fragte ihn nach Andys Handynummer und entließ ihn dann zu seiner Braut mit ihrer einen dicken Wimper.

Die Befragung der übrigen Brautjungfern, Trauzeugen, Eltern und Freunde ergab im Wesentlichen die gleiche Geschichte. Andy war dafür bekannt, dass er sich mit anderen Frauen traf, wovon Angela wusste und woraus sie sich nicht viel zu machen schien, aber niemand dachte, dass er der Typ Mann gewesen war, den jemand umbringen wollte. Ein paar der Raucher hatten ihn die Einfahrt hinuntergehen sehen, aber nicht weiter beachtet. Einer glaubte, ein Auto wegfahren gehört zu haben, und hatte angenommen, Andy sei in den Wagen gestiegen und mit dem Fahrer weggefahren. Zwei der Bandmitglieder, der Akkordeonspieler und der Schlagzeuger, hatten gesehen, wie er eine Nachricht in sein Handy getippt hatte, bevor er durch den Saal und zur Tür hinausgegangen war.

»Wir brauchen so schnell wie möglich seine Telefondaten«, sagte Clare zu Chris. »Kannst du dich darum kümmern?«

»Kein Problem. Ich werde das gleich erledigen. Sonst noch etwas?«

»Verkehrskameras. Gibt es hier in der Gegend welche?«, fragte sie mehr in der Hoffnung als in der Erwartung, dies könnte der Fall sein.

»Das bezweifle ich. In der Stadt, ja, wenn der Fahrer in diese Richtung fuhr. Aber hier gibt es so viele Nebenstraßen.«

»Nun, wir müssen es trotzdem versuchen. Zumindest können wir den Todeszeitpunkt ziemlich genau bestimmen. Auf den Straßen muss es um diese Zeit ruhig gewesen sein. Sag denen, dass wir das Filmmaterial der Überwachungskameras von eine Stunde vor bis eine Stunde nach dem Vorfall benötigen. Sobald die Spurensicherung uns einen Hinweis auf das Fahrzeug geben kann, schauen wir uns das Filmmaterial an.«

Clare sah auf ihre Uhr. Es war bereits drei Uhr morgens, und die meisten Gäste hatten sich entweder auf ihre Zimmer zurückgezogen oder waren mit einer Reihe von Taxis abgereist. Die Haupteinfahrt war abgesperrt und ein weißes Zelt über der Stelle errichtet worden, an der Andy gestorben war. Ein Krankenwagen hatte seinen Leichnam zur Obduktion in die Leichenhalle in Dundee gebracht, obwohl die Todesursache kaum bezweifelt werden konnte. Die Spurensicherung packte für die Nacht zusammen, und es gab kaum noch etwas zu tun, bevor sie nicht über kriminaltechnische Informationen verfügten. Sie schaute zurück zur Vorderseite des Hotels, wo in den meisten Fenstern noch Licht brannte. Es war wirklich ein schönes altes Gebäude, und sie fragte sich, wie das Restaurant wohl war. Dann fiel ihr wieder ein, dass sie niemanden hatte, mit dem sie essen gehen konnte. Plötzlich fühlte sie sich müde und sehnte sich nach ihrem Bett.

»Ich glaube, wir machen Schluss für heute, Chris.« Sie stellte ein paar Polizisten am Tatort ab und stieg erschöpft in ihr Auto. So viel zum Thema »einfacher Fall«.

Kapitel 3

Um kurz nach elf Uhr am Sonntagmorgen kamen Clare und Chris vor Angela Robbs Doppelhaus-Bungalow in der Scooniehill Road an.

Clare hatte unruhig geschlafen und sich wie erschlagen gefühlt, als der Wecker schrillte. Beim Blick in den Schlafzimmerspiegel hatte sie dunkle Ringe unter ihren haselnussbraunen Augen bemerkt, das Ergebnis einiger schlafloser Nächte in jüngster Zeit, und sich gefragt, ob sie dem Rat ihrer Schwester, vorübergehend Schlaftabletten einzunehmen, hätte folgen sollen.

Gestärkt durch Kaffee und den Wunsch, ihren neuen Kollegen zu beweisen, dass das Mädchen aus Glasgow der Aufgabe gewachsen war, hoffte sie, dass sie frischer klang, als sie sich fühlte. Sie hielt vor der Adresse, die Angela angegeben hatte, stellte den Motor ab und schaute Chris an. »Zumindest siehst du besser aus als gestern Abend.«

Chris spielte an seinem Handy herum. »Ja, das tut mir leid, Clare. War nur ein Ausrutscher. Du weißt doch, wie das ist.«

Clares Miene wurde weicher. »Chris, du kommst schon drüber weg. Über Emily, meine ich. Es gibt so viele nette Mädchen, die viel besser zu dir passen würden.«

Er versuchte zu lächeln, seine Lippen waren schmal. »Du meinst, es gibt viele nette Mädchen, die sich nicht hinter meinem Rücken mit meinem Ex-Chef vergnügen würden.«

Clare drückte seinen Arm. »Vergiss Tony McAvettie. Er ist ein absoluter Mistkerl.«

»Ich korrigiere: Er ist ein absoluter Mistkerl und ein DCI, der durchaus in diesen Fall involviert werden könnte, wenn wir ihn nicht schnell abschließen.«

»Dann sollten wir das besser tun«, sagte Clare. »Ich habe sie vorhin angerufen. Sie wird uns also erwarten.«

Chris schaute durch das Autofenster auf das Haus. Die Jalousien waren noch geschlossen. »Wie hat sie geklungen?«

»Sachlich, würde ich sagen. Vielleicht steht sie noch unter Schock.«

»Oder ist froh, dass sie ihn los ist?«, schlug Chris vor.

Clare löste ihren Sicherheitsgurt. »Könnte sein. Komm schon, lass es uns herausfinden.«

Die Sonne brach durch die Wolken, und die Bürgersteige waren voller Kinder, die auf Fahrrädern und Rollern hin und her fuhren. Ein Junge in einem roten Fußballtrikot hielt mit seinem Fahrrad an und beobachtete Clare und Chris, als sie aus dem Auto stiegen. Auf der anderen Straßenseite kritzelten zwei kleine Mädchen mit bunter Kreide Bilder auf den Fußweg, und irgendwo benutzte jemand einen Grastrimmer, dessen nasales Wimmern das sonntägliche Vogelgezwitscher durchbrach. Für Clare war das alles ganz normal und weit entfernt von Andy Robbs schrecklichem Tod zwölf Stunden zuvor.

Sie stiegen die Steintreppe hinauf, die auf der einen Seite von einer quadratischen Rasenfläche und auf der anderen von ein paar dürren Heidekrautsträuchern begrenzt wurde. Als sie sich näherten, wurde die Tür von Francine geöffnet, die immer noch das lange rote Kleid vom Vorabend trug. Sie hatte einen marineblauen Pullover übergezogen, um sich zu wärmen, war aber barfuß. Ihre silbernen Sandalen waren achtlos neben die Tür geworfen. Sie trat zurück, um sie hineinzulassen.

»Ich habe Sie oben vom Fenster aus gesehen«, sagte sie. »Ich lasse die Jalousien vorerst geschlossen. Wegen der Nachbarn und so.«

Clare nickte und erkundigte sich nach Angela.

Francine dachte kurz über ihre Antwort nach. »Still. Nicht wie sie selbst. Aber schließlich muss sie auch eine Menge verkraften.«

Sie führte sie in Angela Robbs Wohnzimmer. Es war dem in ihrem eigenen Haus nicht unähnlich, das Clare etwa einen Kilometer außerhalb der Stadt gemietet hatte: ein modernes, kastenförmiges Gebäude aus den 1960er-Jahren, das mit den Nachbargebäuden baugleich war. Angelas Wohnzimmer war quadratisch und besaß ein Panoramafenster zur Straße hin, die cremefarbenen Vorhänge waren geschlossen. Der Raum wurde von einem großen Fernsehbildschirm beherrscht, und als Clare sich umsah, bemerkte sie eine Sammlung von Keramikengeln in den Wandregalen. Angela saß auf einem cremefarbenen Ledersofa, die Füße unter sich verschränkt, und hielt eine Tasse Kaffee in der Hand. Sie sah sich gerade eine Kochsendung an, und als sie eintraten, schaute sie sich suchend nach der Fernbedienung um. Francine reichte sie ihr, sie richtete sich auf und schlüpfte mit den Füßen in ein Paar flauschige Hausschuhe. »Ich nehme an, Sie möchten eine Tasse Kaffee oder etwas anderes«, sagte sie.

»Du bleibst hier«, erklärte Francine. »Ich kümmere mich darum. Ist Kaffee okay?«

»Das wäre schön. Chris weiß, wie ich ihn trinke.« Clare neigte den Kopf in Richtung der Tür. Er verstand den Wink und folgte Francine, während Clare sich an Angela wandte, die ihr ein freudloses Lächeln schenkte.

»Das ist schon komisch, wissen Sie. Er konnte ein richtiger Mistkerl sein und hatte praktisch von Anfang an andere Frauen. Aber er war *mein* Mistkerl. Ich hätte nicht gedacht, dass ich ihn vermissen würde, aber …« Angela tupfte sich die Augen ab.

»Da ist viel zu verkraften, Mrs Robb.«

»Angela, sagen Sie einfach Angela.«

Clare lächelte sie an. »Konnten Sie etwas schlafen?«

»Ja, das konnte ich tatsächlich. Gott weiß wie, aber ich habe fast acht Stunden geschlafen.«

»Die Ärzte verstehen ihr Handwerk.«

Angela nickte. »Mein Hausarzt rief an und meinte, er würde später vorbeikommen.«

»Das ist gut. Nun, Angela, ich gebe Ihnen meine Karte. Wenn Sie sich über irgendetwas Sorgen machen – ganz egal, was – oder wenn Ihnen etwas zu Andy einfällt, rufen Sie mich an. Tag und Nacht, okay?«

Angela nahm die Karte. Sie putzte sich die Nase und lächelte wieder, ihre Augen leuchteten. »Sie werden ihn also fangen? Diesen flüchtigen Fahrer?«

Clare drückte ihre Hand. »Oh ja, aber dazu brauchen wir Ihre Hilfe. Wir wollen uns ein Bild von Andy machen. Wer er war, wie er war, wo er hinging, wen er traf. Freunde, Arbeitskollegen und so weiter. Und wenn es im Haus Computer oder Laptops gibt, müssen wir sie mitnehmen. Sie bekommen sie natürlich zurück.«

Angela nickte. »Ich werde sie holen. Sein Handy … Oh, er muss es bei sich gehabt haben.«

»Leider hat es den Unfall nicht überlebt.« Clare wählte die nächsten Worte mit Bedacht. »Aber wir werden seine Anruflisten von der Telefongesellschaft bekommen.«

Angela ging hinaus, um die Geräte zu holen, und Clare nutzte die Gelegenheit, um sich im Zimmer umzusehen. Die Keramikengel waren überall. Angela musste sie sammeln. Aber soweit sie sehen konnte, gab es kaum Hinweise auf Andy. Keine Fotos des Paares, keine achtlos liegen gelassenen Pullover oder Jacken, nicht einmal Hausschuhe. Und die DVD-Sammlung bestand hauptsächlich aus Frauenfilmen. Sie fragte sich, ob sie getrennte Wohnzimmer hatten, aber das Haus schien nicht groß genug dafür zu sein. Vielleicht hatte er …

Angela platzte in ihre Gedanken hinein, eine Laptoptasche in der Hand und ein Kabel hinter sich her ziehend. Sie legte beides neben Clare auf den Boden. »Das ist Andys Laptop. Haben Sie seine Handynummer?«

»Ja, danke.«

Angela setzte sich und zog die Füße wieder unter die Beine. Dann nahm sie ihre Kaffeetasse, setzte sie an die Lippen und verzog das Gesicht. Der Kaffee war kalt geworden. Sie stellte die Tasse ab und nahm stattdessen ein Kissen in die Hand, das sie quer über ihren Bauch legte.

Clare lächelte sie dankbar an. »Wir werden Ihnen den Laptop so schnell wie möglich zurückgeben.«

»Das hat keine Eile. Ich benutze ihn nicht. Mir reicht das iPad.«

Clare setzte ihre Befragung fort. »Wie lange waren Sie verheiratet?«

»Sechzehn Jahre.«

»Das ist eine lange Zeit.«

»Zu lang für Andy. Eigentlich hätten wir längst Schluss machen sollen, aber es ist so bequem. Es *war* so bequem.«

Clare setzte sich etwas nach vorn. »Es tut mir so leid, dass ich das frage, Angela, und ich weiß, dass Sie gestern Abend sagten, Sie wüssten nicht, wer die anderen Frauen waren. Aber wenn Sie sich an eine von ihnen erinnern könnten, wäre das wirklich eine große Hilfe.«

Angela wischte die Entschuldigung mit einer Handbewegung zur Seite. »Machen Sie sich keine Sorgen – ich mache mir keine Illusionen über Andy. Aber ich kann Ihnen nicht weiterhelfen. Ich weiß wirklich nicht, wer sie waren. Um ehrlich zu sein, ich wollte es nicht wissen. Er lebte sein Leben und ich meines.«

Clare versuchte es auf einem anderen Weg. »Könnte es vielleicht eine Arbeitskollegin gewesen sein? Oder könnten seine Freunde sie kennen?«

Angela wechselte die Position und umklammerte dann wieder das Kissen. »Tut mir leid, Inspector. Ich weiß nicht einmal, mit wem er in letzter Zeit befreundet war. Wir haben uns ein Haus geteilt, aber das war auch schon alles.«

»Andy hat für ein Taxiunternehmen gearbeitet?«

»Ja, das ist richtig. Für ›Swilcan Taxis‹.«

»Swilcan – das ist ein ungewöhnlicher Name. Heißt der Eigentümer so?«

Angela lachte. »Sie kommen nicht aus St. Andrews, oder?«

»Nein, aus Glasgow«, erwiderte Clare. »Aber ich dachte, ich würde mich so langsam in dieser Stadt auskennen.«

Angela griff nach vorn und holte ihre Zigaretten vom Couchtisch. Sie fischte eine heraus und bot Clare das Päckchen an, die es mit einem Hauch von Bedauern betrachtete.

»Besser nicht. Ich habe vor fünf Jahren aufgehört.«

Angela zündete sich eine Zigarette an, nahm einen tiefen Zug und atmete aus. »Die Swilcan Bridge ist eine kleine Steinbrücke, die über einen Bach am Old Course führt. Sie wissen, was das ist, oder?«

»Der berühmte Golfplatz neben dem Hotel, ja.«

Angela nickte. »Richtig. Die Brücke ist also so etwas wie eine Touristenattraktion. Und sonntags, wenn man auf dem Golfplatz spazieren gehen kann, wimmelt es da nur so von Besuchern, die sich auf ihr fotografieren lassen. Gott weiß, warum.«

»Aber Swilcan Taxis?«

Angela schüttelte den Kopf. »Sie haben den Namen geklaut. Wahrscheinlich, weil er sehr bekannt ist. Touristen können sagen, dass sie die Brücke gesehen und dann eine Fahrt in einem Swilcan-Taxi gemacht haben.«

»Aha, okay. Und wo ist ihr Büro?«

Angela nahm einen weiteren Zug. »Die North Street rauf. Am Albany Place, um genau zu sein.« Sie bemerkte Clares Verwirrung. »Das ist ein kurzer Abschnitt der North Street, gleich hinter dem Kino. Sie können das Schild gar nicht übersehen.«

Clare notierte sich das und fragte: »Arbeitete er schon lange dort?«

Angela dachte kurz nach. »Etwa fünf Jahre, glaube ich. Vorher hat er auf den Bohranlagen gearbeitet, hatte aber die Nase voll davon.«

»Wenn Sie mir die Hausnummer am Albany Place aufschreiben könnten – und die Telefonnummer.«

»Natürlich.«

Clare wartete, bis Angela die Informationen auf einem Zettel notiert hatte, und fuhr dann fort: »Sandra meinte, dass Andy donnerstagabends immer ausging. Sie wissen nicht zufällig, wohin, oder?«

»Tut mir leid, nein. Ich habe ihn nie gefragt. Allerdings ging er tatsächlich donnerstags immer aus. Zumindest fast immer.«

»Zurechtgemacht?«

Angela dachte kurz darüber nach. »Er trug keine Jeans, aber auch keinen Anzug. Eher irgendetwas dazwischen.«

In dem Moment öffnete Chris die Tür, und Francine folgte ihm mit einem Tablett mit Tassen und einem Teller mit Schokoladenkeksen. Sie verteilte die Tassen und setzte sich dann neben Angela.

»Ich gehe eben nach Hause, wenn das okay ist, Liebes«, sagte sie. »Ich muss mich kurz umziehen, bin aber gleich wieder da.«

Angela winkte ab. »Ich bin okay. Ich rufe auf der Arbeit an und sage Bescheid, dass ich einen oder zwei Tage nicht kommen werde.«

»Das wirst du nicht! Ich werde dort anrufen. Und wenn der Arzt vorbeischaut, soll er dich krankschreiben.«

»Wir können einen Constable vorbeischicken, falls das hilft«, bot Clare an.

Angela schüttelte den Kopf. »Ich brauche nur etwas Ruhe. Ich muss mich sortieren, verstehen Sie?«

Chris räusperte sich. »Haben Sie ein aktuelles Foto von Andy, das Sie uns geben könnten? Vielleicht auf Ihrem Handy.«

Angela schnaubte. »Als ob ich Fotos von ihm auf meinem Handy hätte.«

»Auf Facebook vielleicht?«, schlug Chris vor. »Oder Instagram?«

Angela nahm ihr Telefon in die Hand und begann zu tippen und zu wischen. Dann reichte sie es an Chris weiter. »Passt das?«

Chris lächelte. »Perfekt. Wenn Sie es einfach an diese Nummer weiterleiten könnten …« Er hielt ihr eine Karte hin, und Angela übertrug die Nummer in ihr Telefon. Sekunden später piepte sein Handy, und er wischte über den Bildschirm, um nachzusehen. »Danke, Angela. Ist angekommen.«

Clare fuhr mit der Befragung fort. »Hatte Andy ein Auto? Ein eigenes Auto, meine ich? Oder hat er das Taxi mit nach Hause genommen?«

»Er hatte ein eigenes Auto. Es parkt draußen. Der rote Mégane. Die Schlüssel liegen auf dem Tisch im Flur. Bedienen Sie sich.«

»Wir nehmen die Schlüssel mit, wenn Sie nichts dagegen haben, und schicken ein forensisches Team vorbei, das sich den Wagen ansieht. Vielleicht gibt es ja etwas, was uns hilft, den Verantwortlichen zu finden.«

»Klar. Was auch immer nötig ist.«

Clare griff nach ihrer Tasse. Sie waren lange genug geblieben. »Könnten wir uns vielleicht im Haus umsehen, nachdem wir den Kaffee getrunken haben? Das Zimmer, in dem Andy geschlafen hat, und die anderen Räume, die er benutzt hat?«

Nachdem sie ihre Tassen geleert hatten, führte Angela sie die Treppe hinauf in ein kleines Schlafzimmer. »Er hat hier geschlafen«, erklärte sie und drehte sich um. »Auf der anderen Seite des Flurs ist sein Arbeitszimmer. Dort hielt er sich immer auf, wenn er zu Hause war, sah fern, spielte und so weiter.«

Clare bedankte sich bei ihr und sagte, sie würden sich, so gut es ging, beeilen. Als sie allein in Andys Schlafzimmer waren, zogen Chris und sie Latexhandschuhe an. Sie ging zur Tür und lauschte auf die Schritte von Angela, die wieder nach unten ging, bevor sie leise fragte: »Hast du etwas aus Francine herausbekommen?«

»Nicht viel, außer dass sie denkt, er hätte sich mit einer jungen Blondine getroffen.«

»Name?«

Chris überflog sein Notizbuch. »Vicky Gallagher. Arbeitet in einem Restaurant in der South Street. Jensen's Diner.«

»Hast du ihre Adresse?«

»Nein, Francine glaubt, sie wohnt oben am Schwimmbad, war sich aber nicht sicher.«

»Kein Problem. Wir werden sie am Arbeitsplatz aufsuchen. Wenn sie nicht da ist, kann man uns dort ihre Adresse geben.« Clare sah sich im Raum um. »Okay. Wir nehmen alle Papiere mit, alles, was uns einen Hinweis darauf geben könnte, was er außerhalb des Hauses gemacht hat. Und halte Ausschau nach allem, was darauf hinweisen könnte, dass er etwas genommen hat.«

Sie begannen ihre Suche und arbeiteten die meiste Zeit schweigend. Es war kein großes Zimmer. Clare vermutete, dass Angela das größte Schlafzimmer für sich beansprucht und Andy in dieses kleinere Zimmer verbannt hatte. Es war einfach eingerichtet – ein Einzelbett mit einem kleinen Nachttisch, ein Radio, ein Kleiderschrank und eine Kommode. Außer einem gerahmten Foto, das Andy lächelnd am Strand zeigte, gab es weder Nippes noch Erinnerungsstücke. Auf dem Bett lag ein marineblaues Polohemd mit dem Logo von Swilcan Taxis, und auf dem Boden türmte sich ein kleiner Haufen Kleidung – schmutzige Wäsche, vermutete sie. »Dein Job.« Sie nickte Chris zu, der sich seufzend daranmachte, die Kleidung zu durchsuchen.

Auf der Kommode lagen ein paar Taschenbücher und einige Tankstellenquittungen, aber sonst gab es kaum etwas. Dies war eindeutig kein Zimmer, in dem Andy viel Zeit verbracht hatte. Es gab keine Hinweise auf Drogenkonsum, und die Durchsuchung war nach einer halben Stunde beendet. Also gingen sie durch den Flur in das kleine Zimmer, das Andy als Arbeitszimmer genutzt hatte. Hier fanden sie weitere Hinweise auf den Mann. Vor einem großen Fernsehbildschirm und einer Spielkonsole stand ein Lehnstuhl. Eine Ansammlung leerer Bierdosen und ein überquellender Aschenbecher ließen darauf schließen, dass Andy hierher gekommen war, um sich zu entspannen.

»Ziemlich gewalttätiges Zeug«, kommentierte Chris, während er eine Auswahl von Xbox-Spielen durchsah, »aber hauptsächlich Ballerspiele. Nichts allzu Fragwürdiges.« Er warf einen Blick auf ein Regal mit DVDs. »Hier sind ein paar Pornofilme, Chefin.«

»Schau in den Hüllen nach, ob es sich dabei um Heimvideos handelt. Andernfalls lass sie einfach stehen.«

Es gab nichts Weiteres von Interesse, also gingen sie ins Badezimmer, wo die einzigen Dinge, die Andy zu gehören schienen, ein Kontaktlinsenreinigungsset und eine Zahnbürste waren. Alles andere schien von Angela zu sein. Chris wühlte sich durch den Medizinschrank.

»Sie nimmt eine Menge Pillen.«

Clare wollte gerade antworten, als sie die Türklingel hörte. Sie eilte in den Flur und sah, wie Francine einen großen Mann mit kurz geschnittenen blonden Haaren einließ, der Jeans und ein hellblaues T-Shirt trug. Ohne auf eine Aufforderung zu warten, trat er ein, kaum dass Francine die Tür geöffnet hatte. Clare bemerkte, dass er mit seinen Autoschlüsseln spielte, während Angelas Freundin die Tür hinter ihm schloss.

»Oh, Billy, gut, dass du kommst«, hörte Clare sie sagen, als sie ihn ins Wohnzimmer führte.

»Billy Dodds«, mutmaßte Clare. »Chris, du machst hier weiter und kommst nach, sobald du fertig bist.«

Clare huschte hastig die Treppe hinunter. Francine hatte die Wohnzimmertür hinter Billy geschlossen.

»Vielleicht sollten wir ihnen eine Minute Zeit lassen«, schlug sie vor.

Clare schenkte ihr ein Lächeln, von dem sie hoffte, dass es entschuldigend wirkte, klopfte leise an und ging hinein. Billy stand in der Mitte des Raumes, die Arme um Angela gelegt, und hielt sie fest umarmt. Sie glaubte, Billy »jetzt frei« flüstern zu hören, war sich aber nicht sicher. Sie räusperte sich, und die beiden lösten sich voneinander.

»DI Clare Mackay. Können wir uns kurz unterhalten, Sir?«

Clare führte Billy hinaus in den Garten, wo eine weiß gestrichene Bank stand. Chris, der Andys Kleidung und Besitztümer begutachtet hatte, kam die Treppe herunter und folgte den beiden heraus, während Francine vom Küchenfenster aus zusah. Clare wusste, dass Angela direkt hinter ihr stand.

Sie wandte sich an Billy. »Sie wissen sicher, dass Angelas Mann gestern Abend bei einem Unfall mit Fahrerflucht ums Leben gekommen ist.«

Billy strich sich über das Kinn. »Ja, furchtbare Sache. Schrecklich für Angela, auch wenn die beiden nicht …«

»Wir haben Grund zur Annahme, dass Mr Robb vorsätzlich überfahren wurde.«

»Vorsätzlich?« Er schüttelte den Kopf. »Sie meinen, jemand hat das mit Absicht gemacht? So eine Scheiße. Ich meine, verstehen Sie mich nicht falsch, er war scharf auf die Mädels. War ständig hinter ihnen her. Aber das ist kein Grund, den Mistkerl zu überfahren.« Er schüttelte erneut den Kopf.

Chris übernahm die Befragung. »Wie haben Mrs Robb und Sie sich kennengelernt?«

»Wir arbeiten beide in der Klinik. Sie sitzt am Empfang und ich liefere Sachen aus. Sie fiel mir auf. Gut aussehende Frau, die Angela. Eines Tages kam ich gerade vorbei, als sie in die Pause gehen wollte, also sagte ich: ›Komm, lass uns auf der anderen Straßenseite einen Kaffee trinken.‹«

Clare hob eine Augenbraue. »In einem Café?«

»Nur im Supermarkt. Da gibt es ein Café, wissen Sie. Wir haben uns auf Anhieb gut verstanden, und der Rest ist Geschichte.«

»Haben Sie Mr Robb je kennengelernt?«

»Nein. Bin ihm aus dem Weg gegangen. Ich kam nur donnerstags vorbei, wenn er ausging. Meistens gingen wir zu mir nach Hause oder ins Kino und so.«

Clare nahm ihr Notizbuch heraus. »Wo wohnen Sie, Mr Dodds?«

»In Cupar. Kleiner Bungalow, direkt an der Ceres Road. Reicht mir.«

»Sie wohnen allein?«

»Nur ich und der Hund.«

Chris sah seine Chance. »Ich habe selbst einen kleinen Hund, habe ihn gerade erst bekommen. Ein Border Terrier.«

Billy lächelte. »Tolle kleine Hunde, aber sie bellen verdammt viel.«

»Da sagen Sie was. Was haben Sie denn für einen?«

»Einen Deutschen Schäferhund. Habe ihn seit drei Jahren. Toller Kumpel.«

Billy lehnte sich zurück, überschlug die Beine und schien sich mit Chris weiter über Hunde unterhalten zu wollen. Clare nutzte die Gelegenheit.

»Natürlich müssen wir das jeden fragen, Mr Dodds«, sagte sie, »aber können Sie uns sagen, wo Sie am Samstagabend waren?«

Seine Mundwinkel verzogen sich zu einem Grinsen, und er sah Clare direkt in die Augen. »Ehrlich gesagt, Inspector, kümmert mich der Typ nicht so viel, dass ich einen Lackschaden an meinem Auto riskieren würde.«

»Was für einen Wagen fahren Sie denn, Mr Dodds?«

»Einen Qashqai. Er steht draußen, wenn Sie ihn sich ansehen wollen.«

»Und gestern Abend?«

Er nahm sich einen Moment Zeit, bevor er antwortete. »War ich die ganze Zeit zu Hause. Zusammen mit Caesar.«

»Was Bestimmtes gemacht?«, fragte Chris betont beiläufig.

»Hauptsächlich ferngesehen. Ich weiß nicht mehr, was sonst noch. Und ein Curry im Spice Palace bestellt. Kam gegen halb neun.«

Chris runzelte die Stirn. »Im Spice Palace in St. Andrews?«

»Jepp.«

»Nicht in Cupar? Da gibt es doch sicher auch ein paar Inder, bei denen Sie hätten bestellen können?«

Billy grinste. »Ich kenne die Jungs im Spice. Nette Typen. Sie geben immer ein bisschen mehr dazu, wissen Sie. Dafür lohnt es sich, für die Lieferung zu bezahlen.«

Chris nickte und fuhr in leichtem Tonfall fort. »Klingt gut. Ich selbst habe das Spiel des Tages leider verpasst. Haben Sie etwas vom Spiel der Spurs gesehen?«

Der Hauch eines Lächelns umspielte wieder Billys Lippen. »Sie müssen sich besser informieren, Junge. Gestern gab es kein Spiel des Tages. Die Saison wurde vor einer Woche beendet. Gestern Abend kam dieser Eurovisions-Mist.«

Chris war so anständig, zu erröten. »Wer hat gewonnen?«

Billy sah ihm ein paar Sekunden lang in die Augen. »Die Niederlande. Die Niederlande haben gewonnen. Okay? Zufrieden?«

Chris lächelte, sagte aber nichts.

Clare erhob sich. »Wenn Sie nichts dagegen haben, Mr Dodds, sehen wir uns Ihr Auto an und machen uns dann auf den Weg. Ich schicke später jemanden zu Mrs Robb, und wir halten sie natürlich auf dem Laufenden.«

Billy folgte ihnen zurück ins Haus. »Ich werde dafür sorgen, dass es ihr gut geht. Machen Sie sich keine Sorgen.«

Als sie zum Auto gingen, meinte Clare: »Er war auf jeden Fall auf unsere Fragen vorbereitet – und dann diese Eurovisionssache.«

»War er nicht …«

»… zu gut vorbereitet?«

Chris zuckte mit den Schultern. »Vielleicht.«

Sie gingen an Andys rotem Mégane vorbei und näherten sich dem dunkelgrauen Qashqai. Als sie ihn sich ansahen, sagte Clare: »Ich glaube, ich werde dem Spice Palace einen Besuch abstatten und herausfinden, ob sie gestern Abend Billy etwas geliefert haben. Und, was noch wichtiger ist, um wie viel Uhr.«

Chris lief um den vor Angelas Tor geparkten Qashqai herum. »Nichts zu sehen«, stellte er fest. »Kein offensichtlicher Schlamm an den Reifen.«

»Er hätte durch die Waschanlage fahren können«, meinte Clare. »Mach bitte ein Foto von den Reifen, ja? Und versuche, die Nummer auf den Felgen zu entziffern. Vorn und hinten. Und wir brauchen auch ein Bild vom Profil.«

Chris zückte sein Handy und fotografierte erst die Vorderseite des Autos und dann jeden einzelnen Reifen.

Clare starrte auf den Wagen. »Er ist sicherlich groß genug, um jemanden zu überfahren. Lass uns zurück zur Wache fahren und sehen, was die Spurensicherung in Bezug auf die Reifenspuren herausgefunden hat.«

Clare reichte ihm die Schlüssel. »Du darfst zurückfahren. Als Belohnung.«

Sie stiegen ein, und Chris startete den Motor. Als er losfuhr, meinte Clare: »Als ob du dich um einen Hund kümmern könntest!«

Kapitel 4

Das Polizeirevier in der Pipeland Road war ein langes, niedriges rotes Backsteingebäude mit Parkplätzen an der Seite. Normalerweise war es auf der Straße eher ruhig, aber dank des sonnigen Wetters herrschte an diesem Maitag in den Gärten reger Betrieb. Als Clare und Chris das Auto verließen, stieg ihnen der Duft von gegrilltem Fleisch in die Nase.

»Ich könnte jetzt einen Burger vertragen«, meinte Chris, während die automatische Tür aufglitt.

Drinnen hatte Jim am Auskunftsschalter Dienst. »Die Telefondaten sind da«, verkündete er.

Clare zog ihre Jacke aus und hängte sie an einen Kleiderständer hinter dem Schreibtisch. »Großartig, Jim. Kannst du dich mit Chris zusammentun und eure Notizen mit seinen Kontakten abgleichen? Vor allem die Anrufe und SMS von gestern.«

Jim nickte, dann klingelte das Telefon. Er nahm das Gespräch an und machte sich Notizen. Clare wartete, bis er den Hörer aufgelegt hatte, den Zettel abriss und ihr reichte.

»Wir haben Glück mit den Reifenspuren«, sagte er. »Es ist ein großer Reifen – 7.5 Latitude Cross, sagten sie. Wir müssen uns zwar noch beim Reifenhändler erkundigen, aber sie meinen, wir suchen nach einem Allradantrieb oder einer anderen Art von Geländewagen.«

»Gut. Endlich kommen wir weiter.« Clare sah sich auf dem Revier um, und ihr Blick fiel auf eine der jüngeren Streifenpolizistinnen. »Sara, kannst du bitte die Reifenfirmen anrufen? Wenn wir das Fahrzeug eingrenzen können, sparen wir uns viel Zeit bei der Durchsicht der Aufnahmen der automatischen Nummernschilderkennung.«

Sara lächelte. »Wird gemacht.«

Als sie sich erhob, bemerkte Clare, dass Chris' Blick ihrer Kollegin folgte, während sie sich zu einem Schreibtisch begab, um zu telefonieren. Sara hatte eine neue Frisur, einen adretten dunklen Bob, der bei jeder Bewegung sanft mitschwang. Er passte zu ihr, und das war Chris' Aufmerksamkeit nicht entgangen.

»He, Romeo«, rief Clare ihm zu, »die Telefondaten!«

Chris kam zu ihr und starrte auf den Zettel, den Jim Clare gegeben hatte. »Der Wagen könnte gestohlen sein, Chefin«, meinte er.

»Ja, das könnte sein. Okay, mach du weiter mit den Telefondaten. Und Jim, kannst du überprüfen, ob in den letzten zwei Wochen Autos gestohlen wurden? Mich interessieren alle großen Fahrzeuge. Falls du in dieser Zeit nichts findest, geh weitere zwei Wochen zurück. Nein, geh besser gleich drei Monate zurück. So viele Diebstähle dieses Wagentyps kann es ja nicht geben. Vergleich sie mit dem Filmmaterial der Verkehrsüberwachung und frag nach, ob Sara dir bei der Eingrenzung des Fahrzeugtyps helfen kann.«

Chris' Gesichtsausdruck verriet Clare, dass er viel lieber gestohlene Geländewagen aufgespürt hätte, als mühselig Telefondaten zu durchforsten.

»Nur in Fife?«, fragte Jim.

Clare dachte kurz nach. »Wir könnten auch Tayside und Lothian einbeziehen. Der Wagen könnte tatsächlich aus einem anderen Bezirk kommen.«

»Wenn wir sie alle überprüfen müssen, könnten das ziemlich viele Autos sein.«

»Das muss sein, Jim. Aber falls Sara den Fahrzeugtyp herausfindet, wird das eure Arbeit verringern.« Sie lächelte in die Runde. »Okay. Also ran an die Arbeit!«

Clare ging in die kleine Küche im Personalbereich und goss sich einen Kaffee in ihren Thermobecher. Dann rief sie ihren Kollegen zu, sie sollten sie über Funk informieren, wenn sie etwas fanden, und machte sich auf den Weg hinaus, wobei sie die Schlüssel für ein Fahrzeug aus der Polizeiflotte mitnahm. Die Sonne strahlte und Clare bedauerte, dass sie ihre Sonnenbrille zu Hause gelassen hatte. Da sie sich auf den Nebenstraßen noch nicht auskannte, fuhr sie auf der Largo Road in Richtung West Port, zu dem historischen Tor, das zur belebten South Street führte. Dieser Teil der Stadt, der sich von West Port bis zum alten St. Rule's Tower, einer mittelalterlichen Kathedrale, erstreckte, gefiel Clare am besten. Die Bürgersteige waren breit, und schrullige kleine Geschäfte und Cafés mit Studentenwohnungen darüber säumten die Straße. Die Studenten, die oft in ihren traditionellen roten Talaren zu sehen waren, fielen heute durch ihre Abwesenheit auf, und Clare fragte sich, ob das vielleicht an Prüfungen lag. Sie verlangsamte das Tempo, als eine Schar von Touristen auf einen der vielen Fußgängerüberwege trat. Während sie darauf wartete, dass sie die Straße überquerten, bewunderte sie ein neo-jakobinisches Schulgebäude, das etwas zurückgesetzt stand. Gleich hinter der Kreuzung entdeckte sie Jensen's Diner. Sie suchte die Straße links und rechts nach einer Parklücke ab und sah dann die weißen Rückfahrscheinwerfer eines Autos vor ihr aufleuchten. Sie trat auf die Bremse, gab dem Fahrer ein Zeichen, dass sie ihn vorließ, und fuhr dann schnell in die Lücke, bevor ihr jemand zuvorkam. Als sie aus dem Auto stieg, bemerkte sie die Klänge von Dudelsäcken, die das allgegenwärtige »Highland Cathedral« spielten. Nachdem sie an vielen Samstagen im Zentrum von Glasgow gearbeitet hatte, hatte Clare dieses Lied von so vielen Dudelsackspielern gehört, dass es für ihr ganzes Leben reichte.

Sie bahnte sich einen Weg durch die trödelnden Touristen und steuerte das Jensen's an. Es war ein im amerikanischen Stil eingerichtetes Lokal mit einer alten Harley-Davidson auf einer erhöhten Plattform. Die Beach Boys spielten aus falschen Retro-Lautsprechern, und im Restaurant herrschte Hochbetrieb.

Eine Kellnerin in einer Uniform aus den 1950er-Jahren kam lächelnd auf sie zu. »Ein Tisch für eine Person?«

Clare zückte ihren Ausweis und fragte nach Vicky.

Die Kellnerin sah sich um. »Ich glaube, sie hat gerade Pause. Ich sehe mal nach.«

Der Duft aus der Küche war unwiderstehlich, und obwohl sie schon gefrühstückt hatte, fragte sich Clare, ob sie vielleicht Zeit für einen kleinen Snack hatte. Sie warf einen Blick auf die Speisekarte, um zu sehen, ob man das Essen auch mitnehmen konnte, doch die Kellnerin kam zurück, bevor sie die Karte zu Ende gelesen hatte.

»Vicky ist hinten«, sagte sie. »Ich bringe Sie hin.«

Clare folgte ihr durch Flügeltüren in die Küche, dann durch eine weitere Tür auf deren Rückseite und schließlich in einen kleinen Personalraum. »Könnten Sie mir ein paar Minuten mit Vicky geben und dann zurückkommen?«

Die Kellnerin ging und schloss die Tür leise hinter sich. Vicky hatte einen Hotdog gegessen und in einer Zeitschrift gelesen. Als Clare hereingekommen war, hatte sie aufgesehen und sich etwas Ketchup von den Lippen gewischt. Clare war überrascht, wie jung sie im Vergleich zu Angela war, und fragte sich, warum Männer ab einem gewissen Alter das Bedürfnis hatten, ihre Frauen zugunsten jüngerer Ausgaben auszutauschen. Doch sie konnte gut verstehen, warum Andy Robb sich in diese junge Kellnerin verliebt hatte. Vickys Uniform betonte ihre gute Figur, und sie war mit dieser klaren Haut gesegnet, die man nur von den retuschierten Hochglanzfotos in Zeitschriften kannte. Clare stellte sich vor und erklärte den Grund ihres Besuchs. Vickys schockierte Miene verriet Clare, dass sie entweder nichts von Andys Tod gewusst hatte oder eine verdammt gute Schauspielerin war.

»Andy ist tot? Sind Sie sicher?«

»Ich fürchte ja, Vicky. Und es tut mir leid, Ihnen sagen zu müssen, dass wir momentan nicht von einem Unfall ausgehen.«

»Aber, was …? Warum sollte …?« Ihre blauen Augen füllten sich mit Tränen, und sie suchte in ihrer Tasche nach einem Taschentuch.

»Es tut mir leid.« Clare gab ihr einen Moment Zeit, sich zu sammeln, bevor sie mit sanfter Stimme sagte: »Vicky, wir müssen so viel wie möglich über Andy herausfinden. Wohin er ging, wen er traf. Solche Dinge. Wir haben bereits mit seiner Frau gesprochen, aber sie wusste nicht wirklich, mit wem er befreundet war. Wenn Sie uns also irgendetwas dazu sagen könnten, würde das vielleicht helfen.«

Bei Angelas Erwähnung runzelte Vicky die Stirn. »Ach die. Wahrscheinlich ist sie es gewesen. Sie hasste ihn. Hatte immer etwas an ihm auszusetzen.«

Clare erinnerte sich an Angela, die selbst in ihrem Kummer noch so beherrscht war. Sie bezweifelte sehr, dass Andys Liebesleben Angela so wichtig gewesen war, dass sie ihn überfahren hatte. Sie hatte vielmehr den Eindruck gewonnen, dass sein Fremdgehen keine große Rolle gespielt hatte, obwohl die beiden verheiratet gewesen waren. Wahrscheinlich hatte Andy um Vickys Mitgefühl gebuhlt. »Können Sie mir sagen, wie lange Sie Andy schon kannten?«, fuhr sie mit der Befragung fort.

»Am Mittwoch sind es sechs Monate. Oder wären es gewesen ...«

»Waren Sie vorher in einer Beziehung?«

»In den letzten Monaten nicht, nein.«

»Keine Ex-Freunde, die Ihnen noch nachstellten? Irgendetwas in der Art?«

»Nein. Mein letzter Freund ging zur Armee, und wir waren uns einig, dass eine Fernbeziehung nicht funktionieren würde. Aber wir sind Freunde geblieben.«

Eine weitere Sackgasse. Clare notierte sich die Daten des Ex-Freundes, bezweifelte aber, dass sie relevant waren. »Wussten Ihre Eltern von Andy?«

»Natürlich. Ich meine, ich habe ihnen natürlich nicht gesagt, dass er noch immer mit ihr zusammenlebt. Nur, dass er verheiratet ist, sie sich aber getrennt haben. Mein Vater war anfangs nicht sehr glücklich darüber, aber irgendwann hat er sich damit abgefunden.«

Clare notierte sich Namen und Adresse von Vickys Eltern und lenkte dann das Gespräch auf Andys Interessen. »Sind Sie oft zusammen ausgegangen?«

»Ab und zu. Aber da wir beide nicht viel verdienten, sahen wir oft zusammen fern. Und manchmal gingen wir in den Pub.«

»Der Name?«

»The Thistle. Unten an meiner Straße. Ich wohne am Schwimmbad.«

Clare kannte den Pub. Sie bemühte sich, ihren Tonfall bei der nächsten Frage betont locker zu halten. »Was ist mit den Donnerstagen? Haben Sie Andy an diesen Abenden auch gesehen?«

»Nein, donnerstags nie. Normalerweise samstags, unter der Woche vielleicht dienstags oder mittwochs, aber donnerstags ging Andy immer in einen Klub.«

»In welchen Klub?«

»Oh, das weiß ich nicht. Das hat er nie gesagt. Aber wir haben auch nicht wirklich darüber gesprochen.«

»Okay, kein Problem. Hatte er sich in letzter Zeit mit jemandem gestritten?«

Sie schüttelte den Kopf. »Alle mochten Andy.« Und wieder liefen die Tränen.

Clare ging zur Tür und bemerkte die Kellnerin, die im Flur herumhing. »Ich glaube, Vicky sollte nach Hause gehen. Ich musste ihr eine schlimme Nachricht überbringen, und sie ist ziemlich erschüttert.«

Die Kellnerin schenkte Vicky ein mitfühlendes Lächeln und nahm sie in die Arme. »Komm schon, Vic. Wir holen deinen Mantel.«

Nachdem Vicky gegangen war, saß Clare noch ein paar Minuten im Personalraum. Sie konnte sich nicht vorstellen, dass das Mädchen etwas mit Andys Tod zu tun hatte. Selbst wenn ihr Vater nicht mit ihrem Freund einverstanden gewesen wäre, wäre es ein bisschen übertrieben gewesen, ihn zu überfahren. Und dann war da noch diese Karte mit der Zahl Fünf. Was bedeutete sie? Oder hatte sie nichts mit seinem Tod zu tun? Sie schüttelte den Kopf. Vielleicht konnten die Mitarbeiter des Pubs weiterhelfen.

Draußen auf der South Street hatte der Dudelsackspieler inzwischen eine mitreißende Interpretation von »Scotland the Brave« angestimmt. Ein Stück weiter auf der Straße hatte sich eine kleine Menschenmenge versammelt, um einem Prediger bei seinen Ausführungen über Hölle und Verdammnis zuzuhören, und Clare vernahm einige zustimmende Zwischenrufe. Sie fuhr rückwärts aus der Parklücke heraus und bog am Ende der Straße nach rechts in Richtung Schwimmbad ab. Nach weniger als einem Kilometer entdeckte sie den Pub und parkte kurz hinter dem Eingang.

The Thistle war einst ein altes Steinhaus gewesen, war aber inzwischen erweitert und modernisiert worden. Drinnen war es hell und luftig und genauso geschäftig wie im Jensen's. Auf der einen Seite der Bar standen Tische, an denen die Gäste ihr Sonntagsessen einnahmen. Eine mollige Kellnerin kam gerade mit zwei Tellern Roastbeef vorbei und meinte, sie käme gleich wieder. Plötzlich müde wegen ihres unruhigen Schlafs, schaute sich Clare nach einem freien Stuhl um, konnte aber keinen finden. Also lehnte sie sich an eine Wand, um ihre Füße zu entlasten. Während sie wartete, betrachtete sie die Gäste – hauptsächlich Paare zwischen dreißig und fünfzig. Vermutlich nicht gerade die Art von Pub, zu der sich Vicky Gallagher hingezogen fühlte, aber Andy hatte wahrscheinlich genau hierher gepasst. Und das Lokal lag praktisch auf dem Weg zu Vickys Wohnung.

»Hallo«, sagte die Kellnerin. »Ich fürchte, Sie müssen noch etwas warten.«

Clare hielt ihren Ausweis hoch. »Ich brauche keinen Tisch, aber ich hoffe, Sie können mir trotzdem helfen.«

»Ich werde es versuchen.«

Clare zückte ihr Handy und zeigte der Kellnerin Andys Foto. »Kennen Sie diesen Mann?«

Die Kellnerin nickte. »Das ist Andy. Er kommt immer mit seiner Freundin her. Ich glaube, sie heißt Vicky.«

»Kommt er immer nur mit Vicky her?«

Die Kellnerin schaute zweifelnd. »Da müsste ich meine Kollegen fragen. Ich glaube nicht, dass ich ihn schon einmal mit jemand anderem gesehen habe. Jedenfalls nicht in den letzten Monaten.«

Zwei weitere Teller mit Roastbeef wurden durch eine Küchenluke gereicht und von der Kellnerin begutachtet. »Ich bringe das besser zu den Gästen. Aber wenn Sie einen Moment Zeit haben, rufe ich den Manager.«

»Danke.«

Len, der Manager, war so dünn wie die Kellnerin mollig. Seine Hose, die vor Abnutzung glänzte, hing lose an ihm herunter, während sein Hemd am Hals auseinanderklaffte. Er klopfte unbewusst die Finger gegeneinander, und sein Blick schweifte immer wieder über das Restaurant. Er folgte Clare mit einigem Widerwillen in eine ruhige Ecke, wo gerade ein Tisch frei geworden war, und setzte sich auf die Kante eines Stuhls. Er erinnerte sich gut an Andy und war schockiert, als Clare ihm sagte, dass er tot sei.

»Netter Kerl, der Andy«, sagte er und schüttelte den Kopf. »Kaum zu glauben. War es ein Herzinfarkt?«

Clare ignorierte die Frage. »Kennen Sie seine Freundin?«

»Klar, Vicky. Nettes Mädel. Ein bisschen jung für ihn, würde ich sagen, aber er hatte eine Schwäche für die jungen Dinger, schätze ich.«

»Haben Sie einen Grund für diese Annahme?«

Er zögerte und rutschte auf seinem Stuhl hin und her. »Ich bin mir nicht sicher …«

»Es ist wichtig.«

Er starrte sie an. »Es war also kein Herzinfarkt?«

Er war auf Informationen aus, aber Clare biss nicht an. »Wenn Sie einfach meine Frage beantworten könnten …«

»Er hatte vor Vicky zwei andere Freundinnen. Beide sehr jung. Anfang zwanzig, würde ich sagen.«

»Die Namen?«

Er rieb sich das Kinn. »Jetzt, wo Sie danach fragen …«

Clare wartete, und schließlich sprach er wieder. »Vor Vicky hatte er eine Affäre mit einer Polin. Marta hieß sie, glaube ich. Ein Au-pair-Mädchen oder so etwas in der Art.«

»Wissen Sie, wo sie wohnt? Oder irgendetwas anderes, was uns helfen könnte, sie zu finden?«

»Tut mir leid, nein. Ich glaube, sie ist zurück nach Polen gegangen. Hatte irgendetwas mit ihrer Mutter zu tun.«

»Und vor Marta?«

Das Zögern war lange genug, um Clare in Alarmbereitschaft zu versetzen. »Wir stufen Mr Robbs Tod als verdächtig ein. Alles, woran Sie sich erinnern können, kann hilfreich sein.«

Er seufzte. »Eines unserer Barmädchen. Nettes Mädchen namens Kayleigh. Sie war ziemlich wütend, als er sie für das polnische Mädchen sitzen ließ.«

»Arbeitet sie noch hier?«

Er nickte. »Sie hat heute die Abendschicht, falls Sie mit ihr sprechen wollen.«

Clare bedankte sich bei ihm und erklärte, sie würde später wiederkommen, um mit Kayleigh zu reden. »Oh, und ich wäre Ihnen dankbar, wenn Sie Kayleigh nichts von Mr Robbs Tod erzählen würden. Ich würde ihr die Nachricht gern selbst überbringen.«

Der Manager hob eine Augenbraue, sagte aber nichts, und Clare verabschiedete sich. Das Auto stand jetzt in der prallen Sonne und war verdammt heiß. Für einen Moment lehnte sie sich gegen die Kopfstütze, und der Gedanke an ein kurzes Nickerchen war sehr verlockend. Doch dann schoss ihr das Bild von Andy Robbs verstümmeltem Körper durch den Kopf und sie war wieder hellwach. Es gab viel zu tun. Zeit, Swilcan Taxis zu überprüfen.

In der North Street gab es weniger Geschäfte und Cafés, weshalb hier nicht so viel los war wie in der South Street, und Clare fand einen Parkplatz in der Nähe des Albany Place. Swilcans Büro befand sich im Erdgeschoss einer Haushälfte, an deren Seite eine schmale Gasse vorbeiführte, die gerade breit genug war, dass ein Auto durchfahren konnte. Als Clare die Gasse entlangging, sah sie, dass sie zu einem Hof führte, der an allen Seiten von hohen Steinmauern umgeben war. Schwache

Markierungen auf dem Beton wiesen auf fünf oder sechs Parkplätze hin, von denen drei mit Autos belegt waren. Sie kehrte zur Vorderseite zurück und stieß die Ladentür auf, woraufhin ein Klingeln ertönte. Die Mitarbeiterin am Empfang, eine dunkelhaarige Frau Ende vierzig, sah auf, als Clare eintrat, sprach aber weiter in ein Headset-Mikrofon, wobei sie eine Reihe von Anrufen bearbeitete.

Während sie wartete, sah sich Clare im Büro um. Die Wände aus Kiefernholzimitat erinnerten an die 1970er-Jahre, und die mit Visitenkarten bedeckte Pinnwand aus Kork trug wenig zur Aufwertung der Einrichtung bei. Die Zentrale war zwar sauber, aber dringend renovierungsbedürftig. Schließlich richtete Clare ihre Aufmerksamkeit auf die Mitarbeiterin, auf deren Namensschild »Jakki« stand, und schlussfolgerte, dass sie wahrscheinlich keine von Andys Eroberungen war. Dafür war sie zu nahe an seinem eigenen Alter. Sie war Angela nicht unähnlich, obwohl ihr Haar dunkler war. Aber sie hatte die gleiche distanzierte Art und schien sich nicht daran zu stören, dass sie Clare warten ließ. Als sie endlich aufsah, hielt Clare ihren Ausweis hoch und bat Jakki, das Telefon für ein paar Minuten auf lautlos zu stellen.

Die Frau runzelte die Stirn. »Das wird dem Chef nicht gefallen.«

»Das wird es, wenn ich ihm erkläre, dass ich den Mord an einem Ihrer Fahrer untersuche.«

Jakki blieb der Mund offen stehen. »Wem?«

»Andy Robb. Ich werde also mit allen sprechen müssen, die hier arbeiten. Und ich würde auch gern die Fahrzeuge sehen.«

Jakki erklärte ihr, dass drei Fahrer im Einsatz seien. Einer rauchte draußen eine Zigarette und die beiden anderen sollten bald zurück sein, falls Clare so lange warten wollte. Clare ging zurück auf den Hof, um die Taxis zu untersuchen, bis die Fahrer eintrafen. Zwei Limousinen und ein Siebensitzer. Sie sah sich alle drei Wagen genau an, aber den Pfützen auf dem Beton nach zu urteilen, waren sie am Morgen gewaschen worden. Sie zückte ihr Handy und fotografierte Felgen und Profil des Siebensitzers, um sie mit den von der Spurensicherung gesammelten Informationen abzugleichen, aber das war vermutlich ein Schuss ins Blaue.

Zehn Minuten später hatten sich die drei Fahrer, allesamt Männer, in einem kleinen Personalraum versammelt. Zwei von ihnen, Harry und Robert, schätzte sie auf etwa fünfzig Jahre, während Gil wohl Mitte zwanzig war. Sie alle trugen Polohemden wie jenes, das sie in Andys Schlafzimmer gesehen hatte, aber abgesehen davon waren sie ein unpassendes Trio.

Harry war das, was Clare üppig nannte. Die Fettröllchen, die über dem Hosenbund hingen, ließen vermuten, dass sein Polohemd sich nur unter Protest in die Hose hatte stecken lassen. Er schwitzte sichtlich und wischte sich mit der Hand über die Stirn, bevor er sie an seiner schmutzigen Hose abwischte. Auf seinen Knöcheln befanden sich verblasste blaue Tätowierungen, und seine Fingernägel waren schmutzig.

Robert dagegen war wie aus dem Ei gepellt. Sein Haar verfärbte sich bereits silbern, war aber ordentlich gestutzt, ebenso wie sein kleiner Schnurrbart. Er lächelte Clare an und schien ebenso eifrig helfen zu wollen, wie Harry zögerlich war.

Gil dagegen fühlte sich offensichtlich nicht wohl in seiner Haut und wich Clare aus. Sie wunderte sich über ihn. Er war kein typischer Taxifahrer, sondern ein ruhiger Junge, der möglicherweise noch bei seiner Mutter lebte. Sie überlegte, ob er vielleicht eine Freundin hatte. Oder einen Freund. Er wirkte auf sie wie jemand, der Schwierigkeiten mit sozialen Situationen hatte, was Taxifahren zu einer merkwürdigen Berufswahl machte.

Harry sah auf seine Uhr. »Wir müssen noch Fahrgäste abholen, Inspector, wenn Sie sich also beeilen könnten …«

Clare beschloss, dass sie Harry nicht besonders mochte. Waren er und Andy Freunde gewesen oder waren sie aneinandergeraten? Sie überbrachte ihnen schonend die Nachricht von Andys Tod und beobachtete ihre Reaktionen.

»Wie jetzt?«, rief Harry. »Wirklich? Andy ist tot?«

Clare nickte. Robert, so dachte sie, sah schockiert aus, während Gil weiterhin die Tür anstarrte. Sie ließ die Information wirken, bevor sie meinte: »Und ich muss Ihnen sagen, meine Herren, dass wir Andys Tod als verdächtig einstufen.«

Wieder war es Harry, der sprach. »Verdächtig? Inwiefern? Wurde er angegriffen?«

Clare antwortete mit einer Gegenfrage. »Wäre das ungewöhnlich? Oder war Andy der Typ Mann, der die Leute gegen sich aufbrachte?«

Harry zuckte mit den Schultern, sagte aber nichts.

Robert schüttelte den Kopf. »Eigentlich nicht, Inspector. Er war ein Weiberheld, aber alle mochten ihn.« Er wartete auf die Bestätigung seiner Kollegen, doch Harry schaute unverbindlich drein und Gil schwieg.

»Haben Sie sich alle gut mit ihm verstanden?«, wollte Clare wissen.

»Ja, klar«, antwortete Harry. »Wir verstehen uns hier alle. Beste Kumpels.«

Robert fing Harrys Blick auf und sah dann zu Gil, schwieg jedoch.

Clare war davon nicht wirklich überzeugt, hakte aber nicht weiter nach. »Weiß jemand, mit wem Andy sich traf? Wo er hinging? Oder ist einer von Ihnen mit ihm ausgegangen? In Pubs, Klubs oder so etwas in der Art?«

Die Männer schüttelten den Kopf.

»Auch nicht donnerstagabends?«

Diese Frage schien sie zu überraschen. »Wieso gerade donnerstags?«, wollte Robert wissen.

»Wir glauben, dass Andy donnerstags regelmäßig ausgegangen ist, wissen aber nicht, wohin.«

»Irgendwohin, wo er Mädels aufreißen konnte«, meinte Harry.

Clare sah die drei an. Sie gaben nicht viel preis. Lag das daran, dass sie nicht viel über Andy wussten, oder verbargen sie etwas? Der junge Gil tat es auf jeden Fall.

Sie stellte noch ein paar Fragen, erfuhr aber wenig, was ihr nicht schon bekannt war. Ja, Andy war ein Frauenheld gewesen, aber soweit sie wussten, hatte er niemanden verärgert. Und er hatte als guter Fahrer gegolten, der im Allgemeinen mit den Kunden klarkam.

Da es nicht so aussah, als ob sie noch mehr erfahren würde, nahm sie ihre Namen, Adressen und Kfz-Kennzeichen auf und ließ sie dann gehen. Kaum waren sie weg, bat sie Jakki leise: »Könnten Sie den jungen Mann unauffällig bitten, einen Moment nach draußen zu kommen?«

Jakki nickte, und Clare trat auf die Straße. Einige Minuten später öffnete sich die Tür und sie sah, wie Gil zögerte, dann herauskam und die Tür hinter sich schloss. Sie gab ihm ein Zeichen, weiter die Straße entlangzugehen, aus dem Blickfeld des Büros.

»Gil, richtig?«, fragte sie und setzte sich auf eine Mauer.

Der Junge zögerte, dann nahm er neben ihr Platz, ohne ihr jedoch in die Augen zu sehen. »Ja.«

»Nun, Gil, ich bin jetzt schon ein paar Jahre bei der Polizei und inzwischen ganz gut darin, zu erkennen, wenn jemand meinen Fragen ausweicht.«

Gil starrte geradeaus. Clare glaubte zu sehen, wie sich seine Lippen zu einem schmalen Strich verzogen. Er schaute sie kurz an und wandte dann den Blick wieder ab.

»Du mochtest Andy Robb nicht, richtig?«

Er zuckte mit den Schultern.

»Gab es dafür einen besonderen Grund?«

Gil schwieg noch immer. Er schluckte und schien zu überlegen, was er sagen sollte. »Typen wie er …«

»Ja?«

»Markieren immer den Chef und halten sich für die Größten.«

»Du meinst, wenn es um Frauen geht?«

»Ja.«

Langsam dämmerte es Clare. »Hast du eine Freundin, Gil?«

Gil spielte mit der Schuhspitze an einer losen Platte des Pflasters. »Hatte ich, ja.«

»Hat das etwas mit Andy zu tun?«

Wieder Schweigen. »Er wollte sie nicht einmal haben. Er wollte nur beweisen, dass er sie haben kann.«

»Wer war sie?«

»Marta. Marta Mieszko. Sie war Polin.«

»War sie Studentin? Oder hat sie in der Stadt gearbeitet?«

»Sie war als Au-pair-Mädchen bei einem der Universitätsprofessoren. Ich glaube aber, inzwischen ist sie wieder in Polen. Zumindest habe ich das gehört.«

»Kennst du den Namen ihres Arbeitgebers? Dieses Professors?«

»Ja. Professor Slater. Er wohnt in Wardlaw Gardens.«

Clare notierte sich das und sah dann wieder zu Gil, der mit den Fingern spielte. »Gil, wo warst du am Samstagabend?«

»Hier. Ich habe gearbeitet.«

»Mit welchem Auto?«

»Mit dem Siebensitzer. Es ist alles aufgezeichnet.«

»Wann hast du Feierabend gemacht?«

Die Platte war jetzt ziemlich locker, und er schaukelte sie mit dem Fuß hin und her. »Gegen zwei.«

»Zwei Uhr am Sonntagmorgen?«

»Ja.«

»Kannst du dich erinnern, wo du gegen Mitternacht warst, Gil?«

»Hm. Da habe ich ein Ehepaar zu einem Bauernhaus gefahren. Direkt an der A915.«

Es kostete Clare all ihre Selbstbeherrschung, nicht zu reagieren. Sie wusste inzwischen, dass die A915 parallel zur A917 verlief. Ein kurzer Abstecher über eine Nebenstraße hätte Gil direkt zum Kenlybank Hotel geführt. Und als Taxifahrer wusste er das auch.

Zum ersten Mal sah Gil ihr in die Augen. »Ich weiß, wie das aussieht«, sagte er. »Andy hat uns erzählt, dass er in ein Hotel am anderen Ende der Stadt gehen würde. Zur Hochzeit seiner Schwester. Aber ich war nicht in der Nähe des Hotels und ich habe ihn nicht getötet. Ich hätte es vielleicht gewollt, aber die Wahrheit ist, dass ich nicht den Mut dazu habe.«

Clare sah ihn an. Er war ein Bild des Jammers.

»Ich habe ihn nicht getötet«, wiederholte er.

Gil war jetzt den Tränen nahe, und Clare fragte sich, wie viele Leben Andy Robb durch seine Frauengeschichten noch ruiniert hatte. »Okay, Gil«, sagte sie und gab ihm einen Klaps auf den Arm. »Belassen wir es vorerst dabei.«

Sie saß gedankenverloren auf der Mauer, nachdem Gil wieder ins Büro gegangen war. Eine oder zwei Minuten später kam Jakki heraus und suchte nach ihr.

»Ich weiß, was Sie jetzt denken, aber der Junge würde keiner Fliege etwas zuleide tun. Andy hat sich ihm gegenüber mies verhalten, mit seiner Freundin und so weiter, aber so etwas würde der Junge nicht tun.«

Clare lächelte. »Zur Kenntnis genommen.«

Jakki zögerte. »Aber da ist noch etwas anderes. Über Andy. Der Chef, Martin … nun, er ist heute nicht hier. Aber sie hatten ziemlichen Streit. Letzte Woche. Ich habe gehört, wie sie sich angeschrien haben.«

»Haben Sie eine Ahnung, worum es dabei ging?«

Sie schüttelte den Kopf. »Tut mir leid. Ich wollte gerade lauschen, als das Telefon klingelte.«

»Sind sie oft aneinandergeraten?«

»Andy konnte in einem leeren Haus einen Streit anzetteln. Und das nicht nur mit Martin. Martin ist ein guter Chef, aber Andy … Nun ja, er war manchmal schwierig.«

»Ist Martin heute zu Hause?«

»Nein, aber er kommt heute Abend zurück. Ich gebe Ihnen seine Handynummer.«

Clare nahm die Karte mit Martins Namen und Nummer und steckte sie in ihre Tasche. »Noch eine Sache: Hat Andy jemals an einem Donnerstagabend gearbeitet?«

»O nein! Das kann ich Ihnen mit Sicherheit sagen. Donnerstags übernahm er grundsätzlich nur die Tagschicht.«

Clare bedankte sich bei ihr und kehrte zur Wache zurück. Die Liste der Leute, die Andy verärgert hatte, wurde immer länger. Sie würde Jim und Sara und vielleicht auch einige der anderen Kollegen hinzuziehen müssen, damit sie bei den Befragungen halfen. Als sie den Motor anließ und losfuhr, fragte sie sich, wohin Andy donnerstagabends immer gegangen war und ob das etwas mit seinem Tod zu tun hatte.

Kapitel 5

Zurück auf dem Revier rief Clare Chris, Jim, Sara und eine Handvoll Streifenpolizisten in die Einsatzzentrale, um die Informationen zusammenzutragen.

»Okay«, sagte sie. »Gestern Abend war Andy Gast auf einer Hochzeit im Kenlybank Hotel und lief aus irgendeinem Grund gegen Mitternacht die Auffahrt hinunter. Gibt es etwas Neues über seine Telefondaten, Chris?«

»Ja. Wir haben jetzt seine Kontakte und arbeiten uns gerade da durch. Außerdem haben wir seine Anrufe überprüft. Es gab keine am Samstag. Um 23.50 Uhr erhält er jedoch eine SMS von einer nicht identifizierten Nummer. Wahrscheinlich von einem Prepaid-Handy. Er antwortet, und die beiden flirten ein wenig miteinander. Es sieht so aus, als ob ihn der Absender der SMS zu einem Stelldichein nach draußen einlädt.«

»Kannst du uns einen Ausdruck dieser Nachrichten besorgen, Chris?«

Chris nickte. »Etwa zwanzig Minuten später geht eine Nachricht von Mrs Robb ein, in der sie fragt, wo zum Teufel er steckt.«

»Ist das alles?«, wollte Clare wissen.

»Ja.«

»Nehmen wir also an, der SMS-Schreiber ist unser Fahrer – der Mörder. Andy ist bekannt dafür, durch sämtliche Betten zu springen. Der Fahrer schickt ihm anzügliche SMS, um ihn herauszulocken, und überfährt ihn, als er die Auffahrt weit genug hinuntergelaufen ist.«

»Wie ist der Fahrer an Andys Nummer gekommen?«

»Gute Frage, Chris. Ist es jemand, der ihn kennt? Ist Andys Nummer auf Facebook sichtbar? Könnte es einer seiner bestehenden Kontakte sein, der ein anderes Handy benutzt hat?« Clare drehte sich zum Whiteboard und schrieb »23.50 Uhr – SMS-Austausch zwischen Opfer und Mörder«.

»Besteht die Möglichkeit, dass es ein Unfall war, Clare? Der Fahrer geriet in Panik und beging Fahrerflucht?«, fragte Jim.

»Das bezweifle ich. Der Fahrer fuhr erst über ihn drüber, legte dann den Rückwärtsgang ein und überfuhr ihn erneut. Wäre es ein Unfall gewesen, hätte er wahrscheinlich sofort gebremst, nachdem er mit Andy zusammengestoßen war.«

»Könnte es ein Taxi gewesen sein, das jemanden nach Hause bringen sollte?«, hakte Jim nach.

»Eine berechtigte Frage. Erkundige dich bei den örtlichen Taxiunternehmen, ob sie gegen Mitternacht jemanden abholen sollten. Und vergiss die Mitarbeiter des Hotels nicht. Jemand könnte sie gebeten haben, ein Taxi zu rufen.«

Chris hob die Hand. »Was ist mit dieser Karte mit der Fünf, Chefin?«

»Eine gute Frage. Irgendwelche Theorien, Leute?« Als alle den Kopf schüttelten, fuhr Clare fort. »Die Reifenspuren – Sara, gibt es da Fortschritte?«

»Ja. Es war nicht leicht, da überhaupt jemanden zu erreichen, aber ich habe mit zwei Leuten von Reifenherstellern gesprochen, und beide sagten dasselbe. Diese Reifen werden im Allgemeinen nur für Land Rover oder Range Rover verwendet.«

»Könnte es nicht auch ein Qashqai sein?«

»Ganz sicher nicht.«

»Gibt es Neuigkeiten über gestohlene Autos, Jim?«

»Wir haben die Auswahl inzwischen eingegrenzt. Insgesamt sind es mehr als vierzig in den drei Bezirken, aber ich werde sehen, wie viele davon Land Rover oder Range Rover sind, und dir Bescheid geben.«

Clare sah sich im Raum um. »Wer geht das Material der automatischen Kennzeichenerkennung durch?«

Eine Streifenpolizistin hob die Hand. »Ich, Chefin.«

»Okay, Gillian, ich will die Zulassungsnummern aller Land Rover oder Range Rover, die zwischen elf Uhr abends und ein Uhr morgens erfasst wurden. Zeit, Richtung, Besitzer, gestohlen oder nicht.«

Gillian kritzelte etwas in ihr Notizbuch, und Clare fuhr fort. »Jetzt, da wir die Marke eingegrenzt haben, müssen wir mit den Besitzern von Land Rovern und Range Rovern sprechen – nicht nur mit denen von gestohlenen Fahrzeugen. Beginnen wir mit einem Fünfzehn-Kilometer-Radius um St. Andrews und sehen wir, was sich daraus ergibt. Wenn die Eigentümer vor Ort sind, befragt sie persönlich, ansonsten ruft sie an. Jim, kannst du das übernehmen?«

Jim nickte.

Clare fuhr fort. »Chris, ich möchte, dass du dich auf die gestohlenen Autos konzentrierst, für den Fall, dass es sich um ein paar Jungs auf Spritztour mit einem gestohlenen Fahrzeug handelt. Ich gehe zwar nicht davon aus, aber wir müssen das trotzdem überprüfen.« Sie sah ihn an. »Es gibt eine ganze Reihe von Leuten, die befragt werden müssen. Martin Simms, der Eigentümer von Swilcan Taxis. Räum ihm den Vorrang ein. Er und Andy hatten eine schwierige Beziehung. Dann Andys derzeitige Freundin, Vicky – wir müssen mit ihren Eltern sprechen. Hatte der Vater ein Problem damit, dass seine Tochter sich mit einem verheirateten Mann traf? Auch Billy Dodds' Hintergrund muss überprüft werden. Er ist Angelas Freund und Lieferfahrer für das Krankenhaus. Er fährt einen Qashqai, der nicht die richtigen Reifen hat, aber wir können ihn noch nicht ausschließen. Ich muss noch ein paar Ex-Freundinnen überprüfen, was ich gleich tun werde. Chris und Jim, wenn ihr mit den Autos und den Telefonkontakten fertig seid, könnt ihr euch bitte um Billy kümmern? Und in Andys Telefondaten die im letzten Monat eingegangenen Anrufe überprüfen?« Sie sah sich um. »Sonst noch Fragen?«

Chris hob wieder die Hand. »Die Donnerstagabende. Sollten wir nicht herausfinden, wohin er gegangen ist?«

»Guter Gedanke. Du machst weiter wie geplant, und ich werde mich darum kümmern. Lass uns noch ein paar Stunden arbeiten und dann Feierabend machen. Morgen früh um acht Uhr treffen wir uns dann wieder hier.«

Clare fand Professor Slaters Telefonnummer ohne große Schwierigkeiten heraus und setzte sich an ihren Schreibtisch, um ihn anzurufen. Er bestätigte, dass Marta Mieszko sein Au-pair-Mädchen gewesen und dass sie seines Wissens vor fast einem Jahr nach Polen zurückgekehrt war.

»Meine Frau hat sie zum Flughafen von Edinburgh gefahren.«

»Und haben Sie seitdem etwas von Marta gehört? Ist sie noch in Polen?«

»Ich glaube, meine Frau hat noch Kontakt zu ihr. Über Facebook, glaube ich. Wenn Sie möchten, kann ich sie fragen.«

»Danke.«

Clare legte auf und strich Martas Namen in ihrem Notizbuch durch. Sie sollten zwar überprüfen, ob sie vor etwa einem Jahr einen Flug nach Polen genommen hatte, aber das war mit Sicherheit eine Sackgasse. Es war an der Zeit, Kayleigh, die Bedienung in der Bar, zu fragen, ob sie etwas Licht in den Mord an Andy bringen konnte.

* * *

Im Thistle war es ruhiger als zur Mittagszeit. Ein junges, dunkelhaariges Mädchen mit weinroten Lippen polierte hinter der Bar Gläser. Clare hielt ihren Ausweis hoch und fragte nach Kayleigh.

»Ich bin Kayleigh«, antwortete das Mädchen. »Len hat mir schon gesagt, dass Sie mit mir reden wollen.«

Clare fand, dass Kayleigh eher neugierig als verärgert aussah. Offensichtlich war Len überhaupt nicht in Versuchung gekommen, ihr von Andy zu erzählen. »Können wir uns vielleicht kurz hinsetzen?«, fragte sie.

Kayleigh führte Clare zu einem Tisch am Fenster, ein Auge auf die Bar gerichtet.

»Es geht um Andy«, begann Clare. »Wie ich gehört habe, waren Sie seine Freundin.«

»Das ist richtig. Jedenfalls eine Zeit lang, bis er dieses Au-pair-Mädchen kennenlernte.« Sie sah weinerlich aus. »Er sagte, er liebe mich. Aber das hat er nicht. Er wollte nur … na ja, Sie wissen schon.«

»Sie meinen Sex? Er war nur auf Sex aus? Entschuldigung, dass ich so direkt bin, Kayleigh, aber ich versuche, mir ein Bild von Andy zu machen.«

Kayleigh nickte. »Ja, das war er. Sobald er hatte, was er wollte … nun, da verlor er das Interesse.«

Clare schenkte ihr ein Lächeln, von dem sie hoffte, dass es mitfühlend aussah, und fuhr dann fort. »Kayleigh, können Sie mir sagen, wo Sie letzte Nacht waren?«

Kayleighs Augen weiteten sich. »Hier. Ich habe gearbeitet. Warum? Hat Andy irgendetwas angestellt?«

»Andy hatte letzte Nacht einen Unfall, und wir bitten alle, die ihn kannten, uns zu sagen, wo sie waren.«

»Geht es ihm gut? Ist er im Krankenhaus?«

»Ich fürchte, er ist tot.«

Kayleigh sagte eine Minute lang nichts. Ihre Augen leuchteten, aber Clare konnte sehen, dass sie sich bemühte, ruhig zu bleiben. »Er ist tot?« Ihre Stimme war kaum mehr als ein Flüstern.

»Ja.«

»Und Sie glauben, ich hätte etwas damit zu tun?«

Clare sah das Mädchen an. Eine unwahrscheinlichere Mörderin konnte man sich kaum vorstellen, aber sie wusste aus Erfahrung, dass man keine voreiligen Schlüsse ziehen durfte. »Wir müssen jeden überprüfen, der mit Andy in Verbindung stand. Das ist alles. Also, wo waren Sie letzte Nacht?«

»Wie ich schon sagte, ich war hier. Hinter der Bar. Fragen Sie Len. Er wird es Ihnen bestätigen.«

»Wann haben Sie Feierabend gemacht?«

»Offiziell um Mitternacht, aber Len hat eine Flasche aufgemacht und wir haben alle nach der Sperrstunde noch etwas getrunken. Ich bin gegen Viertel vor eins gegangen.«

Clare notierte sich das und hoffte, dass Len Kayleighs Geschichte bestätigen werde. Je mehr sie über Andy erfuhr, desto weniger wollte sie, dass auch nur eines dieser jungen Mädchen in diese Sache verwickelt war. Er hatte schon genug Herzschmerz verursacht.

Kayleighs Blick wanderte zur Bar. Ein Mann stand da, die Brieftasche in der Hand. »Ich muss den Gast bedienen. Haben Sie sonst noch Fragen?«

»Haben Sie vielleicht eine Idee, wer Andy etwas antun wollte?«

»Ihm etwas antun?«, fragte Kayleigh. »Keine Ahnung, ich bestimmt nicht. Er hat mich schlecht behandelt, aber so weit würde ich nicht gehen. Das ist er nicht wert.«

Sie stand auf, um zu dem Gast zu gehen, und Clare drückte auf eine Glocke am Ende der Theke. Len, der Manager, kam aus der Küche. Als er Clare sah, verzog er kurz das Gesicht, zwang sich dann aber zu einem Lächeln. »Inspector. Ich hoffe, Kayleigh geht es gut. Sie hat sich hoffentlich nicht zu sehr aufgeregt?«

»Sie ist okay. Ich habe nur noch eine Frage, falls es Ihnen nichts ausmacht. Um wie viel Uhr sind Ihre Mitarbeiter gestern Abend gegangen?«

Er zögerte. »Ich hoffe, Sie denken nicht, dass ich noch nach der Sperrstunde ausgeschenkt habe.«

Clare schüttelte den Kopf. »Überhaupt nicht. Ich muss es einfach wissen.«

»Die letzten Gäste gingen kurz nach Mitternacht. Ich sagte den Mädchen, sie sollten sich das Aufräumen für den Morgen aufheben und öffnete eine Flasche. Es war ein langer Tag, und ich dachte, sie hätten sich einen Drink aufs Haus verdient.«

»Wie lange sind sie geblieben?«

Er dachte kurz nach. »Wahrscheinlich bis Viertel vor eins oder so.«

Das passte zu Kayleighs Geschichte. Entweder steckten sie unter einer Decke oder sie sagten die Wahrheit. Irgendwie konnte sie die beiden nicht als Mitverschwörer im Rahmen des Mordes an Andy Robb sehen, vor allem nicht, da es bereits ziemlich lange her war, dass er Kayleigh verlassen hatte. Sie bedankte sich bei Len für seine Zeit und kehrte zur Wache zurück, um ihre Kollegen bei den Anrufen zu unterstützen.

* * *

Es war fast dreiundzwanzig Uhr, als Clare Feierabend machte und nach Hause ging. Sie hatten nun die Namen und Adressen von drei Personen ermittelt, die entweder einen Range Rover oder einen Land Rover in der Gegend von St. Andrews als gestohlen gemeldet hatten. Chris und Jim hatten Martin Simms sowie

Vickys Eltern befragt, und alle waren sich einig, dass sie zwar nicht die größten Fans von Andy waren, ihn aber wahrscheinlich nicht so wenig gemocht hatten, dass sie ihn überfahren hätten. Clares Nachforschungen in den Klubs, die donnerstagabends geöffnet hatten, waren ebenfalls erfolglos geblieben. Sie hatte es in Fitnessstudios und Sportvereinen, in Kneipen mit Quizabenden, in Kinoklubs und sogar in Bridgeklubs versucht, doch Andy war nirgends Mitglied gewesen. Sie hätte Sara bitten können, die Donnerstagabendaufnahmen der Verkehrskameras nach Andys Auto zu durchsuchen, aber dazu fehlte ihr im Moment die Zeit. Das war ihr zweites Problem. Sie würde ein großes Ermittlungsteam um Hilfe bitten müssen, und man würde wahrscheinlich einen DCI, einen Detective Chief Inspector, schicken. Sie sprach ein stilles Gebet, dass es nicht Tony McAvettie sein würde. Niemand, der kurz vor Ostern dort gewesen war, konnte den Tag vergessen, an dem Chris, ein frisch beförderter Detective Sergeant, herausgefunden hatte, dass Tony mit seiner Freundin geschlafen hatte.

Chris hatte Tony fast die Nase gebrochen. Nur weil sie alle zusammengehalten und darauf bestanden hatten, dass Tony ausgerutscht und gestürzt sei, hatte der Vorfall für Chris keine Konsequenzen gehabt. Aber Tony würde ihnen das nie vergessen.

Clare gähnte. Es war ein langer Tag gewesen, und die Aussicht, nach Hause zu gehen und zu kochen, gefiel ihr nicht. Also beschloss sie, am Spice Palace zu halten. Das würde ihr gleichzeitig die Möglichkeit geben, Billy Dodds' Bestellung vom Samstagabend zu überprüfen. In dem Laden in der Market Street war es sehr ruhig, und nachdem sie ihre Bestellung aufgegeben hatte, setzte sie sich auf einen Plastikstuhl und wartete. Dann fiel ihr Billy Dodds wieder ein. Sie rappelte sich auf und bat das Mädchen am Schalter, ihre Unterlagen zu überprüfen.

Und tatsächlich war am Samstagabend eine Lieferung an einen Mr Dodds in Cupar erfolgt.

»Oh, das ist Billy«, sagte das Mädchen, »jetzt erinnere ich mich. Das war gegen halb neun. Eigentlich sollten wir um acht da sein, aber wir hatten ziemlich viel zu tun.«

»Kennen Sie ihn?«

»Ja, er ist ein Stammgast. Versteht sich gut mit Arjun, dem Besitzer.«

Clare bedankte sich bei ihr, bezahlte ihre Bestellung und brachte die Tüte mit dem Lamm Bhuna zum Auto. Die Market Street war eine Einbahnstraße, und sie fuhr über das Kopfsteinpflaster bis zu dem Imbiss, in dem Chris und sie einmal abends nach einer Spätschicht Pommes frites gegessen hatten. Sie bog links ab, vorbei am Buchanan Building, das die Universität beherbergte, und fuhr dann noch einmal links in die North Street ein. Sie passierte die gotische St-Salvator's-Kapelle mit ihrem gewölbten Eingang zum Campus. Die Straße war jetzt menschenleer, und trotz ihrer Müdigkeit drosselte Clare das Tempo, hielt an und blieb einige Augenblicke sitzen, um das alte Gebäude zu betrachten, das jetzt in Abwesenheit von Touristen und Studenten in roten Kleidern ruhig dalag. Sie warf einen Blick auf die Uhr am Armaturenbrett, sah, dass es bald Mitternacht sein würde, und fuhr weiter, vorbei an dem kleinen Kino, das für Elton Johns Filmbiografie »Rocketman« warb.

Tom mochte Elton John. Er würde den Film sehen wollen. Und nicht zum ersten Mal fragte sich Clare, ob sie das Richtige getan hatte, als sie ihre Beziehung beendet hatte und nach St. Andrews gezogen war. Weg von der Komfortzone, die ihr Leben in Glasgow gewesen war. Tränen stachen ihr in die Augen, als sie auf die City Road in Richtung des Hauses einbog, das sich immer weniger wie ein Zuhause anfühlte.

Kapitel 6

Montag, 20. Mai

Clare ging Andys Kontoauszüge durch. Es gab ein klares Muster. Jeden Donnerstagabend hob er an einem Geldautomaten, in der Regel im Stadtzentrum von St. Andrews, hundert Pfund ab. Und irgendwann fing er an, freitags oder samstags oft noch mehr Geld abzuheben. Donnerstagabends ging er irgendwohin und gab hundert Pfund aus, vielleicht im Kasino? Clare notierte sich das und wandte sich dann ihrem Computer zu, um im Internet nach den nächstgelegenen Spielhallen zu suchen. Und nach Wettbüros. Auch die sollte sie besser überprüfen. Das schlimmste Szenario war ein privates Glücksspieltreffen. Das würden sie nie ausfindig machen.

Chris steckte den Kopf durch ihre Bürotür. »Komische Sache, Chefin …«

»Ja?«

»Eines der gestohlenen Fahrzeuge, ein Land Rover, wurde von einem Mitglied der Hochzeitsband als gestohlen gemeldet.«

»Was?«

»Ja. Fergus Bain. Spielt das Akkordeon. Er hat seinen Wagen vor etwas mehr als einem Monat als gestohlen gemeldet.«

»Nun, ihn können wir auf jeden Fall ausschließen. Hundert Gäste tanzten zu seiner Musik, während Andy überfahren wurde.«

»Aber das ist schon ein ziemlicher Zufall.«

»Da stimme ich dir zu. Wir sollten ihm einen Besuch abstatten und sehen, was er uns zu sagen hat. Ist er von hier?«

»Er wohnt in einem Cottage, etwas außerhalb der Stadt, an der Straße nach Strathkinness.«

»Strath was?«

Chris schnappte sich die Autoschlüssel. »Ich fahre.«

Als sie das Ende der Largo Road erreichten, zeigte er auf das Gemeindekrankenhaus. »Da arbeiten Angela und Billy.«

Die A915 lag vor ihnen, aber Chris bog rechts ab, weg vom Krankenhaus und in Richtung einer Wohnsiedlung. »Das ist Bogward.«

Clare nickte. »Ich war schon einmal hier«, sagte sie. »Vor ein paar Wochen. Plötzlicher Tod in einem Haus, gleich rechts. Und wo liegt Strathkinness von hier aus?«

»Ich nehme die Nebenstraße«, erklärte Chris. »Es ist ein kleines Dorf ein paar Kilometer westlich von St. Andrews. Wenn ich richtigliege, müsste das Haus unseres Akkordeonspielers auf dieser Seite des Dorfes sein, etwa anderthalb Kilometer diese Straße entlang.«

Chris fuhr weiter, und die Wohnsiedlung wich Feldern, die mit gelbem Raps übersät waren. Nach ein paar Minuten zeigte er nach rechts und hielt am Straßenrand neben zwei einstöckigen Häusern. Es waren niedrige Steinhäuser mit orangefarbenen Ziegeldächern. An der einen Seite befand sich eine Garage mit Holztüren, die mit einem Riegel gesichert waren, der schon bessere Tage gesehen zu haben schien.

»Ich glaube, da wohnt unser Mann«, meinte Chris und deutete auf das Häuschen neben der Garage.

Auf ihr Klopfen erfolgte keine Reaktion, aber eine Frau in einem Overall, deren Hände mit Öl verschmiert waren, tauchte an der Seite des anderen Häuschens auf.

»Er wird draußen auf den Feldern sein«, sagte sie und wischte sich die Hände an einem Lappen ab. »Hilft dem Landwirt ein bisschen. Viel zu tun in dieser Jahreszeit.«

Clare lächelte. »Haben Sie eine Ahnung, wann er zurück sein wird?«

Die Frau schaute auf ihre Uhr. »Normalerweise macht er gegen zwölf Uhr Pause. Aber manchmal nimmt er sich was zum Essen mit und kommt erst später zurück. Kann ich ihm etwas ausrichten?«

Sie gesellte sich zu ihnen und gierte nach ein paar Neuigkeiten.

»Wir untersuchen gerade den Diebstahl seines Autos«, sagte Clare. »Aber wir können heute Abend wiederkommen.«

»Oh, ich weiß Bescheid. Ohne seinen Wagen ist er ziemlich verloren. Er hat ein Moped, aber das ist nicht dasselbe. Man kann seine Einkäufe nicht auf einem Moped transportieren, richtig?«

»Erinnern Sie sich, wann er gestohlen wurde?«

»Das muss jetzt schon ein paar Wochen her sein. Er stand unten auf dem North-Haugh-Parkplatz.«

»Das ist doch in der Nähe der North Street, oder?«, wollte Clare wissen.

Die Nachbarin nickte. »Ein Stück weiter unten, in der Nähe des Kreisverkehrs beim Old Course Hotel. Dort kann man kostenlos parken, und bisher gab es nie Probleme. In der Nähe der Universitätsgebäude herrscht ein reges Kommen und Gehen. Ich parke selbst dort. Jedenfalls ging er einkaufen, und als er zurückkam, war der Wagen weg. Heutzutage kann man niemandem mehr trauen.«

Die Nachbarin schien sich auf ein langes Gespräch einzurichten, also entschuldigten sie sich und flüchteten zum Auto.

Als Chris losfuhr, klingelte Clares Handy.

Es war Jim. »Tut mir leid, Clare, du wirst drüben im Cromarty House gebraucht.«

»Cromarty House?«

»Das ist ein großes Anwesen an der A915, ein paar Kilometer hinter dem Krankenhaus. Der Polizeiwagen ist nicht zu übersehen.«

»Was ist passiert?«

»Offensichtlich eine weitere Fahrerflucht.«

Clare schloss die Augen. Eine weitere Fahrerflucht. Allmächtiger Gott! Trieb sich da draußen jemand herum, der seine Opfer mit einem Geländewagen überfuhr? Ein unangenehmer Knoten bildete sich in ihrem Magen. »Okay, Jim. Wir sind in zehn Minuten da.«

Sie rasten mit heulender Sirene durch die Bogward-Siedlung zurück und bogen beim Gemeindekrankenhaus auf die A915 ein. Dieses Mal gab es keine Menschenmenge zu befragen. Außer dem Briefträger, der die Leiche entdeckt hatte, war überhaupt niemand zu sehen.

»Ich bog wie immer in die Einfahrt ein«, sagte er. »Normalerweise fahre ich direkt durch, aber als ich durch das Tor kam, sah ich es. Ihn, meine ich. Ich glaube, es ist der Besitzer. Ich habe nur einen kurzen Blick auf ihn geworfen. Der Hund lief auch herum.«

Clare sah die Auffahrt hinauf und konnte das Haus sehen, ein ziemlich großes edwardianisches Gebäude mit weiß verputzten Wänden, aber ohne jedes Lebenszeichen. »Lebte er allein? Der Besitzer?«

»Das glaube ich nicht. Zumindest bekommt er Post, die an Mr und Mrs adressiert ist.« Er drückte Clare die Morgenpost in die Hand.

»Mr und Mrs Bruce Gilmartin«, sagte sie zu Chris. »Klingelt es da bei dir?«

»Ich habe von ihm gehört«, erwiderte Jim. »Besitzt eine Brauerei, draußen in Cupar.« Er sah die Auffahrt hinauf. »Scheint ganz gut zu laufen, wenn man die Größe des Hauses betrachtet.«

Clare zog sich Überschuhe und Handschuhe an und ging zur Leiche. Sie schätzte den Mann auf Ende vierzig. Er war leger gekleidet in Chinos und offenes Hemd. Bootsschuhe, keine Socken. Er war entweder mit dem Gesicht in Richtung Auto gestürzt oder der Aufprall hatte ihn herumgeschleudert. Seine Augen waren noch offen, aber leblos. Selbst im Tod konnte Clare sehen, dass er ein attraktiver Mann gewesen war. Sie hockte sich neben die Leiche. Sie war kalt und steif. »Die Leichenstarre ist bereits ausgeprägt«, sagte sie. »Ich würde auf gestern Abend tippen.«

»Der Pathologe ist auf dem Weg«, meinte Jim. »Die Spurensicherung auch, also werden wir das hoffentlich bald bestätigt bekommen.«

»War jemand im Haus?«

Jim schüttelte den Kopf. »Niemand zu Hause. Ich weiß nicht, wo Mrs Gilmartin ist, aber es gibt keine Spur von ihr.«

»Autos?«

»Zwei. Beide stehen in den Garagen am Ende des Gartens. Ein Range Rover und ein Audi. Die Garagen sind unverschlossen. Ich habe den Hund dort eingesperrt, um ihn von der Leiche fernzuhalten.«

Chris wurde bei der Erwähnung eines Range Rover hellhörig. »Wir sollten die Spurensicherung bitten, die Wagen zu prüfen.«

»Ja, gute Idee, Chris. Fahr du zur Brauerei und versuch herauszufinden, wo Mrs Gilmartin ist. Warum hat sie ihn nicht als vermisst gemeldet, wenn er die ganze Nacht hier lag?«

»Gute Frage.«

In dem Moment fuhr der Pathologe in seinem Wagen vor, und einige Minuten später baute das Team der Spurensicherung die Absperrung auf. Clare kehrte zur Straße zurück. Haus und Garten lagen in einer leichten Kurve, sodass ein Auto direkt hinter der Biegung hätte warten können und für das Opfer unsichtbar gewesen wäre. Die Ähnlichkeit mit dem Mord an Andy Robb war nicht zu übersehen. Sie wandte sich an den Pathologen.

»Morgen, Neil. Danke, dass du so schnell gekommen bist.«

Neil Grant war jemand, der immer leicht lächelte, was irgendwie nicht zu seiner Arbeit passte. Er hielt kurz vor der Absperrung an, um einen weißen Anzug und Überschuhe anzulegen, und stöhnte auf. »Ich werde zu alt für so etwas, Clare«, sagte er.

»Blödsinn! Du bist im besten Alter.«

»Noch fünf Jahre bis zum Ruhestand. Nicht, dass ich mitzählen würde.«

»Du wirst nie in Rente gehen«, erklärte sie ihm. »Du liebst deinen Beruf.«

Neil lächelte. »Ja, vielleicht.« Er streifte sich ein Paar forensische Handschuhe über und schaute auf den Toten. »Eine weitere Fahrerflucht also? Zwei innerhalb weniger Tage. Das muss ein Rekord für St. Andrews sein.«

»Ja, das ist nicht gut. Ich weiß, dass du gerade erst gekommen bist, aber ich würde gern wissen, ob das Opfer möglicherweise draußen auf der Straße angefahren wurde.«

Neil schlüpfte unter dem Absperrband hindurch und sah sich die Leiche an. »Das bezweifle ich. Ich bin mir ziemlich sicher, dass er hier erwischt wurde. Sieh nur, wie er in den Kies gedrückt wurde. Der Boden ist ziemlich trocken, aber er ist trotzdem ein paar Zentimeter tief eingesunken. Das Gewicht des Fahrzeugs hat seinen Körper nach unten gepresst. Ich wäre ziemlich überrascht, wenn es keine blauen Flecken vom Kies an Beinen und Rücken gäbe.«

»Er könnte also auch absichtlich überfahren worden sein? Jemand ist von der Straße gekommen und hat ihn überrollt?«

Neil Grant schaute die Einfahrt hinunter. »Ich vermute, er war auf dem Weg zur Straße, als er das Auto kommen sah und zurückging. Vielleicht dachte er, er bekäme Besuch, und lief zurück in die Einfahrt, um Platz für das Auto zu machen.« Neil hielt kurz inne, sah auf den Toten hinunter und dann wieder auf die Einfahrt. »Dann merkt er, dass das Auto außer Kontrolle geraten ist. Er muss aus dem Weg gehen, und zwar schnell. Er läuft los, und dann – siehst du, wie er mit dem Gesicht nach oben liegt, aber seine Schulter ist umgedreht? Ich vermute, dass er die Einfahrt hinauflief und sich umwandte, als das Auto ihn erwischte. Das Auto hat ihn erfasst und herumgeschleudert.«

Ein schrecklicher Gedanke. Von einem Auto, möglicherweise im Dunkeln, die Auffahrt hinaufgejagt zu werden. Ein Bild von den letzten Sekunden des Mannes tauchte in ihrem Kopf auf, aber sie schob es beiseite. Es gab viel zu tun. Neil sah die Taschen des Toten durch und zog einen Schlüsselbund hervor, den er in einen durchsichtigen Beutel steckte, bevor er ihn Clare übergab. »Hausschlüssel, wahrscheinlich. Sind ein bisschen verbogen, aber man kommt vielleicht noch rein. Das Telefon ist allerdings kaputt. Warte mal …« Neil zog vorsichtig etwas aus einer der oberen Hemdtaschen. »Sieh mal an.« Er zeigte Clare eine Karte, auf der die Zahl Vier stand. »Wie bei dem anderen Opfer. Du scheinst einen Joker in der Hand zu haben.«

Clare schaute Chris an, und ein ungutes Gefühl machte sich in ihrer Magengrube breit. »Das gefällt mir nicht, Chris. Das gefällt mir überhaupt nicht.« Sie nahm Neil die Karte vorsichtig ab und steckte sie in einen durchsichtigen Beweisbeutel.

»Wir sollten beide Karten auf Fingerabdrücke untersuchen lassen«, meinte Chris. »Obwohl ich mich wundern würde, wenn unser Fahrer keine Handschuhe getragen hat.«

»Ja, das sehe ich genauso. Aber falls beide Karten die gleichen Fingerabdrücke aufweisen und die beiden Männer von demselben Täter ermordet wurden, dann …«

»Aber wo ist der Zusammenhang?«

»Gute Frage. Was hat ein untreuer Taxifahrer wie Andy Robb mit einem wohlhabenden Brauereibesitzer zu tun?«

Clare ging mit den Schlüsseln, die Neil gefunden hatte, die Auffahrt zum Haus hinauf und ließ den Hund, einen englischen Bullterrier, aus der Garage. An seinem Halsband mit Schottenmuster baumelte eine Metallscheibe: »Benjy«.

»Na komm, Benjy«, sagte sie und zog sanft an seiner Leine.

Er trabte hinter ihr her und hielt nur kurz inne, um das Bein an einem Lavendelstrauch zu heben. Von der Garage führte ein Weg zu einer Seitentür mit Sicherheitsschloss. Mit ihren behandschuhten Händen probierte Clare einen der Schlüssel am Bund aus, und die Tür öffnete sich zu einer großen, hellen Küche. Sie schaute in den Raum und sah die Hundenäpfe auf dem Boden. Benjy schnupperte an ihnen, aber beide waren leer. Er blickte erwartungsvoll zu Clare auf, die eine der Schalen nahm und mit Wasser füllte. Während Benjy trank, öffnete sie einen Schrank nach dem anderen, bis sie eine Tüte Trockenfutter fand. Sie schüttete etwas davon in die andere Schale, und Benjy stürzte sich darauf. Clare nutzte die Gelegenheit, um sich in der Küche umzusehen, und bemerkte einen Wandplaner, der neben dem Kühlschrank aufgehängt war. Das Wort »Amsterdam« war in roter Schrift über fünf Tage hinweg geschrieben worden, vom siebzehnten bis zum einundzwanzigsten.

»Sieht aus, als wäre die Ehefrau verreist«, sagte sie zu Chris, als er zu ihr in die Küche kam.

»Sie benutzten also einen roten Stift für sie und einen blauen für ihn?«, fragte Chris und streichelte den Kopf des Hundes.

Clare nickte. »Sieht so aus. Es sei denn, er interessierte sich für Pilates und Yoga. Kannst du bitte zum Flughafen in Edinburgh fahren und herausfinden, ob sie am Freitag nach Amsterdam geflogen ist? Wenn nicht, dann frag am Flughafen in Glasgow nach. Finde heraus, ob sie geflogen ist.«

»Wird gemacht.«

Der Hund saß jetzt zu ihren Füßen und hatte seinen Futternapf geleert. »Ich bin mir nicht sicher, was wir mit dir machen sollen.« Clare nahm das Ende seiner Leine in die Hand. »Ich vermute, dass unser Opfer gerade mit seinem Hund einen letzten Spaziergang machte, als es überfahren wurde.«

»Keine Nachbarn in der Nähe. Soll ich ihn mit auf die Wache nehmen?«

»Wenn du das tun könntest … Und wir brauchen ein paar Leute vor Ort, um das Haus zu durchsuchen, falls es sich um einen versuchten Einbruch handelt, obwohl das unwahrscheinlich ist. Wir müssen uns außerdem mit Mrs Gilmartin in Verbindung setzen und ihr die traurige Nachricht überbringen. Vielleicht können die Mitarbeiter der Brauerei helfen. Kannst du das bitte auch übernehmen?«

»Ja, sicher. Wir gehen also davon aus, dass sie nicht diejenige ist, die ihn überfahren hat?«

Clares Miene verhärtete sich. »In diesem Stadium können wir nichts ausschließen.«

Draußen untersuchte die Spurensicherung den Bereich um die Leiche auf Reifenspuren, obwohl der Boden trockener war als am Samstagabend.

»Vielleicht können wir etwas auf seiner Hose finden«, sagte einer der Beamten zu Clare.

»Sieht es nach demselben Profil aus? Land Rover oder Range Rover?«

»Unmöglich, das hier vor Ort zu sagen. Das können wir erst, nachdem wir es im Labor richtig vermessen haben. Aber es scheint ein ziemlich breiter Reifen zu sein.«

»In der Garage steht ein Range Rover.«

»Wir werden den Wagen überprüfen, bevor wir gehen«, meinte der Kriminaltechniker.

Clare stand in der Auffahrt und überlegte. Die beiden Morde waren sich so ähnlich und lagen so nah beieinander, dass es einen Zusammenhang geben musste. Aber welchen? Was hatten die beiden Opfer gemeinsam? Wenn es eine Verbindung gab, bedeutete das, dass sie nur einen Mörder suchten, aber was in aller Welt sollte das Motiv sein? Und diese nummerierten Karten bereiteten ihr ebenfalls Sorgen. Zuerst eine Karte mit der Zahl Fünf und jetzt eine nahezu identische Karte mit der Zahl Vier. Handelte es sich um eine Art Countdown? Was, wenn sie es mit einem Serienmörder zu tun hatten? Der vielleicht zu schlau für sie alle war? Ihr Mund war plötzlich trocken, und sie leckte sich über die Lippen. Wer hatte das getan – und warum?

Von irgendwoher tauchte eine verschwommene Erinnerung auf, vielleicht aus einem Film oder einem Buch: *Sie können drei weitere erwarten.*

Kapitel 7

Als Clare ins Revier zurückkehrte, stellte sie fest, dass Benjy, der Bullterrier, bereits zum absoluten Liebling aller geworden war. Er saß auf der breiten Theke und wurde von Mitarbeitern und Besuchern mit Leckerbissen gefüttert und ausgiebig bewundert, unter anderem auch von einem Online-Reporter der Fife Newsday, der irgendwie von Bruce Gilmartins Tod erfahren hatte.

»Gibt es Neuigkeiten darüber, was mit Mr Gilmartin passiert ist? War ja ein ziemlich bekannter Geschäftsmann und so. Ich bin sicher, dass unsere Leserschaft gern mehr darüber erfahren würde.«

Clare lächelte freundlich, schlug ihm vor, sich an die Pressestelle zu wenden, und gab ihm die Nummer. Unter dem Vorwand, den Hund zu unterhalten, hing er herum, bis Sara ihn sanft, aber bestimmt zur Tür führte.

»Ich rufe bald wieder an«, sagte er, ehe Sara die Tür hinter ihm schloss. Sekunden später wurde sie von einem großen Mann in einem dunkelgrauen Anzug mit einer altmodischen Krawatte wieder geöffnet.

»DCI Alastair Gibson«, verkündete er. »Inspector Mackay?«

Clare, die gerade einen Ausdruck von Andy Robbs Telefonkontakten durchsah, wirbelte herum, als sie ihren Namen hörte, und ging auf den Besucher zu. »Ich bin Clare Mackay. Ich nehme an, Sie sind unser leitender Ermittlungsbeamter, Sir?«

Er antwortete nicht sofort, sondern hob nur eine Augenbraue. »Clare Mackay, sagten Sie?«

Clare begegnete seinem Blick unverwandt. Was auch immer er über sie gehört hatte, sie war entschlossen, sich nicht einschüchtern zu lassen, schon gar nicht von jemandem, dessen Auftreten eindeutig darauf ausgerichtet war, genau das zu tun. »Ja, Sir.«

Er sah sie an, ohne zu lächeln. »Aha. Ihr Büro bitte, Inspector?«

Clare führte ihn durch die Sicherheitstür in den hinteren Teil des Reviers und in ihr Büro. Sie hielt die Tür auf und beobachtete entsetzt, wie er an ihr vorbeischritt und sich auf ihren Stuhl setzte. Aber wenigstens hatten sie nicht Tony McAvettie geschickt. Clare nahm ihm gegenüber Platz und wartete.

DCI Gibson legte die Hände zusammen und musterte Clare. Nach einigen Augenblicken sagte er: »Ich muss wissen, ob Sie für diese Art von Dienst geeignet sind, Inspector. Nach diesem Vorfall in Glasgow mit dem Ritchie-Jungen … und der Waffe.«

Unter dem Schreibtisch fanden Clares Hände die Seiten ihres Stuhls, und sie hielt sie fest umklammert. Würden sie nie damit aufhören, immer wieder dieses Gespräch mit ihr zu führen? »Natürlich, Sir«, sagte sie so freundlich wie möglich, wich seinem Blick jedoch aus. »Ich bin bereits seit zwei Monaten hier und habe seit Glasgow bereits einige Ermittlungen abgeschlossen.« Das stimmte zwar nicht ganz, aber sie wollte nicht, dass dieser aufgeblasene Anzugträger von irgendeinem noblen Revier in Edinburgh dachte, sie sei dem Job nicht gewachsen.

»Sind Sie sicher? Ich kann ohne Weiteres einen weiteren Inspector für diese Aufgabe hinzuziehen. Dann können Sie sich auf die Routineaufgaben konzentrieren. Ich bin sicher, dass wir jede Menge Arbeit für Sie finden werden.«

Clare fühlte den Puls in ihrer Schläfe hämmern und fragte sich, ob der DCI das sehen konnte. Sie spürte, wie sie rot wurde, und schluckte ein paarmal, bevor sie ihre Stimme wiederfand. »Danke, Sir, aber das ist mein Gebiet und meine Untersuchung.«

Er sah sie aufmerksam an. »Wenn Sie das sagen, Inspector. Bringen Sie mich auf den neuesten Stand, bitte. Was ist passiert?«

Clare rückte ihren Stuhl näher an den Schreibtisch und kam sich wie eine Besucherin in ihrem eigenen Büro vor. »Wir hatten zwei plötzliche Todesfälle, beide mit Fahrerflucht, beide mit Vorsatz. Einer geschah am Samstagabend, einer wurde heute Morgen entdeckt, passierte aber wahrscheinlich in der Nacht zum Montag.«

»Verbindung?«

»Es gibt zwar eine Verbindung, Sir, aber ich kann mir bislang keinen Reim darauf machen.«

»Erklären Sie das bitte.«

Clare erzählte ihm von den beiden nummerierten Karten, die bei den Leichen gefunden worden waren. »Auf der ersten stand eine Fünf und auf der zweiten eine Vier. Die Spurensicherung untersucht sie noch, aber soweit ich das beurteilen konnte, sieht es nach derselben Karte und derselben Tinte aus.«

»Und Sie haben keine Ahnung, was sie bedeuten?«

»Noch nicht, Sir. Aber wir müssen noch die Familie des zweiten Opfers befragen. Und seine Angestellten. Ihm gehörte ein Brauereibetrieb in der Nähe von Cupar.«

DCI Gibson setzte sich in seinem Stuhl nach vorn. »Aber es war nicht Bruce Gilmartin, oder?«

»Kannten Sie ihn?«

Er zuckte zusammen, als sie die Vergangenheitsform benutzte. »Natürlich kannte ich ihn. Wir gingen in dieselbe Schule. Ein toller Kerl. Ich … Ich kann es nicht glauben. Weiß Jennifer es schon?«

»Jennifer?«

»Mrs Gilmartin. Sie haben es ihr doch sicher gesagt, oder?«

»Wir konnten sie noch nicht erreichen. Es sieht so aus, als mache sie gerade einen Kurzurlaub in Amsterdam. Unser DS erkundigt sich gerade beim Flughafen Edinburgh. Wir werden sie finden, aber es wird dauern.«

DCI Gibson holte sein Handy heraus. »Ich habe ihre Nummer. Ich rufe sie an.« Er durchsuchte seine Kontakte.

Clare runzelte die Stirn. Sie wussten nicht einmal, ob sie tatsächlich in Amsterdam war, und sie hatten noch nicht genug Informationen, um sie als Verdächtige auszuschließen. Sie räusperte sich. »Wäre es nicht besser, wenn die Nachricht von einer offiziellen Polizeiquelle käme?«

Er starrte sie an. »Wollen Sie damit andeuten, ich sei keine offizielle Quelle der Polizei, Inspector?«

»Nein, Sir, nur dass sie vielleicht anders auf Sie reagiert, weil Sie ein Freund sind. Und – nun ja – wir wissen noch nicht, ob sie wirklich in Amsterdam ist. Sie könnte sogar eine Verdächtige sein.«

»Machen Sie sich nicht lächerlich, Inspector. Ich kenne Jennifer schon seit zwanzig Jahren.«

»Ich sage nur, dass ich gern ihre Reaktion beurteilen würde. Hören, wie sie die Nachricht aufnimmt. Nur um mich selbst davon zu überzeugen.«

»Ich denke, das können Sie getrost mir überlassen, Inspector. Ich habe das schon ein- oder zweimal gemacht, wissen Sie.«

Sie unternahm einen letzten Versuch. »Darf ich Sie bitten, das Gerät auf Freisprechen zu stellen, damit ich wenigstens ihre Stimme hören kann?«

»Nein.«

Er wollte ihr vermutlich gerade sagen, dass sie gehen solle, als sein Anruf entgegengenommen wurde. »Ah, Jennifer, wie geht es dir? Al Gibson. Schön, dich zu hören … Ja, das habe ich mir schon gedacht. Wo bist du? Ach ja. Wunderschöne Stadt …«

Clare bemühte sich, etwas von dem Gespräch mitzubekommen, aber im Hintergrund lief Musik und es war schwer zu verstehen, was Jennifer Gilmartin sagte. Der DCI drehte den Stuhl um und wandte Clare den Rücken zu.

»Ich fürchte, es ist eine offizielle Polizeiangelegenheit«, fuhr er fort. »Ja, ich habe leider eine schlechte Nachricht. Es geht um Bruce. Er hatte einen Unfall … Nein, es tut mir so leid, Jen. Bruce ist letzte Nacht gestorben.«

Es gab eine Pause, bevor der DCI weitersprach. »Wann fliegst du zurück?«

Eine weitere Pause folgte.

»Um ehrlich zu sein, Jen, können wir das Ganze wahrscheinlich genauso gut bis morgen aufschieben. Ich schicke dir einen Wagen, der dich in Edinburgh abholt, wenn du mir die Uhrzeit mitteilst. Ich weiß, das muss ein großer Schock sein. Ja … eine Obduktion … Ich kann zum jetzigen Zeitpunkt noch nicht viel sagen, aber es scheint ein Verkehrsunfall gewesen zu sein.«

Clare fand, dass er die Wahrheit ein wenig zurechtbog, aber sie verstand seine Zurückhaltung.

»Okay, Jen. Mach es gut. Wir sehen uns morgen.«

Er beendete das Gespräch und sah Clare finster an. Sie war sich nicht ganz sicher, warum, aber irgendwie fühlte sie sich schuldig.

»Wie hat sie es aufgenommen?«, fragte sie.

»Sie ist natürlich am Boden zerstört. Zum Glück ist sie dort auf einem Mädelswochenende, sodass sie wenigstens ihre Freundinnen dabeihat. Sie fliegt morgen Nachmittag zurück. Ich schicke jemanden zum Flughafen, um sie abzuholen.«

Clare biss sich auf die Lippe. Sie konnten sich nicht wirklich über einen Überschuss an Arbeitskräften beschweren, aber wenn sie jemanden wie Jim schickten, konnte er ihre Stimmung einschätzen und herausfinden, ob sie wirklich eine trauernde Witwe war. »Kein Problem. Einer meiner Sergeants kennt sich mit solchen Dingen aus.«

»Ich will, dass alles getan wird, was möglich ist, Clare. Er war ein angesehener Geschäftsmann und ein verdammt guter Freund.«

»Natürlich. Haben sie Kinder?«

Der DCI schüttelte den Kopf. »Nein, es gab nur die beiden. Sie ist jetzt auf sich allein gestellt.« Er verfiel in Schweigen, dann fing er sich wieder. »Was ist mit dem anderen Opfer?«

»Ein Taxifahrer namens Andy Robb. Wohnt in der Stadt. Er war auf einer Hochzeitsfeier – in einem Hotel etwa anderthalb Kilometer außerhalb der Stadt. Wir glauben, dass er eine SMS erhalten hat und dass er sich mit dem Absender außen treffen wollte. Er lief die Hoteleinfahrt hinunter und wurde überfahren.«

»Kein Unfall? Einer der Gäste, der zu schnell gefahren ist?«

»Normalerweise wäre das mein erster Gedanke. Aber wir können diese nummerierten Karten nicht ignorieren.«

»Das ist schon merkwürdig«, stimmte der DCI zu. »Haben Sie schon einen Verdächtigen?«

»Noch nicht, Sir. Wir arbeiten uns gerade durch die Kontakte des ersten Opfers und sammeln Informationen über das zweite.«

»In Ordnung, aber ich möchte Fortschritte sehen. Und zwar bald, Inspector.«

Clares Telefon klingelte, und sie nahm das Gespräch an. Die Spurensicherung.

»Inspector, wir haben im Wagen des ersten Opfers einen USB-Stick entdeckt. Ein winziges Ding, das ganz hinten im Handschuhfach versteckt war.«

Das konnte der Durchbruch sein, den Clare brauchte. »Ich schicke sofort jemanden rüber.«

Sie wählte Chris' Nummer und wandte sich an DCI Gibson, während sie wartete. »Besteht die Chance auf zusätzliche Kräfte, Sir? Wir führen hier zwei Mordermittlungen auf Sparflamme.«

»Ja, natürlich. Ich werde morgen früh drei weitere Detectives vorbeischicken. Und ich könnte einen oder zwei Streifenpolizisten abstellen, falls das nötig sein sollte.«

»Nein, ist es nicht. Das Team hier kann vorerst Überstunden machen, und das Revier in Cupar wird aushelfen. Falls wir jedoch nicht weiterkommen sollten, komme ich vielleicht auf Ihr Angebot zurück.«

Chris' Stimme rief »Ja, Chefin?« in ihr Ohr.

»Chris, du musst bitte zur Spurensicherung fahren. Sie haben einen Speicherstick in Andy Robbs Auto gefunden.«

»Ist da was drauf?«

»Das müssen wir noch herausfinden.«

Es klopfte an der Tür, und Sara steckte den Kopf herein. »Chefin, hier ist ein Mann, der nach dir fragt. Meinte, du untersuchst den Diebstahl seines Autos. Fergus Irgendwie.«

Der Akkordeonspieler von der Hochzeit.

Clare erinnerte sich an Fergus Bain vom Samstagabend. Er hatte nur wenig zu sagen gehabt, außer dass Andy nach draußen gegangen war, während die anderen Gäste den »Strip the Willow« getanzt hatten. Seine Aussage hatte nichts ergeben, was sie nicht schon gewusst hatten, und sie hatte ihn nach ein paar Minuten entlassen.

Aber jetzt war da die Sache mit seinem Land Rover, der seiner Nachbarin zufolge vor ein paar Wochen gestohlen worden war. Konnte es sich um das Fahrzeug handeln, das bei den beiden Anschlägen benutzt wurde? Falls ja, konnte er Informationen haben, mit deren Hilfe sie es ausfindig machen konnten. Sie sah den Mann nun mit neuem Interesse an. Er war stämmig und hatte ein wettergegerbtes Gesicht, das er zweifellos der jahrelangen Arbeit auf der Farm zu verdanken hatte. Er schien sich in seiner Umgebung nicht wohlzufühlen, seine Schultern hingen schief, die Hände steckten tief in den Taschen.

»Ich habe gehört, dass Sie nach meinem Auto gefragt haben.«

Sein Akzent, dachte Clare, war breiter als der, den sie in St. Andrews zu hören gewohnt war; vielleicht mehr aus dem Westen Fifes. »Das ist richtig. Wenn Sie mir bitte folgen würden …«

Clare nickte dem DCI zum Abschied zu und führte den Musiker zu einem kleinen Befragungsraum. Fergus zögerte, dann trat er ein. Clare folgte ihm und bot ihm einen Stuhl an. Er ließ sich langsam auf der Kante des Sitzes nieder, als wolle er gleich wieder aufspringen. Clare setzte sich ihm gegenüber und nahm ihr Notizbuch heraus.

»Also, Mr Bain, Ihr Auto war ein …?«

»Land Rover Defender.«

»Ah ja … Wir haben die Details bereits in unserem System. Und es wurde gestohlen am …?«

»Dritten Mai.«

»Auf dem Parkplatz von North Haugh?«

»Ja. Haben Sie ihn gefunden?«

»Ich fürchte, nein. Aber wir suchen nach einem Land Rover oder Range Rover im Zusammenhang mit dem Todesfall im Kenlybank Hotel am Samstagabend. Ich weiß, dass wir bereits mit Ihnen gesprochen haben, aber können Sie sich vielleicht noch an etwas anderes an diesem Abend erinnern? Irgendetwas?«

Seine dunklen Augen waren ausdruckslos. »Wie ich schon sagte: Ich stand den ganzen Abend auf der Bühne, abgesehen von einer Pause gegen zehn Uhr. Aber der Kerl wurde später umgebracht, nicht wahr?«

Clare beantwortete diese Frage nicht. »Können Sie sich an den Tag erinnern, an dem Ihr Auto gestohlen wurde? Haben Sie vielleicht jemanden gesehen, der sich verdächtig verhalten hat? Oder gibt es jemanden, den Sie verdächtigen, es gestohlen zu haben? Das ist sehr wichtig, Mr Bain.«

Er schüttelte den Kopf. »Der Wagen war nicht einmal so neu. Kann mir nicht vorstellen, warum den jemand haben will.«

»Können Sie sich an das Reifenprofil erinnern?«

»Ja, es war ziemlich gut. Das muss es sein, um auf den Feldern Halt zu haben.«

»Ich nehme nicht an, dass Sie ein Foto davon haben?«

»Nee, ist nicht meine Art. Hab keine Ahnung, warum die Leute ständig Fotos von irgendwelchem Zeug machen. Besonders von Autos. Versteh den Sinn davon nicht.«

Clare stand auf. »Nun, danke, dass Sie gekommen sind, Mr Bain. Es tut mir leid, dass wir noch keine Neuigkeiten über Ihr Auto haben, aber wir bleiben in Kontakt. Wenn Sie in der Zwischenzeit etwas erfahren sollten, geben Sie uns bitte Bescheid, ja?«

»Klar. Aber ich mach mir keine großen Hoffnungen. Wahrscheinlich steht es irgendwo ausgebrannt rum. Diese kleinen Drecksäcke.«

Clare vermutete, dass er recht hatte, und kehrte in ihr Büro zurück, um den DCI auf den neuesten Stand zu bringen.

* * *

Chris erschien eine halbe Stunde später mit dem Speicherstick, der in einem Beweisbeutel steckte. »Sie haben ihn auf

Fingerabdrücke untersucht, also können wir ihn uns ansehen«, verkündete er. »Ich kann zwar mein Glück versuchen, aber wenn wir nichts finden, muss er vielleicht zur Kriminaltechnik nach Glenrothes.«

»Vorausgesetzt, es gibt etwas zu entdecken«, sagte der DCI.

»Er muss ihn aus einem bestimmten Grund versteckt haben«, erklärte Clare. »Sieh, was du tun kannst, Chris. Wir haben keine Zeit für eine sechzig Kilometer lange Hin- und Rückfahrt.«

Der DCI ignorierte ihren Hinweis. »Dann sehen wir uns das mal an.«

Chris steckte den Stick in einen Computer und wartete, während die Sicherheitssoftware ihn überprüfte. »Wenn die Daten passwortgeschützt oder verschlüsselt sind, müssen wir sie natürlich an die Technik schicken.« Das Laufwerk ploppte auf. »Aber heute ist unser Glückstag. Keine Verschlüsselung.«

»Warum sollte jemand sich die Mühe machen, den Stick in der hintersten Ecke des Handschuhfachs zu verstecken, seinen Inhalt aber ungeschützt lassen?«, wollte der DCI wissen.

Chris durchsuchte verschiedene leere Ordner auf dem Laufwerk. »Ich würde vermuten, weil da nicht viel drauf ist. Offensichtlich gibt es nur ein Word-Dokument und einen Ordner mit etwa sechzig Megabyte Dateien.«

»Kannst du sie öffnen?«, wollte Clare wissen.

Er klickte auf das Word-Dokument und wurde sofort zur Eingabe eines Passworts aufgefordert. »Kein Glück«, sagte er. »Passwortgeschützt.«

»Kannst du das Passwort nicht umgehen?«

»Nein. Ich meine, die Kriminaltechnik kann das wahrscheinlich. Sie hat dafür eine spezielle Software. Aber das könnte ein paar Tage dauern.« Chris klickte zweimal auf den Ordner.

»Jetzt kommen wir weiter«, sagte Clare, als sich der Ordner öffnete und eine Reihe von Dateien zum Vorschein kam.

»Tut mir leid, Clare. Ich fürchte nicht.« Chris tippte mit dem Finger auf den Bildschirm. »Siehst du die Dateinamen? Schau dir die Erweiterungen an …«

Clare tat, wie ihr geheißen. »›.gpg‹ … Davon habe ich noch nie gehört. Was sind das für Dateien?«

»Ich kenne den Dateityp nicht. Aber die Erweiterung ist ein Hinweis darauf, dass sie alle verschlüsselt sind. GNU Privacy Guard.«

»Was heißt das?« Der Ton des DCI wurde gereizter.

»Das ist eine Verschlüsselungssoftware, die man kostenlos herunterladen kann. Sie wird ziemlich häufig verwendet.«

»Wir können die Dateien also nicht öffnen?«

Chris schüttelte den Kopf. »Nicht ohne die Codes.« Er bemerkte Clares Verwirrung. »Sie sind eine Art Passwort.«

»Aber du sagtest eben doch, dass die Kriminaltechnik Software zum Knacken von Passwörtern hat.«

»Nicht diese Art von Passwort. Selbst wenn man GPG installiert hat, muss man die Entschlüsselungscodes von demjenigen bekommen, der die Dateien verschlüsselt hat. Diese Codes sind viel schwieriger zu knacken als normale Passwörter. Manchmal ist es zwar möglich, aber es würde wahrscheinlich Jahre dauern.« Er sah zu ihnen auf. »Tut mir leid.«

Clare schwieg einen Moment und dachte darüber nach, bevor sie sagte: »Könnte es vielleicht etwas mit Andys Donnerstagabenden zu tun haben?«

»Was meinen Sie damit?« Der DCI wurde langsam ungeduldig.

»Das erste Opfer ging jeden Donnerstag aus, aber niemand weiß, wohin – nicht seine Frau, nicht seine Arbeitskollegen, nicht seine Freundin. Jeden Donnerstag um die Mittagszeit hob er an einem Geldautomaten in der Stadt hundert Pfund ab, und an den folgenden Tagen oft noch mehr Geld.«

»Haben Sie die örtlichen Kasinos überprüft?«, fragte der DCI. »Der beste Ort, den ich kenne, um Geld zu verlieren.«

»Das stand auf meiner Liste, aber dann kam der Anruf wegen Mr Gilmartin.«

»Lassen Sie das überprüfen. Ich wette, er ist dorthin gegangen.«

Chris sah sich immer noch den Inhalt des Speichersticks an. »Aber ich sage euch«, meinte er, »das hier ist interessant.«

»Was?« Clare beugte sich vor und starrte auf den Bildschirm.

»Er hat Tor installiert.«

Der DCI runzelte die Stirn. »Was zum Teufel ist Tor?«

»Das ist ein Internet-Browser, der dem Nutzer eine anonyme Kommunikation ermöglicht.«

»Sie meinen, eine E-Mail zu verschicken, ohne dass jemand weiß, von wem sie stammt?«

»So in der Art. Häufiger wird er jedoch für den Besuch von Internetseiten verwendet, von denen Sie vielleicht nicht möchten, dass andere davon erfahren. Pornos und solche Dinge. Er wird von Kriminellen, Geldwäschern und Drogenhändlern genutzt, aber auch von seriösen Leuten wie Journalisten, die ihre Quellen schützen, oder Informanten … Und manche Leute finden ihn einfach toll und benutzen ihn einfach so.«

»Bringen Sie den Stick zur Kriminaltechnik«, sagte der DCI. »Die werden schon herausfinden, was er getrieben hat.«

»Bei allem Respekt, Sir, das bezweifle ich. Deshalb benutzen Kriminelle Tor. Es ist so gut wie unmöglich, ihn zu knacken.«

»Kannst du das erklären, Chris?«, fragte Clare neugierig. Andys Tod sah langsam nach mehr als nur einer verärgerten Ex-Freundin aus.

»Nun, normalerweise hinterlässt man eine Spur, wenn man eine Webseite aufruft. Jeder, der deinen Computer untersucht, kann sehen, dass du diese Website besucht hast. Mit Tor kannst du deine Aktivitäten verbergen, weil deine Anfrage zum Besuch einer Webseite durch eine Reihe von anderen Computern geleitet wird. Jeder Computer weiß, woher die Anfrage kommt und wo sich der nächste Computer in der Kette befindet, aber mehr auch nicht. A schickt es also an B. B weiß, dass es von A kommt und dass er es an C schickt. C weiß von B, aber nicht von A. D weiß, dass C es geschickt hat, aber …«

»Das ist ja wie eines dieser Logikrätsel«, murmelte Clare. »Woher weißt du das eigentlich?«

Er grinste selbstgefällig. »Erinnerst du dich an den Kurs, zu dem du mich letzten Monat verdonnert hast?«

Der DCI runzelte die Stirn. »Wir wissen jetzt also, dass er irgendetwas auf seinem Computer gemacht hat, aber nicht was?«

Chris nickte. »Ich werde das noch einmal überprüfen, aber ich bezweifle, dass ich den Browserverlauf finden werde. Tor löscht ihn, sobald man die Seite verlässt. Cookies werden ebenfalls gelöscht.«

»Was ist mit diesem Dokument?« Clare tippte mit dem Finger auf den Bildschirm. »Kannst du herausfinden, ob Andy es erstellt hat?«

Chris klickte auf die Dokumenteigenschaften und schüttelte den Kopf. »Da steht nur ›Erstellt vom Benutzer‹ und das Datum … vor etwa sechs Monaten.«

»Und sonst gibt es nichts?«

»Ich glaube nicht. Ich habe bereits nachgeschaut. Und es gibt auch keine versteckten Dateien. Nur dieses Dokument, die verschlüsselten Dateien und den Browser.«

»Er hat sich also im Netz umgesehen, wahrscheinlich nach etwas Illegalem, aber wir können nicht herausfinden, was es war?«

»Nein, aber …«

»Ja?«

»Die verschlüsselten Dateien – sie sind ziemlich groß.«

»Es könnten also Fotos sein?«

»Ja, oder Dateien, die Bilder enthalten.«

»Ich bin mir inzwischen sicher, dass die Donnerstage ziemlich wichtig sind«, sagte Clare. »Wir haben mit seiner Frau, seiner Freundin, seiner Ex-Freundin und seinen Kollegen gesprochen – niemand weiß, was er donnerstags getan hat. Was auch immer er gemacht hat, er wollte vermutlich nicht, dass jemand davon erfuhr.«

»Wurden bei der Autopsie irgendwelche Drogen in seinem Körper nachgewiesen?«, fragte DCI Gibson.

Clare übernahm die Maus von Chris und öffnete den Obduktionsbericht. »Jede Menge Alkohol, aber das wussten wir ja schon. Es werden keine Drogen erwähnt, aber wir haben auch keinen vollständigen toxikologischen Bericht angefordert.«

»Dann sollten Sie das nachholen«, riet der DCI. »Und wir sollten jemanden in die Brauerei schicken, um zu sehen, wie es dort läuft. Nehmen Sie Mr Gilmartins Bürocomputer mit und reden Sie mit der Buchhaltung. Finden Sie heraus, ob es irgendwelche finanziellen Probleme gab. Und besorgen Sie sich seine Auszüge, sowohl der geschäftlichen als auch der privaten Konten. Und …«, er hielt kurz inne, »finden Sie heraus, ob er donnerstagabends irgendetwas gemacht hat. Ich bin mir allerdings nicht sicher, ob ich das wissen will«, fügte er hinzu.

Clare zögerte. »Wir werden uns im Haus umsehen müssen, Sir.«

Er winkte ab. »Ja, natürlich. Und nehmen Sie alle Geräte mit, die Sie im Haus finden. Computer, Laptops. Sehen Sie nach, ob er dieses Tor-Ding installiert hat. Und Sie sollten die Technikabteilung vorwarnen. Wenn wir zwei Morde aufklären müssen, brauchen wir mehr als DS West und seinen Computerkurs.«

Kapitel 8

Gilmartin's Brewery befand sich auf einem großen Gelände etwa anderthalb Kilometer außerhalb von Cupar. Es handelte sich um ein modernes, unromantisches Gebäude aus grauem Backstein, in dem eine ganze Reihe von Mitarbeitern beschäftigt waren, wenn man sich den Parkplatz anschaute.

»Mit Bier lässt sich Geld verdienen«, bemerkte Chris, während sie sich dem Eingang näherten.

Als Clare ihn ansah, bemerkte sie, dass er den untersten Knopf seiner Weste geöffnet hatte. Vielleicht hörte er hinter seiner mürrischen Fassade doch manchmal zu.

Sie stießen eine Glastür auf und fanden sich in einem hellen Empfangsbereich mit bequemen Sitzgelegenheiten und großen Fenstern wieder. Clare zeigte der Dame an der Rezeption ihren Ausweis, und wenige Minuten später wurden sie von einem Mann Ende dreißig mit rötlichem Gesicht begrüßt.

»Sandy Belshaw«, sagte er und streckte die Hand aus, während er hinzufügte: »General Manager. Schreckliche Sache.« Er schüttelte den Kopf, aber seine Energie ließ vermuten, dass er seine neue Aufgabe als stellvertretender Geschäftsführer mit Enthusiasmus angehen würde.

Clare nahm die angebotene Hand an. »DI Clare Mackay und DS Chris West. Vielen Dank, dass Sie Zeit für uns haben, Mr Belshaw.« Sie warf einen Blick auf die Empfangsdame, die so tat, als würde sie einige Papiere auf ihrem Schreibtisch sortieren. »Ich frage mich, ob wir uns vielleicht in Mr Gilmartins Büro unterhalten können.«

Sandy Belshaw folgte ihrem Blick. »Natürlich. Ich arbeite heute Morgen selbst dort. Das ist einfacher. Da habe ich alles zur Hand, wissen Sie.«

Clare dachte kurz darüber nach. War der Mann ein wenig voreilig, dass er gleich in das Büro seines Chefs eingezogen war … oder war er einfach nur praktisch veranlagt? Sie beschloss, im Zweifelsfall zu seinen Gunsten zu entscheiden. Sie folgten ihm in das Büro von Bruce Gilmartin. Er trat zuerst ein und hielt ihnen die Tür auf. Clare sah sich im Raum um. Ein großer iMac stand auf einem massiven Eichentisch mit einem ledergepolsterten Stuhl dahinter. Offensichtlich ging es dem Unternehmen gut, oder man wollte es zumindest so aussehen lassen. Sandy Belshaw deutete auf einige Sessel, die um einen niedrigen Couchtisch angeordnet waren, und bat sie, Platz zu nehmen.

»Laufen die Geschäfte gut?«, wollte Clare wissen.

»Sie boomen regelrecht. Wir haben gerade erst einen Antrag zur Übernahme einer konkurrierenden Brauerei in der Nähe von Dundee auf den Weg gebracht.«

»Wurde er angenommen?«

»Bis jetzt noch nicht. Aber sie haben unser Angebot auch noch nicht gesehen.«

»Ich brauche Einzelheiten darüber. Und ich hätte gern Zugang zu Mr Gilmartins E-Mail-Konto. Ich fürchte, wir müssen auch den iMac mitnehmen.«

Sandy verzog das Gesicht. »Oh, aber ich arbeite hier … Ich meine, haben Sie eine richterliche Anordnung?«

Clare seufzte. »Ich kann eine besorgen, wenn es nötig ist, aber das würde unsere Ermittlungen behindern, und ich müsste Sie ohnehin bitten, dieses Büro nicht mehr zu benutzen. Wir haben es hier mit einer Mordermittlung zu tun, Mr Belshaw.«

Sandy Belshaw erstarrte. »Mord? Aber es war doch bestimmt ein Unfall.«

Clare beobachtete ihn aufmerksam. »Ich fürchte, nein.«

»Aber ... ich verstehe das nicht. Wer hätte Bruce denn töten wollen? Er ... er war so ein netter Kerl.«

»Das versuchen wir gerade herauszufinden. Unter den gegebenen Umständen müssen wir den iMac ...«

Sandy Belshaw hatte den Anstand, beschämt dreinzuschauen. »Ja. Ja, natürlich. Ich möchte Ihren Ermittlungen keinesfalls im Weg stehen. Brauchen Sie sonst noch etwas?«

»Können Sie uns sagen, wer Mr Gilmartins Position im Unternehmen übernehmen wird?«

»Gute Frage, Inspector. Ich werde eine Dringlichkeitssitzung des Verwaltungsrats einberufen müssen und feststellen, was die Mitglieder des Verwaltungsrats dazu sagen. Letztlich entscheiden die Aktionäre, aber in der Regel folgen sie den Empfehlungen des Verwaltungsrats. Wir könnten jemanden aus dem Unternehmen vorschlagen oder einen neuen CEO empfehlen. Ich weiß es wirklich nicht.«

»Wären Sie ein möglicher Kandidat, Mr Belshaw?«

Sandy Belshaws Gesicht rötete sich leicht. »Oh, das weiß ich nicht, Inspector. Ist das wichtig? Ich glaube nicht, dass heute der richtige Tag ist, um darüber nachzudenken.«

»Leider haben wir keine andere Wahl, Mr Belshaw.«

Er fuhr sich mit der Hand durch die Haare am Hinterkopf. »Ich fürchte, ich habe nicht viel darüber nachgedacht. Ich meine, da ist ja auch noch Jennifer.« Sandy Belshaws Gesicht verfinsterte sich bei der Erwähnung des Namens. »Sie wird ein Mitspracherecht haben, da bin ich mir ganz sicher.«

»Mrs Gilmartin?«, fragte Clare und beobachtete ihn aufmerksam.

»Ja. Sie ist Aktionärin und Direktorin. Bruce und sie waren die Mehrheitsaktionäre, und ich nehme an, dass sie seine Anteile erben wird, also …«

»War sie aktiv ins Unternehmen involviert?«, wollte Clare wissen.

Sandy zögerte. »Nicht wirklich. Aber sie nahm an den Vorstandssitzungen teil. Ich … ähm … ich glaube, Bruce hat ziemlich oft zur Kenntnis genommen, was sie gesagt hat.«

Clare warf Chris einen Blick zu. Konnte das ein Hinweis sein? Hatte Jennifer ihren Mann dominiert? Hatten sie diese Art von Ehe geführt? Jennifer war mit ziemlicher Sicherheit in Amsterdam gewesen, als ihr Mann getötet wurde, aber war es möglich, dass die Dinge zwischen den beiden nicht ganz so toll liefen? Und wenn ja, konnte es für sie so schlimm gewesen sein, dass sie ihn töten ließ? Es schien weit hergeholt, aber irgendjemand hatte Bruce Gilmartin getötet. Das Problem war, dass dieselbe Person möglicherweise auch Andy Robb getötet hatte. Und solange sie keine Verbindung zwischen den beiden Männern nachweisen konnten, schien es unwahrscheinlich, dass Jennifer etwas mit Andys Tod zu tun hatte.

»War ihre Ehe glücklich?«, fragte Clare.

»Oh ja, ich glaube schon«, sagte Sandy schnell. »Ich meine, soweit ein Paar heutzutage glücklich sein kann.«

Clare stellte noch ein paar Fragen über die Gilmartins, aber Sandy konnte dem, was er bereits gesagt hatte, wenig hinzufügen. Er beugte sich in seinem Sitz vor.

»Wenn ich Ihnen sonst noch helfen kann …«

Clare schob die Gedanken an Jennifer beiseite – zumindest für den Moment. »Ich brauche eine vollständige Liste aller Mitarbeiter. Namen, Adressen, Telefonnummern. Und können

Sie mir bitte die Kontaktdaten Ihres Steuerberaters geben? Oder haben Sie einen im Team?«

»Nein, wir arbeiten mit Osbornes in St. Andrews zusammen. Jane Leslie kümmert sich um unsere Geschäfte.«

Clare notierte sich das. »Können wir jetzt bitte mit den Mitarbeitern sprechen? Wenn möglich, mit allen gleichzeitig. Das spart uns etwas Zeit.«

»Natürlich. Ich brauche nur fünf Minuten, um sie zusammenzutrommeln.«

Er wollte schon gehen, als Clare ihn zurückhielt.

»Noch eine Sache: Können Sie mir etwas über Mr Gilmartins Leben außerhalb des Büros erzählen? Über sein Gesellschaftsleben, meine ich. Ging er regelmäßig aus?«

»Oh, ich bin mir nicht sicher. Er hat nicht wirklich viel darüber gesprochen. Vielleicht weiß Amanda das. Sie ist seine persönliche Assistentin. Ich schicke sie rein, während ich die anderen Mitarbeiter zusammenrufe.«

Sandy Belshaw ging hinaus, um Amanda zu suchen.

»Und, was denkst du, Chris?«

»Er scheint heiß darauf zu sein, die Zügel in die Hand zu nehmen, Chefin.«

»Zu heiß darauf?«

Chris sah sich im Büro um. Auf einem Tisch neben dem Fenster standen eine De'Longhi Kaffeemaschine und vier kleine Kupfertassen. Außerdem gab es einen Wasserkocher und ein Teeservice aus Porzellan. Ein glänzender schwarzer Kühlschrank enthielt vermutlich kalte Getränke. Und anstelle der cremefarbenen vertikalen Jalousien an den Fenstern des Empfangsraums gab es hier dicke, reich gemusterte Vorhänge, die von Plisseekordeln gehalten wurden. Bruce Gilmartin hatte sich mit einem Hauch von Opulenz umgeben.

»Ich kann mir gut vorstellen, dass Mr Belshaws Büro nicht ganz so plüschig ist wie dieses hier.«

Clare stand auf und schlenderte durch den Raum. Der Teppich unter ihren Füßen fühlte sich dick an, und sie vermutete, dass es an Kandidaten für Bruce Gilmartins Nachfolge bestimmt nicht mangelte. Aber es schien unwahrscheinlich, dass einer von ihnen deswegen einen Mord begangen haben sollte. Aber manchmal passierte genau so etwas. Sie wollte gerade Jennifer ansprechen, als es leise klopfte. Die Tür öffnete sich ein wenig und Amanda erschien. Clare bat sie herein und sie trat ein. Chris hielt ihr einen Stuhl hin, und nach kurzem Zögern setzte sie sich, strich ihren dunkelroten Rock glatt, legte dann die Hände zusammen und hob den Blick. Clare begutachtete sie. Sie schien sich in ihrer Haut so unwohl zu fühlen, als würde sie sich auf eine Befragung im Zeugenstand des Obersten Gerichtshofs vorbereiten. War das der Schock über den Mord an ihrem Arbeitgeber oder gab es einen Grund für ihre Nervosität? Clare fand, dass sie nicht der Typ für einen Streit mit ihrem Chef war. Aber man konnte ja nie wissen. Sie wirkte definitiv aufgelöster als Sandy Belshaw.

»Das war so ein Schock«, sagte sie mit zitternder Stimme. »Er war so ein netter Mann und ein guter Chef. Ich weiß nicht, was jetzt passieren wird …«

»Amanda, können Sie uns irgendetwas über Mr Gilmartin erzählen, bevor die anderen kommen?«

Ihre Augen weiteten sich. »Was zum Beispiel?«

»Ich weiß nicht. Beziehungen am Arbeitsplatz, zum Beispiel. Hat er sich mit allen gut verstanden?«

»Oh ja. Wir alle mochten ihn.«

Clare fuhr fort. »Wie sah es außerhalb der Arbeit aus? War seine Ehe glücklich?«

Amandas Gesicht verdüsterte sich. »Soweit ich weiß …«

»Keine Freundinnen? Von denen seine Frau vielleicht nichts wusste?«

»O nein! Mr Gilmartin war überhaupt nicht so.« Amanda schien von diesem Gedanken ziemlich schockiert zu sein. »Und Mrs Gilmartin … nun ja, sie ist immer so nett.«

»Ihre Beziehung zu ihm war also … rein beruflicher Natur?«

Die junge Frau war schockiert über diese Anspielung und nickte heftig.

»Wie sieht es mit den Arbeitszeiten aus?«, erkundigte sich Clare. »Machte er oft Überstunden oder ging er immer pünktlich nach Hause?«

»Ich glaube, er ging meistens gegen sechs Uhr nach Hause. Ich mache um halb sechs Schluss, und er sagte für gewöhnlich, dass er auch nicht mehr lange bleiben wolle. Außer donnerstags. Das war sein Wohltätigkeitsabend, und deshalb aß er dann immer in seinem Büro ein Mikrowellengericht.«

Clare war plötzlich hellwach. »Wohltätigkeitsabend?«

»Oh ja. Er war so großzügig, wissen Sie. Eine Art Klub, in den er donnerstags immer ging. Geld auftreiben, solche Sachen.«

»Wo ist dieser Klub?«

»Ich bin mir nicht sicher, aber ich glaube nicht, dass er das jemals erwähnt hat. Ich glaube, er wollte das nicht an die große Glocke hängen. Er gehörte nicht zu den Menschen, die ein großes Aufheben machen wollen, wenn sie etwas Gutes tun.« Sie nickte, um dies zu betonen, und Clare fragte sich, wen sie gerade überzeugen wollte.

»Er scheint ein sehr freundlicher Mann gewesen zu sein. Lassen Sie es mich wissen, wenn Ihnen zu diesen Wohltätigkeitsveranstaltungen noch etwas einfällt?«

»Natürlich.«

Es klopfte erneut an der Tür, und Sandy Belshaws Kopf erschien.

»Ich habe die Mitarbeiter im Hauptbüro versammelt«, sagte er. »Es sind zu viele für dieses Büro.«

Clare nickte und ging mit einem beruhigenden Lächeln in Richtung Amanda zu den Mitarbeitern. Es waren insgesamt zwanzig Personen, einschließlich Sandy und Amanda, einige in eleganter Bürokleidung, die anderen in einer Art Uniform aus Cargohosen und dunkelblauen Hemden. Clare sah von einem zum anderen und versuchte, Anzeichen von Unbehagen zu erkennen. Schließlich sagte sie: »Sie haben zweifellos gehört, dass Mr Bruce Gilmartin heute Morgen tot aufgefunden wurde.«

Einige Mitarbeiter schienen den Tränen nahe. Clare fuhr fort und beobachtete sie aufmerksam. »Sie haben vielleicht auch gehört, dass Mr Gilmartins Tod kein Unfall war.«

Hierauf gab es kaum eine Reaktion.

»Wenn jemand von Ihnen in letzter Zeit etwas Ungewöhnliches bemerkt hat, auch wenn Sie glauben, dass es nichts mit Mr Gilmartin zu tun hat, möchte ich Sie bitten, uns davon zu berichten.« Sie schaute sich um. »Irgendetwas?«

Einige schüttelten den Kopf, andere sahen weg.

Clare änderte die Taktik. »Ich glaube, dass Mr Gilmartin in der Wohltätigkeitsarbeit tätig war – donnerstagabends.«

Es gab zwar zustimmendes Nicken, aber niemand wusste genau, was er getan hatte. Es war wohl unmöglich, den Mitarbeitern genauere Informationen zu entlocken, entschied Clare und gab schließlich auf. »Ich werde meine Telefonnummer an der Rezeption hinterlegen. Wenn sich jemand von Ihnen an etwas erinnert, was uns helfen könnte – und sei es auch nur eine Kleinigkeit –, möchte ich ihn bitten, mich so bald wie möglich anzurufen.« Damit bedankte sie sich für die Zeit, die sie für die Befragung zur Verfügung gestanden hatten, und die Mitarbeiter verließen nach und nach den Raum. Clare verabschiedete sich von Sandy Belshaw und gab ihm ihre Karte, während Chris den iMac und einen Terminkalender zum Auto brachte. Sie begleitete ihn auf den Parkplatz und stieg auf der Beifahrerseite ein.

»Da gibt es nicht viel zu holen, glaube ich«, sagte sie. »Es würde mich überraschen, wenn einer der Mitarbeiter etwas mit dem Mord zu tun hätte.«

»Ich denke immer noch, dass der Manager es ein bisschen zu eilig hat, in die Fußstapfen seines Chefs zu treten«, meinte Chris.

»Das stimmt. Aber der Betrieb muss weiterlaufen, nehme ich an.«

»Was hältst du von Mrs G.?«

»Von Jennifer? Wer weiß? Sandy Belshaw schien nicht sehr begeistert davon zu sein, dass sie möglicherweise die Nachfolge ihres Mannes antritt.«

»Das heißt aber nicht, dass sie ihn getötet hat«, erwiderte Chris.

»Nein, das ist wahr.«

»Und was jetzt?«, fragte er, die Hand auf dem Lenkrad.

»Bringen wir den iMac zur Kriminaltechnik. Aber setze mich bitte bei« – sie schielte auf ihr Notizbuch – »Osborne Accountants ab. Das Büro befindet sich in der South Street.«

Chris fuhr los. »Jim hat angerufen, während du mit dem Manager gesprochen hast.«

»Haben sie im Haus etwas gefunden?«, wollte Clare wissen.

»Sie suchen noch. Er sagt, sie hätten einen Laptop, ein Tablet und einen Desktop-Computer mitgenommen. Ich werde die Sachen einsammeln, nachdem ich dich beim Steuerberater abgesetzt habe, und sie zusammen mit dem iMac zur Kriminaltechnik bringen.«

»Wenn du damit fertig bist, könntest du dich dann über Wohltätigkeitsorganisationen informieren? Round Table, Rotary, so etwas in der Art. Finde heraus, ob Bruce Gilmartin zu einer dieser Gruppen gehörte, und wenn ja, wann sie sich trafen. Mal sehen, ob wir etwas über seine Wohltätigkeitsarbeit am Donnerstagabend herausfinden können.«

»Wird gemacht.«

* * *

Osbornes Kanzlei befand sich am anderen Ende der South Street nahe der verfallenen Kathedrale. Sie nahm alle drei Stockwerke eines Reihenhauses ein, das zwischen einer Reinigung und einer Sushi-Bar lag, und Jane Leslies Büro befand sich in der ersten Etage. Sie war groß und schlank und hatte kurz geschnittenes braunes Haar, in dem sich die ersten grauen Strähnen abzeichneten. Sie war schockiert, als sie von Bruce Gilmartins Tod erfuhr. »Kam es plötzlich?«, fragte sie. »Er war doch nicht krank, oder doch?«

»Ich fürchte, wir behandeln seinen Tod als Mord«, erklärte Clare ihr. »Daher müssen wir so viel wie möglich über ihn, seine Geschäfte, seine Finanzen und so weiter herausfinden.«

Jane blinzelte. »Oh, wie schrecklich! Er war so ein netter Mann.«

Clare nickte mitfühlend. »Ich werde Sie nicht lange aufhalten. Wenn Sie mir nur ein paar Hintergrundinformationen über das Geschäft geben könnten – in finanzieller Hinsicht, meine ich.«

Jane verstellte den Winkel ihres Computermonitors und zog eine Tastatur zu sich heran. Dann wackelte sie mit der Maus und tippte etwas ein. »Hier«, sagte sie und drehte den Monitor noch etwas, damit Clare ihn sehen konnte. »Gilmartin's Brewing Company. Die Bilanz sieht gut aus. Keine Geldflussprobleme. Bruce hat mir sogar erzählt, dass er eine konkurrierende Brauerei drüben in Dundee übernehmen wollte.«

»Kann das Unternehmen sich das leisten?«

»Es hätte einer gewissen Anstrengung bedurft, aber ja, ich glaube schon. Wir besprachen das Angebot, das er den Aktionären machen wollte, und wie er es finanzieren würde. Aber ich vermute, dass die andere Brauerei die Sache mit einer gewissen Feindseligkeit betrachtet hat.«

»Inwiefern?«

»Ich glaube mich zu erinnern, dass Bruce sagte, die Geschäftsführerin habe ihn angerufen, um ihm zu sagen, dass das nur über ihre Leiche passieren werde.«

»Haben Sie irgendeinen formellen Kontakt mit dem Unternehmen aufgenommen?«

»Nein, aber ich kann Ihnen die Kontaktdaten geben. Es ist die McMillan's-Brauerei gleich hinter Dundee, an der Straße nach Forfar.«

Clare notierte sich die Adresse des Unternehmens und fragte dann nach den Bankunterlagen. Wieder tippte Jane etwas ein und markierte anschließend einen Bereich des Bildschirms.

»Das hier ist eine Zusammenfassung des Jahresabschlusses. Wenn Sie mehr über irgendjemanden wissen wollen, klicken Sie einfach darauf.«

»Und seine privaten Bankkonten?«

»Ich habe keinen Zugang zu ihnen. Ich nehme an, er war Kunde der Bank die Straße hinunter. Dort sollte man Ihnen helfen können.« Clare nickte und sah die Bankkonten des Unternehmens durch. Es gab nichts Auffälliges, keine großen Einzahlungen oder Abhebungen, und das Unternehmen schien sich in einem gesunden Zustand zu befinden. Auf ihre Bitte hin druckte Jane die Kontoauszüge der letzten sechs Monate aus, und Clare verabschiedete sich in der Hoffnung, die Bank zu erreichen, bevor sie schloss.

Der Filialleiter war nicht bereit, Clare ohne Durchsuchungsbeschluss Informationen zu geben. »Ich fürchte, mir sind die Hände gebunden, Inspector.«

Clare presste die Lippen zusammen. Das konnte sie wirklich nicht gebrauchen. »Ich habe keine Zeit, auf einen richterlichen Beschluss zu warten. Ich ermittle in einem Doppelmord. Gibt es nicht irgendeine Möglichkeit, sie mir zu zeigen?«

Der Manager breitete die Hände aus. »Leider nein, es sei denn, Sie können Mrs Gilmartin bitten, uns anzurufen – aber ich nehme an, dass Sie sie in dieser Situation nicht belästigen wollen.«

Darauf würde ich nicht wetten, dachte Clare und trat wieder auf die Straße.

Sie schaute auf ihre Uhr. Erst kurz nach vier. Sie zog ihr Telefon heraus und wählte die Nummer der McMillan's Brewery. Nach einem Spießrutenlauf zwischen verschiedenen Sekretärinnen und persönlichen Assistenten wurde sie schließlich mit Yvonne McMillan verbunden.

»Mrs McMillan? Hier spricht Detective Inspector Clare Mackay. Könnte ich Sie heute Nachmittag kurz sprechen?«

Yvonne McMillan klang nicht sehr begeistert. »Ich bin sehr beschäftigt, Inspector. Darf ich fragen, worum es geht?«

»Das würde ich Ihnen lieber persönlich sagen, aber es ist wirklich dringend.«

Yvonne McMillan stimmte widerstrebend zu und gab Clare eine Wegbeschreibung zur Brauerei.

Clare beendete das Gespräch und tippte die Nummer der Wache ein. Der Anruf wurde von Sara entgegengenommen.

»Sara, ich bin unten in der South Street und brauche dringend ein Auto. Kannst du bitte herkommen und mich abholen? Ich stehe direkt vor der Bank.«

Sara lehnte das Angebot ab, sie anschließend zur Wache zurückzufahren. »Ich wollte sowieso gerade auf Streife gehen«, sagte sie.

Clare schenkte ihr ein dankbares Lächeln, nahm die Schlüssel, tippte im Losfahren eine weitere Nummer in das Telefon und schaltete den Lautsprecher ein.

DCI Gibson antwortete sofort. »Inspector … irgendwelche Fortschritte?«

»Nicht so große, wie ich sie mir wünschen würde, Sir. Ich muss Sie um einen Gefallen bitten …«

Der DCI hörte ihr zu und sagte dann: »Damit ich das richtig verstehe: Sie wollen, dass ich Jennifer Gilmartin ein paar Stunden, nachdem sie vom Tod ihres Mannes erfahren hat, anrufe und bitte, die Bank zu kontaktieren?«

»Ja. Der Manager wird uns die Kontoauszüge nicht ohne richterlichen Beschluss oder Mrs Gilmartins Erlaubnis zur Verfügung stellen. Und mir fehlt die Zeit, auf den Beschluss zu warten.«

Am anderen Ende der Leitung war ein Seufzen zu hören. »Ich kümmere mich darum.«

Dann war die Leitung tot.

Kapitel 9

Clare brauchte etwas mehr als vierzig Minuten, bis sie McMillan's Brewery erreichte. Die Brauerei befand sich auf einer Anhöhe etwas südlich von Dundee. Die Konstruktion aus versilbertem Hartholz mit zwei Schrägdächern machte sie zu einem interessanteren Gebäude als die eher nüchterne Gilmartin's Brewery. Clare konnte sich vorstellen, dass die Übernahme für Bruce Gilmartin eine verlockende Aussicht gewesen war.

Yvonne McMillan erwartete sie an der Rezeption und führte Clare in ihr Büro. Verglichen mit dem von Bruce Gilmartin war es spärlich eingerichtet, aber so aufgeräumt wie Yvonne selbst. Auf dem Schreibtisch stand ein Foto von zwei breit grinsenden Mädchen mit Zahnlücken, deren Ähnlichkeit mit Yvonne frappierend war.

»Ihre Töchter?«, fragte Clare.

»Ja. Millie und Joanne. Letzten Sommer. Zum Glück haben sie jetzt ihre Schneidezähne.« Sie ging zu einem Beistelltisch, auf dem eine Kaffeemaschine stand – ein wesentlich billigeres Modell als das, welches Bruce Gilmartin benutzt hatte. »Kaffee?«

Clare wurde plötzlich klar, dass sie seit dem Frühstück nichts mehr gegessen hatte. »Ja, gern, wenn es keine Umstände macht.«

Yvonne füllte zwei Becher und stellte einen vor Clare auf den Tisch. »Also, Inspector, wie kann ich helfen? Sie sagten, es sei eine dringende Angelegenheit.«

Clare beobachtete sie aufmerksam. »Ich untersuche den Mord an Bruce Gilmartin.«

An Yvonnes Reaktion gab es keinen Zweifel. Ihr Lächeln verschwand, und die Farbe wich aus ihrem Gesicht. Es gab eine Pause und dann fand sie ihre Stimme wieder, die heiserer klang als noch vor wenigen Sekunden.

»Bruce … ist tot?«

»Ich fürchte, ja.«

Yvonne brauchte einen Moment, um sich zu sammeln. »Und er wurde ermordet?«

Clare nickte.

»Wer in aller Welt hätte Bruce denn töten wollen?«

»Das finden wir hoffentlich heraus.«

»Sie glauben doch nicht etwa, dass ich Ihnen dabei helfen kann. Ich meine, Sie haben zweifellos gehört, dass er versucht hat, uns zu übernehmen, aber wenn Sie andeuten, dass ich etwas damit zu tun hatte …«

»Nein, natürlich nicht.« Clare lächelte. »Ich sammle nur Informationen. Kannten Sie Mr Gilmartin gut? Trafen Sie ihn oft?«

»Das letzte Mal wahrscheinlich beim Brewing Business Awards Dinner Anfang des Jahres. Im Februar, glaube ich. Wenn Sie möchten, kann ich das nachprüfen.«

Clare schüttelte den Kopf. »Nein, keine Sorge. Leistet die Brauereiindustrie viel Wohltätigkeitsarbeit?«

»Oh ja. Wir sponsern Sportveranstaltungen, Ausbildungsprogramme und solche Dinge. Und Weihnachten natürlich. Da organisieren wir immer eine Spendenaktion für wohltätige Zwecke.«

»Gibt es regelmäßige Treffen?«

»Für die Wohltätigkeitsveranstaltungen? Nein. Wir treffen uns in der Regel ein paar Wochen vorher, um kurz etwas zu planen. Meistens machen wir das online.«

»Sie würden sich also nicht, sagen wir, donnerstagabends treffen?«

Yvonnes Augen weiteten sich. »Warum donnerstags?«

Clare beschloss, das Thema zu wechseln. »Haben Sie sich je privat mit Mr Gilmartin getroffen?«

Yvonne schnaubte. »Unwahrscheinlich. Wir waren Konkurrenten. Ich hätte ihn nicht ins Büro gelassen, geschweige denn mich mit ihm getroffen. Das heißt natürlich nicht, dass ich nicht traurig bin, dass er tot ist.«

»Natürlich.« Clare trank ihren Kaffee und stand auf. »Vielen Dank, Mrs McMillan. Wenn es sonst noch etwas gibt, werden wir uns bei Ihnen melden.«

* * *

Es war schon nach achtzehn Uhr, als Clare zur Wache zurückkehrte. Die Durchsuchung des Hauses der Gilmartins war abgeschlossen, und Alastair Gibson machte sich gerade auf den Heimweg. »Die Kontoauszüge, die Sie haben wollten, wurden vor zehn Minuten per E-Mail geschickt. Ich glaube, Sara hat sie ausgedruckt und auf Ihren Schreibtisch gelegt.«

»Danke, Sir. Ich weiß das zu schätzen.«

»Hmm. Ich bin mir nicht sicher, ob Mrs Gilmartin das auch getan hat. Gute Nacht, Inspector.«

Sie sah ihm hinterher; er hatte eine schwarze Ledermappe in der Hand. *Ich wette, da ist nichts drin,* dachte sie und ging in ihr Büro, um Bruce Gilmartins Finanzen zu prüfen. Die Papiere lagen fein säuberlich gestapelt am Rand des Schreibtischs. Clare hob sie hoch und ließ sich auf ihren Stuhl fallen. Der Sitz war noch warm, und sie sehnte sich danach, ihr Büro wieder für sich zu haben. Je schneller sie diese Mordermittlung abschließen konnte, desto besser.

Ein kurzer Blick auf die Ausdrucke verriet Clare, dass Bruce Gilmartin sicherlich keine Geldsorgen gehabt hatte. Er hatte drei Bankkonten besessen, die alle gut gefüllt waren. Sie ging die Abbuchungen durch und stellte fest, dass er wie Andy Robb immer wieder Bargeld abgehoben hatte, wobei seine Abhebungen jedoch nicht ganz so regelmäßig gewesen waren wie Andys. Außerdem gab es eine Kreditkarte, die er anscheinend häufig benutzt und jeden Monat vollständig ausgeglichen hatte.

Ein lautes Bellen erinnerte Clare daran, dass der Hund noch auf dem Revier war. Sie hatte ihn völlig vergessen gehabt. Sie öffnete ihre Bürotür, und Benjy trottete schwanzwedelnd herein.

»Gibt es irgendeinen Freiwilligen, der Benjy mit nach Hause nimmt?«, fragte sie, mehr hoffend als erwartungsvoll.

Es wurde viel gemurmelt und gehustet.

Sie sah Chris an, der sich plötzlich sehr für sein Telefon interessierte. »Wolltest du dir nicht einen Hund anschaffen, DS West? Jetzt hast du die Gelegenheit. Du weißt schon: Erst testen, dann kaufen.«

Chris rieb sich den Nacken. »Normalerweise würde ich das ja tun, Chefin, aber diese Woche ist es ein bisschen ungünstig.«

»Verräter!«

»Richtig.«

Clare sah Benjy an. »Sieht so aus, als blieben nur wir beide übrig, Kleiner.« Sein Schwanz wackelte leicht. »Wir werden auf dem Heimweg etwas Hundefutter besorgen«, sagte sie zu ihm, nahm den Stapel Papiere und seine Leine und ging zur Tür.

* * *

Als Clare ihre Haustür öffnete und sich bückte, um die Post von der Matte aufzuheben, stürmte Benjy an ihr vorbei und erkundete diesen neuen Ort. Nachdem er in den Ecken und hinter den bodenlangen Vorhängen geschnüffelt hatte, lief er zu Clare in die Küche, wo sie in ihren Schränken nach etwas suchte, was sie als Hundenapf verwenden konnte. Sie förderte ein paar alte Eisbehälter unter der Spüle zutage und füllte einen mit Wasser. Sie stellte ihn auf den Boden, und Benjy trank, bis er hörte, wie das Trockenfutter in einen der anderen Behälter geschüttet wurde. Er saß mit erhobenem Kopf da und wartete auf sein Fressen. Als sie es absetzte, sagte sie: »Moment …«, aber es war schon zu spät. Er stürzte sich darauf und verschlang das Futter, ohne Clare zu beachten, bis die Dose ganz leer und sauber geleckt war. Dann trabte er zurück ins Wohnzimmer und ließ sich unter dem langen Fenster nieder, um die Wärme der späten Abendsonne zu genießen.

Clare stellte eine Lasagne zum Aufwärmen in die Mikrowelle und ging die Post durch, während sie gleichzeitig an einer Scheibe Baguette knabberte. Die üblichen Rechnungen und Werbesendungen. Sie legte sie auf den Küchentisch, neben den langen, cremefarbenen Umschlag, der noch ungeöffnet war. Es gab noch einen weiteren Umschlag, der sie interessierte, abgestempelt in Glasgow. Sie nahm ein Messer aus der Schublade und schnitt den Umschlag oben auf. Dann zog sie den Brief heraus und stand da, während sie seinen Inhalt verdaute, ohne das Piepen der Mikrowelle zu beachten. Sie zog einen Küchenstuhl heran und setzte sich. Ihr Beine wurden plötzlich ganz schwach, als sie die Worte noch einmal las.

Ihre Wohnung in Glasgow. Ihre wunderschöne Wohnung im West End der Stadt mit den hohen Decken und originalen edwardianischen Fenstern gehörte nun einem jungen Paar aus Carlisle. Der Vertrag war unterschrieben und besiegelt und die Wohnung aus ihrem Leben verschwunden. Jetzt gab es wirklich kein Zurück mehr. Nicht zum ersten Mal fragte sich Clare, ob sie das Richtige getan hatte. Hatte sie die letzten Monate wie eine Schlafwandlerin verbracht, ohne wirklich zu wissen, was sie tat?

Sie ging zum Weinregal und nahm eine Flasche Chianti heraus. An diesem warmen Maiabend hatte er die perfekte Temperatur. Sie schenkte sich ein großes Glas ein und löffelte die Lasagne auf einen Teller. Benjy, der die Nudeln roch, kam angetrabt, die Nase in der Luft, wurde aber enttäuscht. Clare saß am Tisch, starrte auf den Brief und aß mechanisch.

Als sie fertig war, räumte sie Teller und Besteck in die Spülmaschine und ging mit dem Weinglas und der Flasche ins Wohnzimmer. Sie stellte beides auf einen kleinen Tisch, setzte sich auf das braune Ledersofa und legte die Füße hoch. Benjy sprang auf das Sofa, ließ sich neben ihr nieder und kuschelte sich an ihre Beine. Er war warm und tröstlich, und Clare fragte sich, ob sie sich vielleicht einen eigenen kleinen Hund zulegen sollte. Vor allem, wenn er so liebevoll war wie Benjy. Jetzt war die Wohnung weg, was ihr einen ansehnlichen Profit einbrachte. Vielleicht konnte sie sich hier in St. Andrews eine Existenz aufbauen. Eine eigene Wohnung kaufen – vielleicht sogar ein Haus. Entlang der South Street gab es eine ganze Reihe von Immobilienmaklern, die sie aufsuchen konnte. War es an der Zeit, ans Niederlassen zu denken?

Doch dann erinnerte sie sich wieder. Das würde niemals passieren, solange sie nicht wusste, was …

Abrupt sprang sie auf, was Benjy zum Bellen brachte. Sie eilte zum Küchentisch und nahm den langen, cremefarbenen Umschlag, wog ihn einige Augenblicke in den Händen, ging zum Sofa zurück und zog vorsichtig das Siegel ab.

Sie wusste, was drinstand, noch bevor sie es las.

Und da war sie. Die Nachricht, die sie erwartet und gleichzeitig gefürchtet hatte. Die Mitteilung, dass die Familie des verstorbenen Francis Ritchie beim Obersten Gerichtshof die Erlaubnis für eine private Strafverfolgung gegen Clare wegen Mordes beantragt hatte.

Die Geschichte war jetzt ein Jahr her. Dreizehn Monate, um genau zu sein. Und sie konnte es so deutlich vor sich sehen, als wäre es gestern passiert.

* * *

Die Schreie der Frau in der Weinhandlung … die um ihr Leben schrie? Clare wusste es nicht – niemand wusste es –, sie hatten keine Ahnung, was in diesem Laden vor sich ging. Sie wusste nicht, dass die Waffen Nachbildungen waren. Sie wusste nicht, dass der Ladenbesitzer nicht wirklich in Gefahr war. Zumindest nicht durch die Waffen.

Sie war eine erfahrene Polizeibeamtin mit der Erlaubnis zum Schusswaffengebrauch, und es war eine Operation wie aus dem Lehrbuch. Gut geprobt. Sie nahmen ihre Positionen ein. Der Unterhändler versuchte, mit ihnen am Telefon zu sprechen. Dann riss der andere Typ das Telefon aus der Wand, und plötzlich war es still im Laden. Kein Ton von der Frau. Hatten sie sie getötet? Ein Messer hervorgezogen und ihr zwischen die Rippen gestoßen?

Und dann kam er aus dem Laden. Francis Ritchie. Er war erst fünfzehn Jahre alt, sah aber älter aus – und er hielt eine Waffe hoch wie ein erfahrener Gangster. Die Waffe, die keine Waffe war. Nur, dass sie das nicht wussten. Und er richtete sie direkt auf Clare. Sie trug eine kugelsichere Weste, doch die hätte ihn nicht davon abgehalten, ihr in den Kopf oder in die Oberschenkelarterie zu schießen.

* * *

Clares Mund war trocken. Sie griff nach dem Glas Wein und leerte es in einem Zug.

* * *

Sie sah, wie er sich bereitmachte. Er würde schießen. Dessen war sie sich sicher. Halbautomatisch. Wie viele konnte er töten? Sie traf eine Entscheidung, und der Schuss knallte. Clare war gut in dem, was sie tat, und brauchte nur einen Schuss.

* * *

»Er war sofort tot«, sagte sie zu Benjy, der daraufhin nur vergnügt mit dem Schwanz wedelte. Clare wünschte, sie hätte das auch gekonnt.

Tom war außer sich gewesen. »Du hättest getötet werden können«, sagte er. »Ich hätte dich verlieren können.«

Und er hatte sie verloren. Er hatte sie in dem Moment verloren, als Francis Ritchies Familie Toms Arbeitgeber beauftragte, sie zu vertreten.

Die Ritchies hatten eine gute Wahl getroffen. Die Kanzlei Jamieson Curr war in Glasgow als Verfechter hoffnungsloser Fälle bekannt. Tom selbst hatte schon viele Gerichtsverfahren für sie gewonnen, und das allen Widerständen zum Trotz. Er hatte sich natürlich aus diesem Fall zurückgezogen. So viel wusste Clare. Interessenkonflikt, sagte er, und sie glaubte ihm. Aber die Tatsache, dass er sie jeden Morgen zum Abschied küsste und zur Arbeit für den Feind ging, blieb. Zumindest sah Clare das so.

Die Anhörung in Bezug auf den tödlichen Vorfall rückte näher. Clare bat Tom, sich die Woche freizunehmen. Sie hatte gehofft, er werde sie begleiten und sich als Zeichen der Solidarität neben sie setzen. Der Welt zeigen, wo seine Loyalität lag. Aber er sagte, es sei besser für ihn, wenn er beschäftigt sei. Es sei besser, wenn er etwas zu tun hätte. Sie fragte ihn nicht noch einmal und ging jeden Tag zur Anhörung – nur mit der Unterstützung durch einen Vertreter ihres Polizistenverbandes.

Die Ritchies saßen ganz vorn, flankiert von zwei Rechtsanwälten, Toms Kollegen. Es wurde gemunkelt, dass die Zeitungen ihre Honorare zahlen würden.

Die Abende waren angespannt. Tom war fürsorglich und kochte Pfannengerichte, Nudelaufläufe und eines Abends sogar Filetsteaks. Er deckte den Tisch, während Clare im Vollbad entspannte, das er für sie einlaufen ließ. Er zündete Kerzen an, legte Musik auf und öffnete den Wein, damit er atmen konnte. Sie aßen. Tom sprach über Belanglosigkeiten und wagte es dann sogar, zu fragen, wie die Anhörung lief.

»Gut«, war alles, was Clare sagte. »Alles gut.«

Nach dem Abendessen sahen sie fern, wobei sie die Nachrichten über die Anhörung mieden, und Clare entschied sich für einen Sessel statt für ihren üblichen Platz neben Tom auf dem Sofa.

Nachts im Bett lagen sie Rücken an Rücken, klammerten sich an ihre jeweilige Seite und taten so, als würden sie schlafen. Tom schlief immer als Erster ein. Clare, die sich inzwischen auf einen Kampf vorbereitete, konnte das nur schwer verzeihen. Wie konnte er schlafen, wenn so viel Spannung in der Luft lag?

Eine Woche lang folgten sie jeden Tag derselben Routine. Es war die anstrengendste Woche in Clares Leben.

* * *

Am letzten Tag der Anhörung wurde zur Mittagszeit das Urteil verkündet. Sie wurde natürlich freigesprochen. Und dafür gelobt, dass sie möglicherweise Leben gerettet hatte. Einer von Toms Kollegen nickte ihr sogar leicht respektvoll zu.

Der Vertreter ihres Verbandes wollte sie zum Mittagessen einladen. Ein bisschen feiern, meinte er. Clare lehnte höflich ab. Sie sagte, sie wolle nur nach Hause gehen und ein langes Bad nehmen. Aber sie ging nicht nach Hause. Sie fand einen ruhigen Pub und bestellte eine Flasche Rotwein. Sie saß in der Ecke, das Handy lautlos gestellt, und sah zu, wie ein Anruf nach dem anderen von Tom einging. Vermutlich kannte er in der Zwischenzeit das Urteil. Seine Kollegen mussten wieder im Büro sein und er hatte es erfahren. Sie trank die Flasche aus und bestellte eine zweite. Der Barmann sah sie an und schlug ihr vor, nach Hause zu gehen. Clare erklärte ihm, dass er sich zum Teufel scheren solle, und verließ den Pub. Sie fand einen anderen und trank weiter. Jedes Mal, wenn Tom versuchte, sie anzurufen, schenkte sie sich ein Glas ein.

Sie verließ den Pub zur Sperrstunde, und die frische Luft traf sie wie ein Schlag. Nachdem sie schließlich die Treppe zu ihrer Wohnung hinaufgestürzt war, sich dabei das Knie auf- und einen Zahn ausgeschlagen hatte, fand sie Tom schlafend auf dem Sofa und die Reste einer Pastete auf dem Herd.

Am nächsten Morgen versuchte er, ihr zu sagen, wie froh er sei. Erleichtert, dass es vorbei war und dass sie für ihre Taten gelobt worden war. Doch Clare wollte das nicht hören. Sie wusste bereits, dass es zu spät war. Tom war einer der Jamiesons, und das würde sie ihm nie verzeihen können.

Und so hatte sie ihre Wohnung zum Verkauf angeboten und ihre Versetzung beantragt. Irgendwohin, hatte sie gesagt. Irgendwohin, nur weg von Glasgow.

Sie hatten es alle versucht. Ihre Eltern, Freunde, ihre Schwester Judith und ihre Kollegen. Hatten versucht, sie zum Bleiben zu überreden. »Es ist eine schwierige Phase«, hatten sie gesagt, »die vorübergeht. Lass dir einfach Zeit.« Doch Clare war fest entschlossen gewesen. Sie war nicht der Typ, der darauf wartete, dass die Dinge besser wurden. Wenn sie nicht in Ordnung waren, war es Zeit, zu gehen.

»Möchtest du, dass ich mitkomme?«, hatte Tom gefragt. »Dass wir irgendwo neu anfangen?«

Aber sie wusste, dass er nicht meinte, was er sagte. Er hätte nicht seine Karriere für sie aufgegeben. Vor allem, wenn er nicht glaubte, dass er etwas falsch gemacht hatte. Wenn sie ehrlich war, glaubte Clare auch nicht, dass er etwas falsch gemacht hatte. Aber die Dinge zwischen ihnen hatten sich verändert, und sie konnte einfach nicht mehr mit ihm zusammen sein.

Und dann war die Stelle in St. Andrews frei geworden und sie hatte sie angenommen.

»Sind Sie sicher?«, hatte ihr DCI gefragt. »Vielleicht sollten wir einfach warten, bis Gras über die Sache gewachsen ist.«

Aber sie war sich sicher gewesen. Und hier war sie nun, in diesem gemieteten Haus mit diesem geliehenen Hund, und ermittelte in einem Doppelmord, während ihr ein Mistkerl von DCI im Nacken saß.

Und nun waren auch noch die Ritchies hinter ihr her.

Clare schenkte sich ein weiteres Glas Wein ein und trank, um das alles zu vergessen.

Kapitel 10

Dienstag, 21. Mai

Clare wachte früh am Dienstagmorgen auf. Selbst durch die Verdunkelungsrollos konnte sie sehen, dass es draußen hell war, aber sie hatte keine Ahnung, wie spät es war. Ihr Kopf brummte vom Wein. Sie griff nach dem Glas Wasser, das neben ihrem Bett stand, und leerte es in einem Zug.

Dann überprüfte sie ihr Telefon und war erleichtert, dass sie keine Nachrichten oder verpassten Anrufe vorfand. Sie hörte Benjy, der sich in seiner neuen Umgebung sichtlich unwohl fühlte. Sie hatte ihm mit der Bettdecke aus ihrem Gästezimmer ein Bett am oberen Ende der Treppe gemacht und ihn mit einer Spur von Hundekeksen dorthin gelockt. Aber jetzt, da die Sonne um kurz nach fünf aufging, war er wach und suchte nach Aufmerksamkeit.

Sie stapfte durch das Zimmer und öffnete die Tür. Er stürmte herein, sein Schwanz wedelte ohne Unterbrechung.

»Weißt du was?«, fragte sie, während er sie aufmerksam ansah. »Ich glaube, ich werde dich vermissen.« Sie schlüpfte in ihre Hausschuhe und ging mit dem Hund im Schlepptau die Treppe hinunter. In der Küche wechselte sie sein Wasser und füllte etwas von seinem Trockenfutter in den anderen Eisbehälter. Wie oft fütterte man einen Hund? Sie hatte keinen blassen Schimmer. Aber er würde heute Nachmittag wieder zu Jennifer Gilmartin zurückkehren, sobald Jim sie am Flughafen abgeholt hatte. Jennifers Flug sollte kurz nach vierzehn Uhr landen, sodass Jim sie hoffentlich bis sechzehn Uhr nach St. Andrews gebracht haben würde. Durch einen bizarren Zufall hatte DCI Gibson ihr ein Zimmer im Kenlybank Hotel gebucht, wo Andy Robb am Samstagabend sein Schicksal ereilt hatte. Aber das Haus war kein Tatort mehr und nur ein paar Kilometer von ihrem Zuhause entfernt, also ergab es durchaus Sinn.

»Fahr bitte ein bisschen früher zum Flughafen, Jim«, hatte Clare gesagt, als der DCI außer Hörweite war. »Ich möchte absolut sicher sein, dass sie tatsächlich nach Amsterdam geflogen ist und erst heute zurückkommt. Und kein Wort zu den anderen, okay?«

Das Hundefutter verschwand fast so schnell, wie Clare es hingestellt hatte. Sie schielte auf die Anweisungen auf der Packung und vermutete, dass sie Benjy wahrscheinlich zu wenig gegeben hatte, also schüttete sie noch etwas mehr in den Behälter. Wieder verschlang er es, als hätte er tagelang kein Fressen gesehen. Sie öffnete die Hintertür, um Benjy hinauszulassen, und er huschte davon, um irgendwo zu pinkeln.

In dem Moment klingelte das Telefon. Clare spürte, wie es ihr die Kehle zuschnürte, aber dann sah sie, dass es ihre Schwester war, und bemühte sich, fröhlich zu klingen. »Jude. Schön, von dir zu hören.« Ihre Stimme war heiser vom Wein, und sie räusperte sich.

»Geht es dir gut? Es ist noch ein bisschen früh für eine Zigarette.«

Clare konnte im Hintergrund ein Wimmern hören. »Wie geht es meinem Neffen?«

»Er zahnt, deshalb bin ich schon um diese Zeit wach. Mal wieder.«

»O Gott! Erinnere mich daran, niemals Kinder zu kriegen.«

»Hör zu, Clare, Mum hat mich angerufen. Tom ist vorbeigekommen und …«

Clare wurde schwer ums Herz. »Sag nichts. Er hat ihr von der privaten Strafverfolgung erzählt.«

»Ja. Du hast sie nie erwähnt. Seit wann weißt du davon?«

»Der Brief kam vor ein paar Tagen, aber ich hatte einfach keine Zeit, ihn zu öffnen.«

»Tom hat es Mum vor zehn Tagen erzählt. Hör zu, Clare, sie macht sich Sorgen um dich. Dad auch. Das tun wir alle.«

Clare seufzte. »Jude, ich kann nichts dagegen tun. Der Fall wurde dem Lord Advocate zur Entscheidung vorgelegt. Wenn er der Meinung ist, dass es genügend Beweise gibt, um gegen mich vorzugehen, wird die Sache vor Gericht gehen. Wenn nicht, dann nicht.«

»Aber Tom sagte …«

»Tom ist unwichtig.«

Benjy kratzte an der Hintertür, aber Clare war zu abgelenkt, um es zu bemerken.

»Oh, Clare, komm schon. Das ist nicht wahr. Er liebt dich immer noch. Du weißt, dass er das tut.«

Clare brauchte unbedingt einen Kaffee. Sie stellte das Telefon auf Lautsprecher und füllte den Wasserkocher auf.

»Du könntest zurück nach Glasgow kommen, weißt du«, fuhr Jude fort. »Tom sagte, er habe gehört, dass sie dich dort vermissen. Ich glaube, er vermisst dich auch …«

»Tom …«, setzte Clare an, wusste dann aber nicht mehr, was sie sagen sollte.

»Clare, er weiß, wie schwer es für dich war. Ich glaube, er bedauert es aufrichtig, dass er dich nicht mehr unterstützt hat. Wenn ihr euch trefft, könntet ihr vielleicht …«

»Jude, ich kann mit dir nicht über Tom sprechen. Er ist ein Teil dieser Zeit in Glasgow. Ich musste sie zurücklassen. Und jetzt noch diese Strafverfolgung. Solange ich nicht weiß, wie diese Sache ausgeht, kann ich weder an Tom noch an irgendjemand anderen denken.«

»Tom sagt …«

Von draußen ertönte ein dumpfes »Wuff« und dann noch eines, aber Clare war zu sehr damit beschäftigt, ihrer Schwester ins Wort zu fallen.

»Was Tom sagt, spielt keine Rolle mehr, Jude. Ich wollte ihn bei mir haben. Bei der Befragung. Ich wollte ihn dabeihaben, aber er wollte nicht kommen.«

»Ja, ich weiß, Clare. Aber stell dir vor, wie schwierig das für ihn war, wo Jamiesons doch die Ritchies vertrat. Er war in einer heiklen Lage.«

»Oh ja«, sagte Clare, und ihre Stimme klang schärfer, als sie beabsichtigt hatte. »Er hatte eine wirklich schwere Zeit!«

Inzwischen bellte Benjy. Der Kessel kochte und stieß eine Dampfwolke aus. Clare löffelte Kaffee in den Kaffeebereiter, während ihre Schwester weiterhin Tom verteidigte.

»Aber er war für dich da, oder etwa nicht? Okay, vielleicht nicht bei der Befragung, aber … Clare, höre ich da einen Hund?«

Clare öffnete die Tür, um einen aufgeregten Benjy wieder hereinzulassen, der sie schwanzwedelnd ansah. Sie hob die Augenbrauen und deutete auf das Telefon.

»Das ist eine lange Geschichte«, sagte sie. »Ich werde sie dir später erzählen, aber ich habe gerade einen Doppelmord am Hals.«

»Ruf mich an, wenn du kannst, ja?«

»Mach ich. Und sag Mum und Dad, sie sollen sich keine Sorgen machen. Tom hat mir eine Nachricht geschickt, in der er mir einen verdammt guten Strafverteidiger empfohlen hat, sodass ich gut vertreten sein werde, falls es so weit kommt. Und der Verband wird das Honorar bezahlen. Aber jetzt muss ich wirklich los, Jude. Gib James einen Kuss von mir.«

Clare legte ihr Handy weg und beobachtete Benjy. Er jagte in ihrem Wohnzimmer seinem Schwanz hinterher und hatte bereits die Fernbedienung des Fernsehers auf den Boden geworfen. »Sieht aus, als könnte da jemand einen Spaziergang gebrauchen.«

* * *

Clare kam kurz vor acht auf dem Revier an und hatte das Gefühl, bereits den halben Tag gearbeitet zu haben. War es immer so anstrengend, einen Hund zu haben? Benjy, der nun satt war und sich ausreichend bewegt hatte, nahm wieder seinen Platz auf dem Tresen des Büros ein, von wo aus er die Ereignisse aufmerksam verfolgte. Um halb neun berief DCI Gibson eine Besprechung ein.

»Bevor wir anfangen: Es wurden drei Detectives aus Edinburgh abgestellt. Connor, Steve und Phil – vielen Dank für eure Hilfe, Jungs. Heißt sie bitte alle herzlich willkommen.«

Die drei Neuankömmlinge saßen in fast identischen, eleganten Anzügen auf den Schreibtischen. Einer von ihnen sah sich ohne jegliche Begeisterung im Raum um, die anderen nickten zum Dank.

Der DCI fuhr fort. »Also, Inspector, was wissen wir über die Brauerei?«

Clare ging an eine Stelle, wo sie alle gut sehen konnte. »Bruce Gilmartin war ein beliebter Chef, die Belegschaft ist größtenteils erschüttert, aber der Geschäftsführer scheint es sehr eilig zu haben, in die Fußstapfen seines Chefs zu treten. Ansonsten scheint das Unternehmen gesund zu sein – man plant die Übernahme eines Konkurrenten in der Nähe von Dundee. McMillan's.«

»Die nicht erwünscht ist, wie wir wissen.«

»Ja. Ich habe gestern mit der Geschäftsführerin gesprochen, aber ich glaube nicht, dass es für uns dort etwas zu holen gibt. Sie waren nicht befreundet, aber sie schien wirklich schockiert über Mr Gilmartins Tod zu sein.«

»Okay«, meinte der DCI. »Sonst noch etwas?«

»Seine Assistentin meinte, er habe donnerstagabends immer Wohltätigkeitsarbeit geleistet. Chris überprüft gerade die örtlichen Organisationen, um herauszufinden, ob er mit einer von ihnen in Verbindung stand.«

»Hatten Sie Glück?« Der DCI sah zu Chris hinüber.

»Leider nein, Sir«, erwiderte Chris. »Bis jetzt nicht.«

»Ich kann dir dabei helfen«, bot Jim an und Chris nickte dankend.

Der DCI wandte sich wieder an Clare. »Was ist mit seinen Kontoauszügen? Sie haben sie gestern Abend mit nach Hause genommen, Inspector.«

»Tut mir leid, Sir. Nachdem ich erst den Hund gefüttert und dann selbst etwas gegessen habe, bin ich eingeschlafen.«

»Dann machen Sie das heute Morgen zu Ihrer Priorität.«

Clare nickte. Jim hob die Hand.

»Sergeant?« Der DCI wirkte leicht verärgert über die Unterbrechung.

»Ich habe eine Reihe von Unterlagen aus dem Haus mitgenommen. Ich glaube, da sind ein paar Kreditkartenabrechnungen dabei.«

»Gib sie mir, Jim, und ich werde sie ebenfalls durchsehen«, sagte Clare.

Das Telefon klingelte, und Chris ging ran.

»Wir hoffen, heute Morgen etwas von der Kriminaltechnik zu hören«, meinte der DCI. »Mit etwas Glück finden sie etwas in den Computern, die DS West gestern Abend zu ihnen gebracht hat. Wer auch immer diesen Anruf entgegennimmt: Ich möchte sofort informiert werden.«

Einige Polizisten nickten daraufhin, und er fuhr fort.

»War jemand in den Pubs und Hotels, um sich nach den Donnerstagabenden zu erkundigen?«

»Noch nicht, Chef, aber das steht schon auf der Liste«, erklärte Clare.

»Dann sollten wir das heute erledigen. Fotos der beiden Opfer, bitte.«

Clare sah die Jungs aus Edinburgh an. »Sara wird Ihnen mit einer Liste von möglichen Häusern und deren Standorten helfen.«

Sie nickten, sagten aber nichts. Einer von ihnen, Phil, musterte Sara von oben bis unten und zwinkerte ihr zu, woraufhin sie seinen Blick mit steinerner Miene erwiderte.

Chris kehrte zurück. »Die Spurensicherung«, sagte er.

DCI Gibson hob eine Augenbraue. »Und?«

»Sie konnten einen Teil der Reifenspur am Haus der Gilmartins ausgießen. Es ist kein großer Abdruck, sodass sie nicht absolut sicher sein können, aber es scheint sich um die gleiche Art von Reifen zu handeln, die Andy Robb überfahren haben. Alles in allem halten sie eine Übereinstimmung für wahrscheinlich. Aber es war mit Sicherheit nicht der Range Rover der Gilmartins.«

»Und die nummerierten Karten?«, fragte Clare.

Er schüttelte den Kopf. »Auf beiden befinden sich deutliche Fingerabdrücke, aber nicht von derselben Person. Und im System sind sie auch nicht gespeichert.«

»Welcher Mörder lässt eine Karte bei einer Leiche zurück, auf der sich seine Fingerabdrücke befinden?«, fragte Phil.

»Das ist eine gute Frage«, meinte Clare. »Da die Abdrücke nicht in unserem System gespeichert sind, hielt er das vermutlich nicht für ein Problem. Nicht jeder denkt so weit.«

Phil zuckte mit den Schultern.

»Es muss sich also nicht zwangsläufig um dasselbe Fahrzeug handeln«, stellte DCI Gibson fest.

»Nein. Aber es ist ein bisschen weit hergeholt, von zwei fast identischen Autos auszugehen, die Leute überfahren«, entgegnete Chris.

»Dem stimme ich zu«, sagte Clare. »Neben den ähnlichen Reifenspuren ist da auch noch die ähnliche Vorgehensweise.«

»Aber da ist noch etwas anderes«, fuhr Chris fort. »Die erste Karte – die mit der Nummer fünf – hat keinen vollständigen Satz von Fingerabdrücken.«

»Das ist aber nicht besonders ungewöhnlich«, meinte Clare. »Kriminelle sind nicht immer so zuvorkommend.«

»Nein, das meine ich nicht. Die Kriminaltechnik sagte, der mittlere Finger sei offenbar nicht lang genug, um einen richtigen Abdruck zu machen.«

»Was?«

Chris hielt zur Demonstration seinen Notizblock hoch. »Siehst du meinen Block? So, wie ich ihn halte, wären auf der einen Seite ein Daumenabdruck und auf der anderen die Fingerabdrücke zu sehen. So hält man normalerweise ein Stück Papier oder eine Karte.«

»Aber?«

»Aber wir haben drei deutliche Fingerabdrücke und einen Fleck an der Stelle, an der sich normalerweise der mittlere Finger befinden würde. Als ob dort ein Finger gewesen wäre, aber die Spitze fehlte.«

»Mit einem Pflaster oder so bedeckt?«

»Laut der Spurensicherung, nein. Ein Verband am Finger hätte ihn länger gemacht, und der Abdruck oder Fleck wäre weiter oben gewesen. Dieser war tiefer als die anderen Abdrücke, weshalb die Kollegen davon ausgehen, dass er durch einen kürzeren Finger verursacht wurde. Und das war er nicht von Geburt an, denn dann hätte es trotzdem einen Abdruck gegeben. Es handelt sich also um einen Unfall oder eine Operation.«

Der DCI wurde langsam ungeduldig. »Also, damit ich das richtig verstehe. Wir haben zwei Morde, beide mit Fahrerflucht. Die Spurensicherung glaubt, dass es dasselbe Auto war, ist sich aber nicht sicher. Und wir haben zwei Sätze Fingerabdrücke, bei denen von einem die Spitze eines Mittelfingers fehlt und die wir beide nicht im System haben?«

»Ja, genau.«

Clare musste Chris' trockene Antwort einfach bewundern. Es war ihm wirklich egal, was der DCI dachte.

DCI Gibson wandte sich an Clare. »Sie haben hier eine Menge zu klären, Inspector. Ich hoffe aufrichtig, dass Sie der Aufgabe gewachsen sind.« Mit diesen Worten marschierte er in Clares Büro und schlug die Tür hinter sich zu, woraufhin Benjy erschreckt bellte.

Clare beruhigte den Hund und machte sich dann daran, das Team zu instruieren. Sara holte einen großen Stadtplan hervor und erklärte Connor, Steve und Phil die Gegend. Phil – zumindest dachte Clare, dass es Phil war – schien sich jedoch mehr für Saras braune Augen zu interessieren als für die Karte.

»Alles in Ordnung, Jungs?«, rief sie ihnen zu, und Phil konzentrierte sich endlich auf die Karte.

»Ich mag ihn nicht«, murmelte Chris. »Schmieriger Bastard.«

Clare klopfte ihm auf die Schulter. »Mach dir keine Sorgen. Ich bin sicher, dass Sara gut selbst auf sich aufpassen kann.«

Chris murmelte etwas darüber, dass Sara sich solche Schikanen gefallen lassen müsse, und ging dann los, um Fotos der Opfer auszudrucken. Nachdem er den Drucker zum Laufen gebracht hatte, rief er die Kriminaltechnik an. Jim arbeitete sich durch die Wohltätigkeitsvereine der Gegend, und alle anderen befragten entweder Freunde der Opfer oder sahen sich die Aufzeichnungen der Nummernschilderfassung an. Nachdem sie sich vergewissert hatte, dass alle wussten, was sie zu tun hatten, führte Clare Benjy in einen Befragungsraum und breitete die Kontoauszüge und Rechnungen auf dem Schreibtisch aus. Es war eine mühsame Aufgabe. Endlose Transaktionen, meist für weniger als hundert Pfund. Sie fragte sich, wann sie wohl von der Kanzlei des Lord Advocate hören würde.

Das Vernünftigste wäre gewesen, Tom anzurufen. Er hätte seine Fühler ausstrecken können. Dann verwarf sie den Gedanken wieder. Sie würde Tom um nichts mehr bitten – nie wieder.

Chris erschien in der Tür. »Clare.«

Sie sah auf. »Die Kriminaltechnik?«

Er nickte. »Nichts auf dem iMac aus dem Büro, es sei denn, du willst wirklich noch tiefer in den Finanzen der Brauerei graben. Auf dem PC aus dem Wohnhaus ziemlich viel Privatzeug. Aber sein eigener Laptop …«

»Lass mich raten – wieder Tor?«

»Ja.«

»Gibt es Ähnlichkeiten mit den Dateien, die wir auf Andy Robbs Laptop gefunden haben?«

»Nein, leider nichts dergleichen. Ich meine, er könnte einen Speicherstick benutzt haben wie Andy, aber wir haben bisher nichts gefunden. Ein paar der Jungs sind jedoch auf dem Weg zurück zum Haus der Gilmartins, um es ein letztes Mal zu durchsuchen. Ich werde sie bitten, nach Speichersticks Ausschau zu halten. Wohlgemerkt, in einem Haus dieser Größe«, meinte er leise.

»Aber Tor … das ist interessant. Eine weitere Verbindung, wenn auch nur eine schwache. Danke, Chris. Sag mir Bescheid, wenn Jim und du auf Wohltätigkeitsorganisationen oder Vereine stoßt, die sich donnerstags treffen. Oh, und du solltest den DCI über den Laptop informieren.«

»Mach ich.« Er schloss die Tür, und Clare kehrte zu ihrem Stapel Kontoauszüge zurück. Nachdem sie auf den persönlichen Bankkonten von Bruce Gilmartin nichts Bemerkenswertes gefunden hatte, wandte sie sich seinen Kreditkartenabrechnungen zu. Hier gab es größere Anschaffungen. Jede Menge Einkäufe. John Lewis, Harvey Nichols – es konnte sich um eine gemeinsame Karte mit seiner Frau handeln. Vielleicht war er aber auch ein Mann, der gern einkaufte. Nach etwa einer Stunde, in der sie die Finanzen der Gilmartins durchgesehen hatte, gab Clare auf und ging ins Hauptbüro, um sich die Beine zu vertreten.

Jim sah sie und kam herüber. »Ich muss jetzt zum Flughafen fahren, Clare«, sagte er. »Ich wollte dich nur wissen lassen, dass ich kein Glück mit Vereinen oder Wohltätigkeitsorganisationen hatte, die sich jeden Donnerstag treffen. Ich glaube, Chris hat auch keine gefunden.« Er blickte zu Chris hinüber, der den Kopf schüttelte.

»Und die, die wir gefunden haben«, fügte Chris hinzu, »führen Mr Gilmartin nicht als Mitglied. Und Andy Robb auch nicht.«

Clare seufzte. Vielleicht fanden sie in den Pubs und Restaurants etwas. Das Telefon klingelte. Sie nahm das Gespräch an.

»Inspector Mackay …?« Die Stimme klang zögerlich. »Hier spricht Angela Robb. Da gibt es etwas, was ich Ihnen zeigen wollte. Könnten Sie bitte herkommen?«

* * *

Die Straße war ruhiger als am Sonntag. Die Menschen waren bei der Arbeit, die Kinder in der Schule. Sie parkte hinter Billy Dodds' dunkelgrauem Qashqai und war froh, dass der Besitzer wieder da war. Sie mochte ihn und hoffte, dass er nicht in Andy Robbs Tod verwickelt war. Angela Robb hatte etwas Glück verdient. Sie läutete, und Angela öffnete die Tür. Sie hatte sich geschminkt und sah besser aus als am Sonntagmorgen.

»Eine Tasse Tee?«, fragte sie Clare.

»Gern, falls es keine Umstände macht.«

»Nein. Ich bin froh über die Ablenkung, um ehrlich zu sein. Kommen Sie rein«, bat sie und stieß die Wohnzimmertür auf. »Billy ist hier.«

Clare trat ein und fand Billy vor, der die Füße auf dem Sofa hochgelegt hatte und fernsah.

»Inspector«, meinte er.

»Wie geht es Ihnen, Mr Dodds?«

»Ganz gut. Hab mir ein paar Tage freigenommen, um Angela zu helfen und so. Es geht ihr schon wieder etwas besser. Endlich fängt sie an zu begreifen, dass es gut ist, dass der Typ weg ist.«

Clare war sich nicht sicher, wie sie darauf reagieren sollte, also wechselte sie das Thema. »Schläft sie gut?«

»Klar. Um ehrlich zu sein, sie ist total erschöpft. Der Schock und die ganze Aufregung. Die Beerdigung muss auch organisiert werden. Und die Zeitungsfritzen waren vor der Tür. Die fackelten nicht lange.«

Clare war sofort hellwach. »Was haben sie gesagt?«

»Irgendetwas über einen anderen Kerl, der überfahren wurde. Irgendwo vor der Stadt, glaub ich. Sie wollten wissen, ob Angela ihn kennt. Aber der Name sagte uns nichts.«

Angela erschien mit einem Tablett, und Billy sprang auf, um es ihr abzunehmen. »Hat Billy Ihnen erzählt, dass wir die Presse vor der Tür hatten?«

Clare nickte.

»Eine weitere Fahrerflucht?«

»Ich kann nicht viel dazu sagen, Angela. Aber ich wollte Sie etwas fragen.«

»Ja?«

»Wir haben einen Speicherstick in Andys Auto gefunden.«

Angela schaute sie fragend an. »Und?«

»Nun, es sah so aus, als hätte er ihn versteckt. Als wollte er nicht, dass er gefunden wird.«

»Was war denn da drauf?«

»Nicht viel. Ein Dokument, das wir nicht öffnen konnten, und ein Ordner mit einigen verschlüsselten Dateien.«

Angela hob eine Augenbraue. »Verschlüsselt? Sie brauchen also ein Passwort?«

»So ähnlich«, meinte Clare. »Haben Sie eine Ahnung, worum es sich handeln könnte?«

Angela sah zu Billy und dann wieder zu Clare. »Tut mir leid, keine Ahnung.«

»Ist schon in Ordnung. Aber da war noch etwas ...«

»Ja?«

»Auf dem Stick befand sich außerdem eine Software, die verwendet wird, um auf Bereiche im Internet zuzugreifen, ohne Spuren zu hinterlassen.«

Angela kniff die Augen zusammen. »Welche Bereiche im Internet?«

»Genau das wissen wir nicht. Ich habe mich gefragt, ob Sie vielleicht Licht in die Sache bringen können.«

Angela war ahnungslos. »Ich weiß nicht, was Andy so trieb.«

»Das wird ein Porno sein«, meinte Billy. »Er war immer hinter den Frauen her. Du weißt, dass er das war, Angela. Ich wette, er war auf irgendwelchen illegalen Download-Seiten.«

Clare hielt es für das Beste, diese letzte Bemerkung zu ignorieren, und wandte sich an Angela. »Wenn Ihnen etwas einfällt, lassen Sie es uns wissen, ja?«

»Ja, sicher.«

Clare zögerte. »Das mag jetzt etwas seltsam erscheinen, aber könnten Sie mir vielleicht Ihre Hände zeigen?«

»Die Hände?« Billy sah sie verständnislos an, streckte aber dennoch seine Finger aus, damit Clare sie sehen konnte.

Sie untersuchte sie ganz genau. Keine Makel, keine fehlenden Fingerspitzen. Sie lächelte und ließ seine Hände wieder los. Angela sah Clare an und streckte ebenfalls ihre Hände aus. Wieder untersuchte Clare sie genau. Angelas Fingerspitzen waren alle vorhanden und normal geformt.

»Vielen Dank Ihnen beiden.«

»Darf ich fragen, warum Sie sie sehen wollten?« Billy wollte das nicht auf sich beruhen lassen.

»Ich fürchte, das kann ich im Moment noch nicht sagen. Aber ich danke Ihnen sehr für Ihre Mitarbeit.« Clare trank ihren Tee und wandte sich an Angela. »Sie wollten mir etwas zeigen?«

»Richtig.« Angela ging zur Tür. »Kommen Sie.«

Clare folgte ihr durch den Flur ins Esszimmer. Es war kein großer Raum, aber groß genug für einen Tisch und sechs Stühle mit einer kleinen Anrichte gegenüber der Tür. Auf dem Esstisch stapelten sich sechs oder sieben Laptops. Clare sah sie an.

»Andy warf nur ungern etwas weg. Die hier sind alle kaputt. Ich sagte zu ihm, er solle sie in den Laden in der Market Street bringen. Sie sorgen dafür, dass sich keine Bankdaten oder Ähnliches mehr darauf befinden. Aber Andy war argwöhnisch. Vertraute den Leuten nicht. Also behielt er sie.«

»Wie alt sind sie?«

»Einige von ihnen hat er schon seit fast zehn Jahren, glaube ich. Wir wohnen jetzt seit elf Jahren in diesem Haus, und ich hätte sicher nicht die Umzugshelfer bezahlt, um sie von der letzten Wohnung hierher zu transportieren. Ich hatte sie tatsächlich vergessen, aber als ich anfing, Andys Sachen auszuräumen, entdeckte ich sie auf dem Dachboden.«

»Würde es Ihnen etwas ausmachen, wenn ich sie zur Spurensicherung bringe, damit meine Kollegen sie sich ansehen?«

Angela schüttelte den Kopf. »Behalten Sie sie. Ich will sie nicht zurück. Sie würden mir einen Gefallen tun. Ich werde Billy bitten, dass er Ihnen hilft, sie zum Auto zu tragen.«

Im Wagen sah Clare auf ihre Uhr. Mit etwas Glück würde Jim bald zusammen mit Jennifer Gilmartin zurückkommen. Vielleicht konnte sie ihn mit den Laptops zur Kriminaltechnik schicken. Sie startete den Motor und fuhr zurück zum Revier.

Kapitel 11

Clare hatte Jennifers Ankunft knapp verpasst.

»Sie ist jetzt mit dem DCI in deinem Büro«, informierte Jim sie.

Clare schaute über Jims Schulter in Richtung ihres Büros. Die Tür war geschlossen. »Wie wirkte sie?«

»Schockiert. Hatte im Auto fast eine Panikattacke.«

»War sie echt?«

»Ja, ich glaube schon.«

»Und was ist mit ihren Flügen? Ist sie wirklich geflogen?«

»Die Fluggesellschaft bestätigte, dass sie den Hinflug genutzt und erst heute Morgen in Schiphol wieder eingecheckt hat.«

»Dann können wir sie wohl als Verdächtige ausschließen.«

»Ich glaube schon. Sie scheint wirklich todunglücklich zu sein.«

»Okay, Jim. Vielen Dank dafür. Ich nehme nicht an, dass du mir noch einen Gefallen tun könntest, oder?«

»Welchen?«

»Ich weiß, dass du gerade erst zurückgekommen bist, aber könntest du eine Ladung Laptops zur Kriminaltechnik bringen? Angela Robb hat sie auf dem Dachboden ausgegraben.

Andys alte Geräte. Vielleicht finden wir auf ihnen etwas, was uns weiterhilft.«

Jim zog los, um die Computer aus dem Kofferraum von Clares Auto in eines der Polizeifahrzeuge umzuladen, als Sara mit Connor und Steve im Schlepptau erschien. Clare sah sie hoffnungsvoll an.

»Tut mir leid, Chefin. Bis jetzt noch nichts. Wir sind nur gekommen, um kurz Pause zu machen. Phil ist noch unterwegs und überprüft die Klubs.«

Clare runzelte die Stirn. Sie hatten nicht viel Glück und brauchten wirklich eine Pause. Sie schaute auf die Uhr. Erst kurz nach sechzehn Uhr. Sie wollte unbedingt abwarten, bis der DCI und Mrs Gilmartin aus ihrem Büro kamen. Wahrscheinlich würden sie genau dann auftauchen, wenn sie sich um etwas anderes kümmerte. In diesem Moment klingelte ihr Telefon. Sie warf einen Blick auf das Display. Eine unterdrückte Nummer. Sie tippte auf die Taste, um den Anruf entgegenzunehmen.

»Hallo, Clare. Ich bin froh, dass ich dich erwischt habe. Wir müssen reden.« Elaine Carter.

Clare ließ sich auf einen Stuhl sinken und bemühte sich, fröhlich zu klingen. »Elaine. Was kann ich für dich tun?«

»Ich denke, wir sollten uns unbedingt treffen, Clare. Ich habe soeben erfahren, dass Francis Ritchies Familie die Erlaubnis für eine private Strafverfolgung gegen dich beantragt hat.«

»Ja, ich weiß.«

»Du hättest sofort zu mir kommen müssen. Muss ich dich daran erinnern, dass es deine Pflicht ist, mich als Fürsorgebeauftragte der Polizei über alles zu informieren, was sich auf deine Funktion auswirken könnte, ganz zu schweigen von deinem Wohlbefinden?«

Clare seufzte. Elaine war wie einer dieser kleinen Hunde, die man nicht abschütteln konnte. Sie würde nichts unversucht lassen.

»Nun, so weit sind wir doch noch nicht, Elaine. Vielleicht sollten wir erst einmal abwarten, was der Lord Advocate dazu meint.«

»Das ist ja schön und gut, Clare, aber du musst vorbereitet sein, falls die Klage angenommen wird. Also, schauen wir mal. Hm – könnte ich am Donnerstag kommen?«

Donnerstag. In Clares Kopf schrillte eine Alarmglocke. Wenn Andy Robb und Bruce Gilmartin donnerstagabends an einem Treffen oder einer Veranstaltung teilgenommen hatten, fand an diesem Donnerstag vielleicht auch eine solche statt. Heute war Dienstag. Andy und Bruce waren tot, aber vielleicht gab es doch noch eine Chance, herauszufinden, was donnerstagabends geschah.

»Tut mir leid, Elaine, am Donnerstag geht es nicht.«

»Dann am Freitag?«

Clares Bürotür öffnete sich, und Jennifer Gilmartin kam heraus, mit DCI Gibsons Hand auf der Schulter. Sie machte eine recht gute Figur; ihr schulterlanges blondes Haar war von einigen silbernen Strähnchen durchzogen. Sie trug eine schlichte Designerjeans, ein weiches graues T-Shirt und eine blassrote Jacquard-Jacke, an einer Hand baumelte eine Michael-Kors-Handtasche. Sie war fast so groß wie der DCI. Clare war der Meinung, dass die beiden ein hübsches Paar abgegeben hätten, und fragte sich, ob sie vielleicht eine gemeinsame Vorgeschichte hatten.

Benjy trottete hinter ihr her und blickte zu ihr auf. »Inspector«, setzte der DCI an, bemerkte dann aber, dass sie gerade telefonierte, und hob eine Augenbraue.

Ausnahmsweise war Clare froh über die Unterbrechung. »Ich rufe bald zurück, Elaine«, versprach sie und beendete das Gespräch. Sie schenkte dem DCI ein Lächeln, das er jedoch nicht erwiderte.

»Elaine?«

»Elaine Carter.«

»Hm. Die gefühlsduselige Frau?«

»Die Fürsorgebeamtin, ja.«

Er verdrehte die Augen, sagte aber nichts weiter. »Wären Sie vielleicht so freundlich, Mrs Gilmartin ins Hotel zu bringen? Checken Sie sie ein und bringen Sie sie auf ihr Zimmer. Sorgen Sie dafür, dass alles in Ordnung ist.«

»Natürlich. Aber was ist mit Benjy?« Daran hatte niemand gedacht.

»Keine Ahnung«, erwiderte DCI Gibson. »Nehmen Hotels normalerweise Hunde auf?«

»Einige tun es, aber die meisten nicht, glaube ich«, meinte Clare. »Wenn Sie möchten, kann ich im Hotel anrufen und nachfragen?«

Jennifer Gilmartin sah besorgt aus. »Ich bin nicht sicher, wie er sich verhalten wird. Wenn er bellt …«

»Ist schon okay«, sagte Clare. »Ich kümmere mich seit gestern um ihn, und er macht überhaupt keinen Ärger. Möchten Sie, dass ich ihn heute Abend wieder mit zu mir nach Hause nehme? Spätestens morgen sollten Sie wieder in Ihr eigenes Haus ziehen können.«

Jennifers Augen füllten sich mit Tränen. »Das wäre sehr freundlich, Inspector. Ich wäre Ihnen sehr dankbar.«

Jennifer übergab Benjys Leine an den DCI, der sich offensichtlich mehr als nur ein wenig unwohl dabei fühlte.

»Lassen Sie sich nicht den ganzen Nachmittag Zeit, Inspector«, sagte er unsicher. Er sah sich um, und sein Blick fiel auf Chris, der sich schnell wieder seinem Computer zuwandte. Er ging zu Chris' Schreibtisch und hielt ihm Benjys Leine hin. »Ein Job für Sie, Sergeant.«

Chris nahm die Leine und starrte auf den Rücken des DCI, der sich tunlichst entfernte. »Bin ich jetzt der Hundesitter des Reviers?«

* * *

Pawel Nowicki stand wieder an der Rezeption des Kenlybank Hotels, als Clare und Jennifer Gilmartin eintrafen. DCI Gibson hatte das Personal auf Jennifers Situation aufmerksam gemacht, und Pawel begrüßte sie mit ruhiger Höflichkeit und versicherte ihr, dass man sich sofort um sie kümmern werde, sollte sie etwas benötigen. Clare begleitete sie auf ihr Zimmer, das zu den eleganteren Doppelzimmern gehörte. Es war komfortabel eingerichtet und bot einen Blick über gelbe und grüne Felder. Sie sah Jennifer besorgt an.

»Ist das in Ordnung? Es ist ja nur für heute Nacht.«

Jennifer versuchte ein Lächeln. »Es ist schön, danke. Und bitte danken Sie auch Alastair in meinem Namen. Es war nett von ihm, das zu arrangieren.«

»Mach ich. Und wenn Sie sonst noch etwas brauchen, egal was, zögern Sie nicht, mich anzurufen.«

»Kümmern Sie sich einfach um meinen Benjy, bitte.«

»Das werde ich. Und morgen wird er wieder bei Ihnen sein.«

Während sie die breite Treppe hinunterging und den Plüschteppich unter ihren Füßen spürte, fragte sich Clare, ob der DCI dasselbe für Angela Robb getan hätte, wenn ihr Haus ein Tatort gewesen wäre.

Irgendwie bezweifelte sie das.

* * *

Als Clare zum Revier zurückkehrte, war der DCI bereits nach Hause gegangen. Sara und die Jungs aus Edinburgh waren auch schon weg. Jim war von der Kriminaltechnik zurückgekehrt und erledigte Papierkram, und Chris war mit Benjy spazieren gegangen. Gillian hatte Clare mitgeteilt, dass in der

Nacht von Samstag auf Sonntag zwischen dreiundzwanzig und ein Uhr weder ein Land Rover noch ein Range Rover eine der Verkehrsüberwachungskameras in St. Andrews passiert hatten. Clare seufzte. Wieder eine Sackgasse.

In der Einsatzzentrale war es mucksmäuschenstill; die zusätzlichen Tische und Stühle waren leer, die Laptops geschlossen. Sie setzte sich hin und dachte darüber nach, was sie bisher erfahren hatten. Es musste eine Verbindung zwischen den beiden Opfern geben, davon war sie überzeugt. Doch sie wusste noch nicht, welche, und hoffte, dass eine gute, solide Polizeiarbeit am Donnerstagabend zu Ergebnissen führen werde. Sie ging zum Whiteboard und machte eine Notiz, dass sie am nächsten Morgen mögliche Verbindungen zwischen den Opfern suchen wollte. Kasinos und Wettbüros mussten noch überprüft werden. Sie schrieb weiter auf die Tafel. Gestohlene Autos waren eine Priorität, auch das notierte sie. Bruce Gilmartin schien keine Feinde gehabt zu haben, und seine Frau konnte sich keinen Reim auf den Mord an ihm machen. Selbst Andy Robbs Weibergeschichten schienen ein schwaches Motiv zu sein. Chris hatte gesagt, dass Andys Anrufe und Textnachrichten meist an Leute gegangen waren, die sie bereits überprüft hatten. Es gab ein paar wenige fremde Nummern, aber sie schienen nicht vielversprechend zu sein. Nur sicherheitshalber fügte sie ihren Notizen »Telefonnummern« hinzu. Sein Vorrat an kaputten Laptops konnte jedoch hilfreich sein, was sie ebenfalls notierte. Ein Bellen machte sie auf Chris' und Benjys Rückkehr aufmerksam, und sie ging ihnen entgegen.

»Gibt es etwas Neues, Chris?«

Er schüttelte den Kopf.

»Dann fahr nach Hause. Morgen um acht machen wir weiter.«

Das ließ sich Chris nicht zweimal sagen, und er ging zur Tür hinaus, sodass Clare und Benjy allein in der Einsatzzentrale zurückblieben. Clare sah auf den Hund hinunter und beschloss, dass er eine gute Ausrede war, um ebenfalls nach Hause zu gehen. Sie nahm ihre Jacke und ihre Autoschlüssel, wünschte Jim eine gute Nacht und trat auf den Parkplatz hinaus. Sie schloss das Auto auf, und Benjy sprang auf den Beifahrersitz.

»Streng genommen müsstest du dich anschnallen.«

Seine einzige Reaktion war, mit dem Schwanz zu wedeln. Sie lächelte ihn an und verließ den Parkplatz. Es war wirklich Zeit, nach Hause zu fahren.

Da sie wusste, dass Benjy aufwachen würde, sobald es hell wurde, beschloss Clare, früh ins Bett zu gehen. Seltsamerweise war sie froh, den kleinen Hund als Gesellschaft zu haben. Sie brachte ihn in das provisorische Körbchen am oberen Ende der Treppe, ging in ihr Schlafzimmer und direkt ins Bett. Doch so müde sie auch war, der Schlaf wollte nicht kommen. Die Gedanken kreisten in ihrem Kopf. Sie brauchte eine Ablenkung von den Ritchies und ihrer privaten Strafverfolgung. Etwas anderes als die Untersuchung eines Doppelmordes. Vielleicht einen Besuch bei einem der Immobilienmakler, um zu sehen, was es auf dem Markt so gab? Dieses Haus im Stadtteil Canongate war fürs Erste in Ordnung, aber nicht wirklich ihr Stil. Vielleicht könnte sie eine ältere Immobilie finden. Ein Projekt. Etwas, womit sie die Wochenenden verbringen konnte. Sie hatte damals einige Reparaturen an ihrem Haus in Glasgow durchgeführt.

Und dann waren da noch ihre ganzen Sachen aus Glasgow. Einige waren immer noch in Kartons verpackt. Sie beschloss, als Erstes ihre Kleidung zu durchforsten. Es gab viele Dinge, die sie einfach nicht mehr trug. Sie könnte sie eintüten und in einem der vielen Wohltätigkeitsläden der Stadt abgeben. Es war an der Zeit, Wurzeln zu schlagen und neu anzufangen. Zeit für eine neue Clare.

Doch dann tauchte das Gesicht des fünfzehnjährigen Francis Ritchie aus der Dunkelheit auf. Würde er ihr zum Verhängnis werden? Sie stellte sich vor, wie alt sie wäre, wenn sie aus dem Gefängnis entlassen würde, vorausgesetzt, sie käme auf Bewährung frei. Würde der Richter bei der Verurteilung Milde walten lassen? Ihre vorbildlichen Leistungen berücksichtigen? Ihre Belobigungen? Sie dachte an all die Male, wenn sie jemanden im Gefängnis besucht hatte. Wie würde es sein, auf der anderen Seite der verschlossenen Türen zu stehen? Wie würden ihre Eltern mit der Schande fertigwerden?

Irgendwann musste Clare eingeschlafen sein, denn sie war überrascht, dass ihr Wecker so früh schrillte, und fummelte an ihm herum, konnte ihn aber nicht abstellen. Dann bemerkte sie, dass es nicht der Wecker war, sondern dass ihr Telefon klingelte. Sie schaute auf die Uhr. Als sie sah, dass es kurz nach Mitternacht war, wurde ihr das Herz schwer.

Noch bevor sie den Anruf entgegennahm, wusste sie, dass es wieder passiert war. Nun gab es keinen Zweifel mehr. Sie war auf der Jagd nach einem kaltherzigen, systematisch vorgehenden Serienmörder.

Kapitel 12

Mittwoch, 22. Mai

Hepburn Gardens war eine von Bäumen gesäumte Wohnstraße, in der tagsüber reger Betrieb herrschte. Doch als Clare eintraf, war sie bis auf die Rettungsfahrzeuge fast menschenleer. Die blinkenden Lichter spiegelten sich auf Bäumen und Sträuchern, und eine einsame Möwe, die von diesem nächtlichen Licht irritiert war, flog träge am Himmel. Eine Nebelschwade war von der Nordsee hereingeweht und durchfeuchtete alles.

»Er lebt noch«, sagte Chris zu Clare. »Sieht aber ziemlich schlimm aus. Die Beine wurden zerquetscht. Er ist bewusstlos und hat viel Blut verloren. Sara ist zu ihm in den Krankenwagen gestiegen. Ich habe ihr gesagt, sie soll an ihm kleben wie Leim.«

Selbst in der Dunkelheit konnte Clare das Blut auf dem Bürgersteig erkennen. Sie zog sich ein Paar Überschuhe an und ging vorsichtig zu einem Laternenpfahl, an dem etwas dunkelgrüne Farbe haftete.

Chris folgte ihrem Blick. »Ja. Der hat ihm wahrscheinlich das Leben gerettet. *Falls* er überlebt. Er lag zwischen dem Pfosten und diesem eingestürzten Stück Mauer. Ich vermute, er hat gemerkt, dass das Auto auf ihn zukam, und die Lücke hinter dem

Laternenpfahl gesehen. Dachte wohl, sie würde ihn retten. Er hat es aber nicht ganz geschafft. Seine Beine wurden zerquetscht.«

Clare blickte zurück zum Laternenpfahl und erschauderte, als sie sich die Szene vorstellte. »Ich nehme nicht an, dass es irgendwelche Zeugen gab, oder?«

»Doch, gab es. Die Frau ist da drin.« Chris deutete auf ein Haus, das zwei oder drei Grundstücke von der eingestürzten Steinmauer entfernt lag.

»Wohnt sie dort?«

»Nein. Sie war mit ihrem Hund unterwegs und rannte dorthin, um vor dem Auto zu fliehen, falls der Fahrer sie bemerkt hatte. Der Hausbesitzer war zum Glück noch wach und nahm sie und ihren Hund auf. Sie ist immer noch da drin, aber ziemlich fertig. Der Arzt ist gerade bei ihr.«

»Okay. Sichere den Tatort und ruf Connor, Steve und Phil an. Ist Jim schon auf dem Weg?«

»Ja. Er sollte jeden Moment hier sein.«

»Und DCI Gibson?«

»Wurde angerufen und soll auf dem Laufenden gehalten werden. Ich glaube nicht, dass er heute Nacht auftaucht, aber er hat für acht Uhr morgen früh eine Besprechung angesetzt.«

»Das ist wenigstens etwas«, meinte Clare. »Ich werde mal nachsehen, ob der Arzt mich mit der Zeugin sprechen lässt.«

Sally Knight schien Mitte sechzig zu sein. Sie trug eine graue Flanellhose und eine marineblaue Weste über einem karierten Hemd. Ihr Gesicht war tränenüberströmt, blass und vom Schock gezeichnet, aber in Anbetracht der Umstände wirkte sie einigermaßen ruhig. Der Hund, ein schwarzer Scottish Terrier, der wie aus dem Ei gepellt aussah, saß auf ihrem Schoß und sie drückte ihn fest an sich. Er gab ein leises Knurren von sich, als Clare eintrat. Sally kraulte seinen Hals und machte beruhigende Geräusche. Der Arzt meinte, Clare könne kurz mit ihr sprechen, dann solle Sally jedoch nach Hause und ins Bett gehen. Clare dankte ihm und sagte zu, sie sicher nach Hause zu bringen. Nachdem Sally ihm versprochen hatte, dass sie sich am nächsten Morgen mit ihrem Hausarzt in Verbindung setzen werde, übergab er sie in Clares Hände.

Clare setzte sich und lächelte. »Alles, was Sie uns sagen können, Mrs Knight, könnte uns helfen, den Fahrer dieses Wagens zu finden.«

Sally strich eine Haarsträhne zurück und nahm den Hund wieder in den Arm. »Ist er tot? Der Mann, der angefahren wurde?«

»Das wissen wir nicht. Aber er lebte noch, als der Krankenwagen losfuhr.«

Sally hielt sich die Hände über die Augen. »Es war furchtbar, so furchtbar.«

»Wann haben Sie das Auto zum ersten Mal gesehen?«

»Ich machte gerade ein Stück weiter die Straße hinunter einen letzten Spaziergang mit dem Hund vor dem Schlafengehen, wissen Sie. Ich sah das Auto und bemerkte, dass es sehr langsam fuhr. Ich war hinter ihm, wissen Sie? Ich kam gerade aus einer Seitenstraße und sah es direkt vor mir. Ich glaube nicht, dass der Fahrer mich bemerkte. Das hat er bestimmt nicht. Sonst hätte er …«

»Können Sie sagen, was für ein Auto es war?«

»Ich glaube, es war ein Land Rover. Einer von der altmodischen Sorte. Dunkelgrün, glaube ich.«

»Kein Range Rover? Die moderneren?«

Sally schüttelte den Kopf. »Nein, es sah wie ein landwirtschaftliches Fahrzeug aus.«

Clare notierte sich das. »Und haben Sie den Mann gesehen, den er angefahren hat?«

»Ja. Er lief ziemlich schnell die Straße entlang. Die Hände in den Taschen. Ich habe ein bisschen getrödelt, der Hund hat geschnüffelt …«

Clare wartete.

»Dann bemerkte ich, dass das Auto beschleunigte. Ich dachte, der Fahrer muss betrunken sein oder einen Herzinfarkt gehabt haben oder so. Ich konnte den Mann sehen, er lief immer noch und wurde von den Autoscheinwerfern erfasst. Und dann schaute er zurück, als hörte er, wie der Motor aufdrehte. Als würde er sich fragen, was das Auto da machte. Er muss gesehen haben, wie es auf ihn zukam, und erkannt haben, dass es nicht stehen bleiben würde. Denn er rannte los, aber der Fahrer fuhr einfach weiter, und dann lenkte er den Wagen auf den Bürgersteig, als ob er hinter dem Mann her wäre. Er muss ihn auch erwischt haben, denn er ging zu Boden.« Ihre Stimme zitterte. »Ich … Es tut mir leid.«

Clare legte ihr eine Hand auf den Arm. »Nehmen Sie sich so viel Zeit, wie Sie brauchen.«

»Ich glaube, das Auto ist ihm über die Beine gefahren. Ich habe den Aufschrei des Mannes gehört. Der schrecklichste Schrei, den man sich vorstellen kann.« Sie erschauderte bei der Erinnerung daran. »Dann fuhr das Auto rückwärts, und ich dachte, der Fahrer würde aussteigen, um zu helfen, oder sogar wegfahren. Aber er fuhr wieder auf den Mann zu und prallte gegen den Laternenpfahl. So fest. Und dann … dann entdeckte er mich. Ich hatte mein Handy in der Hand, um den Notruf zu wählen, aber er hat mich gesehen. Also bin ich weggelaufen.« Sally begann leise zu weinen. »Ich lief weg und ließ den armen Mann zurück. Aber ich hatte Angst. Ich dachte, er könnte als Nächstes hinter mir her sein.«

Der Hund begann vorsichtig, Sallys Hand zu lecken, und sie umarmte ihn fester. Clare sah ihr fest in die Augen. »Sally, Sie haben absolut das Richtige getan. Sie haben Ihr eigenes Leben gerettet und vielleicht auch das des Mannes.«

»Ich hoffe es. Sagen Sie mir Bescheid? Wegen dem Mann?«

»Das werden wir. Können Sie sich noch an irgendetwas anderes in Bezug auf das Auto oder den Fahrer erinnern?«

»Ich habe einen Teil des Nummernschildes gesehen. Es war eines dieser hohen rechteckigen Schilder, mit der Nummer in zwei Zeilen. In der oberen Zeile stand definitiv ›SJ‹. Das ist mir aufgefallen, weil ich die gleichen Initialen habe. Mein zweiter Vorname ist Jane, wissen Sie. Und eine Sieben in der unteren Reihe. Das ist alles, woran ich mich erinnern kann.«

»Und der Fahrer?«

»Ich bin mir nicht sicher, aber …«

»Ja?«

»Nun, als das Auto auf den Mann und den Laternenpfahl zufuhr, fuhr es seitlich von mir, sodass ich nicht geblendet wurde, verstehen Sie? Und das Licht der Laterne schien auf den Wagen. Ich weiß, das klingt seltsam, aber ich hatte den Eindruck, dass eine Frau am Steuer saß.«

»Wie kommen Sie darauf?«

»Irgendetwas mit dem Profil und dem Haar. Ein bisschen wie bei einer alten Dame. Aber das kann doch nicht sein, oder?«

Clare antwortete nicht direkt auf diese Frage, sondern sagte stattdessen: »Das ist sehr hilfreich, Sally.« Sie schaute die Frau aufmerksam an. »Ich denke, wir sollten Sie jetzt nach Hause bringen. Einer unserer Beamten wird Sie fahren und sich vergewissern, dass es Ihnen gut geht. Ich gebe Ihnen meine Karte, und wenn Ihnen noch etwas einfällt, können Sie mich morgen früh anrufen.«

Jim traf ein und wurde losgeschickt, um Sally und ihren Hund nach Hause zu bringen. »Überprüfe, ob ihr Haus sicher ist, bevor du wegfährst, Jim.«

Er nickte, und Clare wandte sich an Chris.

»Kannst du die Liste der gestohlenen Land Rover durchgehen? Am besten auch die der Range Rover, aber zuerst die Land Rover. Klingt nach einem Defender. Überprüf die Kennzeichen. Wir suchen nach einem SJ, gefolgt von einer Sieben.«

»Wird gemacht. Ich habe die Liste in meinem Handy. Ich glaube, es waren nur drei, also wird es nicht lange dauern.«

»Gut. Haben wir Namen und Adresse des Opfers?«

»Ja. Nat Dryden. Wohnt in der Bogward Road. Sara konnte an seine Brieftasche und die Schlüssel kommen, bevor er ins Krankenhaus gebracht wurde.«

»Gut. Sobald die Spurensicherung eintrifft, fahren wir zu seinem Haus und sehen nach, ob jemand zu Hause ist. Wenn nicht, werden wir es durchsuchen. Wir brauchen dort oben auch eine Polizeipräsenz. Kannst du Jim bitten, das zu organisieren, wenn er zurückkommt?«

»Mach ich, sobald ich ihn sehe.«

»Danke.« Clare holte ihr Telefon heraus und rief Sara an. »Gibt es Neuigkeiten, Sara?«

»Sein Zustand ist kritisch, Chefin. Er wird gerade operiert und wahrscheinlich ein Bein verlieren, wenn nicht sogar beide. Außerdem hat er eine Kopfverletzung und viel Blut verloren. Selbst wenn er die Operation überlebt, wird er nicht mit uns sprechen können. Sie sagen, dass er für ein paar Tage in ein künstliches Koma versetzt wird, damit er sich von der OP erholen kann. Viel mehr konnte ich nicht herausfinden, aber ich werde dir Bescheid geben, wenn er rauskommt.«

Connor und Steve trafen ein, und Clare bedankte sich bei ihnen für ihr Erscheinen.

»Sie müssen zu Swilcan Taxis fahren«, sagte sie und schrieb die Adresse auf. »Holen Sie den Besitzer aus dem Bett, wenn niemand da ist. Ich möchte, dass jedes Fahrzeug auf Schäden an der Front überprüft wird. Auch Farbkratzer. Es ist zwar unwahrscheinlich, dass es einer von ihnen war, aber ich möchte sie so schnell wie möglich ausschließen. Überprüfen Sie anschließend alle Privatfahrzeuge der Fahrer. Alles, was dunkelgrün ist, aber in erster Linie alle Land Rover. Oh, und überprüfen Sie die Hände der Fahrer. Wir suchen nach jemandem, dem die Spitze eines Mittelfingers fehlt. Es könnte auch eine Frau sein, also stellen Sie sicher, dass auch das Büropersonal überprüft wird.«

»Alles klar, Chefin«, erwiderte Steve, und die beiden machten sich auf den Weg zum Büro von Swilcan Taxis.

Sie wandte sich an Chris. »Hattest du Glück mit den Autokennzeichen?«

»Keine Übereinstimmungen, Clare. Tut mir leid.«

»Gut. Dann wurde der Wagen vielleicht nicht gestohlen. Also müssen alle Land Rover Defender auf die SJ und die Sieben überprüft werden.«

»Was, alle?«

»Ja, alle. Fang mit den registrierten Besitzern im Umkreis von achtzig Kilometern um St. Andrews an. Wenn das nichts bringt, können wir die Suche ausweiten.«

»Das könnten falsche Nummernschilder gewesen sein, Chefin.«

»Ja, ich weiß. Aber wir müssen es trotzdem überprüfen. Und wende dich an alle Autowerkstätten in der Umgebung. Ich möchte, dass sie nach jedem Ausschau halten, der einen Land Rover zur Reparatur bringt. Der Laternenpfahl wird eine ziemlich große Delle hinterlassen haben, selbst bei einem Land Rover.« Sie starrte auf die dunkelgrüne Farbe auf dem Laternenpfahl. »Wenn die Spurensicherung eintrifft, soll sie die Farbe abkratzen. Vielleicht können sie das Herstellungsjahr eingrenzen.«

Clares Gedanken wirbelten durcheinander. Hatte sie an alles gedacht? Sie glaubte schon, aber sie wusste, dass Alastair Gibson Zweifel an ihrer Fähigkeit hatte, diese Ermittlungen zu leiten, vor allem, weil eines der Opfer eine enge Freundin von ihm war. Also musste sie ihm das Gegenteil beweisen. Sie sah auf ihre Uhr.

»Ich mache mich jetzt auf den Weg zu Mr Drydens Haus, Chris. Ich kann nicht länger auf die Spurensicherung warten. Lass dir von Jim mit den Land Rovern helfen und komm nach, wenn du kannst.«

Er nickte. »Bin schon dabei.«

Clare stieg in ihr Auto und fuhr los. In weniger als einer Minute erreichte sie Nat Drydens Haus. Wenn er nur etwas schneller nach Hause gekommen wäre – aber nein. Das war ein gezielter Angriff gewesen, bei dem der Fahrer auf der Lauer gelegen hatte. Und wenn sie sich nicht irrte, war es der dritte Angriff derselben Person.

Nats Haus lag in völliger Dunkelheit. Clare sah sich draußen kurz um und klopfte dann an die Tür. Keine Reaktion. Sie versuchte es mit der Türklingel. Im Schlafzimmer des Nachbarhauses ging das Licht an, und ein paar Sekunden später tauchte ein älterer Mann auf. Er band sich den Morgenmantel zu, während er in seinen Vorgarten trat und die Haustür hinter sich zuzog. Sein Blick wanderte zu Clares Auto und dann wieder zu ihr, wobei er sie mit einem gewissen Misstrauen betrachtete. Clare zeigte ihm ihren Dienstausweis, und seine Haltung änderte sich. Er schien eifrig bemüht, zu helfen.

»Normalerweise ist er um diese Zeit schon zu Hause. Er arbeitet in einem Restaurant in der South Street.«

»Lebt Mr Dryden hier allein?«

»Oh ja. Nur er. Es ist doch hoffentlich alles in Ordnung?«

Sie ignorierte seine Frage. »Danke für Ihre Hilfe, Sir. Ich habe seine Schlüssel, also werde ich mich selbst hineinlassen.« Damit musste sich der Nachbar zufriedengeben.

Am Haus gab es keine Anzeichen einer Alarmanlage, also steckte Clare den Schlüssel in die Tür und öffnete sie. Sie zog ein Paar Handschuhe an und schaltete das Licht im Flur ein. Auf der Fußmatte lagen einige Briefe, die sie aufhob, um sie zu untersuchen. Einer sah aus wie eine Gasrechnung, die anderen wie Werbeschreiben. Sie ging ins Wohnzimmer. Die Einrichtung wirkte billig, war aber zweckmäßig. An einer Wand stand ein Gasofen, der in eine klobige Steineinfassung eingelassen war, ihm gegenüber befand sich ein Zweisitzer. Der einzige andere Stuhl im Zimmer, gegenüber einem großen Flachbildfernseher, war mit Wäsche beladen. Ein bogenförmiger Durchlass führte zu einem Essbereich auf der Rückseite des Hauses, und Clare schritt hindurch, die Augen überall.

Und dann sah sie ihn. Ein offener Laptop auf dem Esszimmertisch. Eine Maus war angeschlossen, und Clare bewegte sie hin und her, um den Laptop zum Leben zu erwecken. Dann holte sie ihr Telefon heraus und wählte.

»Chris? Komm so schnell wie möglich hierher. Und bring eine Beweistüte mit.«

Chris traf wenige Minuten später ein. Clare erwartete ihn an der Tür. Die Nachbarn spielten inzwischen an ihren Schlafzimmervorhängen, also schloss sie die Jalousien des Wohnzimmers, um etwas Privatsphäre zu schaffen.

»Laptop?«, fragte Chris.

»Ja. Und Tor installiert. Denk an die Handschuhe.«

Chris zog sich ein Paar dünne Handschuhe an und begann, die Ordner auf dem Laptop zu durchsuchen.

»Dann ist da noch das hier …« Clare hielt eine Haftnotiz in die Höhe, auf der etwas geschrieben stand. »Sie lag neben dem Computer. Sieht nach einer seltsamen Webadresse aus.«

Chris sah sich die Adresse an. Es schien eine zufällige Folge von Buchstaben und Zahlen zu sein, die mit ».onion« endete.

»Das ist eine versteckte Seite im Dark Web.« Er sah Clare an, und ein Lächeln zeichnete sich auf seinen Lippen ab. »Das könnte der Durchbruch sein, den wir brauchen.«

»Warum steht da ›onion‹, also Zwiebel, am Ende?«

»Wegen Tor. Das ist die Abkürzung für The Onion Router. Er heißt so, weil er die Verbindung in mehreren Schichten verschlüsselt – wie eine Zwiebel. Jede einzelne wird von einem der Computer entschlüsselt, die sie durchläuft.«

»Ich verlasse mich da ganz auf deine Fachkenntnis. Du glaubst also, dass dies die Webadresse einer verdächtigen Seite ist?«

»Ich wäre überrascht, wenn dem nicht so wäre.«

»Aber warum sollte er die Adresse aufschreiben, wenn sie verdächtig ist?«

Chris sah sich in dem Raum um. Die leere Schachtel eines Schnellimbisses lag auf dem Boden neben ein paar Bierdosen. Ein Blick in die Küche verriet, dass die Spüle voll mit schmutzigem Geschirr war, und auf dem Fernseher hatte sich eine Staubschicht gebildet. »Das hier hat nicht gerade einen femininen Touch, richtig? Ich würde sagen, er lebt allein. Es ist sinnlos, einen Browser wie Tor zu benutzen, der deine Spuren verwischt, wenn du die Webseiten dann zu deinen Favoriten hinzufügst. Aber sieh dir diese Adresse an. Siehst du, wie komplex sie ist? Könntest du sie dir merken?«

Sie verstand, was er meinte. »Ab wann ist jemand bei der Kriminaltechnik?«

»Ich glaube, ab acht Uhr.« Chris schaute auf seine Uhr. Es war erst halb zwei.

»Wir müssen ihnen den Computer so schnell wie möglich bringen. Ich packe ihn ein und fahre um acht Uhr zu ihnen.«

»Der Boss hat für acht Uhr eine Besprechung angesetzt«, erinnerte Chris sie.

»Stimmt, das hat er. Ich schreibe ihm eine Nachricht und frage ihn, ob er sie auf neun Uhr verlegen kann. Das hier hat Vorrang.« Clare sah sich im Raum um. »Ich nehme an, wenn er so dumm war und sich über den Laptop angemeldet und diese Zwiebeladresse daneben liegen gelassen hat, wird er sich auch nicht die Mühe gemacht haben, irgendwelche Sachen zu verstecken. Ein kurzer Blick in alle Räume sollte genügen.«

»In Ordnung«, stimmte Chris zu. »Soll ein Team vorbeikommen und sich umsehen?«

»Ja, aber unauffällig. Es besteht kein Grund, den Vorhangblitzern noch mehr Munition zu liefern. Wenn alles gut geht, wird er sich erholen und nach Hause zurückkehren, obwohl angesichts seiner Verletzungen nur Gott weiß, wann.«

Als sie das Haus verließen und zum Auto gingen, war Clare in Gedanken versunken. Sie steckte den Schlüssel ins Zündschloss und hielt dann inne.

»Was glaubst du, wofür er den Laptop benutzt, Chris?«

»Keine Ahnung. Könnte aber etwas Kriminelles sein.«

»Etwas, das in irgendeiner Verbindung zu den ersten beiden Opfern steht?«

»Ja, könnte sein. Was denkst du?«

»Ich denke, wir haben drei Opfer von Fahrerflucht. Zwei tot, eines fast. Und alle drei haben den Tor-Browser benutzt.«

»Das ist nicht so ungewöhnlich.«

»Benutzt du ihn auch?«

Chris schüttelte den Kopf.

»Ich auch nicht. Es ist also ein ziemlicher Zufall, findest du nicht?«

»Ich nehme an, ja.«

»Okay, wenn ich recht habe, dann haben Andy Robb, Bruce Gilmartin und Nat Dryden Tor benutzt, möglicherweise für etwas Kriminelles. Es könnte sich um Drogen handeln, aber das ist in diesem Stadium der Ermittlungen nicht wichtig.«

»Die Karten, die wir bei den ersten beiden Leichen gefunden haben, die Fünf und dann die Vier ...«

»Ja. Es würde mich nicht überraschen, wenn die Spurensicherung am Tatort eine Karte mit der Nummer drei finden würde.«

»Du glaubst, dass jemand eine Liste der Opfer hat?«

Clare nickte. »Es sieht langsam so aus. Wenn es Zufall gewesen wäre, warum dann die nummerierten Karten? Das ergibt keinen Sinn. Und wenn unser Fahrer es auf diese Männer abgesehen hatte, müssen sie in etwas ziemlich Schwerwiegendes verwickelt sein.«

Chris atmete aus. »Das könnte alles sein. Drogen, Geldwäsche, sogar Menschenhandel. Aber ich stimme dir zu.

Es muss etwas sehr Wichtiges sein, wenn er bereit ist, deswegen drei Morde zu begehen.«

»Oder sie.«

»Ernsthaft? Du denkst, es könnte eine Frau sein?«

»Warum nicht? Die Opfer sind allesamt Männer, und es braucht keine rohe Gewalt, um ein Auto zu fahren. Und unsere Zeugin heute Abend – sie dachte, es könnte eine Frau gewesen sein.«

Als Chris nicht antwortete, fuhr Clare fort. »Kannst du dir Bruce Gilmartin als einen Mann vorstellen, der in das organisierte Verbrechen verwickelt ist? Erfolgreicher Geschäftsmann, Stütze der Gemeinschaft?«

Chris zuckte mit den Schultern. »Manchmal ist das schwer zu sagen.«

»Nun, was auch immer es ist, wir müssen der Sache auf den Grund gehen. Und wenn das eine Art Countdown ist …«

»… gibt es noch zwei weitere potenzielle Opfer«, beendete Chris ihren Satz.

»Genau. Chris, wir müssen sie finden und sie warnen, dass sie in Gefahr sind. Und bei drei Anschlägen in weniger als einer Woche ist die Zeit nicht gerade auf unserer Seite.«

»Du willst an die Öffentlichkeit gehen?«

Clare startete den Wagen. »Ich bin mir nicht sicher. Wenn wir es schaffen, die anderen beiden zu warnen, könnten wir ihr Leben retten …«

»… aber sie werden dann verschwinden.«

»Ganz genau. Dann werden wir sie nie finden. Oder herausfinden, worin sie verwickelt sind. Wenn sie unserem Fahrer entkommen, entkommen sie auch dem Gesetz.«

»Nat Dryden könnte helfen.«

»Glaubst du das?«

»Wenn wir ihm einen Deal anbieten.«

»Hm, da bin ich mir nicht sicher. Aber selbst wenn, wird das nicht bald sein«, erklärte Clare. »Es könnte Tage dauern, bis er das Bewusstsein wiedererlangt, falls er es überhaupt tut. Und selbst dann könnte er sich weigern, etwas zu sagen.«

Chris runzelte die Stirn. »Willst du eine Nachrichtensperre verhängen?«

»Ich weiß nicht. Ich würde gern wissen, was auf dem Laptop ist, bevor der Angriff auf Nat in die Presse kommt, aber …«

»… falls es noch einen Mord geben sollte und wir die Presse nicht informiert haben …«

»… wird man uns vorwerfen, die potenziellen Opfer nicht gewarnt zu haben.«

»Also, was hast du vor?«

Clare sah auf ihre Uhr. Viertel vor drei. »Die Kriminaltechnik macht um acht Uhr auf, sagtest du?«

»Ja, ich glaube schon.«

»Gut. Ich werde den DCI anrufen und eine zwölfstündige Nachrichtensperre veranlassen. Unser Mörder greift seine Opfer spät in der Nacht an. Wir werden bis fünfzehn Uhr eine Erklärung für die Presse abgeben. So hat die Kriminaltechnik ein paar Stunden Zeit, etwas zu finden.«

»Das könnte aber länger dauern«, gab Chris zu bedenken.

Clare seufzte. »Ich weiß. Aber wir können nur hoffen, dass dies nicht der Fall sein wird. Ich kann es mir nicht leisten, die Sache bis nach drei Uhr zurückzuhalten.« Sie öffnete die Autotür und stieg aus. »Kannst du fahren, während ich den Chef anrufe?«

Die Spurensicherung hatte in Hepburn Gardens ein Zelt in der Nähe des Laternenpfahls aufgebaut und war gerade damit beschäftigt, den Tatort nach möglichen Beweisen zu durchsuchen, als Clare und Chris zurückkehrten. Einer der Männer im weißen Anzug sah auf. Im Gegensatz zu den Beamten, denen Clare bei den beiden letzten Fahrerfluchten begegnet war, wirkte er fast eifrig. Er stand auf, um sie zu begrüßen, als sie auf ihn zukamen.

»Interessanter Tatort, Inspector«, sagte er.

»Tut mir leid, dass wir Sie aus dem Bett geholt habe, ähm …«

»Raymond. Raymond Curtice. Kein Problem. Die Nachtarbeit macht mir nichts aus. Dann gibt es normalerweise keine Presse oder Schaulustige.«

Clare fand es schwierig, Raymonds Alter zu schätzen. Er war glatt rasiert, und dank des Schutzanzugs konnte sie seine Haare nicht sehen. Er konnte dreißig oder fünfzig sein. Sie stellte Chris und sich vor. »Was ist denn an dem Tatort interessant?«

Raymond trat einen Schritt zurück und deutete auf den beschädigten Laternenpfahl. »Das hier für den Anfang«, sagte er. »Die meisten Zusammenstöße mit Gegenständen auf dem Bürgersteig erfolgen seitlich, aber ich würde sagen, bei diesem Laternenpfahl ist das nicht der Fall.«

Clare blickte zurück auf die Straße. Sie war nicht breit.

Raymond folgte ihrem Blick. »Sehen Sie, was ich meine? Man muss ausscheren und dann einschlagen, um den richtigen Winkel zu erwischen.« Er beugte sich vor und zeigte auf den Laternenpfahl. »An dieser Stelle war der Aufprall am heftigsten. Und ich würde sagen«, er schaute auf die andere Straßenseite, »er hat zurückgesetzt und hat dann ein zweites Mal auf unseren Mann zugehalten.«

»Das stimmt mit dem überein, was die Zeugin ausgesagt hat. Sie meinte, der Fahrer habe das Auto in Richtung des Laternenpfahls gelenkt und ihn zweimal angefahren.«

Raymond zeigte auf einige Markierungen auf dem schmalen Bürgersteig. »Die Polizisten, die als Erste am Tatort waren, haben die Stelle markiert, an der das Opfer lag. Es sieht so aus, als hätte er versucht, in die Lücke hinter dem Laternenpfahl zu gelangen, in der Hoffnung, dass sie ihn retten würde. Aber sehen Sie hier«, er deutete auf weitere Spuren auf dem Boden, »es gab nicht genug Schutz, und seine Beine wurden vom Auto erfasst.«

Das war eine düstere Vorstellung, und Chris hielt sich unwillkürlich die Hand vor den Mund.

»Bitte nicht auf den Tatort kübeln, Sergeant«, meinte Clare und wandte sich wieder an Raymond. »Haben Sie sonst noch etwas bemerkt?«

»Wir haben Lackspuren des Autos genommen. Ich hoffe, dass wir so die Marke eingrenzen können.« Raymond blickte auf die Straße hinunter. »Allerdings gibt es keine Reifenspuren. Harte Oberflächen, wissen Sie. Aber wir haben hier und da ein paar Fotos gemacht. Die Feuchtigkeit hat uns ein paar Spuren beschert, aber nichts Eindeutiges. Ich würde mir da nicht viel Hoffnung machen.«

Raymond war sichtlich froh, sich unterhalten zu können, aber Clare wusste, dass die Zeit drängte.

»Nur noch eine Frage, Raymond.«

»Ja?«

»Sie haben nicht zufällig eine weiße Karte gefunden?«

Raymonds Gesicht leuchtete auf. »Woher wissen Sie das? Sie lag auf dem Bürgersteig nahe der Stelle, an der er gestürzt ist. Ich war mir nicht sicher, ob es einen Zusammenhang gibt, aber ich habe sie trotzdem eingetütet. Ich fürchte, sie ist ziemlich matschig. Der Nieselregen. Woher in aller Welt wussten Sie das?«, fragte er erneut.

»Sie waren also nicht an den letzten beiden Tatorten?«

»Ich bin gerade erst aus dem Urlaub zurückgekommen. Aber die anderen sagten, es hätte bereits zwei Fahrerfluchten gegeben.« Er ging zu dem Van der Spurensicherung hinüber und holte eine durchsichtige Asservatentüte heraus, in der ein Stück Papier steckte. Die Tinte auf der Karte war verlaufen, aber Clare konnte die Nummer drei noch erkennen. Das bestätigte ihren beunruhigenden Verdacht. Wenn sie den Täter nicht bald fanden, würden sie es mit zwei weiteren Opfern zu tun haben.

»Könnten Sie sie bitte auf Fingerabdrücke untersuchen lassen?«

»Wird gemacht.« Und damit kehrte er zu seiner Untersuchung des Tatorts zurück.

»Er mag seine Arbeit«, murmelte Chris, die Hand noch immer am Mund.

Clare ignorierte ihn. Sie musste nachdenken. Jim und Chris warteten schweigend. »Als Erstes sollten wir alle etwas schlafen«, sagte sie schließlich. »Morgen wird ein langer Tag werden. Wir brauchen eine Liste der örtlichen Farmen, damit wir ihre Fahrzeuge überprüfen können. In der Stadt gibt es sicher nicht viele Leute, die einen Land Rover Defender fahren.«

»Du würdest dich wundern«, sagte Jim. »Sie sind heutzutage ziemlich trendy, und die Preise sind in die Höhe geschossen.«

»Wie dem auch sei, wenn ihr beide euch um sieben Uhr auf den Weg machen und die Besitzer im Umkreis von achtzig Kilometern abklappern könntet – und mir außerdem eine Liste der Farmen besorgt. Sagen wir, im Umkreis von dreißig Kilometern? Wir können sie uns ansehen, sobald ich zurück bin. Dann haben wir auch etwas, das wir dem Chef mitteilen können, wenn er kommt. Ich werde dafür sorgen, dass sich die Jungs aus Edinburgh zurückhalten. Sie können um zehn Uhr vorbeikommen, wenn die Besprechung vorbei ist. Ich werde sie informieren. Und jetzt geht nach Hause, alle beide.«

In der Überzeugung, dass sie am Tatort alles getan hatte, was möglich war, wünschte Clare Raymond und dem Team der Spurensicherung eine gute Nacht und fuhr nach Hause. Es war schon nach drei Uhr, als sie ihre Haustür schloss. Sie wurde von einem begeisterten Benjy empfangen, der sich über diese unerwartete nächtliche Aktivität freute.

»Nein«, sagte sie mit strengem Blick in sein Gesicht, das er ihr zugewandt hatte. »Wenn ich Glück habe, kann ich noch drei Stunden schlafen.«

Sie stieg müde ins Bett und löschte das Licht.

Kapitel 13

Clare machte sich um kurz nach sieben Uhr mit Benjy auf dem Beifahrersitz auf den Weg zur Kriminaltechnik. Das Büro befand sich in einem Gewerbegebiet am Rande von Glenrothes, einer jungen Stadt der Nachkriegszeit, dreißig Kilometer südlich von St. Andrews. Sie wollte vor Ort sein, wenn es öffnete, um die Dringlichkeit zu erklären. Mit etwas Glück fing schon jemand früher an und konnte gleich mit der Arbeit beginnen. Die Straßen waren nass vom Nieselregen der vergangenen Nacht, aber die Wolken wurden von einer Brise weggeblasen und die Sonne glitzerte auf der nassen Fahrbahn. Clare erreichte das Büro um zwanzig vor acht.

Sie fuhr auf den Parkplatz vor dem Gebäude und stellte den Motor ab, als Diane Wallace gerade aus ihrem verbeulten VW Golf stieg. Ihr langes dunkles Haar wehte im Wind. »Du bist aber eine Frühaufsteherin, Clare. Wie geht es dir?«

Clare lächelte, froh, ein freundliches Gesicht zu sehen. Diane und sie hatten schon bei einigen Fällen zusammengearbeitet, und sie war immer wieder erstaunt über die Informationen, die Diane aus Handys und Laptops herausholen konnte.

»Um ehrlich zu sein, bin ich eigentlich genau das Gegenteil, Diane.«

»Ich habe schon von deinen Mordfällen gehört. Brauchst du unsere Hilfe?«

»Ja, ein bisschen. Hast du gerade viel zu tun? Mir käme eine schnelle Bearbeitung sehr gelegen. Gestern Abend gab es einen weiteren Mordversuch. Gleiche Vorgehensweise. Aber es gibt eine Nachrichtensperre, bis ich herausgefunden habe, ob hier irgendetwas drauf ist.«

Sie öffnete den Kofferraum und nahm Nat Drydens Laptop heraus.

»O Mann, Clare! Ihr schleppt diese Woche ununterbrochen Laptops an.«

»Ich weiß. Tut mir leid.«

»Ach, kein Problem. Komm mit rein, und wir werden diesen hier zusammen mit den anderen erfassen. Wir hatten noch keine Gelegenheit, sie anzuschauen, aber sie stehen für heute Morgen ganz oben auf der Liste.«

»Ich habe da auch noch eine zwielichtige Website, die du dir ansehen solltest, Diane. Das hat oberste Priorität.«

»Ist es jemals anders? Netter Hund, übrigens.«

Clare war der Meinung, dass das Büro der Kriminaltechnik einer Kulisse aus der Fernsehserie »The IT Crowd« ähnelte. Überall standen Kisten mit Kabeln, verschiedene Festplatten, Computertürme und Laptops herum. Diane sah ihren Gesichtsausdruck und lachte.

»Wir wissen, wo alles ist«, sagte sie. »Versprochen!«

Clare legte Nats Laptop auf den Tresen und wartete, während Diane ein Formular herausnahm, um den Empfang zu protokollieren.

»Überlass das mir, Clare. Sobald ich hiermit fertig bin, werde ich ihn hochfahren und sehen, was wir herausfinden können. Ich rufe dich heute noch an, wenn ich kann.«

»Besteht die Chance auf einen Anruf bis zwölf Uhr? Zumindest für diesen hier?« Clare wusste, dass sie ihr Glück ziemlich herausforderte, aber sie brauchte jede Hilfe, die sie bekommen konnte.

»Das hängt davon ab, wie leicht es ist, reinzukommen«, meinte Diane. »Aber ich werde mir den hier zuerst ansehen und tun, was ich kann.«

»Danke, Diane. Kannst du das hier bitte auch überprüfen?« Clare reichte ihr ein Stück Papier, auf das sie die ».onion«-Webadresse notiert hatte.

Diane sah sie an. »Darknet.«

»Das wurde neben dem Laptop des dritten Opfers gefunden. Diesem hier.« Sie tippte auf Nats Laptop.

»Kein Problem. Ich melde mich.«

Clare und Benjy machten sich wieder auf den Weg zur Wache und kamen um zehn vor neun an, gerade noch rechtzeitig für die Besprechung. Der DCI war in Clares Büro und tippte auf dem Computer herum, sodass sie beschloss, direkt in die Einsatzzentrale zu gehen, um ihre Gedanken zu sammeln. Um neun Uhr war der Raum voll, und Benjy hielt wie immer auf dem Empfangstresen Wache.

DCI Gibson kam um kurz nach neun als Letzter herein und setzte sich an einen Tisch. Er sah sich im Raum um. »Die Edinburgh-Jungs?«

Clare hob die Hand. »Ich habe ihnen gesagt, dass sie nicht vor zehn Uhr kommen sollen, Chef. Sie waren gestern noch sehr spät hier und mussten anschließend zurückfahren. Wir können erst mal sondieren, was benötigt wird, und sie an die Arbeit schicken, wenn sie eintreffen.«

Er nickte. »Also, zu unserem neuesten Fall. Mr Dryden. Gibt es Neuigkeiten über seinen Zustand?«

Sara räusperte sich. »Er hat die Operation überlebt, liegt aber wahrscheinlich für die nächsten achtundvierzig Stunden im künstlichen Koma. Vielleicht auch kürzer. Die Ärzte überprüfen seinen Zustand alle paar Stunden, und wenn er stabil ist, werden sie seine Sedierung vielleicht schon etwas früher reduzieren. Aber er hat ein Bein verloren, und das andere muss möglicherweise auch noch amputiert werden. Das werden sie erst in ein paar Tagen wissen.«

»Wir werden ihn also in nächster Zeit nicht befragen können. Ich nehme an, dass jemand bei ihm ist, richtig?«

»Ja, Teresa von der Wache in Cupar ist jetzt da, und einer ihrer Kollegen löst sie ab, wenn ihre Schicht zu Ende ist. Also ist seine Bewachung zumindest für heute gesichert.«

Der DCI schenkte ihr ein knappes Lächeln. »Danke, Constable. Was ist mit den nächsten Verwandten?«

»Er hat eine Schwester. Cindy Dryden. Sie sitzt seit dem frühen Morgen an seinem Bett. Ich kann mich mit ihr unterhalten, wenn Sie möchten.«

DCI Gibson runzelte die Stirn. »Vielleicht sollten Sie ihr ein paar Stunden Zeit lassen, sich an das zu gewöhnen, was passiert ist.« Dann wandte er sich an Clare. »Ihr Update bitte, Inspector.«

Clare stand auf und trat nach vorn. »Wir glauben, dass für die Morde an Andy Robb und Bruce Gilmartin sowie für den versuchten Mord an Nat Dryden in der vergangenen Nacht das gleiche Fahrzeug verwendet wurde. An jedem Tatort wurde eine Karte hinterlassen, auf der eine Nummer stand. Erst die Fünf, dann die Vier. Gestern Nacht wurde eine vom Regen durchnässte Karte gefunden, auf der eindeutig die Nummer drei stand. Ich denke, dass der Fahrer in Panik weggefahren ist, möglicherweise weil eine Spaziergängerin mit ihrem Hund gerade noch rechtzeitig auftauchte. Die Spurensicherung analysiert derzeit eine Farbspur von dem beschädigten Laternenpfahl, die uns hoffentlich helfen wird, das Baujahr des Fahrzeugs zu bestimmen. Wir glauben, dass es sich dabei um einen Land Rover Defender handelt, möglicherweise ein älteres Modell. Außerdem gibt es eine Zeugin des Angriffs, eine Frau namens Sally Knight, die mit ihrem Hund auf der Straße Gassi ging. Sie erinnert sich an einen Teil des Kennzeichens, weil es zwei ihrer Initialen enthielt. Wir suchen also wahrscheinlich nach einem Land Rover Defender mit einem Kennzeichen, das die Buchstaben SJ und die Ziffer Sieben enthält. Bislang gibt es noch keine Übereinstimmung mit Fahrzeugen, die in der Gegend registriert sind oder als gestohlen gemeldet wurden, sodass ich befürchte, dass die Nummernschilder gefälscht sein könnten.«

»Was tun Sie, um das Auto zu finden, Inspector?«, fragte DCI Gibson.

»Chris wird das mit den Jungs aus Edinburgh koordinieren. Wir überprüfen die Land Rover Defender, die unter Adressen im Umkreis von achtzig Kilometern um St. Andrews gemeldet sind. Außerdem überprüfen wir auch die Autowerkstätten in einem Umkreis von dreißig Kilometern. Das Auto wird nach der letzten Nacht vorn mit Sicherheit beschädigt sein. Also werden wir einen Aufruf an sämtliche Werkstätten starten, zu melden, wenn jemand ein derart unfallbeschädigtes Fahrzeug vorbeibringt.«

»Ich denke, wir sollten mit dem Land Rover an die Öffentlichkeit gehen«, meinte DCI Gibson. »Dabei ist es nicht nötig, die letzte Nacht zu erwähnen, sondern nur, dass er im Zusammenhang mit zwei Unfällen gesucht wird. So etwas in der Art.«

»Ich werde eine Erklärung für die Pressestelle verfassen.«

»Wenn Sie das tun würden, Inspector …«

»Gibt es Neuigkeiten zu den Fingerabdrücken?«, fragte Chris.

Clare schüttelte den Kopf. »Noch nicht. Die Spurensicherung meinte, dass es wegen des Regens schwierig sein dürfte, Abdrücke von der Karte zu bekommen, die gestern Abend zurückgelassen wurde, aber man wird uns Bescheid geben. Ich hoffe, dass wir am frühen Nachmittag etwas hören. In der Zwischenzeit haben wir Grund zur Annahme, dass der Person, deren Fingerabdrücke sich auf der Karte mit der Nummer fünf befinden, an einer Hand die Spitze des Mittelfingers fehlt. Wir müssen also sämtliche Finger kontrollieren. Connor und Steve waren gestern Abend bei Swilcan Taxis. Ich habe nichts von ihnen gehört, also nehme ich an, dass es unter den Mitarbeitern dort keinen Treffer gab. Aber wir müssen auch Vicky Gallagher und ihre Kollegen im Jensen's Diner überprüfen, Nat Drydens Kollegen in dem Pub, in dem er arbeitete, im …«

»Harvest Moon. In der South Street«, fügte Jim hinzu.

»Danke, Jim, genau. Jemand muss dorthin gehen und das Personal befragen sowie die Finger überprüfen. Dann …« Sie hielt inne und dachte kurz nach.

»Was ist mit der Frau des ersten Opfers und ihrem Freund?«, fragte DCI Gibson.

»Ich habe mir ihre Hände angeschaut, als ich dort war, und sie weisen keine Deformierungen auf. Angela Robb gab mir aber einige defekte Laptops, die ihr Mann über die Jahre aufbewahrt hatte. Jim hat sie zur Kriminaltechnik gebracht, um zu sehen, ob sich etwas finden lässt. Außerdem haben Chris und ich gestern Abend einen Laptop in Nat Drydens Haus untersucht. Auf ihm war nicht nur Tor installiert, sondern daneben lag auch ein Zettel mit der Adresse einer Website im Darknet.«

»Und welche genau?«, wollte DCI Gibson wissen.

»Um ehrlich zu sein, ich weiß nur, dass es sich um eine Website handelt, die normale Suchmaschinen nicht finden. Auch die Adresse selbst ist seltsam – nur ein Wirrwarr von Buchstaben und Zeichen. Aber offenbar führt sie zu Internetseiten, die die Allgemeinheit niemals finden würde.«

»Illegal?«

»Möglicherweise. Ich habe den Laptop und die Dark-Web-Adresse heute Morgen zur Kriminaltechnik gebracht. Ich hoffe, dass Diane Wallace etwas Licht in die Sache bringen kann. Ich habe sie um einen Rückruf bis zwölf Uhr gebeten. Ich weiß nicht, was sie bis dahin herausfinden kann, aber ich hoffe, dass es etwas sein wird, womit wir arbeiten können.«

»Brauchen Sie mehr Arbeitskräfte?«, fragte DCI Gibson.

»Wir könnten immer noch ein paar Leute mehr gebrauchen, falls Sie das arrangieren können, Sir.«

»Ich werde sehen, was ich tun kann. Aber ich mache mir Sorgen wegen der Nachrichtensperre.«

Clare nickte. »Ich auch, ehrlich gesagt.«

»Sagen Sie mir, was Sie denken.«

»Normalerweise würde ich so schnell wie möglich an die Öffentlichkeit gehen«, erklärte Clare, »mit Namen, möglichen Verbindungen und so weiter, um zwei weitere potenzielle Opfer zu warnen. Aber ich befürchte, dass alle drei Opfer – ja, sogar Mr Gilmartin – in kriminelle Aktivitäten verwickelt gewesen sein könnten. Aus diesem Grund möchte ich abwarten, ob wir etwas aus den Laptops herausholen können, bevor wir an die Öffentlichkeit gehen. Wenn es Beweise für begangene Straftaten gibt, können wir die anderen Personen möglicherweise identifizieren und aufsuchen, bevor unser Mörder sie erwischt. Alle drei Taten wurden spät in der Nacht durchgeführt. Wir sollten also noch ein paar Stunden Zeit haben.«

Der DCI runzelte die Stirn. »Das ist ein verdammt großes Risiko. Wenn unser Mann sie zuerst erwischt … Sie könnten ja auch gänzlich unschuldig sein.«

»Dessen bin ich mir bewusst, Sir.«

DCI Gibson dachte eine Minute lang nach. »Okay, Inspector. Lassen Sie uns das um drei Uhr noch einmal besprechen. In der Zwischenzeit soll das Team seine Arbeit aufnehmen. Und halten Sie mich auf dem Laufenden.«

Er machte sich auf den Weg zurück in Clares Büro, hielt dann aber inne. »Jennifer Gilmartin. Kann sie in ihr Haus zurück?«

»Wir sollten dort bis zum Mittag fertig sein, Sir.«

»Gehen Sie behutsam vor, Inspector. Sie ist immer noch ziemlich erschüttert.« Ohne eine Antwort abzuwarten, ging er in Clares Büro und schloss die Tür hinter sich.

Clare wandte sich wieder an das Team. »Okay, Jim, nimm einen der Jungs aus Edinburgh, wenn sie ankommen, und überprüfe die Finger von Vicky und den Mitarbeitern in Jensen's Diner und Nat Drydens Pub. Vergewissere dich, dass du außerdem eine vollständige Liste des Personals bekommst, einschließlich der Aushilfskräfte. Ich möchte nicht, dass jemand unter dem Radar durchrutscht. Oh, und kein Wort zu den Angestellten im Pub. Nur, dass Nat gestern Abend einen Unfall hatte. Prüf auch die Dienstpläne des Diners und des Pubs. Wir brauchen jeden, der donnerstags routinemäßig frei hat, egal ob seine Finger vollständig sind oder nicht. Nimm Fotos der Opfer mit und frag die Leute, ob sich jemand daran erinnert, Andy Robb oder Bruce Gilmartin regelmäßig am Donnerstagabend gesehen zu haben. Alles klar?«

Jim kritzelte in sein Notizbuch und nickte Clare zu.

Clare fuhr fort. »Chris, ich will, dass du mit den anderen Jungs die Fahrzeuge und Bauernhöfe abarbeitest. Ich werde die Spurensicherung wegen der Farbe und der Abdrücke anrufen. Oh, und jemand muss einen letzten Blick auf das Haus der Gilmartins werfen, damit wir Mrs G. wieder nach Hause bringen können.«

Sie sah sich um. Ein paar Streifenpolizisten hoben die Hand, und sie nickte dankend. Dann fiel ihr Blick auf Sara. »Wenn du die Casinos und Wettbüros darauf kontrollieren könntest, ob die drei Männer sie donnerstags aufgesucht haben, insbesondere, ob jemand regelmäßig dort Geld ausgab …«

»Wird gemacht«, erwiderte Sara.

»Und wirf auch einen Blick auf die Überwachungskameras wegen der letzten beiden Donnerstage. Man kann nie wissen.« Clare sah sich erneut im Raum um. »Hat jemand Zeit, die

Mobiltelefondaten aller drei Männer abzugleichen? Wir suchen nach gemeinsamen Nummern oder nach Hinweisen darauf, dass sie miteinander in Kontakt standen.«

Einer der Streifenpolizisten hob die Hand.

»Okay«, sagte Clare. »Ich glaube, das war's. Wir treffen uns hier um … sagen wir, dreizehn Uhr und tauschen Informationen aus. Gut, danke an alle.«

Aus dem Büro ertönte ein Bellen, und Clare ging hinaus, wo sie auf Vicky Gallagher traf, die unsicher vor der Eingangstür stand. »Vicky, was kann ich für Sie tun?«

Das Mädchen zögerte. »Es ist wahrscheinlich nichts …«

»Kommen Sie mit mir.« Clare führte sie in einen Befragungsraum und schloss die Tür. Mit dunklen Ringen unter den Augen, die vom Weinen rot gerändert waren, sah die junge Frau sehr erschöpft aus. Ihr blondes Haar, das am Sonntag so dicht und glänzend gewirkt hatte, hing jetzt in schütteren Strähnen herunter. Clare dachte, dass ihr Erscheinungsbild im krassen Gegensatz zu Angela Robb stand, die bereits mit dem Ausräumen von Andys Sachen beschäftigt war. Sie schob Vicky einen Stuhl zu. »Setzen Sie sich, bitte. Sie sehen …«

»Ich weiß.« Vicky versuchte ein Lächeln. »Ich muss furchtbar aussehen. Ich kann einfach nicht glauben, was passiert ist.«

»Ich hoffe, Sie wurden krankgeschrieben?«

»Ja, für zwei Wochen. Die Sache ist die, dass ich nichts habe, womit ich mich beschäftigen kann. Ich glaube, ich werde verrückt.«

»Es braucht Zeit. Hat der Arzt Ihnen etwas gegeben, was Ihnen hilft, damit fertigzuwerden?«

»Ja. Aber ich nehme diese Pillen nicht gern. Durch sie fühle ich mich benebelt. Und ich möchte es verstehen. Was mit Andy passiert ist, meine ich. Ich bin es immer wieder durchgegangen. Dann fiel mir ein, was Sie über die Donnerstage gesagt haben …«

Clare war mit einem Schlag hellwach. »Ja?«

»Nun, eines Abends, vor etwa einem Monat, ging Andy wie üblich aus. Ich hatte eine geteilte Schicht, also war ich zu Hause und trank einen Tee, wissen Sie. Jedenfalls rief er mich an. Sein Auto hatte eine Panne. Ich glaube, es war die Lichtmaschine. Also fragte ich, ob ich ihn abholen sollte …«

Clare versuchte, ihre Aufregung zu verbergen. »Erzählen Sie weiter, Vicky.«

»Aber er sagte nein, er wolle nicht abgeholt werden, weil er wusste, dass ich noch arbeiten musste. Er fragte, ob er sich stattdessen mein Auto leihen könne. Ich sagte, ich hätte genug Zeit, ihn zu fahren und zu meiner Schicht zurückzukommen, aber er sagte, er wolle nicht, dass ich mich hetze. Er war immer so fürsorglich.« Sie lächelte bei der Erinnerung.

Clare wartete. Ein mulmiges Gefühl machte sich in ihrem Magen breit. War dies der Durchbruch, den sie so dringend brauchten?

Vicky fuhr fort. »Er sagte, wenn ich zu ihm kommen könnte, würde er dafür sorgen, dass ein Taxi bereits warten und mich zurück nach St. Andrews bringen würde. Ich fragte ihn, warum er nicht selbst ein Taxi nehme, und er sagte, es sei zu weit und er käme zu spät zurück. Also bin ich hingefahren und habe ihm mein Auto gegeben.«

»Wo war das? Wo hatte er die Autopanne?«

»Kurz vor der St. Mike's-Kreuzung. Auf dem Weg Richtung Dundee.«

Clare hob eine Augenbraue. »St. Mike's?«

»Oh, sorry. Das ist eine Straßenkreuzung acht oder neun Kilometer westlich von St. Andrews. Dort gibt es einen Pub namens St. Michael's Inn. Alle nennen sie deshalb St. Mike's. Sie liegt an der Straße nach Dundee, gleich hinter Leuchars.«

Clare zog ihr Handy heraus, öffnete Google Maps, rief die Karte von St. Andrews auf und folgte der Straße durch

Guardbridge und Leuchars. Sie zoomte den Ausschnitt heran und bat Vicky, ihr zu zeigen, wo Andy die Panne gehabt hatte. Die Stelle befand sich etwa einen halben Kilometer vor der Kreuzung, an der das St. Michael's Inn lag.

»Direkt neben der Bahnlinie und dem Golfplatz.« Vicky deutete auf die Stelle. »Er sagte, er habe einen Freund angerufen, der sein Auto in eine Werkstatt abschleppen würde, und er würde die Schlüssel auf dem Vorderrad deponieren. Wie auch immer, als ich dort ankam, wartete das Taxi bereits.«

»Swilcan's?«

Sie schüttelte den Kopf. »Nein, er sagte, es sei sein freier Abend und er wolle kein Swilcan's Taxi sehen. Ich glaube, es war eins von Castle Cabs.«

»Fahren Sie fort.«

»Nun, das war's eigentlich. Ich stieg in das Taxi und fuhr zu meiner Abendschicht zurück.«

»Und in welche Richtung ist Andy gefahren? In Ihrem Auto, meine ich.«

»Das habe ich nicht gesehen. Er wartete, bis ich weg war. Er winkte mir noch nach. Und er bat mich, ihm eine Nachricht zu schicken, damit er wusste, dass ich sicher angekommen war. Er war immer so fürsorglich.«

Clare hielt es für wahrscheinlicher, dass er nicht wollte, dass Vicky sah, in welche Richtung er fuhr.

»Können Sie sich an das genaue Datum erinnern?«

Vicky nickte. »Ich dachte, das interessiert Sie vielleicht, also habe ich in meinem Kalender nachgesehen. Es war der 18. April.«

Clare notierte sich das. »Und Ihr Kennzeichen?«

»Ich werde es für Sie aufschreiben.«

Clare sah zu, wie Vicky die Nummer auf einen Klebezettel schrieb. Ihre beiden Mittelfinger waren unversehrt, sodass sie nichts mit den nummerierten Karten zu tun haben konnte. Clare bedankte sich für ihre Hilfe und forderte sie auf, über die

Einnahme der Medikamente nachzudenken, die ihr der Arzt gegeben hatte. Die junge Frau nickte, und nachdem sie sich verabschiedet hatte, ging Clare zu Chris.

»Hast du eine Minute Zeit?«

Er folgte ihr in die Einsatzzentrale, und Clare erzählte ihm Vickys Geschichte. »Er war offensichtlich auf dem Weg zu einem dieser Donnerstagabend-Treffen, oder was auch immer das ist, und wollte nicht, dass Vicky wusste, wohin er ging.«

»Also, kurz vor der Kreuzung? Er hätte überallhin fahren können. Links nach Balmullo, rechts nach Tayportor – und so ziemlich überallhin, wenn er geradeaus fuhr.«

»Wenigstens wissen wir, dass es nicht in St. Andrews ist. Und nicht südlich der Stadt.«

»Ich vermute, das ist ein Anfang. Ich bin mir allerdings nicht sicher, was uns das bringt.«

»Nun ...« Clare dachte kurz nach. »Wenn er nach Norden in Richtung Dundee gefahren ist, musste er die Tay Road Bridge überqueren, und dort wäre das Kennzeichen von einer Überwachungskamera erfasst worden. Die Brücke ist überdacht, wenn ich mich richtig erinnere.«

»Das stimmt.«

»Kannst du die Verkehrsleitzentrale anrufen und prüfen, ob er in dieser Nacht über die Brücke gefahren ist? Wenn nicht, können wir unsere Suche immer noch ein wenig eingrenzen.«

Sie stand auf und ging zu einer großen Karte an der Wand, die den Nordosten von Fife zeigte. »Wenn er in Richtung Cupar oder noch weiter westlich unterwegs war, wäre er wohl bei Guardbridge links abgebogen, bevor er St. Mike's erreichte. Ich schätze also, dass sein Ziel nicht weiter als acht oder neun Kilometer von St. Mike's entfernt lag.«

»Aber wenn er die Brücke nicht überquert hat ...«

»Ja, wenn er die Brücke nicht überquert hat ... Das wollen wir nicht hoffen.«

»Das ist immer noch ein ziemlich großes Gebiet, Chefin.«

»Ja, ich weiß, aber langsam kommen wir voran.«

»Du weißt schon, dass morgen Donnerstag ist, oder?«

Das war Clare nicht entgangen. Sie war tatsächlich hin- und hergerissen zwischen dem Wunsch, den flüchtigen Fahrer festzunehmen, bevor er noch jemanden tötete, und herauszufinden, was die beiden anderen möglichen Zielpersonen am Donnerstagabend vorhatten. Sie sah auf ihre Uhr. Es war fast zehn. »Mach du weiter mit der Suche nach den Autos, Chris. Ich fahr noch mal zu Hepburn Gardens. Nur für den Fall, dass wir gestern Abend etwas übersehen haben.«

* * *

Clare startete den Motor, fuhr aber nicht sofort los, sondern rang um eine Entscheidung. »Ach, was soll's.« Sie verließ den Parkplatz und machte sich auf den Weg zum Kenlybank Hotel.

An der Rezeption hatte wieder Pawel Nowicki Dienst, und Clare fragte sich, ob er jemals nach Hause ging. Sie bat ihn, Jennifer Gilmartin anzurufen, und nach ein paar Minuten reichte er ihr das Telefon.

»Mrs Gilmartin? Hätten Sie vielleicht fünf Minuten Zeit für mich?«

Jennifer Gilmartin klang müde. »Ich denke schon, Inspector. Sie wissen, wo mein Zimmer ist?«

Clare bedankte sich bei ihr und gab Pawel das Telefon zurück.

Jennifer wartete an der Tür, als Clare aus dem Aufzug trat. Sie begrüßte Clare und führte sie ins Zimmer. Das Bett war ungemacht und zeugte von einer schlaflosen Nacht, aber ansonsten war das Zimmer aufgeräumt. Sie hatte nur sehr wenige Dinge ausgepackt.

»Kann ich ins Haus zurück? Kann ich nach Hause gehen?«

»Hoffentlich in ein oder zwei Stunden.«

»Und Benjy?«

»Er ist wieder auf dem Revier, wo man sich um ihn kümmert. Ich dachte, Sie wären vielleicht froh, wenn Sie ein paar Stunden für sich allein haben, um auszupacken und so weiter, und wir bringen ihn später zu Ihnen.«

»Das wäre eine große Hilfe. Vielen Dank. Sie sind sehr freundlich, Inspector.«

Clare holte tief Luft. »Ich wollte mit Ihnen unter vier Augen sprechen, um Sie etwas zu fragen.«

Jennifer hob eine Augenbraue. »Ja?«

»Ging Mr Gilmartin donnerstagabends aus?«

»Ja, das tat er. Das war sein Wohltätigkeitsabend.«

»Wissen Sie zufällig, um welche Wohltätigkeitsorganisation es sich handelte?«

Sie schüttelte den Kopf. »Er hat viel Wohltätigkeitsarbeit geleistet, aber ich kannte die Details nicht.«

»Und das tat er jeden Donnerstag?«

»Ja, meistens zumindest. Das passte uns beiden. Ich bin dann oft selbst auch ausgegangen.«

»Mrs Gilmartin, ich muss Ihnen eine schwierige Frage stellen …«

Jennifers Lippen wurden schmal, und sie richtete sich auf. »Schwierig? Inwiefern, Inspector?«

»Verzeihen Sie, dass ich das frage, aber hatten Sie jemals Bedenken, dass Ihr Mann in … Aktivitäten verwickelt sein könnte, die nicht ganz legal waren?« Clare beobachtete aufmerksam ihre Reaktion.

»Nicht ganz legal?« Jennifers Tonfall war eisig. »Ich bin mir nicht sicher, was Sie damit meinen, Inspector.«

Clare schluckte. »Auf dem Laptop Ihres Mannes wurde eine Software installiert, die es ihm ermöglichte, in Bereichen des Internets zu surfen, die anderen Webbrowsern verborgen sind.«

Jennifer Gilmartin verschränkte die Arme. »Sie meinen sicherlich Tor.«

Clare war überrascht. »Sie kennen diesen Browser?«

»Eine völlig legale Software, die von Millionen von Menschen weltweit genutzt wird.«

»Ja, schon, aber …«

»Nichts aber. Sie denken, weil mein Mann – ein Mann mit einem extrem hohen Ansehen, falls Sie das noch nicht bemerkt haben – einen Internet-Browser verwendete, der die Privatsphäre gewährleistet, muss er zwangsläufig in anrüchige Aktivitäten verwickelt gewesen sein?«

»Mrs Gilmartin, ich habe Grund zur Annahme, dass der Browser von Bedeutung sein könnte. Mehr kann ich zum jetzigen Zeitpunkt nicht sagen, aber wir müssen diesen Umstand untersuchen. Es tut mir leid, falls ich Sie gekränkt habe, aber ich kann das nicht ignorieren.«

Jennifer lief im Raum umher, bevor sie sich wieder zu Clare umdrehte. »Gekränkt, Inspector, ist noch untertrieben. Mein Mann wurde von einem verrückten Autofahrer getötet, ich wurde aus meinem Haus geworfen und Sie kommen hierher und beschuldigen ihn krimineller Aktivitäten? Wie können Sie es wagen!« Wut blitzte in ihren Augen auf, als sie in Richtung Tür ging. »Dieses Gespräch ist beendet. Und wenn Sie mich in Zukunft zu sprechen wünschen, wird mein Anwalt anwesend sein.«

Clare blieb keine andere Wahl, als zu gehen. Die Tür schlug hinter ihr zu. Draußen im Korridor lehnte sie sich an die Wand und schloss die Augen. Die einzige Entscheidung, die sie jetzt treffen musste, war, ob sie dem DCI von ihrem Besuch berichten oder darauf warten sollte, dass Jennifer Gilmartin dies tat. Sie beschloss, dass sie genauso gut warten konnte. Und in der Zwischenzeit gab es viel zu tun.

Kapitel 14

Clare fuhr zurück in Richtung Stadt nach Hepburn Gardens, dem Tatort der Fahrerflucht in der vergangenen Nacht. Außer einem dunklen Fleck auf dem Bürgersteig und dem beschädigten Laternenpfahl gab es kaum noch Spuren des Unfalls. Sie blieb kurz stehen, um herauszufinden, ob sie bei Tageslicht mehr Sinn ergaben als in der Nacht, bevor sie weiterfuhr und den Kreisverkehr passierte, in dem sie zu Nat Drydens Haus abgebogen war. In diesem Moment wurde ihr klar, dass sie denselben Weg eingeschlagen hatte, den Chris am Montag zu Fergus Bains Cottage genommen hatte.

»Irgendwann werde ich mich hier schon zurechtfinden«, murmelte sie und drosselte das Tempo, als sie sich den Häusern näherte. Es gab kein Lebenszeichen, und sie fuhr weiter, vorbei an fruchtbarem Ackerland und dicht bewaldeten Flächen. Es war eine schöne Straße, und trotz der Schrecken der aktuellen Ermittlungen dachte sie, wie glücklich sie war, dieses Fleckchen in Fife gefunden zu haben. Wenn sie nur gewusst hätte, wie die Entscheidung des Lord Advocate ausfallen würde, dann hätte sie Pläne schmieden können. Ein Haus finden, das sie ihr Zuhause nennen konnte.

Weiter die Straße hinunter bemerkte sie ein großes Festzelt, das auf einem Feld direkt an der Straße aufgebaut war. Ein Transparent erinnerte sie daran, dass am kommenden Wochenende die Fife Beer Bonanza stattfand.

»Die Chancen, dorthin zu gehen, stehen momentan ziemlich schlecht«, meinte sie zu sich selbst. Doch als sie das Ende des Feldes erreichte, fiel ihr ein anderes Schild ins Auge, auf dem stand: »24-Stunden-Sicherheit – Kameras im Einsatz«.

Clare warf einen Blick in den Rückspiegel. Ein Auto fuhr dicht hinter ihr, und vor ihr lag eine Kurve, die ihr das Abbiegen erschwerte. Also beschloss sie, bei der erstbesten Gelegenheit zu wenden und zu diesem Festzelt zurückzufahren. Als sie um die Kurve kam, fiel ihr Blick auf ein »Zu verkaufen«-Schild, das am Straßenrand nahe einer Lücke in den Bäumen aufgestellt worden war. Und als sie daran vorbeifuhr, sah sie eine kurze Einfahrt, die zu einem Grundstück führte. Sie befand sich jetzt auf einem geraden Straßenabschnitt, und nach einem kurzen Blick in den Rückspiegel blinkte sie und fuhr rechts ran. Sie wartete, bis der Wagen sie passiert hatte, setzte zurück, bis sie das Schild des Immobilienmaklers erreicht hatte, und bog in die Einfahrt ein. Es gab keinen Hinweis darauf, dass hier jemand wohnte, und sie fragte sich, ob das Haus vielleicht leer stand. Sie parkte vor der Tür mit einem hübschen, in zartem Grün gestrichenen hölzernen Vordach. Die Fenster sahen neu aus, passten aber gut zu den roten Backsteinmauern aus den 1930er-Jahren. Clare stieg aus, ging zu einem Fenster und spähte hinein, um zu sehen, ob das Haus möbliert war. Es war ein heller Tag, sodass man das Innere nur schwer erkennen konnte, aber sie fand, dass es leer aussah. Als sich ihre Augen an das Licht im Inneren gewöhnt hatten, erkannte sie einen Kamin und Flügeltüren, die in einen anderen Raum führten, den sie für ein Esszimmer hielt. Als sie um das Haus herumging, fiel der Boden ab, sodass sie die anderen Fenster kaum erreichen konnte. Das hohe Holztor, das zum hinteren Garten führte, war verschlossen, und sie beschloss, es nicht zu öffnen. Doch daneben stand ein steinerner Trog mit einigen spät blühenden Tulpen, deren Köpfe schon etwas schief hingen. Er wirkte stabil genug, also hievte sie sich hinauf und hielt sich am Seitentor fest, um das Gleichgewicht zu halten. Über das Tor hinweg sah sie eine Rasenfläche, die auf einer Seite von alten Sträuchern begrenzt war. Auf der anderen Seite führte ein Weg aus Steinplatten zu einem Gartenhaus, das in demselben zarten Grün gestrichen war wie Tor und Vordach. Clare sprang wieder hinunter und ging zurück, an der Haustür vorbei auf die andere Seite des Grundstücks, wo sich eine Einzelgarage befand. Sie war zwar ebenfalls aus rotem Backstein errichtet worden, aber eindeutig ein neuerer Anbau.

Viel mehr konnte sie nicht sehen, aber das, was sie gesehen hatte, machte sie neugierig. Die Sonne glitzerte durch die nahen Bäume und wärmte die Wände, und für einige Augenblicke vergaß sie Andy Robb, Bruce Gilmartin und Nat Dryden. Sie vergaß, dass Jennifer Gilmartin wahrscheinlich gerade mit DCI Gibson telefonierte und sich über sie beschwerte. Vor allem aber vergaß sie, dass die Familie des verstorbenen Francis Ritchie mit allen Mitteln versuchte, sie strafrechtlich zu belangen.

»Ich möchte mehr von dir sehen«, sagte sie zu dem Haus und zückte ihr Handy, um das Schild des Immobilienmaklers zu fotografieren.

Dann kehrte sie zum Auto zurück und fuhr rückwärts auf die Straße, um nach St. Andrews zurückzukehren. Vor ihr bahnte sich ein Lastwagen mit der Aufschrift »Gilmartin's Brewery« seinen Weg zu dem Feld, auf dem die Beer Bonanza stattfinden sollte, und Clare folgte ihm. Sie konnte sehen, dass auch ein Lastwagen von McMillan's Brewery dort stand, dessen Fahrer gerade damit beschäftigt war, Fässer und Kisten abzuladen. Neben ihm stand ein Bauwagen. Clare parkte das Auto und klopfte an die Tür, die von einem großen Mann in der

Uniform eines Sicherheitsdienstes geöffnet wurde. Er bückte sich unter der Türöffnung, die eindeutig nicht für jemanden seiner Größe gebaut worden war, und taxierte Clare. »Ja?«

An seiner Hemdtasche baumelte ein Ausweis. Clare las den Namen – Iain Beharrie. Sie stellte sich vor, zeigte ihren Ausweis, und er ließ sie eintreten. Er zog zwei graue Plastikstühle hervor und bat Clare, Platz zu nehmen.

»Sind Sie wegen Mr Gilmartin hier?«, fragte er. »Schreckliche Sache.«

Clare ignorierte die Frage. »Ich brauche Informationen, Mr Beharrie.«

»Aha.«

»Darf ich Sie nach Ihren Sicherheitsmaßnahmen hier vor Ort fragen? Gibt es Kameraaufzeichnungen von gestern Abend? Sagen wir zwischen dreiundzwanzig Uhr und ein Uhr morgens?«

Iain Beharrie schüttelte den Kopf. »Tut mir leid, nein. Die Sachen sind erst gestern Abend eingetroffen, sodass wir die Kameras noch nicht eingeschaltet haben.«

Clare versuchte, sich ihre Enttäuschung nicht anmerken zu lassen, und fragte: »Hatte gestern Abend jemand Dienst?«

Der Mann ging zu einem Plan, der an der Wand hing, und fuhr die Daten nach. »Ja, Ralph. Ralph Paterson.«

»Von wann bis wann?«

»Seine Schicht begann um zweiundzwanzig Uhr und ging bis um acht Uhr heute Morgen. Er wird heute Abend wieder da sein, wahrscheinlich nach einundzwanzig Uhr.«

»Ich würde gern früher mit ihm sprechen, wenn das möglich ist.«

Der Mann trat an den Computer und drückte ein paar Tasten. »Er wohnt an der Straße in Richtung Strathkinness. Ich schreibe Ihnen die Adresse auf. Er schläft bestimmt noch.«

Clare lächelte. »Ich lasse ihn so lange wie möglich in Ruhe. Vielen Dank für Ihre Hilfe.«

»Kein Problem. Ich hoffe, Sie erwischen den Fahrer. Mr Gilmartin war ein guter Mann.«

Clare bedankte sich erneut bei ihm und machte sich auf den Weg zurück zum Revier, wo sie feststellte, dass der DCI bereits aufgebrochen war, um Jennifer Gilmartin zu ihrem Haus zu begleiten. Sie konnte sich lebhaft vorstellen, wie eine wütende Jennifer ihm von Clares Besuch erzählte, verdrängte den Gedanken jedoch. Dafür war noch genug Zeit, wenn er zurückkam. Sie kraulte Benjys Hals, und er leckte dankbar ihre Hand ab. Chris kochte sich gerade eine Tasse Kaffee.

»Gute Nachrichten in Bezug auf die Karte, die die Spurensicherung gestern Abend gefunden hat. Auf der Unterseite befindet sich ein Daumenabdruck, der mit dem auf der Karte mit der Nummer fünf übereinstimmt. Auf der Vorderseite ist allerdings nichts drauf – die Karte hat sich durch den Regen langsam aufgelöst.«

»Das ist doch etwas«, meinte Clare. »Und der Lack?«

»Sie arbeiten noch daran, gehen aber davon aus, dass es ein älteres Modell ist, was sie aber noch nicht bestätigt haben.«

Sie nickte. »Fehlen irgendjemandem Fingerspitzen oder gibt es mögliche Land-Rover-Fahrer?«

»Tut mir leid, Chefin, nichts Konkretes.«

Sie zog einen Stuhl vor und setzte sich. »Ich habe Jennifer Gilmartin verärgert.«

Chris pfiff leise und setzte sich neben sie. »Der DCI wird begeistert sein. Was hast du getan?«

»Ich habe sie gefragt, ob ihr Mann in kriminelle Aktivitäten verwickelt gewesen sein könnte, worüber sie nicht besonders glücklich war.«

»Du hast dich also mit vollem Eifer draufgestürzt?«

»Ja. Aber ich wollte mit ihr sprechen, ohne dass er dabei war. Wollte ihre Reaktion einschätzen.«

»Vielleicht wird er deinen Standpunkt verstehen. Er ist schließlich Detective.«

»Ja, und Schweine können fliegen. Ich sag dir was, Chris, ich glaube, wir müssen uns die Frauen unserer Opfer genauer ansehen. Könntest du überprüfen, ob eine von ihnen bereits aktenkundig ist? Vielleicht wurden sie sogar schon verwarnt. Und enge Verwandte auch. Du hast doch Billy Dodds überprüft, nicht wahr? Hast du irgendetwas gefunden?«

»Sorry, ich wurde abgelenkt. Aber ich werde das sofort erledigen.«

»Mach das, so schnell wie möglich.«

Chris stand auf. »Soll ich nur in unserer Datenbank suchen oder auch ihren Hintergrund beleuchten?«

Clare dachte darüber nach. »Hm. Das kommt darauf an, was sich ergibt. Vielleicht sollten wir herausfinden, wo sie aufgewachsen und zur Schule gegangen sind und so weiter. Ich bin mir ziemlich sicher, dass sie alle absolut unschuldig sind und dass es eine andere Verbindung zwischen diesen Männern gibt, aber wir müssen alles überprüfen.«

»Also nur Billy und die Ehefrauen? Angela Robb und die reizende Jennifer?«

»Wir sollten Nat Dryden nicht vergessen. Hat er eine Freundin? Oder eine Ex-Frau?«

»Keine Ahnung. Ich rufe Sara an und sage ihr, sie soll sich bei der Schwester erkundigen. Und wenn ich schon dabei bin, überprüfe ich sie auch gleich.«

Chris ging in die Einsatzzentrale und suchte sich einen freien Schreibtisch. Clare zog ihr Handy heraus und rief die Kriminaltechnik an.

Diane nahm den Anruf entgegen. »Hi, Clare. Ich habe noch nicht alle alten Laptops durchgesehen, aber es gibt definitiv einige fragwürdige Dinge auf Mr Drydens Gerät.«

»Inwiefern fragwürdig?«

»Fotos. Und keine der Art, die man auf Facebook teilt.«

»Illegal?«

»Auf jeden Fall.«

Clare gab ein leises »Ja!« von sich, bevor sie laut sagte: »Diane, kannst du sie mir schicken?«

»Ich bin schon dabei, Clare. Du findest sie in einem Ordner mit deinem Namen im Netzwerk. Das Passwort lautet ›patchwork‹, kleingeschrieben, aber ändere es sofort. Ich habe dir die Bearbeitungsgenehmigung erteilt.«

»Danke, Diane. Ich weiß das wirklich zu schätzen.«

»Clare, es wäre wirklich toll, wenn du diese Leute kriegen könntest.«

»So schlimm?«

»So schlimm.«

Clare wurde leicht übel bei dem Gedanken, was sie auf den Fotos sehen würde. »Ich gebe mein Bestes, Diane.« Dann erinnerte sie sich an die Adresse der Internetseite. »Hat die Website etwas gebracht?«

»Noch nicht, aber ich bin zuversichtlich. Es handelt sich um eine Internetseite namens ›Spielzimmer‹. Mr Drydens Benutzername ist seine E-Mail-Adresse – so ein Trottel. Das war also ziemlich einfach. Aber wir haben sein Passwort noch nicht geknackt. Die Software läuft gerade. Wenn das nicht funktioniert, habe ich noch ein paar andere Tools in petto, die ich ausprobieren kann. Vielleicht ergibt sich da noch etwas anderes, Clare; ich sage dir Bescheid, wenn ich mir sicher bin.«

Clare bedankte sich erneut bei Diane und sah sich kurz um, um nachzusehen, ob Chris noch telefonierte.

»Ich bin in der Warteschleife …«, formte er tonlos mit dem Mund, bevor er schließlich sagte: »Ja, DS Chris West. Ja, es ist wirklich dringend. Es geht um eine Mordermittlung …«

Clare ließ ihn weitersprechen und loggte sich an einem PC auf einem der anderen Schreibtische ein. Sie suchte den Ordner, in den Diane die Fotos hochladen wollte, doch es war noch nichts da. Sie aktualisierte das Laufwerk ein paar Mal, bis der Ordner mit ihrem Namen endlich erschien, und schaute zu Chris hinüber. Er redete immer noch. Sie nickte mit dem Kopf, um ihm zu signalisieren, dass er zu ihr kommen solle, und öffnete den Ordner. Während sie das Passwort änderte, kam Chris mit einem Ausdruck in der Hand zu ihr.

»Angela Robb wurde wegen Landfriedensbruchs verwarnt«, meinte er. »Sieht aus wie ein schief gelaufener Mädelsabend. Aber ich glaube nicht …«

Clare konnte seine Stimme im Hintergrund hören, als sie das neue Passwort eingab und die Fotos als Diashow abspielen ließ. Und dann hörte sie nichts mehr, als die Bilder über den Bildschirm liefen. Eine Welle der Abscheu überkam sie, und sie verschränkte instinktiv die Arme vor der Brust. Sie waren alle so jung. Nicht nur jung, sondern noch Kinder. Einige der Mädchen sahen zwar etwas älter aus, aber nicht viel. Vier Männer in unterschiedlichen Stadien der Entkleidung waren in verschiedenen Positionen zu sehen, ihre Gesichter sorgfältig von der Kamera abgewandt. Clare beugte sich vor, um die Männer genauer zu betrachten, aber es war unmöglich, festzustellen, wer sie waren. Also sah sie sich die Hintergründe genauer an. Sie waren schwer zu erkennen, doch sie fand, dass es nicht wie ein Hotelzimmer aussah. Oder ein normales Zimmer. Sie konnte eine Holzvertäfelung erkennen, aber der Fokus der Aufnahmen war hauptsächlich auf die Männer gerichtet und auf das, was sie den Kindern antaten. Ein Mädchen, das kaum in der Pubertät war, war zwischen zwei Männern eingeklemmt, einer vorn, einer hinten. Ein Junge, der nicht älter als zwölf oder dreizehn Jahre zu sein schien, wurde von drei Männern betatscht. Sein Gesichtsausdruck war so gequält, dass Clare es kaum ertragen konnte, ihn anzusehen.

»Scheiße …«, murmelte Chris und legte den Ausdruck weg. Ein paar Minuten lang sagte er nichts und beobachtete, wie ein Bild auf das andere folgte. Als er seine Stimme wiederfand, klang sie heiser. »Clare, wir müssen diese Bastarde festnageln.«

Doch Clare hörte ihn nicht. Sie sah sich die Fotos genau an und zoomte einen der Männer heran. »Sieht der da für dich wie Andy Robb aus?«

»Könnte sein. Gibt es eine Möglichkeit, alles andere auszublenden und zu sehen, ob seine Frau oder Freundin ihn erkennt?«

»Einen Versuch ist es wert.« Sie griff nach ihrem Handy und suchte Dianes Nummer. »Was ist mit den anderen?«

Chris schaute sich die Fotos an, die über den Bildschirm liefen. Es war schwer zu sagen. Es waren keine besonderen Merkmale zu erkennen. Die Männer hatten offensichtlich darauf geachtet, nicht erkannt zu werden. »Ich bin mir nicht sicher.«

Clare wählte die Nummer Dianes, die sich sofort meldete.

»Hi, Clare, hast du die Fotos bekommen?«

»Ja, danke, obwohl ich wünschte, ich hätte sie nicht gesehen.«

»Ich weiß, was du meinst. Furchtbares Zeug.«

»Ja. Das ist unbestreitbar. Hör mal, Diane, hättest du Zeit, die Kinder aus den Fotos herauszuschneiden? Dann könnten wir die Männer vielleicht identifizieren lassen. Ich glaube, drei von ihnen könnten unsere Opfer der Fahrerflucht sein.«

»Klar. Das geht schnell. Gib mir das neue Passwort, und ich werde die besten Fotos in den Ordner hochladen, sagen wir, in einer halben Stunde oder so.«

Kaum hatte Clare das Gespräch beendet, klingelte das Telefon erneut. Raymond von der Spurensicherung war dran, und sie schaltete den Lautsprecher ein, damit Chris mithören konnte. »Hi, Raymond, haben Sie etwas für uns?«

»Die Farbe vom Laternenpfahl«, sagte er. »Definitiv ein Land Rover Defender. Zehn oder elf Jahre alt.«

»Das ist großartig. Danke, Raymond. Ich weiß die schnelle Bearbeitung sehr zu schätzen.«

»Ich werde die Listen durchsehen«, erklärte Chris.

»Aber da ist noch etwas anderes«, fuhr Raymond fort. In dem Moment schwang die Tür der Wache auf und DCI Gibson trat ein. Clare erkannte an seinem Gesichtsausdruck, dass Jennifer Gilmartin sich bei ihm ausgeheult hatte.

»Auf ein Wort, Inspector.«

Clare bedeckte das Telefon mit ihrer anderen Hand. »Ich telefoniere gerade mit …«

»Es ist mir egal, mit wem Sie telefonieren. Rufen Sie zurück!«

Clare entschuldigte sich bei Raymond und folgte dem DCI in ihr Büro. Sie hatte kaum die Tür hinter sich geschlossen, als er loslegte.

»Welchen Teil von ›behutsam vorgehen‹ haben Sie nicht verstanden? Ich habe gerade eine am Boden zerstörte Jennifer Gilmartin zurückgelassen. Reicht es nicht, dass sie ihren Mann durch eine vorsätzliche Fahrerflucht verloren hat? Und dann kommen Sie daher und sagen ihr, dass ihr Mann kriminell gewesen wäre! Was haben Sie sich dabei gedacht?«

Clare schluckte. »Ich denke, dass er kriminell war.«

»Und ich nehme an, Sie haben Beweise dafür?«

»Möglicherweise.«

»Möglicherweise?«

»Wir haben Beweise gefunden, die auf einen Pädophilenring hindeuten.«

»Und Sie glauben, dass Bruce Gilmartin darin verwickelt war?« Er spuckte fast vor Wut. »Welche Beweise?«

»Fotografien. Ziemlich eindeutige, Sir. Sie sind jetzt auf meinem Computer.«

»Dann sollten Sie sie mir besser zeigen, Inspector.«

Sie verließen das Büro, und Clare führte den DCI zu dem Computer, den sie benutzt hatte. Sie klickte auf eine Taste, um die Diashow erneut zu starten. Es gab eine Pause, während der DCI verdaute, was er da sah.

»Woher stammen sie?«

»Von Nat Dryden, dem Opfer der letzten Nacht. Sie waren auf seinem Laptop. Diane von der Kriminaltechnik sagte, er habe den Ordner versteckt, aber offensichtlich nicht sehr gut.«

DCI Gibson betrachtete die Bilder einige Minuten schweigend. »Sie können doch nicht ernsthaft glauben, dass Bruce Gilmartin in diese Sache verwickelt ist? Ich denke nicht, dass Sie irgendjemanden auf diesen Fotos erkennen können. Sie sind nicht scharf genug.«

Clare klickte, bis sie zu dem Foto kam, das wie eine Aufnahme von Andy Robb aussah. »Chris und ich glauben, dass dies das erste Opfer sein könnte. Kopfform und Körperbau stimmen überein.«

»Das kann man von vielen großen Männern behaupten.«

»Ja, das ist wahr. Daher habe ich Diane gebeten, die Fotos zu bearbeiten. Wenn sie sie vorzeigbar machen kann, sagen wir Kopf und Schultern, werde ich sie seinen Angehörigen zeigen.«

DCI Gibson sah Clare an. »Sie werden diese Fotos nicht – ich wiederhole, *nicht* – Jennifer zeigen. Wenn jemand mit ihr darüber spricht, dann bin ich das.«

»Bei allem Respekt, Sir, sind Sie nicht zu nah dran?«

»Wollen Sie damit sagen, dass ich nicht objektiv bin?«

»Ich will damit nur sagen, dass Ihr Mitgefühl für Mrs Gilmartin es schwierig machen könnte, die richtigen Fragen zu stellen.«

»Ich werde derjenige sein, der das beurteilt, Inspector.« Er drehte sich um, um in Clares Büro zurückzukehren, blieb dann aber stehen. »In Zukunft möchte ich, dass alles zuerst über meinen Schreibtisch geht. Und ich werde ein eigenes Team einsetzen, das sich um« – er zeigte auf den Computer – »diese Angelegenheit kümmert. Mit den Mitteln, die Sie hier haben, können Sie unmöglich eine Mordermittlung durchführen und einen Pädophilenring aufdecken.«

Doch Clare blieb standhaft. »Ich glaube, es handelt sich um ein und denselben Fall, Sir. Ich denke, dass unsere Opfer möglicherweise die Männer auf diesen Fotos sind und dass sie von unserem Land-Rover-Fahrer einer nach dem anderen überfahren werden.«

Der DCI starrte sie an. Er schien mit sich zu kämpfen, schüttelte dann aber den Kopf. »Ich wusste, dass Sie der Sache nicht gewachsen sind, Inspector. Ich werde morgen ein anderes Team hierherschicken. Spätestens am Freitag.«

Er marschierte in Clares Büro und schlug die Tür hinter sich zu. Einige der Polizisten, die den Wortwechsel verfolgt hatten, sahen Clare an. Sie schaute sich um, ihre Wangen brannten.

»Okay, Leute. Die Show ist vorbei. Zurück an die Arbeit.«

Sie stoben auseinander, und Clare setzte sich wieder an den Computer.

Chris tauchte kurz auf, und als er bemerkte, dass Clare aufsah, meinte er: »Wir haben also bis Freitag Zeit.«

»Höchstens. Wir sollten uns daher besser an die Arbeit machen.« Ihr Blick fiel auf den Ausdruck, den Chris in der Hand hielt. »Entschuldige, Chris – was wolltest du sagen?«

Er schüttelte den Kopf. »Es ist schwer, klar zu denken, wenn man gerade gesehen hat, wie …«

»Ja, ich weiß. Aber wir haben noch einiges zu tun.« Sie sah ihn an. »Geh kurz nach draußen. Schnapp etwas frische Luft. Mach den Kopf frei. Und dann mach dich wieder an die Überprüfung der Ehefrauen und Angehörigen. Das ist wichtiger denn je. Ich rufe Raymond zurück.«

Raymond meldete sich sofort und bat Clare, zu warten, während er seine Datei zu diesem Fall wieder öffnete. »Ah ja«, sagte er nach ein oder zwei Minuten. »Der Fußabdruck auf dem Hemd des ersten Opfers – Andrew Robb.«

»Konnten Sie ihn eingrenzen?«, fragte Clare.

»Nicht auf die Art des Schuhs, nein. Aber ich habe ihn vergrößert und auf dem großen Bildschirm untersucht.«

»Und?«

»Nun, ich kann es nicht mit Sicherheit sagen, aber für mich sieht es so aus, als ob es ein Frauenschuh ist.«

Clare runzelte die Stirn. »Wirklich?«

»Ziemlich sicher. Er ist an den Zehen viel schmaler als ein Männerschuh. Das war wirklich ein bisschen Glück. Es sieht aus, als ob der Fahrer einen Fuß auf ihn gedrückt hätte, um zu sehen, ob er tot war.«

Clare war der Meinung, dass Andy Robb nicht so viel Glück gehabt hatte, bedankte sich aber bei Raymond und berichtete Chris von dem Gespräch. »Das ist komisch«, sagte sie. »Ich habe diese Sache hier nicht mit einer Frau in Verbindung gebracht.«

»Dabei gibt es keinen Grund, warum es keine Frau sein könnte«, entgegnete Chris. »Es ist das Auto, das den Schaden verursacht hat, nicht der Fahrer.«

»Ja, du hast recht. Aber wir haben zwei verschiedene Fingerabdrücke, vergiss das nicht.«

»Das heißt aber nicht, dass wir auch zwei Fahrer haben.«

Ein Bellen vom Tresen her erinnerte Clare daran, dass Benjy noch da war.

»Ich fahre ihn besser zurück zu Mrs Gilmartin und bringe es hinter mich«, meinte Clare.

»Viel Glück.«

Clare sah Benjy an und schlug sich auf das Bein. Er sprang von der Theke, und sie befestigte die Leine an seinem Halsband. »Hoffentlich freut sie sich so sehr, dich zu sehen, dass sie vergisst, dass sie wütend auf mich ist.«

Kapitel 15

Als sie in die Einfahrt der Gilmartins bog, musste Clare an den Tatort vom Montagmorgen zurückdenken, auf den inzwischen nichts mehr hinwies. Die Spurensicherung hatte ihre Arbeit beendet, und der Kies war ordentlich geharkt worden, zweifellos auf Geheiß des DCI. Benjy, der auf dem Beifahrersitz saß, wedelte wie wild mit dem Schwanz, als sie sich dem Haus näherten. Clare öffnete die Autotür, und er lief vor ihr zum Haus. Sie folgte ihm und läutete. Jennifer Gilmartin machte die Tür auf, ein Sandwich in der Hand, und Benjy stürmte hinein und lief um ihre Beine herum. Trotz Clares Anwesenheit lächelte Jennifer, als sie zu dem Hund hinunterschaute. Dann hob sie den Kopf und sah Clare an.

»Schön, dass Sie ihn hergebracht haben, Inspector. Und dass Sie sich um ihn gekümmert haben. Ich bin Ihnen zu Dank verpflichtet.«

»Es war mir ein Vergnügen. Er ist ein liebenswerter Hund. Und es tut mir sehr leid, wenn ich Sie verärgert habe.«

Auf Jennifers Gesicht zeigte sich der Anflug eines Lächelns, und sie nickte leicht. »Al Gibson hat Sie bestimmt zurechtgewiesen.«

Clare zuckte mit den Schultern, gab aber keine Antwort.

»Ich weiß, dass Sie Ihren Job machen müssen. Aber mein Mann war ein guter Mensch.« Sie zögerte, als ob sie kurz überlegte, und sprach dann weiter. »Darf ich Ihnen eine Tasse Tee anbieten? Oder einen Kaffee? Als Dankeschön dafür, dass Sie sich um Benjy gekümmert haben?«

Clare hatte gehofft, Benjy abzusetzen und dann so schnell wie möglich Jennifer Gilmartins Gesellschaft zu entfliehen. Aber sie wusste die Geste zu schätzen und dachte, dass sie auf diese Weise vielleicht sogar etwas erfahren könnte.

»Ein Kaffee wäre schön, danke.«

Sie folgte Jennifer ins Haus und in die sonnendurchflutete Küche. Sie schlenderte zum Fenster hinüber. Als sie das letzte Mal dort gewesen war, hatte sie den Ausblick überhaupt nicht bemerkt.

»Sie haben eine wunderbare Aussicht.«

»Ja, das haben wir. Das ist der Vorteil, wenn man ein bisschen außerhalb der Stadt lebt. Wir können bis nach St. Andrews und zur Guardbridge schauen. Bei gutem Wetter sieht man sogar in der Ferne die Hügel von Perthshire. Es ist schön, wenn die Sonne scheint, und dramatisch, wenn es stürmt.«

Jennifer bedeutete Clare, sich zu setzen. »Ein Sandwich?«

Clare winkte ab. »Bitte machen Sie sich keine Umstände.«

»Das macht keine Umstände.«

Sie unterhielten sich freundlich, aber die Spannung zwischen den beiden war deutlich zu spüren.

»Ich frage mich«, sagte Jennifer schließlich, »wann ich meinen Mann begraben kann, Inspector.« Sie seufzte. »Ich kann nicht glauben, dass ich das sage.«

Clare schenkte ihr ein Lächeln, von dem sie hoffte, dass es mitfühlend wirkte. »Hoffentlich in ein paar Tagen. Aber DCI Gibson wird Sie sicher auf dem Laufenden halten.«

»Sind Sie verheiratet, Inspector? Ich kann Sie wirklich nicht länger Inspector nennen. Das klingt zu förmlich, wenn man gemeinsam Kaffee trinkt.«

»Ich heiße Clare. Nennen Sie mich Clare. Und, nein. Ich bin nicht verheiratet.«

»Nie daran gedacht?«

Clare überlegte kurz. »Ich bin mir nicht sicher, ob das mit meinem Job vereinbar ist.«

Jennifer sah sie ernst an. »Das Leben ist zu kurz, Clare. Sehen Sie mich an. Letzte Woche um diese Zeit freute ich mich auf ein Mädelswochenende in Amsterdam, ohne mir um irgendetwas Gedanken zu machen, und sehen Sie, wo ich jetzt bin. Ich sitze in meiner Küche mit einer Polizistin und frage mich, wann ich meinen Mann beerdigen kann.«

Clare war sich nicht sicher, wie sie darauf reagieren sollte, also nippte sie an ihrem Kaffee.

»Glauben Sie mir. Wenn Sie jemanden finden, der Sie glücklich macht, stellen Sie ihn vor die Arbeit.«

Clare dachte an Tom und die Zeit in Glasgow. Tom, der sie, ohne zu zögern, geheiratet hätte. Aber wenn sie an Tom dachte, musste sie auch an Francis Ritchie und seine Familie denken.

»Ich gehe besser wieder an die Arbeit«, sagte sie schließlich.

Jennifer begleitete sie zur Tür, und Benjy folgte ihr auf den Fersen. »Leben Sie wohl, Clare«, sagte sie. »Ich glaube nicht, dass wir uns wiedersehen werden.«

Als sie zum Auto zurückging, dachte Clare über diese letzte Aussage nach. Wollte Jennifer irgendwo ein neues Leben beginnen? Jetzt schon? Angesichts der jüngsten Ereignisse musste Clare ihre Gelassenheit bewundern. Sie wirkte auffallend ruhig. Der Schock vielleicht. Oder hatte sie damit etwas anderes gemeint? Hatte sie Clare warnen wollen?

Sie fuhr zur Wache zurück und dachte über Jennifers Rat nach, jemanden zu finden, der sie glücklich machte. Würde sie jemals einen Mann kennenlernen und sesshaft werden? Sie hatte Tom gehabt und es vermasselt. Vielleicht war sie einfach nicht für die Ehe bestimmt.

* * *

Chris war in der Zwischenzeit fleißig gewesen. »Okay, zunächst einmal habe ich die nächsten Angehörigen und die Opfer überprüft.«

»Und?«

»Ein paar Kleinigkeiten, aber ich bezweifle, dass uns irgendetwas davon weiterhilft.«

»Erzähl sie mir trotzdem«, bat Clare und hängte ihre Jacke auf.

»Okay, also, Andy Robb, nichts. Angela Robb wurde vor fünf Jahren wegen Landfriedensbruchs verwarnt, es wurde aber keine Strafanzeige erstattet.«

»Ist das alles?«

»Ja, ansonsten ist sie sauber. Ist in der Broughty Ferry Road in Dundee aufgewachsen. Du weißt schon, auf der anderen Seite des Flusses Tay.«

»Ich weiß, wo Dundee liegt, danke!«

»Wollte mich nur vergewissern. Sie besuchte die örtlichen Schulen, sonst nichts Bemerkenswertes. Beide Eltern sind inzwischen tot. Die Schwester ging nach Kanada.«

»Hast du sie überprüft?«

»Ja, sie lebt immer noch da.«

»Okay«, sagte Clare. »Und Billy Dodds?«

»Ja, nun – er war ein böser Junge. Eine Verurteilung wegen Hehlerei, die allerdings sieben Jahre zurückliegt, und eine Körperverletzung vor zehn Jahren.«

»Hat er gesessen?«

Chris schüttelte den Kopf. »Die Strafe für die Körperverletzung wurde zur Bewährung ausgesetzt, wahrscheinlich weil der andere Kerl bereits vorbestraft war, was gut für Billy war.«

Clare nickte. »Sonst noch etwas?«

»Nein. Ansonsten ist er sauber.«

»Okay. Der Nächste?«

»Nat Dryden hat keine Vorstrafen und auch keine Freundin. Laut seiner Schwester Cindy war er in letzter Zeit single, zumindest soweit sie weiß.«

Clare dachte an das Durcheinander und die Unordnung in Nats Haus zurück. »Ja, das glaube ich gern. Was ist mit Cindy?«

»Überhaupt nichts. Sie und Nat wohnen beide in St. Andrews, und sie hat noch nie Ärger gehabt.«

»Also bleiben noch die Gilmartins. Ich vermute, da gibt es auch nichts.«

»Nein. Beide blitzsauber. In der Tat ist sie so sauber, wie es nur geht. Ihr Vater war Richter am Obersten Gerichtshof.«

»Wirklich? Wer ist er?«

»Alexander Russell. Jetzt Lord Russell von Findale.«

»Donnerwetter. Kein Wunder, dass der DCI sich so für sie einsetzt.«

»Ja. Unsere Jennifer besuchte eine Privatschule in Perthshire und verbrachte anschließend zwei Jahre an der Universität Edinburgh. Ich weiß nicht, was sie studiert hat, aber sie ist dann dort abgegangen und hat ein paar Jahre in Daddys Büro gearbeitet, half dort aus, spielte Tennis und hing mit den Leuten vom Land herum. Sie heiratete Bruce Gilmartin, als sie vierundzwanzig war, und hat seitdem nicht mehr gearbeitet. Ich nehme an, sie gehört zu jenen Damen, die dem Müßiggang frönen.« Er schüttelte den Kopf. »Auch ein netter Job.«

Clare saß da und dachte darüber nach. »Alles in allem«, sagte sie schließlich, »denke ich, dass ich lieber nicht mit jemandem wie Bruce Gilmartin verheiratet sein möchte, auch wenn das bedeutet, dass ich rund um die Uhr arbeiten muss, und das für sehr wenig Geld.«

»Da könntest du recht haben.«

Clare streckte die Beine aus und machte Kreise mit ihren Knöcheln. Sie gähnte. »Gott, bin ich müde, Chris. Und – sonst noch was?«

Chris wühlte sich durch die Ausdrucke, bis er den richtigen fand. »Die Land Rover. Ich habe eine Liste mit allen Fahrzeugen, die vor zehn und elf Jahren erstmals zugelassen wurden. Es gibt nur zwei im Umkreis von achtzig Kilometern. Unser gestohlener – du weißt schon, der von Fergus Bain – und einer auf der Cairnharrow Farm.«

Clare durchforstete ihr Gedächtnis. Der Name kam ihr nicht bekannt vor. »Wo liegt sie?«

»Richtung Cupar. Wenn du willst, kann ich dorthin fahren und den Wagen überprüfen.«

»Finde heraus, ob es in Cupar jemanden gibt, der das für uns erledigen und den Wagen auf Schäden prüfen kann. Das spart uns Zeit.« Clare sah auf ihre Uhr. »Lass uns Mittagspause machen. Der Rest des Teams sollte bald zurück sein.« Ihr Telefon meldete surrend eine eingehende Nachricht, und sie holte es heraus, um sie zu lesen.

Tom.

Sitze vor deiner Wache. Treffe hier oben einen Klienten.
Hast du Lust, mit mir zu Mittag zu essen?

Sie seufzte und ging zur Tür. Ein schnittiger silberner Audi stand auf dem Parkplatz, und sie konnte die vertrauten Umrisse seines Kopfes sehen, sein Haar, das ihm über die Augen fiel, wie immer, wenn es geschnitten werden musste. Sie ging zum Wagen hinüber.

Das Fenster war heruntergekurbelt, und sie schaute hinein. Trotz ihrer Bedenken verspürte sie einen Anflug von Freude, ihn zu sehen.

Toms Gesicht erhellte sich, und Clare erinnerte sich plötzlich daran, wie ansteckend sein sanftes, vertrautes Lächeln war. Aber dafür war im Moment keine Zeit. Sie musste sich konzentrieren.

Tom streckte die Hand aus und ergriff ihre. »Clare, du siehst toll aus. Wie geht es dir?«

Clare drückte seine Hand und ließ sie dann los. »Ich bin ziemlich beschäftigt. Ich habe einen Doppelmord, der gerade etwas kompliziert geworden ist.«

»Zu beschäftigt für ein Mittagessen?«

»Tut mir leid. Vielleicht ein anderes Mal.«

»Die Sache ist die: Ich habe den Rest des Tages frei und bin jetzt hier. Wenn du keine Zeit zum Mittagessen hast, könnte ich dich vielleicht zum Abendessen einladen.« Er bemerkte ihr Zögern. »Oder ich könnte etwas kochen. Ich könnte ein paar Steaks kaufen, einen Salat machen und ein paar Ciabatta aufbacken.«

Gegen ihren Willen geriet Clare in Versuchung. Tom war ein hervorragender Koch, und die Vorstellung, nach einem sehr langen Tag nach Hause zu kommen und ein selbst gekochtes Essen zu genießen, war verlockend. Vielleicht hatte Jennifer Gilmartin ja doch recht.

Er sah seine Chance. »Großartig. Ich kaufe alles für das Abendessen ein. Schick mir einfach eine Nachricht, wenn du auf dem Weg nach Hause bist, dann mache ich den Wein auf.«

»Ich trinke lieber keinen Wein. Für den Fall, dass ich gerufen werde.«

»Ein halbes Glas also. Ich kaufe etwas wirklich Leckeres, und du darfst es nur probieren.«

»Okay, na dann los. Es gibt noch eine angebrochene Flasche Chianti, die ich am Montag geöffnet habe. Würde das reichen?«

»Ganz sicher nicht. Aber ich werde sie für eine Soße verwenden. Schlüssel?«

Sie holte ihren Hausschlüssel heraus. »Ich werde aber erst spät kommen, Tom. Es könnte sein, dass du ewig herumhängst.«

»Kein Problem. Gibt es etwas, was du im Haus noch erledigen möchtest? Irgendwelche Einkäufe? Muss noch etwas in die Reinigung? Nimm mich ruhig in Anspruch, wenn du offensichtlich so beschäftigt bist. Ich werde in St. Andrews sonst nur Däumchen drehen, bis du fertig bist.«

Sie schüttelte den Kopf. »Nein, es ist alles in Ordnung. Aber danke für das Angebot.«

»Du bist so dickköpfig. Lass mich dir doch einfach helfen.«

Sie dachte darüber nach. »Wenn du wirklich helfen willst: Der Rasen muss gemäht werden, obwohl du bestimmt deine schöne Kleidung nicht schmutzig machen willst.«

»Ist schon okay – ich habe eine Tasche mit Sachen dabei. Ich dachte, ich müsste vielleicht über Nacht bleiben, falls der Termin länger dauert.«

Sie sah ihn an. »Ach, wirklich?«

»Ach wirklich!«

»In Ordnung, der Rasenmäher steht im Schuppen. Und es gibt ein paar Tüten für den Wohltätigkeitsladen, falls es dir nichts ausmacht, in die Stadt zu fahren. Sie stehen im Gästezimmer. Und neulich ist das Licht im Flur ausgegangen. Ersatzglühbirnen sind im Schrank in der Diele.«

»Ich kümmere mich darum.«

»Und jetzt muss ich gehen. Ich habe um ein Uhr eine Besprechung, und das Team wird bald zurück sein.« Sie machte Anstalten, sich zu entfernen, und er griff erneut nach ihrer Hand.

»Und Clare …«

Sie wich seinem Blick aus. »Ja?«

»Wir sollten reden. Heute Abend.«

Clare seufzte. »Tom, ich stecke im Moment in einem Berg von Arbeit.«

»In Ordnung. Mal sehen, wie du dich später fühlst. Ich liebe dich …«

Sie antwortete nicht, sondern ging zurück zur Wache. Liebte sie ihn? Früher hatte sie gedacht, sie würde es tun. Aber das war vor der Sache mit Francis Ritchie gewesen. Die Anhörung, an der Tom nicht teilnehmen konnte – nicht einmal, um sie zu unterstützen. Und als sie dort in dem luftleeren Raum gesessen hatte und die Einzelheiten der Schießerei besprochen wurden, hatte Clare gewusst, dass etwas aus ihrer Beziehung verschwunden war, und dass sie nie wieder ganz dieselbe sein würde.

Kapitel 16

Sie versammelten sich um kurz nach dreizehn Uhr im Raum. Sara saß mit Connor, Steve und Phil weiter hinten. Chris, der sich nicht mit den Jungs aus Edinburgh verstand, wie Clare bemerkte, hockte auf einem Schreibtisch in der Ecke. Sie sah, dass sein Blick immer wieder zu Sara wanderte, die sich angeregt mit den drei Polizisten unterhielt. Er mag es nicht, wie sie mit ihr schäkern, dachte Clare und fragte sich, ob Chris sich einfach nur über die Neuankömmlinge ärgerte oder ob mehr dahintersteckte. Jim hatte in der Nähe der Tür Position bezogen und behielt den Empfangstresen im Auge, während die anderen im Raum verstreut saßen oder standen, wo auch immer ein Platz frei war.

»Okay«, hob Clare an. »Zunächst einmal hat sich Chris um unsere drei Opfer und ihre Angehörigen gekümmert. Einige von ihnen, Angela Robb und Billy Dodds, sind aktenkundig, aber ich glaube nicht, dass das für unsere Ermittlungen relevant ist. Daher schließe ich eine familiäre Verwicklung vorerst aus.«

Phil hob die Hand. »Gibt es etwas von der Spurensicherung, was uns helfen könnte?«

»Danke, Phil. Wir haben da vielleicht tatsächlich etwas.«

Sie waren jetzt alle äußerst aufmerksam, und im Raum war es mucksmäuschenstill. Clare sagte: »Auf Andy Robbs Hemd war ein Teil eines Schuhabdrucks, und die Spurensicherung hält es für sehr wahrscheinlich, dass es sich um einen Frauenschuh handelt.«

Ein Murmeln ging durch den Raum, während die Anwesenden diese Neuigkeit verdauten.

»Nun, es gibt keinen Grund, warum der Täter keine Frau sein sollte«, erklärte Clare. »Aber vergesst nicht, dass wir zwei verschiedene Fingerabdrücke auf diesen Karten haben. Daher sollten wir uns alle Optionen offenhalten.«

Als niemand etwas dazu sagte, fuhr sie fort. »Die Fingerspitzen. Hat irgendjemand einen verstümmelten Mittelfinger?«

Allgemeines Kopfschütteln.

»Okay. Irgendjemand, der donnerstagabends nie arbeitet?«

Auch hier war die Antwort negativ. »Sie scheinen alle in verschiedenen Schichten zu arbeiten«, meinte Jim, »wobei allerdings der Manager vom Harvest Moon bestätigte, dass Nat Dryden donnerstagabends frei hatte.«

»Danke, Jim«, sagte Clare. »Was ist mit den Autos? Wie weit sind wir damit?«

»Die Jungs aus Cupar haben sich den zehn Jahre alten Land Rover auf der Cairnharrow Farm angesehen. Keine Schäden«, antwortete Chris.

»Danke, Chris.« Sie sah sich im Raum um. »Wir wissen jetzt, dass der Land Rover, mit dem Nat Dryden gestern Abend verletzt wurde, ein zehn oder elf Jahre alter Defender war. Oder zumindest, dass die Farbe so alt ist. Bis jetzt haben wir nur zwei entsprechende Fahrzeuge gefunden: das Auto, das Chris überprüfen hat lassen, und der gestohlene Wagen unseres Akkordeonspielers.«

»Sind wir sicher, dass er gestohlen wurde?«, fragte Jim.

»Gute Frage, Jim. Wir haben nur das Wort von Fergus Bain dafür. Er könnte das Auto Gott weiß wo versteckt haben. Es ist auf keiner der Verkehrsüberwachungskameras aufgetaucht.«

»Wenn er vorsichtig ist, wird er Straßen mit Kameras meiden«, gab Chris zu bedenken.

»Richtig. Wenn unser Mörder schlau genug ist, die Opfer ins Freie zu locken, ist er wahrscheinlich auch schlau genug, um die Verkehrskameras zu umgehen.«

»Behandeln wir Mr Bain als Verdächtigen?«, wollte Steve wissen.

»Nicht unbedingt. Falls er das Auto versteckt hat, könnte er auch hinter der Versicherungssumme her sein oder es könnte einen anderen Grund geben, warum er nicht will, dass es gefunden wird. Vielleicht war er zu schnell unterwegs und hatte einen Unfall. Wir können nicht gänzlich ausschließen, dass er etwas damit zu tun hat, aber er kann Andy Robb nicht getötet haben. Und vergessen wir nicht: Wir haben die Fingerabdrücke von zwei verschiedenen Personen.«

»Ich denke, es lohnt sich, Bain zur Befragung einzubestellen«, meinte Chris. »Wir sollten ihn ein bisschen in die Enge drängen und sehen, wie er reagiert. Vielleicht weiß er etwas über das Auto, was überhaupt nichts mit den Morden zu tun haben muss. Wie du schon sagtest, könnte es sich um einen Versicherungsbetrug handeln, und nach diesen Morden hat er nun Angst, das zuzugeben.«

»Ich bin mir da nicht so sicher«, erwiderte Clare. »Wir wollen ihn weder aufscheuchen noch dazu gezwungen werden, ihn zu verhaften. Sobald wir das tun, tickt die Uhr, und wir haben weiß Gott nicht genug in der Hand, um ihn anklagen zu lassen. Ich bin mir nicht einmal sicher, ob er überhaupt etwas damit zu tun hat. Ich denke, wir werden noch einmal zu ihm nach Hause fahren und dort mit ihm reden. Mal sehen, ob wir diesem Land Rover auf die Spur kommen können.«

Phil hob die Hand. »Wir haben alle örtlichen Autowerkstätten von Dundee bis nach Kirkcaldy und Kinross informiert. Falls jemand einen Land Rover vorbeibringt, rufen sie uns an.«

»Danke, Phil. Was ist mit den Farmen? Gibt es dort jemanden mit einem beschädigten Fahrzeug?«

»Tut mir leid, Chefin, negativ«, sagte Phil.

»Gut, danke, Phil.« Clare sah zu Sara. »Hattest du Glück mit den Wettbüros oder Kasinos?«

»Tut mir leid, leider keine positiven Identifizierungen, Chefin.«

»Danke, Sara. Und die Telefondaten der Opfer? Gibt es gemeinsame Nummern?«

Die Streifenpolizisten, die die Telefondaten überprüft hatten, schüttelten den Kopf.

Clare sah sich im Zimmer um. »Gut. Was ich jetzt sage, bleibt hier in diesem Raum. Verstanden?«

Es wurde zustimmend genickt und gemurmelt. Alle Augen waren auf Clare gerichtet.

»Es ist möglich, dass unsere Opfer ins Visier geraten sind, weil sie Teil eines Pädophilenrings waren.«

Ein leises Murren ging durch den Raum, und Clare wartete, bis die Kollegen sich beruhigt hatten, bevor sie fortfuhr. »Das ist natürlich ein hochsensibler Bereich, vor allem weil DCI Gibson ein persönlicher Freund der Gilmartins ist. Also wählt eure Worte sorgfältig, wenn ihr mit ihm sprecht.«

»Kannst du uns sagen, welche Beweise es gibt, Clare?«, fragte Jim.

Clare zögerte einen Moment. »Wir haben auf Nat Drydens Laptop Bilder sichergestellt, die Männer bei sexuellen Handlungen mit Jungen und Mädchen zeigen, die im frühen bis mittleren Teenageralter zu sein scheinen.«

»Diese Dreckskerle«, murmelte jemand.

»Ich habe die Kriminaltechnik gebeten, die Fotos so zuzuschneiden, dass wir den Angehörigen unserer drei Opfer nur den Kopf und die Schultern der Männer zeigen können«, meinte Clare. »Die Qualität ist nicht besonders gut, aber Chris und ich sind der Meinung, dass einer der Männer Andy Robb sehr ähnlich sieht.«

»Und dann ist da ja noch diese Internetadresse, Chefin.«

»Danke, Chris. Darauf wollte ich gerade zu sprechen kommen. Außerdem fanden wir neben Nat Drydens Laptop eine Notiz mit der Adresse einer Internetseite im Dark Web. Die Website heißt ›Spielzimmer‹, und die Kriminaltechnik hofft, Nats Passwort zu knacken. Dann könnten wir uns einloggen und einen Blick auf die Seite werfen. Wir haben jetzt also zwei parallele Untersuchungen: die Angriffe mit dem Land Rover und den Pädophilenring.«

»Gibt es einen Hinweis darauf, wo der Ring sich trifft und die Fotos macht?«

»Wenn Andy Robb involviert ist, könnte der Bereich, in dem wir suchen müssen, entweder westlich in Richtung Balmullo, östlich Richtung Tayport oder nördlich zur Tay Coast oder sogar bis nach Dundee und darüber hinaus reichen.«

»Negativ, was die Tay Road Bridge betrifft«, sagte Chris. »Tut mir leid, Chefin, bei diesen Fotos habe ich ganz vergessen, das zu erwähnen.«

»Kein Problem. Das bedeutet, dass der Bereich definitiv im Nordosten von Fife liegt.«

»Vielleicht gibt es EXIF-Daten auf den Fotos«, bemerkte Steve.

»Was würden sie uns verraten?«

»Ort, Datum, Uhrzeit und sogar das Gerät, mit dem die Fotos aufgenommen wurden.«

»Danke, Steve«, sagte Clare. »Ich werde die Kriminaltechnik danach fragen. Und schließlich gibt es da auch noch einen

Nachtwächter auf dem Bierfest an der Straße nach Strathkinness. Gestern Abend waren die Überwachungskameras zwar nicht im Einsatz, aber der Mann hatte von zweiundzwanzig Uhr bis heute Morgen acht Uhr Dienst. Unser Mörder muss diese Straße von Hepburn Gardens aus genommen haben, sofern er sich von der Stadt fernhalten will, wovon ich ausgehe. Ich werde am Nachmittag beim Nachtwächter vorbeischauen, und vielleicht statte ich auf dem Rückweg auch noch Fergus Bain einen Besuch ab.«

Chris meldete sich. »Chefin, was ist, wenn die Männer auf dem Foto nicht unsere Opfer sind?«

»Dann haben wir weiterhin absolut keine Ahnung, wer unser Mörder ist. Und selbst wenn es sich bei den Opfern um die Männer auf den Fotos handelt, wissen wir immer noch nicht, wer der Täter ist. Aber zumindest wüssten wir dann, warum sie getötet wurden.«

Im Raum wurde es still.

»Ich weiß«, sagte Clare. »Das ist eine Menge zu verarbeiten.«

Jim fand als Erster seine Stimme wieder. »Was sollen wir denn heute Nachmittag machen, Clare?«

»Fangt damit an, ehemalige Sexualstraftäter in der Gegend zu überprüfen. Stattet ihnen einen Besuch ab. Überprüft, ob sie donnerstagabends ausgehen. Schreckt sie mit der Mitteilung auf, dass sich ein Mörder herumtreibt. Aber gebt keinen Hinweis auf die Fahrerflucht. Macht ihnen Feuer unter dem Hintern und findet heraus, ob einer von ihnen irgendwelche Informationen hat. Auch wenn sie nicht involviert sind, könnten sie etwas wissen. Wenn nötig, bringt sie her und setzt sie in einen der Befragungsräume, wo sie eine Zeit lang schmoren können. Und zieht los, um Garagen und Abstellräume nach grünen Land Rovern zu durchsuchen.« Sie wandte sich an Chris. »Ich möchte, dass du mit mir rauskommst. Mal sehen, was uns der Nachtwächter sagen kann, bevor wir auf dem Rückweg noch bei Fergus vorbeifahren. Und wenn Diane die Fotos entsprechend bearbeiten konnte, werden wir sie den nächsten Angehörigen zeigen. Vielleicht müssen wir ein paar diskrete Mitarbeiter für Mrs Gilmartin abstellen. Der DCI wird mich windelweich prügeln, wenn ich auch nur in die Nähe der wohlduftenden Jennifer komme.«

Chris nickte. »Sag mir einfach, wann. In der Zwischenzeit werde ich die Sexualstraftäter überprüfen.«

Clare ging zum DCI, um ihn auf den neuesten Stand zu bringen. Er hörte ihr zu und tippte mit seinem Stift auf den Schreibtisch, bevor er schließlich meinte: »Ich bin nicht bereit, die Nachrichtensperre noch länger aufrechtzuerhalten, Inspector.«

Sie konnte seinen Standpunkt nachvollziehen. Selbst wenn Diane die Fotos schnell zuschneiden konnte, mussten sie sie zuerst den Angehörigen zeigen, um herauszufinden, ob sie einen der Männer identifizieren konnten. In ein paar Stunden würde es dunkel werden, und in der Nacht konnte es ein weiteres Opfer geben.

»Einverstanden, Sir. Aber ich wäre Ihnen dankbar, wenn Sie sich auf ein Minimum an Details beschränken könnten.«

»Ich kümmere mich darum.« Er griff nach dem Hörer, um die Pressestelle anzurufen.

Sie ließ ihn gewähren. »Lass uns losfahren und mit dem Nachtwächter sprechen«, sagte sie zu Chris.

Er schnappte sich seine Jacke und folgte ihr zum Auto.

* * *

Strathkinness lag knapp fünf Kilometer westlich von St. Andrews. Es war ein kleines, an einen Hang gebautes Dorf, dessen ursprüngliche Sandsteinhäuser in den letzten Jahren durch modernere Gebäude ergänzt worden waren. Ralph Patersons

Haus, ein kleines, einstöckiges Reihenhaus in der Church Road, lag am oberen Ende des Dorfes. Die Vorhänge waren zugezogen, und es gab kein Lebenszeichen. Clare sah auf ihre Uhr. Es war schon nach fünfzehn Uhr. »Wir sollten ihn aufwecken. Wir können es uns nicht leisten, noch länger zu warten.«

Es dauerte einige Minuten, bis Ralph Paterson an die Tür kam. Er trug Jogginghose und T-Shirt und gähnte herzhaft. »Ja?«

Clare stellte Chris und sich vor, und er trat zurück, um sie hineinzulassen. Er nahm ein paar Autozeitschriften vom Sofa und bat sie, Platz zu nehmen.

»Mr Paterson, wir sind auf der Suche nach einem grünen Land Rover Defender, der gestern Abend am Eingang zur Beer Bonanza entlanggefahren sein könnte. Auf der Straße war um diese Zeit nicht viel los, und wir fragen uns, ob Sie den Wagen vielleicht gesehen haben.«

Ralph rieb sich die Augen. »Gestern Abend, sagten Sie?«

»Ja. Es muss irgendwann zwischen halb zwölf und Mitternacht gewesen sein.«

Ralph verharrte einen Moment in nachdenklichem Schweigen, bevor er antwortete. »Ich habe um zehn Uhr angefangen und trinke immer eine Tasse Tee. Normalerweise ist es fast halb elf, bis alle gehen. Dann müssen wir die Tore genau im Auge behalten. Es ist ein Leichtes für jemanden, hineinzuschlüpfen oder ein paar Fässer herauszuholen, Sie wissen schon.«

Clare lächelte. »Fahren Sie fort.«

»Letzte Nacht war es nass – wegen dem Nebel. Nieselig, Sie verstehen? Die erste nasse Nacht seit Längerem. Und ich erinnere mich gut daran, weil das Gras am Tor ziemlich aufgewühlt war und ein Lastwagen zu spät kam. Einem Fahrer war auf der M8 ein Reifen geplatzt, und er hatte drei Stunden auf einen Abschleppwagen gewartet. Er taucht also erst um kurz vor elf auf, und dann bleibt er noch mit dem Lkw stecken. Ein

Achträder, also ziemlich schwer. Er hat zigmal versucht, hineinzukommen. Ich dachte schon, wir müssten ein Stück Zaun abreißen oder sogar auf der Straße abladen. Schließlich half mir der Junge, ein paar Gummimatten auszurollen, und dann war er endlich drin.«

»Sie beide waren also eine ganze Weile am Tor beschäftigt?«

»Jepp.«

»Wissen Sie, um wie viel Uhr Sie das Tor verlassen haben?«

»Ich habe dem Mann einen Kaffee gemacht, und er hat ihn getrunken, als die Nachrichten im Radio zu Ende waren, also kurz nach Mitternacht. Ich schätze, wir sind so gegen zehn vor zwölf in den Bauwagen gegangen.«

Clare setzte sich etwas nach vorn. »Ralph, das ist sehr wichtig. Sind Autos an Ihnen vorbeigefahren, als Sie dem Lkw-Fahrer geholfen haben?«

»Das bezweifle ich. Der Lastwagen blockierte die Straße. Er hatte ausgeschwenkt, um zu wenden, und die Vorderräder waren stecken geblieben.«

»Sie hätten also gesehen, wenn ein Land Rover vorbeigefahren wäre, etwa zwischen halb elf und zehn vor zwölf?«

»Auf jeden Fall. Er wäre nicht durchgekommen.«

»Und nach zehn vor zwölf?« Das war zwar reine Spekulation, aber Clare fand, dass es einen Versuch wert war.

»Tut mir leid, kann ich nicht sagen. Ich lotste den Lastwagen hinein, sah zu, wie er parkte, und ging dann hierher, um dem Jungen einen Kaffee zu machen.«

Clare erhob sich. »Danke, Ralph. Nur noch eine letzte Sache: Wenn Sie irgendeinen Land Rover sehen, der die Straße hoch- oder runterfährt, würden Sie mich dann bitte anrufen? Vor allem, wenn er an der Vorderseite beschädigt ist?«

Ralph stimmte zu, und die beiden gingen.

»Jetzt zu Fergus Bain?«, wollte Chris wissen, als sie wieder im Wagen saßen.

Clare sah auf ihre Uhr. »Vielleicht ist er noch auf der Farm.«

»Einen Versuch ist es wert.«

»Ja, mal sehen, ob wir ihn erwischen.«

Clare fuhr weiter, bis sie auf einen breiteren Teil der Straße kamen. Dann wendete sie in drei Zügen und fuhr zurück zur St. Andrews Road.

Wie der Zufall es wollte, stieg Fergus Bain gerade aus seinem schlammigen Overall, als sie vor seinem Cottage anhielten. Er schien überrascht, als er sie sah. »Sie haben den Land Rover nicht gefunden, oder?«

»Tut mir leid, nein«, antwortete Clare. »Dürfen wir kurz reinkommen, Mr Bain? Wir haben noch ein paar Fragen, falls es Ihnen nichts ausmacht.«

Fergus schüttelte die Arbeitskleidung aus und trug sie zu einer Garage mit Schiebetor. Neben der Garage stand ein Moped. Er riss an der Klinke, und das Tor glitt auf. Die Garage war leer, abgesehen von ein paar Werkzeugen. Er hängte den Overall an einen Haken, schob das Moped hinein und zog das Tor wieder zu. Dann drehte er sich zu ihnen um; dunkle Augen starrten unter seinem Pony hervor. »Ich weiß zwar nicht, was ich Ihnen sonst noch sagen kann, aber kommen Sie trotzdem rein.«

Sie folgten ihm in ein kleines Wohnzimmer. Es war mit einer Reihe unterschiedlicher Stühle und anderen kleinen Möbeln eingerichtet, aber relativ aufgeräumt. Er forderte sie auf, sich zu setzen, und hockte sich selbst auf die Armlehne eines Sessels. Clare bat ihn, den Tag, an dem der Land Rover gestohlen worden war, noch einmal Revue passieren zu lassen, und er tat dies mit kaum verhohlenem Ärger.

»Sie müssen den Wagen ziemlich vermissen.« Chris' Tonfall war locker. »Kommen Sie klar?«

»Ich habe das Moped. Das reicht, bis die Versicherung zahlt.«

»Versicherungsgesellschaften«, sagte Clare. »Erinnern Sie mich bloß nicht daran. Sie haben mir für mein Auto vor ein paar Jahren fast nichts gezahlt.«

»Ja, das sind richtige Idioten«, stimmte Fergus zu. »Ich werde nicht einmal annähernd den Wiederbeschaffungswert erhalten. Land Rover sind inzwischen ziemlich begehrt, aber das berücksichtigen die gar nicht. Sie sagen einfach, dass meiner ziemlich alt und nur ein paar Hundert Pfund wert ist.«

Chris lächelte. »Ich bin gerade zur Corcoran Insurance gewechselt. Sie sind nicht zufällig auch bei denen, oder? Bis jetzt scheinen sie ziemlich fair zu sein.«

»Nee. Ich bin bei Farm Collective Insurers. Angeblich sind sie billiger, wenn man in der Landwirtschaft tätig ist, aber ich kann da keinen großen Unterschied sehen.«

Clare merkte sich den Namen der Versicherung. »Aber das muss doch ziemlich schwierig sein, wenn Sie einen Auftritt haben«, fuhr sie fort. »Ist bestimmt nicht einfach, das Akkordeon auf einem Moped zu transportieren.«

»Hammy holt mich ab und bringt mich zurück.«

»Hammy?«

»Hamish Munro. Unser Bandleader. Spielt die Geige. Er lebt in der Nähe von Ainster.«

»Anstruther«, murmelte Chris Clare zu, und Fergus unterdrückte ein Lächeln.

Clare berechnete im Kopf die Entfernung nach Anstruther, einem hübschen kleinen Dorf im East Neuk of Fife. Zwanzig Minuten, vielleicht. »Können Sie uns seine Adresse geben?«, fragte sie Fergus.

»Klar.« Er nannte die Adresse, und Chris notierte sie.

Clare redete weiter. »Wann war Ihr letzter Auftritt?«

»Gestern Abend«, antwortete er. »Im Rugbyklub am Kirkcaldy Way. Eine Benefizveranstaltung.«

»Ich mag ein gutes Ceilidh«, sagte Chris. »Es geht nichts über einen Eightsome Reel.«

Fergus' Lippen kräuselten sich. »Nur wenn die Leute wissen, was sie tun. Meistens sind sie aber ziemlich betrunken und machen sich zum Affen.«

»Dauerte der Auftritt sehr lang? Diese Rugby-Jungs feiern ziemlich heftig.«

»Um Mitternacht war Schluss. Aber wir waren erst nach eins zurück. Es dauerte, bis der Junge uns bezahlt und wir den Wagen beladen hatten.«

»Dann fiel das Aufstehen heute Morgen bestimmt schwer.«

»Jepp«, sagte er. »War eine ziemlich lange Nacht.«

Clare übernahm wieder die Gesprächsführung. »Das ist ziemlich viel – zwei Auftritte in vier Tagen. Und dann arbeiten Sie auch noch auf der Farm.«

»Manchmal ist das so. Dann kommt alles zusammen. Vor allem im Sommer. Aber man muss die Arbeit nehmen, wie sie kommt. Landarbeit wird nicht besonders gut bezahlt.«

»Nehmen Sie auch Sonntagsauftritte an?«

»Klar, wenn wir angefragt werden. Aber die meisten Leute wollen einen Freitag oder Samstag. Keiner will am Montagmorgen aufstehen, wenn er bis in die frühen Morgenstunden getrunken und getanzt hat.«

»Sie haben also letzten Sonntag nicht gearbeitet?«

Er schüttelte den Kopf. »Nein, warum?«

Clare lächelte. »Nur so. Vielen Dank für das Gespräch, Mr Bain. Wir lassen Sie jetzt weitermachen.«

Er beobachtete sie von der Tür aus, als sie zum Auto gingen.

Clare widerstand der Versuchung, sich umzudrehen, und fragte Chris: »Hast du seine Hände gesehen?«

»Habe ich. Alle Finger vollständig vorhanden, soweit ich das sehen konnte. Seine Fingerabdrücke könnten wir aber trotzdem nehmen. Sie könnten zur zweiten Person passen.«

»Ich bin mir da nicht sicher«, meinte Clare. »Fingerabdrücke allein sind vielleicht nicht genug. Und wir wollen ihn nicht verschrecken.« Sie erreichten das Auto, und Clare blieb stehen, den Schlüssel in der Hand. »Ainster?«, fragte sie. »Was hat es damit auf sich?«

Chris lachte. »Frag mich nicht warum, aber in Fife sagt man Ainster und nicht Anstruther. Das ist selbst mir ein Buch mit sieben Siegeln.«

»Ich dachte, du wärst ein Fifer.«

»Wie kannst du es wagen! Ich bin ein Junge aus Dundee. Dort geboren und aufgewachsen.«

»Niemand ist perfekt.«

Clare ließ den Motor an und fuhr los. Während der Fahrt besprach sie mit Chris ihre Gedanken. »Jemand muss in Kirkcaldy überprüfen, ob die beiden bis Mitternacht auf einem Ceilidh waren. Kannst du die Wache dort anrufen, Chris? Und wir verlassen uns dabei nicht nur auf Hamish Munro. Erkundige dich bei jemandem im Rugbyklub.«

Chris nickte. »Ich werde mich auch an seine Versicherung wenden und herausfinden, wie hoch der Schadenswert des Defender voraussichtlich sein wird. Was die Morde betrifft, so könnte er Bruce Gilmartin ermordet haben, aber nicht Nat Dryden, sofern Hamish Munro sein Alibi bestätigt. Und wir wissen, dass er Andy Robb nicht getötet hat.«

»Trotzdem bin ich mir sicher, dass er etwas verbirgt.«

»Da stimme ich dir zu. Die Frage ist, was?«

Kapitel 17

Clare lenkte den Wagen auf den Parkplatz vor dem Revier und hielt abrupt vor einer Gruppe von Journalisten an.

»Sieht so aus, als wäre die Erklärung rausgegangen.«

Chris sprang aus dem Wagen und schob die Leute zurück, damit Clare in eine freie Lücke einparken konnte. Sobald der Motor abgestellt war, drängten sie sich wieder um das Auto.

»Jagen Sie einen Serienmörder, Inspector?«

»Wird St. Andrews von einer Verbrechenswelle heimgesucht?«

»Sollten Sie die Anwohner nicht davor warnen, nach Einbruch der Dunkelheit auf die Straße zu gehen, Inspector?«

Clare ignorierte den Schwall von Fragen und schob sich mit einiger Mühe durch die Journalisten zur Tür. Doch bevor sie sie erreichen konnte, rief einer von ihnen: »Inspector, was sagen Sie zur privaten Strafverfolgung der Familie Ritchie?«

Es war wie ein Hammerschlag auf die Brust. Sie sah den Journalisten an und öffnete den Mund, um zu antworten, aber die Worte wollten nicht kommen. Chris, der ihre Verwirrung bemerkte, ging auf den Reporter zu.

»Wir haben eine Pressestelle, Leute. Also nutzt sie auch!«

Dann drehte er sich um und schob Clare vor sich in die Wache. Er führte sie zu einer Ecke, die Hand immer noch auf ihrem Rücken. »Bist du okay?«, fragte er leise. »Ich wusste nicht, dass …«

Sie drehte sich nicht um. »Ja. Danke, Chris. Ich bin okay. Mach bloß kein Aufheben.«

Sara schien überrascht. »Sind die immer noch da draußen?«

Clare hob den Kopf und sah Sara an. »Ja. Hoffentlich wird ihnen das bald zu langweilig. Irgendwelche Anrufe?«

Sara, der Clares Gesichtsausdruck nicht entging, zögerte. »Du hast gerade Diane von der Kriminaltechnik verpasst. Ich sagte, du rufst sie zurück.«

Clare nickte und ging, um Chris und Sara ihrem Gespräch zu überlassen. Sie öffnete die Tür zu einem der Vernehmungsräume und drehte das Schild daran um, um anzuzeigen, dass der Raum besetzt war. Dann schloss sie die Tür hinter sich und ließ sich mit dem Telefon in der Hand auf einen Stuhl sinken, wo sie ein paar Minuten lang saß und tief ein- und ausatmete. Nun würden es alle erfahren. Die Sache mit der Familie Ritchie. Wenn die Presse es wusste, würde es bald überall zu lesen sein. Wahrscheinlich stand es schon morgen in allen Zeitungen.

Killer-Polizistin!

Es schnürte ihr die Kehle zu, und sie legte ihr Handy weg. Tränen stiegen ihr in die Augen und liefen über ihre Wangen. Zum ersten Mal seit jener Nacht – jener schrecklichen Nacht – gab Clare ihren Gefühlen nach. Sie hatte nie geweint, sondern nach der Schießerei die Emotionen unterdrückt und einfach weitergemacht.

»Das ist nicht natürlich«, hatte ihr Therapeut gemeint. Und Clare hatte ihm geantwortet, dass es in ihrer Natur liege, also müsse es natürlich sein.

Aber jetzt, nach all der Zeit, war die Maske aufgrund einer beiläufigen Bemerkung eines Reporters gefallen. Sie spürte, wie es ihr die Kehle zuschnürte, als sie unwillkürlich schluchzte. Ihr Gesicht war nass von heißen Tränen, und sie hielt sich eine Hand vor den Mund, um das Geräusch zu unterdrücken. Ihre Schultern begannen zu beben, und sie konnte es nicht länger zurückhalten. Mit einem überwältigenden Gefühl der Erleichterung ließ Clare los und schluchzte hörbar, ohne sich darum zu kümmern, ob man sie hören konnte.

Sie weinte wegen der Sorgen, die sie ihrer Familie bereitet hatte, wegen der mitleidigen Blicke ihrer Kollegen – die erleichtert gewesen waren, dass es nicht sie getroffen hatte. Sie weinte um Tom und ihre verlorene Zukunft, um das Leben in Glasgow, das sie aufgegeben hatte, um hierher zu kommen – in diese fremde Stadt, die sie nicht kannte. Und vor allem weinte sie, weil sie spürte, wie ihr Leben außer Kontrolle geriet. Und es gab nichts, was sie dagegen tun konnte.

Sie hatte schließlich keine Ahnung mehr, wie lange sie in diesem Raum gesessen hatte. Aber allmählich versiegten die Tränen und ihr Atem wurde langsamer. Sie trocknete die Wangen und schnäuzte sich die Nase. Ein Spannungskopfschmerz machte sich in ihrem Nacken bemerkbar, also massierte sie mit der Hand die Schläfen. Ihr Herzschlag normalisierte sich, und sie ging zum Wasserspender, um sich einen Becher einzuschenken. Dann räusperte sie sich und griff nach ihrem Handy.

»Diane? Clare hier. Tut mir leid, dass ich deinen Anruf verpasst habe.«

»Kein Problem. Ich hoffe, ihr macht Fortschritte.«

»Es geht voran, wenn auch nur mühsam.«

»Clare – geht es dir gut? Du klingst ein bisschen komisch …«

»Ja, alles gut, Diane. Ich glaube, ich habe mich ein wenig erkältet«, antwortete sie und hoffte, dass sie überzeugend klang.

»Ach, du Arme. Hoffentlich geht es dir bald wieder besser.«

»Danke, Diane. Also – gibt es bei euch irgendwelche Fortschritte?«

»Sieht so aus. Ich habe die Fotos bearbeitet und sie in deinen Ordner im Netzwerk gestellt. Ich habe auch noch ein paar weitere Dateien aus einem der kaputten Laptops wiederherstellen können und sie ebenfalls hinzugefügt.«

»Das klingt vielversprechend. Gibt es etwas, was uns helfen könnte, die Männer zu identifizieren?«

»Ja, vielleicht. Es gibt ein paar gute Aufnahmen. Außerdem habe ich bei einigen die Farbe herausgenommen. In Schwarz-Weiß kann man die Details im Hintergrund besser erkennen. Wände und so weiter. Sie sehen recht ungewöhnlich aus und könnten euch helfen, den Aufnahmeort zu bestimmen.«

»Sind auf den Fotos irgendwelche Standortdaten vorhanden?«

»Leider nein. Entweder war bei der Kamera kein GPS aktiviert oder jemand hat die Daten mit einer Software entfernt. Einige haben allerdings Zeitstempel. Die meisten stammen aus den letzten sechs Monaten, aber ich bin mir nicht sicher, ob euch das weiterhilft.«

Clare bedankte sich bei Diane und beendete das Gespräch. Draußen im Vorzimmer warteten eine Tasse Kaffee und zwei Kekse auf sie. Sara und Chris sahen sie an, und sie versuchte ein Lächeln.

»Danke«, sagte sie und hob die Tasse an ihre Lippen. »Hat einer von euch vielleicht eine Kopfschmerztablette?«

Sara nickte und ging, um ihre Tasche zu holen.

Chris trat neben sie. »Geht es dir gut?«, fragte er.

»Wird schon. Danke, Chris.« Sie nahm einen weiteren Schluck Kaffee. »Na los. Diane hat weitere Fotos hochgeladen. Mal sehen, was sie für uns hat.«

Sie gingen in die Einsatzzentrale und setzten sich an einen freien Schreibtisch. Clare navigierte noch einmal zu dem Ordner im Netzwerk, während Chris ihr über die Schulter schaute. Sie fand die Bilder, die Diane hinzugefügt hatte, und zoomte auf ein bestimmtes Foto.

»Ich glaube, das ist Andy Robb. Siehst du … er hat eine Narbe auf der linken Schulter. Wenn ich mich richtig erinnere, wurde so etwas im Autopsiebericht erwähnt. Mal sehen, ob ich ihn aufrufen kann.«

Wenige Minuten später lasen sie den Bericht.

»Ich hab's.« Clare war überglücklich. »Siehst du das? Fünf Zentimeter lange seitliche Narbe an der linken Schulter. Ich glaube, es gibt hier ein paar Fotos, die wir … Angela zeigen könnten. Schließlich ist sie seine nächste Angehörige.«

»Und wahrscheinlich wird sie eher bereit sein, sie anzuschauen, als Vicky«, stimmte Chris zu. »Was ist mit den anderen?«

»Kannst du ein Foto von Bruce Gilmartin aufrufen, vielleicht von der Internetseite der Brauerei? Die Haare hier sehen ziemlich ähnlich aus, aber es ist schwer zu sagen, wenn man ihn nicht kennt.«

Chris zückte sein Handy, rief den Webauftritt des Unternehmens auf und klickte auf das Foto eines grinsenden Bruce Gilmartin. Sie sahen es sich an und verglichen es mit den Fotos, die Diane geschickt hatte. »Das könnte er sein«, meinte Chris. »Wir könnten aber auch den Chef fragen.«

Clare seufzte. Sie wollte den DCI nicht noch mehr verärgern, indem sie ihn mit Beweisen dafür konfrontierte, dass sein alter Freund Teil eines Pädophilenrings gewesen war. Aber es war wahrscheinlich einfacher, als die Mitarbeiter der Brauerei zu fragen. »In Ordnung. Mal sehen, was er sagt.«

Clare steckte den Kopf durch die Bürotür, und der DCI sah auf. »Ja?«

»Ich möchte Ihnen etwas zeigen, Sir.«

DCI Gibson folgte ihr zum Computer und sah sich die Bilder an. Sie zeigte auf die Narbe an der Schulter des Mannes, den sie für Andy Robb hielten, und er nickte, gab aber keinen Kommentar ab. Dann wandte er sich den Fotos von Bruce Gilmartin zu und betrachtete sie genau. Nach einer Weile ließ er die Maus los und stand auf. »Ich wäre sehr dankbar, wenn wir das vorerst vor Mrs Gilmartin geheim halten könnten.«

»Sie stimmen also zu, dass es sich hierbei um Fotos von Mr Gilmartin handelt?«, fragte Clare.

Er seufzte. »Was wollen Sie von mir hören, Inspector? Dass Sie recht haben und ich im Unrecht bin?«

Clare setzte sich wieder hin, nahm die Maus in die Hand und navigierte durch die nächste Reihe von Fotos. »Könnte das Nat Dryden sein?«

Chris schaute sich die Bilder eines grauhaarigen Mannes an und schüttelte den Kopf. »Dryden ist zu jung.«

Clare scrollte weiter durch die Fotos, bis sie ein neues Motiv fand. »Und der hier?«

Chris nickte. »Ja, könnte sein. Sollen wir die Fotos mit ins Krankenhaus nehmen, um sie seiner Schwester zu zeigen?«

Clare sah auf ihre Uhr. »Ja, das könnten wir jetzt gleich tun. Ich muss aber mit dem diensthabenden Arzt im Krankenhaus abklären, ob sie noch dort ist.«

»Lassen Sie uns einen Moment innehalten und durchgehen, was wir haben«, sagte DCI Gibson.

Clare setzte sich neben ihren Chef an den Computer und zog die Maus zu sich heran. »Ich werde sie in Ordnern mit möglichen Namen aufteilen.« Sie kehrte zu den ersten Fotos zurück und wählte sechs davon aus. »Ich glaube, das ist alles Andy Robb. Auf den meisten Bildern ist diese Narbe zu sehen. Wenn wir sie Angela Robb zeigen können, haben wir eine eindeutige Identifizierung.«

»Sagen Sie aber nichts über den Grund unserer Anfrage«, erinnerte der DCI sie.

»Nein, natürlich nicht.« Sie verschob die Fotos in einen Ordner namens »AR«. »Bei den nächsten Bildern gehen wir davon aus, dass es sich um Bruce Gilmartin handelt?« Sie sah den DCI an und wartete auf seine Bestätigung. Als er ihr zunickte, zog sie diese Aufnahmen in einen Ordner, den sie »BG« nannte. »Dann haben wir einen grauhaarigen Mann, der möglicherweise unser nächstes Opfer sein könnte.« Sie legte diese Bilder in einen dritten Ordner. »Ich nenne ihn ›UB1‹.«

»Für Unbekannt?«, fragte Chris.

»Genau.« Clare wählte sechs weitere Fotos aus. »Das könnte Nat Dryden sein. Wenn Chris und ich gleich ins Krankenhaus fahren, bekommen wir vielleicht von der Schwester eine Bestätigung.«

»Okay«, sagte Chris. »Aber es gibt da jemanden, den wir bisher vergessen haben.«

»Wen?«

»Denjenigen, der hinter der Kamera steht, wer auch immer das ist. Wir sollten nicht vergessen, dass wir bereits drei Opfer haben und dass der grauhaarige Mann ein mögliches viertes sein könnte. Aber jemand muss diese Fotos gemacht haben. Und diese Person wird möglicherweise unser fünftes Opfer sein, wenn wir uns nicht beeilen.«

Clare wandte sich an den DCI. »Gibt es eine Möglichkeit, die Öffentlichkeit zu alarmieren, ohne eine Panik auszulösen?«

DCI Gibson lehnte sich zurück und dachte darüber nach. »Ich glaube nicht, dass die Öffentlichkeit gefährdet ist. Diese Angriffe sind nicht zufällig, sondern richten sich eindeutig gegen bestimmte Personen. Vermutlich gegen die Männer auf diesen Fotos. Wenn wir die Öffentlichkeit in dem Glauben lassen, dass ein Verrückter wahllos Menschen niedermetzelt, haben wir mehr als nur die Presse draußen, um die wir uns Sorgen machen müssen. Besser wäre es, die Streifen zu verstärken und die Leute zu bitten, uns zu informieren, wenn sie einen dunkelgrünen Land Rover Defender sehen. Haben Sie das Nummernschild?«

»Nur ein paar Zeichen, und die könnten auch gefälscht sein. Der Fahrer könnte sogar Zugang zu weiteren Kennzeichen haben. Aber es kann trotzdem nicht schaden, sie bekannt zu geben. Wir sollten sie auf Facebook posten. Wenn wir eine besonders breite Öffentlichkeit erreichen, können wir den Mörder vielleicht sogar davon abhalten, heute Abend aufzutauchen. Auf diese Weise würden wir uns etwas Zeit verschaffen.«

»Schade, Inspector, dass Sie mich zu dieser Nachrichtensperre überredet haben. Vielleicht hätten wir mit dem Auto Glück gehabt, wenn wir früher an die Öffentlichkeit gegangen wären.« Er sah auf seine Uhr. »Es ist fast siebzehn Uhr und auch so schon spät genug.«

»Es wird erst in ein paar Stunden dunkel«, erwiderte sie.

»Dann sollten Sie sich besser beeilen.« Er machte auf dem Absatz kehrt und ging davon.

Clare verdrehte die Augen. »Das lief ja richtig gut.«

»Ich denke, du bist noch glimpflich davongekommen. Schließlich hast du gerade bewiesen, dass sein alter Schulkumpel ein Pädophiler ist«, meinte Chris. »Und jetzt ins Ninewells Hospital?«

* * *

Sie kamen gegen Ende der Rushhour in Dundee an und bahnten sich ihren Weg durch die üblichen Staus am späten Nachmittag. Ninewells war ein weitläufiges Lehrkrankenhaus im westlichen Teil der Stadt, und die in den 1970er-Jahren errichtete medizinische Fakultät mit ihren Forschungseinrichtungen zog Spezialisten aus der ganzen Welt an. Clare fand einen freien Platz in einem der näher gelegenen Parkhäuser, und sie machten sich auf den Weg ins Hauptgebäude.

Nat Drydens Zimmer lag in der Abteilung für Schwerverletzte. Sie folgten den Schildern und nahmen die Treppe hinunter in die unteren Stockwerke, wo sie an eine Sicherheitstür kamen. Sie wurden von einer Krankenschwester hineingelassen, die sie in einen großen Raum mit vier Betten führte. Teresa, eine der Streifenpolizistinnen von der Wache in Cupar, saß am Ende des Zimmers, eine Zeitung in der Hand. Sie stand auf, um Clare und Chris zu begrüßen.

»Keine Veränderung«, erklärte sie. »Immer noch bewusstlos.«

»Hol dir einen Kaffee oder geh mal an die frische Luft«, sagte Clare. »Wir werden eine Weile hier sein.«

Teresa folgte der Aufforderung, und Clare sah sich in dem Raum um. Nat Drydens Bett stand am Fenster; nur eines der anderen Betten war belegt. Darin lag ein älterer Mann mit einer Sauerstoffmaske vor Nase und Mund.

Nat war von Maschinen und Monitoren umgeben, einem Gewirr von Lichtern und digitalen Anzeigen. Das Bettzeug wurde durch einen Fixateur oben gehalten, um das zu schützen, was von seinen Beinen übrig geblieben war. Clare versuchte, nicht an die Verletzungen zu denken, die er erlitten hatte. Eine Frau in einer ausgeblichenen Jeans und einem rosa T-Shirt stand mit dem Rücken zu ihnen am Fenster und starrte über den Fluss Tay hinunter nach Fife.

»Cindy Dryden?«, fragte Clare, und die Frau blickte sie an. Sie sah müde aus, und Clare konnte die Reste von Wimperntusche auf ihren Wangen sehen. Chris zog einen zusätzlichen Stuhl heran, und sie setzten sich an Nats Bettende.

Cindy schien froh zu sein, mit jemandem reden zu können. »Um ehrlich zu sein, tut es gut, Gesellschaft zu haben«, sagte sie. »Ich sitze hier schon seit drei Uhr früh.«

»Gibt es jemanden, den wir anrufen sollen?«, fragte Clare. »Jemand, der hier bei Ihnen sein kann?«

Sie schüttelte den Kopf. »Mein Freund Ronnie ist gerade bei unserer kleinen Tochter. Er hat sich den Tag freigenommen, um sich um sie zu kümmern. Ich komme schon klar. Sie meinten, dass Nat außer Lebensgefahr sei.«

Chris bot an, ihr einen Kaffee zu holen, aber sie lehnte ab. »Ihre Kollegen waren wirklich sehr nett. Haben auf Nat aufgepasst, während ich eine Pause machte.«

»Sind Sie in der Lage, ein paar Fragen zu beantworten, Cindy?«, fragte Clare.

Sie gähnte. »Ja, nur zu. Alles, was helfen kann.«

Clare fragte Cindy zunächst nach den Donnerstagabenden, aber sie war völlig ahnungslos.

»Ich wusste nicht einmal, dass er donnerstags ausgeht. Er arbeitet abends oft, sodass ich überhaupt nicht bemerkt hätte, wenn er ausgegangen wäre.«

»Ich glaube, Sie sagten meinem Kollegen, dass Nat keine feste Freundin hat.«

Sie schüttelte den Kopf. »Schon seit einer Weile nicht mehr. Er hatte eine, aber sie zog wegen der Arbeit weg. Sie hieß Janey. Sie hat Ende letzten Jahres ihren Job verloren, und ich glaube, sie hat gehofft, Nat würde ihr einen Antrag machen, aber er ist nicht der Typ, um sesshaft zu werden. Und dann fand sie diesen Job in Birmingham und sagte ihm, dass sie dorthin ziehen würde.«

»Hat ihn das sehr mitgenommen?«

»Nicht wirklich. Andere Mütter hätten auch noch schöne Töchter, meinte er.«

»Und wie reagierte sie darauf?«

»Anfangs war sie ziemlich fertig. Aber als sie dann sah, dass es ihn überhaupt nicht kümmerte, wurde ihr klar, dass sie ohne ihn besser dran war.«

»Haben Sie noch Kontakt zu ihr?«

»Ja, auf Facebook. Hier, ich zeige sie Ihnen.« Sie tippte auf ihr Telefon und reichte es an Clare weiter. »Das ist sie. Janey Flynn.«

»Haben Sie ihre Adresse in Birmingham?«

»Nein, aber sie ist dorthin gezogen, um bei der Feuerwehr zu arbeiten. Also sollten Sie sie dort finden können.«

Clare notierte sich das. »Fällt Ihnen jemand ein, der Nat etwas antun wollte, Cindy?«

Die junge Frau dachte über die Frage nach. »Im Pub kommen sie nicht immer gut miteinander aus, aber das wäre doch ein bisschen extrem, oder? Ich kann mir wirklich nicht vorstellen, dass irgendjemand von seinen Kollegen ihm das antun würde.«

»Mit wem hatte er denn Probleme?«

»Nur mit dem Manager. Aber ehrlich gesagt ist er okay. Wenn er ein ernsthaftes Problem mit Nat gehabt hätte, hätte er ihn einfach gefeuert. Schließlich hat er nur einen Vertrag als Aushilfe.«

Chris räusperte sich. »Ähm, Cindy, wir haben ein paar Bilder, von denen wir glauben, dass sie Nat zeigen könnten. Sie wurden von der Seite und von hinten aufgenommen. Aber wir sind uns nicht sicher, ob er es wirklich ist. Fühlen Sie sich in der Lage, sie anzusehen?«

Cindy nickte, und Clare zog einen Stapel Fotos aus einem braunen Umschlag. Sie reichte sie Cindy, die sie durchsah. Schließlich hob sie den Blick.

»Ich bin mir ziemlich sicher, dass das Nat ist.« Sie wählte eines der Fotos aus und hielt es hoch. »Sehen Sie das? Dieses Muttermal mit dem kleineren gleich daneben? Das kommt mir bekannt vor. Ich meine, ich schaue mir für gewöhnlich nicht seinen nackten Rücken an, aber ich nehme an, Sie können das überprüfen. Die Krankenschwester könnte ihn doch umdrehen.«

Chris schob seinen Stuhl zurück und ging zum Schwesternzimmer. Die diensthabende Krankenschwester telefonierte gerade, und als das Gespräch beendet war, fragte Chris, ob es möglich sei, Mr Dryden etwas zu bewegen, um seinen Rücken zu untersuchen. Die Krankenschwester sah ihn zweifelnd an und ging, um eine Kollegin zu holen. Die Oberschwester, die kam, schien nicht begeistert.

»Es ist eine Frage der Privatsphäre«, sagte sie zu Chris.

»Ich verstehe das, aber Mr Dryden wurde Opfer eines versuchten Mordes, und die Untersuchung könnte uns helfen, den Täter aufzuspüren, der, wie wir glauben, bereits zwei Menschen getötet hat.«

»Ist seine Schwester einverstanden?«

»Ja. Es war ihr Vorschlag.«

Angesichts dieses Arguments lenkte die Krankenschwester ein. »Aber ich muss das offiziell notieren«, sagte sie zu Chris.

Clare holte ihr Handy heraus und hielt die Kamera einsatzbereit, während sie den bewusstlosen Nat auf die linke Seite rollten. Und da war es: ein größeres Muttermal mit einem kleineren gleich daneben. Sie machte ein paar Fotos, überprüfte die Qualität und nickte der Krankenschwester zu, die Nat vorsichtig wieder umdrehte.

»Haben Sie eine Ahnung, wann er wieder aufwachen wird?«, fragte Clare sie.

»Der Arzt meinte, dass er ihn sich morgen früh ansehen wird. Geplant war Freitag, aber möglicherweise beginnen sie schon morgen damit, die Sedierung zu reduzieren. Das hängt davon ab, wie die Nacht verläuft, aber bisher geht es ihm gut.«

»Wir müssen so schnell wie möglich mit ihm sprechen«, sagte Clare. »Ich schließe nicht aus, dass er uns wichtige Hinweise geben kann, die uns helfen, einen weiteren Mord zu verhindern.«

Die Oberschwester meinte, sie werde den diensthabenden Polizisten informieren, sobald sich etwas ändere. Dann gingen die Schwestern wieder hinaus, und Clare bedankte sich bei Cindy. »Sie haben uns sehr geholfen.«

»Warten Sie …«

»Ja?«

»Diese Fotos. Woher haben Sie sie? Ich meine, wo wurden sie aufgenommen? Und warum trägt er kein Hemd?«

Clare lächelte. »Mehr kann ich im Moment nicht sagen, Cindy. Aber wir werden Ihnen Bescheid geben, sobald die Situation klarer wird.«

Sie sah sie an, Tränen schimmerten in ihren Augen. Sie weiß es, dachte Clare, als sie durch den Korridor zum Ausgang zurückgingen. Sie weiß, dass er in irgendetwas verwickelt ist. Und sie hatte Mitleid mit Cindy. Mit ihr, mit Jennifer Gilmartin und mit Vicky Gallagher. Der Verlust eines geliebten Menschen wäre das geringste ihrer Probleme, wenn alles herauskäme.

Sie waren gerade auf dem Rückweg nach St. Andrews, als Diane anrief. Clare saß am Steuer, und Chris schaltete den Lautsprecher an. »Diane?«

»Hallo noch mal, Clare. Noch eine Information für dich. Es ist nicht viel, aber es könnte helfen, einige Lücken zu schließen.«

»Schieß los.«

»Nat Drydens Laptop wurde gehackt. Jemand hat einen Keylogger installiert.«

»Einen Keylogger?«

»Das ist eine Software, die alle Tastatureingaben beim Zugriff auf Internetseiten aufzeichnet und sie dann an denjenigen zurückschickt, der den Nutzer zur Installation der Software verleitet hat.«

»Würde das auch Passwörter einschließen?«

»O ja. Und sie würde dem Hacker verraten, auf welche Seiten sich die Passwörter beziehen.«

»Er könnte sich also mit diesen Informationen als Nat anmelden?«

»Ganz genau.«

»Aber warum? Was hätte der Hacker davon?«

»Manchmal geht es um Geld«, erklärte Diane. »Sie geben sich als die Person aus, die sie gehackt haben, um Dinge zu bestellen oder sogar auf ihr Bankkonto zuzugreifen. Aber in diesem Fall würde ich sagen, dass der Hacker hinter Informationen her war.«

»Welche zum Beispiel?«

»Okay, ich bin kein Detective, Clare, das ist dein Ressort. Aber nach dem, was die Untersuchung der Laptops von Mr Robb und Mr Gilmartin ergeben hat, waren sie sehr viel vorsichtiger, was die Sicherheit angeht. Mr Dryden hingegen ist das schwache Glied in dieser Kette. Er hatte nicht einmal eine aktuelle Sicherheitssoftware installiert. Seine war seit fast zwei Jahren veraltet. Wenn der Hacker also das Internet nach Typen durchforstet hätte, die mit Pornos und dergleichen zu tun haben, wäre Nat Dryden leicht zu finden gewesen. Er musste ihm nur eine E-Mail mit ein paar Pornofotos aus dem Internet schicken.«

»Und die E-Mail hatte dann diesen Keylogger als Anhang?« Allmählich verstand Clare, was Diane meinte.

»Du hast es erfasst. Sobald sich der Keylogger auf Nats Laptop befand, konnte der Hacker seine Benutzernamen und Passwörter einsehen und vor allem auch alle seine E-Mail-Kontakte, Facebook-Freunde und so weiter.«

Clare dachte darüber nach, während sie fuhr. »Aber wenn die anderen beiden – Andy Robb und Bruce Gilmartin –, wenn ihre Sicherheitssoftware besser war als Nats, wie konnte der Keylogger diese dann umgehen?«

»Das hängt davon ab, wie ausgeklügelt der Keylogger ist. Ein cleverer Hacker kann Wege finden. Und ich glaube, ihr habt es hier mit einem sehr cleveren Hacker zu tun. Es genügt eine einzige harmlos aussehende E-Mail, und der Schaden ist angerichtet.«

»Unser Hacker – wer auch immer er oder sie ist – hat also Nat über sein Surfen im Internet gefunden und ihm dann eine E-Mail mit dem Keylogger geschickt, um so an Nats Benutzernamen und Passwort zu kommen und das ›Spielzimmer‹ zu finden?«

»Du hast es erfasst.«

»Und würde der Hacker dadurch auch die anderen Nutzer des ›Spielzimmers‹ finden?«

»Wahrscheinlich. Ich nehme an, dass die anderen Mitglieder nicht zurückverfolgbare E-Mail-Adressen verwenden – wenn sie gegen das Gesetz verstoßen, wären sie dumm, wenn sie es nicht täten. Aber alles, was unser Hacker braucht, ist ein schwaches Glied in der Kette, ein Fitzelchen an identifizierenden Informationen, und schon ist er drin. Er könnte die Internetseite seit Wochen, ja sogar Monaten, überwacht haben. Ein bisschen Geduld von seiner Seite und ein Fehler der anderen.«

»Ich nehme nicht an, dass du den Hacker identifizieren kannst?«

»Ich wünschte, ich könnte es. Eines Tages vielleicht, aber nicht im Moment.«

»Konntest du dich in Drydens ›Spielzimmer‹-Konto einloggen?«

»Ja. Es sieht so aus, als hätte er die Fotos von dieser Webseite heruntergeladen, aber das war's auch schon. Die Mitglieder haben keine Namen, sondern nur eine Nummer.«

»Lass mich raten«, sagte Clare, »von eins bis fünf?«

»Du hast es erfasst.«

»Nichts über den Standort des ›Spielzimmers‹? Mein Gott, was für ein Name …«

»Ich weiß«, antwortete Diane. »Aber nein, tut mir leid, nichts dergleichen. Das Einzige, was wir sonst noch haben, ist eine Liste von Terminen – alle donnerstags. Aber ich schätze, das ist keine Überraschung.«

»Es bestätigt nur, was wir vermutet haben«, meinte Clare. »Vielen Dank für all das, Diane. Ich weiß das wirklich zu schätzen.«

»Sag mir einfach Bescheid, wenn du noch etwas brauchst. Wir werden weiter an den anderen Laptops von Andy Robb arbeiten, aber ich gehe nicht davon aus, dass wir noch viel mehr finden.«

Clare fuhr in Gedanken versunken weiter. Sie wusste nun, warum die Opfer ins Visier geraten waren und dass zwei weitere Männer in Gefahr schwebten. Aber sie hatte keine Ahnung, wie sie sie finden sollten. Sie hatten Fingerabdrücke von zwei verschiedenen Personen, die beide nicht im System erfasst waren, den Schuhabdruck einer Frau und einen Land Rover, den niemand identifizieren konnte. War es das nun? Würden sie einfach warten müssen, bis ihr Mörder wieder zuschlug? Plante er oder sie für heute Abend einen weiteren Anschlag? Bei dem Gedanken daran wurde ihr schlecht. Sie brauchte wirklich eine Pause.

Kapitel 18

DCI Gibson gab kurz nach achtzehn Uhr eine weitere Presseerklärung heraus, in der er die Öffentlichkeit aufforderte, nach einem dunkelgrünen Land Rover Defender Ausschau zu halten, insbesondere nach einem mit Schäden an der Front. Er hatte auch weitere Streifenpolizisten angefordert, um die Stadt über Nacht zu bewachen. Ehemalige Sexualstraftäter, die in der Gegend lebten, wurden aufgesucht, und Beamte waren in der Nähe ihrer Wohnungen positioniert. Keine der aufgesuchten Werkstätten hatte einen beschädigten Land Rover gesehen, und die Feuerwehr in Birmingham bestätigte, dass Janey Flynn in den letzten Tagen an ihrem Arbeitsplatz gewesen war, was sie als Täterin praktisch ausschloss.

Clare und Chris waren zurückgekommen und informierten die Kollegen darüber, dass Nat Dryden einer der Männer auf den Fotos war.

»Ich bin mir ziemlich sicher, dass es sich bei dem Mann mit der Narbe auf der Schulter um Andy Robb handelt«, erklärte Clare dem DCI. »Vielleicht könnten ein paar Jungs aus Edinburgh zu Angela fahren, um es zu bestätigen?«

Der DCI nickte. »Sonst noch etwas?«

»Ich würde mir gern noch einmal die Fotos ansehen, die Diane hochgeladen hat, aber abgesehen davon weiß ich nicht, was wir heute Abend noch tun könnten«, sagte Clare.

»Was ist mit dem Akkordeonspieler?«

»Fergus Bain? Chris und ich sind beide der Meinung, dass er sich irgendwie seltsam verhält. Aber ich kann nicht sagen, was es ist. Chris überprüft gerade den Versicherungswert seines gestohlenen Land Rover … falls er jemals bei der Versicherung durchkommt. Es könnte sein, dass er einen Schaden festgestellt hat, dessen Reparatur zu teuer ist, und dass er auf das Geld der Versicherung aus ist. Ich bin mir einfach nicht sicher.«

»Wo war er gestern Abend?«

»Er hat bei einem Ceilidh des Rugbyklubs in Kirkcaldy Akkordeon gespielt. Die Sekretärin des Klubs behauptet, er sei bis Mitternacht dort gewesen, und der Bandleader meint, er habe ihn kurz nach ein Uhr morgens nach Hause gebracht.«

»Soll jemand sein Haus bewachen?«

Clare fuhr sich mit der Hand durch das Haar. »Um ehrlich zu sein, bin ich mir nicht sicher, ob wir dafür jemanden entbehren können, Sir. Im Grunde genommen haben wir keine Anhaltspunkte. Nur so ein Gefühl.«

»Ich setze lieber ein paar Pfund darauf, als mit einer weiteren Leiche zu enden.«

»In Ordnung«, stimmte sie zu. »Aber es wird nicht einfach sein. Momentan wird es erst recht spät dunkel.«

»Sie arbeiten einen Plan aus, und ich stelle die Kräfte zur Verfügung.«

»Okay. Danke, Sir.«

In dem Moment legte Chris den Hörer auf. »Er war wohl nicht auf das Geld aus. Die Versicherungsgesellschaft sagte, er habe den Wert des Wagens niedrig angesetzt, wahrscheinlich um die Prämie zu drücken. Außerdem hatte der Wagen ein paar

Beulen und Kratzer. Sie rechnen mit einer Auszahlung von rund eintausend Pfund. Ganz bestimmt nicht mehr.«

»Das ist zwar je nach Lebensstil eine ordentliche Summe, aber nicht genug, um den Wagen zu ersetzen, wie ich es gedacht hatte.«

»Nicht durch einen anderen Land Rover. Er hätte mehr davon gehabt, ihn privat zu verkaufen. Sie meinen, er würde das Zehnfache des Versicherungswertes dafür bekommen.«

»Vielleicht wurde er also doch gestohlen.«

»Ja, vielleicht.«

»Hast du Lust, noch einmal nach Strathkinness zu fahren?«

»Wenn du möchtest.«

»Wir müssen einen möglichen Observationsstandort ermitteln. Der DCI hat für heute Abend die Überwachung von Bains Haus genehmigt.«

»Scheint ein bisschen extravagant zu sein, wenn man bedenkt, dass man ganz St. Andrews im Auge behalten muss. Und vergiss nicht, dass er ein Alibi für die letzte Nacht hat.«

»Wenn er die Leute dafür stellt, streite ich mich nicht mit ihm. Und mit unserem Mr Bain stimmt etwas nicht.«

Auf dem Parkplatz erklärte Clare: »Wir nehmen meinen Wagen. Ich will nicht, dass er das Auto sieht, mit dem wir heute Nachmittag dort waren.« Sie fuhren die Straße von Strathkinness entlang und verlangsamten ihr Tempo so weit, wie Clare es wagte, als sie an Fergus Bains Cottage vorbeikamen. »Halte die Augen nach möglichen Observationsstandorten offen«, sagte sie. Nachdem sie das Häuschen passiert hatten und außer Sichtweite um eine Kurve bogen, hielt Clare am Straßenrand. »Und?«

»Ja, ich glaube, ich hab was entdeckt. Gleich hinter dem Haus, auf der anderen Straßenseite, befindet sich mehr oder weniger direkt gegenüber eine überwucherte Buchenhecke. Ich denke, wenn man ein bisschen weiter die Straße hinauffährt, kann man unbemerkt zurückkommen und hat von dort einen guten Blick auf sein Haus.«

Clare fuhr wieder los. »Ich nehme die andere Straße. Falls er nach polizeilichen Aktivitäten Ausschau hält, wird er bemerken, wenn das gleiche Auto wieder vorbeifährt. Ich denke, wir sollten alle für ein paar Stunden nach Hause gehen und uns dann gegen zwanzig Uhr wieder auf der Wache treffen. Würde es dir etwas ausmachen, zuerst einen Polizisten herzubringen, damit wir Fergus im Auge behalten können, bevor es dunkel wird? Oh, und sag ihm, er soll auch nach Land Rovern Ausschau halten. Vor allem, wenn sie auf dem Weg nach St. Andrews sind.«

DCI Gibson stimmte ihrem Plan zu, und Chris fuhr mit einem der Streifenpolizisten zurück, um Fergus Bains Haus im Auge zu behalten. Connor und Phil waren zu Angela Robb gefahren, um ihr die Fotos zu zeigen, aber noch nicht zurückgekehrt. Clare beschloss, nicht auf sie zu warten, und schickte Tom eine kurze Nachricht, um ihn wissen zu lassen, dass sie auf dem Heimweg war. Er antwortete mit einem grinsenden Smiley.

Die Steaks ruhten, während Tom, der inzwischen legerer gekleidet war und graue Chinos und ein graues Henley-Shirt trug, Chianti und Balsamicoessig in der Pfanne schwenkte.

»Das ist ein wunderbarer Geruch, wenn man nach Hause kommt«, sagte Clare, als sie ihre Jacke auszog.

»Warte, ich schenke dir ein Glas Wein ein«, meinte Tom.

»Tut mir leid, Tom, ich muss heute Abend noch mal zurück zur Wache.«

»Ein halbes Glas?«

»Nicht einmal das.«

»Ein Viertel? Das ist ein ziemlich guter Wein.« Er hielt eine Flasche Malbec hoch.

»Okay, einverstanden. Aber ganz bestimmt nicht mehr. Ich muss später noch fahren.«

Er schenkte ihr ein kleines Glas ein und wandte sich wieder seiner Rotweinreduktion zu. »Das Ciabatta wird im Ofen aufgewärmt. Der Salat steht auf dem Tisch. Es ist ein schöner Abend. Willst du im Garten essen?«

Clare schaute aus dem Fenster. Tom hatte einen Plastiktisch und Stühle aus dem Schuppen geholt und sie an einer Stelle aufgestellt, wo sie die Abendsonne genießen konnten. Der Rasen war gemäht und die Ränder waren sauber getrimmt. Es sah so aus, als hätte er auch die Beete gejätet. Es war ein verlockender Anblick. »Warum nicht?«

Das Essen war so köstlich, wie sie es erwartet hatte, und die Steaks waren perfekt gebraten. Clare wischte ihren Teller mit einem Streifen warmem Ciabatta sauber und genoss den letzten Rest der Soße, während sie versuchte, die Ermittlungen zumindest für ein paar Stunden zu verdrängen. Sie zog die Schuhe aus, streckte die Füße aus und wackelte mit den Zehen. Als hätte er auf sein Stichwort gewartet, nahm Tom einen Fuß auf sein Knie und begann, ihn zu massieren. Clare lehnte sich zurück und schloss die Augen. Die Amseln zwitscherten ihr Abendlied, und ab und zu konnte sie einen Hauch von Toms Aftershave wahrnehmen. Ein paar Minuten lang war sie völlig zufrieden. »Danke, dass du das tust, Tom. Auf der Arbeit geht es gerade drunter und drüber. Es ist schön, nach Hause zu kommen.«

Er strahlte. »Ich mache das sehr gern. Du verdienst es, verwöhnt zu werden.« Er hörte auf, sie zu massieren, und hielt ihren Fuß einen Moment lang fest. »Aber ich denke, wir sollten reden.«

»Tom … ich sehe wirklich keinen Sinn darin. Bis ich von der Staatsanwaltschaft höre, weiß ich nicht, ob ich mir Sorgen machen muss.«

»Aber es muss dich doch beschäftigen.«

»Natürlich tut es das. Aber auf der Arbeit ist gerade unglaublich viel los. Das lässt mir sehr wenig Zeit, um über irgendetwas nachzudenken.«

»Setz dich wenigstens mit Gavin Maitland in Verbindung. Er ist der beste Strafverteidiger, den ich kenne.«

»Das werde ich, wenn es sein muss. Ansonsten würde ich lieber nicht darüber sprechen, wenn es dir nichts ausmacht.«

Er seufzte. »Okay, ich weiß, wann ich mich geschlagen geben muss. Aber können wir wenigstens über uns reden?«

»Natürlich. Da gibt es etwas, das ich dir sagen wollte.«

Er wartete.

»Ich überlege, ein Haus zu kaufen. Hier, meine ich. In St. Andrews.«

»Oh.«

»Du wusstest doch, dass ich die Wohnung in Glasgow verkauft habe, oder?«

»Endgültig?«

»Ja. Ich habe gestern die Bestätigung erhalten.«

Tom schwieg einen Moment. »Aber ich dachte, du würdest vielleicht …«

»Vielleicht was?«

»Nun, ich dachte, du kommst vielleicht zurück nach Glasgow und kaufst dort etwas anderes. Ich meine, wenn du genug von St. Andrews hast.«

»Das wird nicht passieren. Mir gefällt es hier.«

»Ernsthaft? Bist das wirklich du, Clare? Überall nichts als der Golfplatz und die Touristen? Siehst du hier wirklich deine Zukunft? Du bist ein Glasgower Mädchen. Du weißt, dass du das bist.«

Clare zuckte mit den Schultern. »Das heißt aber nicht, dass ich nicht woanders leben kann. Und ich musste raus aus Glasgow. Ich brauchte eine komplette Veränderung.«

»Okay. Das verstehe ich. Was aber, wenn der Lord Advocate den Antrag der Familie Ritchie ablehnt? Was er hoffentlich tun wird. Dann gäbe es keinen Grund, wegzubleiben. Du könntest zurückkommen und eine andere Wohnung finden – sogar ein Haus. Deine Freunde sind da, auch deine Familie. Und es war immer dein Zuhause.«

»Und jetzt möchte ich mich hier niederlassen. St. Andrews ist wunderschön – mit Ausnahme der mörderischen Autofahrer. Die Menschen sind toll, es liegt nah am Meer und es regnet viel weniger als in Glasgow.«

Es gab eine Pause. Dann sagte Tom: »Und was ist mit mir? Komme ich überhaupt noch in deinen Plänen vor?«

Clare strich mit dem Finger über den Rand ihres Glases. »Lass uns einfach sehen, was passiert, okay? Ich kann im Moment nicht so weit vorausdenken.« Sie erhob sich. »Hör zu, ich mache den Abwasch, und dann muss ich zurück zur Wache.«

Am Ende spülten sie zusammen ab und vermieden es, weiter über eine gemeinsame oder getrennte Zukunft zu sprechen. Clare berichtete Tom von den Morden, den Fotos der Opfer und ihrem Verdacht, dass Fergus Bain etwas damit zu tun hatte. Tom hörte zu und erzählte ihr dann von der Verleumdungsklage, gegen die er gerade einen Mandanten verteidigte. Die Küche war bald aufgeräumt, und Clare warf einen Blick auf die Uhr.

»Ich muss gehen«, sagte sie.

»Kommst du spät zurück?«

»Das hängt davon ab, was passiert. Die anderen Fahrerfluchten waren alle gegen Mitternacht. Wenn also bis dahin nichts geschehen ist, komme ich vielleicht nach Hause.«

»Okay. Ich fahre morgen früh zurück nach Glasgow. Aber ich bleibe hier, bis die Geschäfte öffnen. Ich habe vergessen, deine Tüten in den Wohltätigkeitsladen zu bringen. Daher werde ich sie auf dem Heimweg mitnehmen.«

»Wirklich, Tom, das ist nicht nötig. Ich kann das machen, wenn ich nicht mehr so viel zu tun habe.«

»Das ist kein Problem. Ich komme ohnehin an den Geschäften vorbei. Lass sie einfach so liegen, dass ich nicht aus dem Haus gehen kann, ohne darüber zu stolpern.«

* * *

Als Clare auf das Revier zurückkam, wimmelte es dort von zusätzlichen Polizisten. Sie suchte nach Connor und Phil und fand sie im Gespräch mit Sara und ein paar anderen Streifenpolizisten. »Und, hatten Sie Glück mit Angela Robb?«, fragte sie.

»Ja, positive Identifizierung«, sagte Connor. »Sie wollte wissen, woher die Fotos stammen, aber ich habe ihr keine Details verraten.«

»Sie hat uns aber so komisch angesehen«, ergänzte Phil. »Ich schätze, sie wird nicht überrascht sein, wenn alles herauskommt.«

Clare bedankte sich bei ihnen und wandte ihre Gedanken der bevorstehenden Nacht zu. Sie nahm Chris mit in die Einsatzzentrale und sah sich eine Karte der Gegend an. »Ist der Polizist gegenüber Fergus Bains Cottage postiert?«

»Ja, er ist dort, seit ich ihn abgesetzt habe, und meldet sich alle dreißig Minuten. Im Moment ist alles ruhig. Bain ist zu Hause und rührt sich nicht.«

»Ihr habt doch nicht etwa ein Auto dort abgestellt?«

»Nein. Das wäre zu auffällig. Zwei Minuten entfernt, hinter einer Hecke versteckt, sitzt ein Mann in Zivil auf einem Motorrad. Wenn Fergus wegfahren sollte, wird das Motorrad ihm folgen.«

Clare nickte. »Ab jetzt ist es also nur noch ein Geduldsspiel.«

»Ja. Ich hoffe nur, dass wir den richtigen Mann beobachten.«

Clare wollte nicht daran denken, was passieren konnte, wenn sie ihre Ressourcen auf einen unschuldigen Mann konzentrierten, während der wahre Schuldige frei herumlief. »Weißt du was, Chris, ich glaube, ich fahre einfach noch einmal zu dieser Straße.«

»Riskierst du damit nicht, dass er dich sieht?«

»Es wäre vielleicht nicht schlecht, wenn er das täte. Wenn er etwas mit den Morden zu tun hat, könnte ihn das davon abhalten, heute Abend wegzufahren. Aber ich werde versuchen, unter seinem Radar zu bleiben.«

»Soll ich mitkommen?«

»Nein, mir wäre es lieber, du wärst hier, falls etwas passiert. Lass mich sofort wissen, wenn irgendetwas geschieht.«

»Okay.«

Clare verließ die Wache und nahm einen Wagen aus der Polizeiflotte. Sie beschloss, die Straße diesmal vom anderen Ende her anzufahren, um nicht von der Sonne geblendet zu werden. Zehn Minuten später erreichte sie die Abzweigung Strathkinness auf der A91 und folgte einer kurvenreichen Straße bergan, bis sie die Anhöhe erreicht hatte und das Dorf in Sicht kam. Sie fuhr weiter geradeaus, durch die Gemeinde hinunter und über die Kreuzung am unteren Ende. Die Bäume, die diesen Straßenabschnitt säumten, standen jetzt in voller Blüte, und teilweise reichte der Schatten unter dem Überhang aus, damit sich die Scheinwerfer automatisch einschalteten. Clare war zwar nicht nervös, aber diese Straße hatte irgendetwas an sich. Sie war nur noch gut anderthalb Kilometer von Strathkinness entfernt und in der Nähe der Straße nach St. Andrews, aber sie fühlte sich einsam und war erleichtert, als sich die Bäume lichteten und der Wegweiser nach St. Andrews in Sicht kam.

Sie fuhr langsam, ließ sich von einigen Autos überholen und den Blick von links nach rechts schweifen. Sie war sich nicht sicher, wonach sie suchte, aber sie war froh, etwas zu tun zu haben, während sie auf den Einbruch der Dunkelheit wartete. Clare hielt kurz an, als sie das zum Verkauf stehende Haus erreichte, dessen rotes Ziegeldach in der Abendsonne glänzte. Es sah verlockender aus als je zuvor, und sie war entschlossen, dem nachzugehen, sobald dieser Fall abgeschlossen war. In dem Moment kam ihr der Gedanke, dass sie Fergus Bains unmittelbare Nachbarin werden konnte, falls er unschuldig war oder man nicht genug Beweise fand, um ihn zu verurteilen. Sein Cottage konnte nicht mehr als einen guten Kilometer weiter die Straße hinauf liegen. Das war ein unangenehmer Gedanke, den sie schnell wieder verdrängte. Sie fuhr weiter, passierte das Feld, auf dem die Beer Bonanza stattfand, und suchte mehr in der Hoffnung als in der Erwartung, damit Erfolg zu haben, den behelfsmäßigen Parkplatz nach Land Rovern ab. Natürlich entdeckte sie keinen. Als ob der Fahrer ihn in aller Öffentlichkeit abgestellt hätte!

Die Bäume und Felder waren in helles Sonnenlicht getaucht, und in diesem Moment schien es unmöglich zu sein, dass sie einen Mörder jagten, einen geistesgestörten Fahrer, der ein Mitglied eines Pädophilenrings nach dem anderen ausschalten wollte. Während sie diese ruhige Landstraße entlangfuhr, dachte Clare, dass die Welt eigentlich viel zu schön war, als dass solch schreckliche Dinge geschehen konnten. Aber sie geschahen.

Irgendetwas glitzerte, aber sie war schon daran vorbeigefahren, bevor sie die Gelegenheit hatte, genauer hinzusehen. Mit einem Blick in den Rückspiegel setzte sie den Blinker und gab dem Wagen hinter ihr ein Zeichen, sie zu überholen. Dann fuhr sie ein Stück rückwärts und suchte die Blätter an den Bäumen ab.

Nichts.

Sie setzte noch weiter zurück, bis sie eine geeignete Stelle zum Parken fand. Clare schloss das Auto ab, überquerte die

Straße und lief am Straßenrand zu der Stelle zurück, wo ihr etwas aufgefallen war, aber sie konnte immer noch nichts entdecken.

Die Bäume am Straßenrand waren von Efeu überwuchert, der die Lücke zwischen ihnen fast überbrückt hatte. Doch dann sah sie es wieder.

Das Glitzern stammte von einem dicken Vorhängeschloss, das die Türen einer Holzgarage sicherte, die von der Straße zurückgesetzt war und von den efeubewachsenen Bäumen auf beiden Seiten verdeckt wurde. Als sie darauf zutrat, konnte Clare unter dem Efeu erkennen, dass die Garage so alt war wie das Vorhängeschloss neu.

Ihr Herzschlag beschleunigte sich. Jemand hatte ein neues, großes Vorhängeschloss an einer alten, heruntergekommenen Garage angebracht, die so gut versteckt war, dass sie und Chris sie jedes Mal übersehen hatten, wenn sie vorbeigefahren waren. Sie sah sich um und stand einen Moment regungslos da, um zu lauschen. Nichts deutete darauf hin, dass sie in Gefahr war, aber ihre Ausbildung und Erfahrung hatten sie Vorsicht gelehrt.

Sie setzte ihre Schritte sorgfältig und lief geräuschlos um die Garage herum, schob sich an den Bäumen vorbei, die in Richtung Wände wuchsen, und umging ein großes Wasserfass an der Seite. Es gab kein Fenster, aber auf der Rückseite befand sich ein kleines Loch, wo einst ein Knoten im Holz gewesen war. Clare holte ihr Handy heraus und schaltete die Taschenlampe ein, aber es war nicht genug Platz, um mit der Taschenlampe hineinzuleuchten und gleichzeitig hineinzusehen. Sie trat einen Schritt zurück und betrachtete die Garage erneut. Zwischen zwei der senkrechten Bretter befand sich ein schmaler Spalt, wo das Holz zu schrumpfen begonnen hatte. Sie suchte den Boden zu ihren Füßen ab, bis sie einen Zweig fand, und schob ihn zwischen die beiden Bretter. So wurde der Abstand groß genug, um mit der Taschenlampe in die Garage zu leuchten. Dann presste sie ein Auge auf das Knotenloch.

Die Helligkeit reichte nicht aus, um das Fahrzeug deutlich zu sehen oder gar die Farbe zu erkennen, aber das Licht fiel auf das hohe, rechteckige hintere Nummernschild, das in der oberen Reihe deutlich die Buchstaben SJ und in der unteren Reihe die Ziffer Sieben zeigte.

Sie holte ihr Mobiltelefon heraus und überprüfte, ob sie Empfang hatte. Ein Balken. Sie hielt es für besser, auf die Straße zu gehen und von dort aus anzurufen. Und dann hörte sie Schritte und metallische Geräusche. Jemand öffnete das Vorhängeschloss. Sie hatte nicht gehört, dass sich jemand genähert hatte, aber jetzt war jemand da. Clare verfluchte sich selbst dafür, dass sie allein losgefahren war. Wenn sie Chris dabeigehabt hätte oder einen Streifenpolizisten, hätte sie die Person jetzt festnehmen können. Sie erwog, Verstärkung zu rufen und selbst eine Verhaftung vorzunehmen, als sie einen dumpfen Aufprall auf dem Gras vor der Garage hörte. Sie warf einen kurzen Blick um die Ecke, und ihr Herz begann zu pochen. Der dumpfe Aufprall stammte von einem umgefallenen Gewehr. Dank ihrer Zeit beim Sondereinsatzkommando wusste Clare, dass es sich bei der Waffe um eine Remington handelte. Wahrscheinlich eine 870. Aus der Nähe hatte sie gegebenenfalls kaum eine Chance. Ein Rascheln ertönte. Die Person hatte die Waffe aufgehoben und war nun wieder am Vorhängeschloss. Sie würde abwarten müssen.

Als sich das Schloss öffnete, spürte Clare ein vertrautes Summen und stellte zu ihrem Entsetzen fest, dass ein Anruf auf ihrem Handy einging. Sie drückte verzweifelt auf die Stummschalttaste, aber ihre Hände waren klamm und die Finger wollten ihr nicht gehorchen. Sekunden später wurde die stille Abendluft von ihrem Klingelton unterbrochen. Sie wartete nicht auf die Reaktion des Mannes, sondern drehte sich um und rannte in Richtung der Bäume hinter der Garage. Während sie lief, setzten die Automatismen aus ihrer Ausbildung ein und sie schlug Haken nach links und rechts, wobei sie im Geiste die Reichweite der Waffe berechnete. Das Geräusch ihrer Füße und der Pulsschlag in ihrem Kopf verhinderten, dass sie hörte, ob sie verfolgt wurde, aber sie wusste, dass sie nicht anhalten und nachsehen durfte. Sie hörte schnelles Atmen, das Knacken von Zweigen unter Füßen, aber war es ihr Atem? Waren es ihre Füße? Keine Zeit, das zu überprüfen. Sie rannte weiter, sprang über heruntergefallene Äste und nahm den weniger offensichtlichen Weg. Erst als sie eine Lücke in den Bäumen vor sich sah, wagte sie es, innezuhalten. Sie fand eine knorrige Eiche zwischen den Lärchen und Kiefern und versteckte sich hinter dem Stamm. Sie lauschte und hörte nichts. Sie wartete eine Minute, dann, als immer noch kein Geräusch zu hören war, lugte sie hinter dem Stamm hervor. Nichts. Sie schaute sich um, und als sie sicher war, dass sie nicht verfolgt wurde, ging sie langsam auf eine Lücke zwischen den Bäumen zu. Vor ihr lag eine Straße und sie konnte den Verkehr hören. Sie beschleunigte das Tempo, joggte vorsichtig in Richtung Straße, und als sie die Bäume hinter sich gelassen hatte, nahm sie ihr Telefon heraus und wählte.

»Chris! Ich habe die Garage gefunden. Und den Land Rover.« Ihr Atem ging schneller, als sich die Spannung aus ihrem Körper löste. »Kannst du kommen und mich abholen? Fahr die Straße hinter Fergus' Cottage einfach weiter. Ich warte am Straßenrand auf dich. Und sorg dafür, dass der Polizist auf dem Motorrad nachsieht, ob er noch zu Hause ist. Wenn er dort ist, ist er nicht unser Mann. Aber wenn er sich rausgeschlichen hat … ach ja, und damit es alle wissen – unser Fahrer ist bewaffnet.« Mit zitternden Händen steckte sie das Telefon zurück in die Tasche und lehnte sich an einen Baum, um sich abzustützen. Langsam dämmerte ihr, was gerade passiert war, und sie verschränkte die Arme vor der Brust, um das Zittern zu kontrollieren.

Chris verschwendete keine Zeit. Clare hörte das Auto, bevor sie es sah, und stieg dankbar ein. Er warf den Rückwärtsgang ein, berührte das Bankett und fuhr dann wieder zurück nach St. Andrews.

»Mein Auto steht etwa achthundert Meter entfernt. Wenn du mich einfach rauswirfst …«

»Vergiss das verdammte Auto. Du fährst nirgendwo hin. Du stehst unter Schock. Ein Polizist wird es später abholen. Erzähl mir in der Zwischenzeit alles.«

»Gleich. Fahr langsam«, sagte sie, als sie sich dem Standort der Garage näherten. »Und stopp! Halte hier.«

Chris hielt am Straßenrand an und sah zu der Stelle hinüber, auf die Clare gezeigt hatte, konnte jedoch nichts sehen. Clare sprang aus dem Auto und war überrascht, wie schwach sich ihre Beine anfühlten. Chris folgte ihr und packte sie am Ellbogen. Clare ignorierte ihn und griff nach oben, um den Efeuvorhang zurückzuziehen.

»Hier«, sagte sie.

Das Vorhängeschloss war weg. Sie holte einen Handschuh aus ihrer Tasche, zog ihn an und öffnete eine der Holztüren. Leer.

»Verdammt!« Ihre Gedanken wirbelten durcheinander. »Funk den Motorradpolizisten an. Frag ihn, ob in der letzten halben Stunde ein Land Rover oder Fergus' Moped an ihm vorbeigefahren sind.«

Während Chris in sein Funkgerät sprach, starrte Clare auf die Garage und erinnerte sich an den Moment, in dem ihr Telefon geklingelt hatte. Sie schaute auf die Stelle, an der die Remington gelegen haben musste, und zitterte.

»Und schick die Spurensicherung hierher«, fügte sie hinzu. »Vielleicht findet sie etwas, was uns weiterhilft.«

Chris' Funkgerät knisterte, und Clare wurde schwer ums Herz.

»Sorry, Chris«, hörte sie Jims Stimme. »Kein Land Rover ist an unserem Mann auf dem Motorrad vorbeigefahren. Auch kein Moped.«

»Gibt es etwas Neues von Fergus?«, fragte Chris.

Es gab ein Knistern und dann: »Negativ. Das Haus ist leer.«

Clares Telefon klingelte erneut. Sie holte es aus ihrer Tasche.

»Inspector?« Es war Ralph Paterson, der Nachtwächter. »Sie baten mich, Ihnen Bescheid zu geben, wenn ich einen Land Rover sehe … Nun, ich bin mir ziemlich sicher, dass hier vor ein paar Minuten einer vorbeigefahren ist. Er fuhr zur Abzweigung Strathkinness.«

»Haben Sie den Fahrer gesehen, Ralph? Oder irgendwelche sichtbaren Schäden am Fahrzeug?«

»Nein, tut mir leid. Es ist ja fast schon dunkel. Und ich war oben im Bauwagen. Ich habe nur die Lichter gesehen und den Wagen bemerkt. Es ging ziemlich schnell.«

»Okay, Ralph. Vielen Dank für Ihre Hilfe.« Sie legte auf. »Der Mistkerl ist in die andere Richtung gefahren.« Sie schaute die Straße entlang. »Könnte er dann durch Strathkinness und anschließend in Richtung Main Street zurück nach St. Andrews gefahren sein?«

»Das bezweifle ich. Dann hätte er riskiert, von den Kameras der Verkehrsüberwachung am Ende der Stadt erfasst zu werden. Nein, er muss von St. Andrews weggefahren sein.«

Clare klickte auf das Kartensymbol auf ihrem Handy und vergrößerte die Landkarte. »Er könnte überall hinfahren. In diesem Teil von Fife gibt es so viele Dörfer. Chris, schick eine Nachricht an alle Wachen im Nordosten von Fife und fordere sie auf, auf Streife zu gehen. Gib ihnen eine Beschreibung von Fergus und dem Fahrzeug sowie das, was wir über das

Kennzeichen wissen, und sag ihnen, dass es sich bei dem Gesuchten um einen Mörder handelt.«

Zurück auf dem Revier gab es für Clare wenig zu tun. Jeder verfügbare Polizist war auf Streife, um nach dem Land Rover zu suchen. Raymond von der Spurensicherung war mit einem Team in der Garage eingetroffen und durchsuchte sie nach allem, was zur Identifizierung des Fahrers beitragen konnte.

Das Adrenalin, das sie dazu gebracht hatte, durch den Wald zu rennen und dem Fahrer zu entkommen, war fast abgebaut, und sie saß an ihrem Schreibtisch, hielt die Tasse Kaffee in der Hand, die Chris ihr aufgedrängt hatte, und starrte auf eine Karte der näheren Umgebung.

Der Anruf ging um kurz nach Mitternacht ein. Chris legte den Hörer auf, und Clare erkannte es an seinem Gesicht. Opfer Nummer vier.

»Wo?«

»Dairsie. Das ist ein kleines Dorf auf dem Weg nach Cupar. Neun oder zehn Kilometer von hier. Laut einem Nachbarn ein Mann namens Professor Harris. Er lebte in einer Sackgasse. Gleiche Vorgehensweise. Eine Karte mit der Nummer zwei lag auf dem Toten. Das Gute daran ist, dass das Morden nach einem weiteren Versuch ein Ende hat.«

Sie lächelte nicht. »Ich muss den DCI informieren. Kannst du Raymond kontaktieren und fragen, ob er noch ein anderes Spurensicherungsteam zusammenstellen kann? Mit einem Pathologen. Was ist mit Fergus Bain? Irgendein Lebenszeichen von ihm?«

»Nein.«

»Ruf die Pressestelle an. Name und Foto. Gesucht in Verbindung mit einer Mordermittlung. Bring ihn her. Wir nehmen seine Fingerabdrücke ab und eine DNA-Probe.«

Der DCI traf um fünf vor eins ein und bat darum, auf den neuesten Stand gebracht zu werden. »Wir haben Grund zur Annahme, dass Fergus Bain, der Akkordeonspieler von der Hochzeit, in die Sache verwickelt ist«, erklärte Clare. »Er wohnt draußen an der Straße nach Strathkinness. Wir haben sein Cottage beobachtet, aber er scheint sich davongeschlichen zu haben.«

»Wie zum Teufel konnte das passieren?«, wollte DCI Gibson wissen.

»Entschuldigung, Sir. Er muss sich durch die Hintertür hinausgeschlichen haben. In der Zwischenzeit habe ich das Fahrzeug in einer Garage ausfindig gemacht.«

»Also haben wir wenigstens das Auto.«

»Nein, eigentlich nicht. Ich fand die Garage an der Straße nach Strathkinness und schaute hinten durch ein Loch in der Holzwand hinein, als ich plötzlich hörte, wie sich jemand näherte. Ich hatte genug vom Nummernschild gesehen, um zu wissen, dass es sich um das Tatfahrzeug handelte. Aber ich wollte warten, bis derjenige die Garage aufgeschlossen hatte, damit ich beweisen konnte, dass er tatsächlich der Besitzer des Land Rovers war. Und dann sah ich die Waffe.«

Der DCI fluchte vor sich hin. »Was für eine Waffe, Inspector?«

»Ein Gewehr. Eine Remington, glaube ich. Sah aus wie eine 870.«

Ihr Chef starrte sie an. »Eine 870? Eine Pumpgun?«

»Das war schwer zu erkennen, aber ich glaube schon.«

»Allmächtiger! Ein Verrückter läuft mit so einem Ding frei herum.« Er schüttelte den Kopf. »Ich nehme an, Sie haben sich ruhig verhalten, bis er weg war?«

»Nicht ganz. Mein Handy …«

»Sie hatten es nicht auf lautlos gestellt?«

Clare schüttelte den Kopf. »Dafür war keine Zeit.«

»Und?«

»Also bin ich weggelaufen. Durch den Wald hinter der Garage.«

»Hat er Sie verfolgt?«

»Ich bin nicht stehen geblieben, um nachzusehen, Sir.«

»Sind Sie verletzt?«

»Nein, Sir, ich bin okay.« Sie warf Chris einen Blick zu, damit er es nicht wagte, ihr zu widersprechen.

DCI Gibson brauchte einige Augenblicke, um dies zu verarbeiten, bevor er sagte: »Sie haben also den Mann und das Auto verloren, obwohl Sie beides unter Beobachtung hatten?«

»Sir, ich hatte das Auto gerade erst gefunden und war allein dort. Es bestand keine Möglichkeit für eine Verhaftung ohne Unterstützung. Ich habe kurz darüber nachgedacht, aber dann habe ich die Waffe gesehen.«

»Auf die Gefahr hin, das Offensichtliche auszusprechen, Inspector, warum zum Teufel haben Sie die Straße von Bains Haus nicht in beide Richtungen überwacht?«

Clare zögerte. Er hatte recht. Aber rückblickend hatte er gut reden. »Der Polizist, der das Haus von der anderen Straßenseite aus beobachtet hat, hätte ihn gesehen, wenn er mit seinem Moped weggefahren wäre. Und wir haben die Straße zwischen seinem Haus und St. Andrews überwacht, falls er etwas unternehmen sollte. Alle Angriffe erfolgten in der Stadt …«

»Bis heute Nacht.«

»Bis heute Nacht«, gab Clare zu. »Aber wir konnten nicht ahnen, dass er sich hinten hinausschleichen und über die Felder zur Garage laufen würde. Und wir konnten nicht wissen, dass das Fahrzeug auf der gleichen Straße etwas weiter in die andere Richtung stand.«

»Und Sie glauben, dass dieser Fergus Bain unser Mann ist?«

»Es sieht langsam so aus. Er hat zwar ein Alibi für zwei der Anschläge, aber es ist ein zu großer Zufall, dass er aus seinem

Haus und gleichzeitig der Land Rover verschwindet. Und als Farmarbeiter besitzt er mit Sicherheit ein Gewehr.«

»Aber doch bestimmt keine verdammte Remington 870, oder?«

»Das kommt darauf an, Sir. Wenn er manchmal Wild jagt …«

»Und jetzt haben wir eine weitere Leiche, ist das richtig?«, fuhr der DCI fort. Er schlug mit der Hand auf den Schreibtisch. »Herrgott, Inspector, ist es Ihnen nicht in den Sinn gekommen, bei der Befragung von Fergus Bain Fingerabdrücke zu nehmen?«

»Dafür gab es keinen Grund, Sir. Er hatte ein hieb- und stichfestes Alibi sowohl für den ersten Mord als auch für den versuchten Mord an Nat Dryden.«

»Dann hat er einen Komplizen. Das ist doch nicht wirklich schwierig.«

»Bei allem Respekt, Sir, wenn ich ihn früher festgesetzt hätte, hätten wir ihn aus Mangel an Beweisen vielleicht wieder freilassen müssen. Wenn ich ihn in der Garage hätte festnehmen können, hätte ich es getan. Aber er war bewaffnet. Selbst wenn er es nicht gewesen wäre und ich ihn gestellt hätte, bevor er in die Garage kam, hätte er einfach behaupten können, er habe sich nur umgesehen, um seinen gestohlenen Land Rover zu finden. Jegliche DNA oder Fingerabdrücke auf dem Auto würden einfach auf ihn als Besitzer zurückgeführt werden. Ich wollte ihn auf frischer Tat ertappen.«

»Das hat heute Abend einen Mann das Leben gekostet.«

»Das sehe ich anders, Sir. Wir konnten unmöglich wissen, wer sein nächstes Opfer war. Und wir haben jeden verfügbaren Mann auf die Suche nach Fergus Bain und dem Auto angesetzt.«

»Dafür ist es jetzt etwas zu spät, nicht wahr?« Er rückte sein Gesicht näher an das von Clare. »Haben Sie getrunken?«

Clare verfluchte im Stillen den kleinen Schuss Wein, den Tom ihr eingeschenkt hatte. »Ich hatte eine Rotweinsoße an meinem Abendessen.«

»Machen Sie sich nicht lächerlich, Inspector. Ich erkenne Alkohol im Atem, wenn ich ihn rieche. Sie sind betrunken! Sie sind betrunken und nicht in der Lage, diese Untersuchung zu leiten. Ich habe von Anfang an gesagt, dass Sie der Sache nicht gewachsen sind, und ich hatte recht. Die ist eine Nummer zu groß für Sie, Inspektor Mackay.«

Clare schloss die Augen. Ihr Herz klopfte, ihr Mund war plötzlich trocken. Sie war müde und besorgt und stand kurz davor, die Geduld zu verlieren. Sie öffnete die Augen und sah dem DCI direkt ins Gesicht. »Dann lassen Sie mich pusten, Sir. Lassen Sie uns sehen, wie betrunken ich bin. Jim – hol ein Testset aus dem Schrank.«

In dem Raum war es nun totenstill. Jim sah Clare an und dann den DCI.

DCI Gibson warf Jim einen warnenden Blick zu. »Das wird nicht nötig sein, Sergeant. Nach meinem fachlichen Urteil ist Inspektor Mackay heute Abend nicht diensttauglich.« Er drehte sich zu Clare um, seine Lippen waren angespannt. »Gehen Sie nach Hause und werden Sie wieder nüchtern.«

Sie rührte sich nicht. »Sir, ich hatte ein sehr kleines …«

»Es ist mir völlig egal, was Sie hatten, Inspektor Mackay. Gehen Sie nach Hause, werden Sie nüchtern und melden Sie sich morgen früh bei mir. Und wenn Sie das tun, schlage ich vor, dass Sie Ihren Vertreter des Verbands bitten, Sie zu begleiten.«

Kapitel 19

Donnerstag, 23. Mai

Beim Frühstück herrschte eine schlechte Stimmung. Clare saß da und stocherte in ihrem Müsli herum, während Tom, der vernünftigerweise im Gästezimmer geschlafen hatte, in einem vergeblichen Versuch, ihre Stimmung aufzuhellen, vor sich hin plapperte.

Ihr Blick fiel auf den Rest in der Flasche Rotwein vom Vorabend. »Schütte ihn weg. Ich will ihn nicht mehr sehen.«

Tom hob eine Augenbraue. »Der Wein war nicht billig. Ich werde ihn mitnehmen und den Rest heute Abend trinken. Er ist zu gut, um ihn wegzugießen.«

»Das ist mir egal.«

»Möchtest du, dass ich mit dir komme und die Juristenkarte ausspiele?«

»Nein.«

»Clare …«

Sie starrte ihn an, ihre Augen blitzten. »Hättest du mich nicht zu diesem Glas Wein gedrängt – ja, Tom –, dann würde mich heute Morgen kein Disziplinarverfahren erwarten.« Sie geriet immer mehr in Fahrt. »Weißt du was? Vielleicht war mein

Urteilsvermögen ja beeinträchtigt. Vielleicht hat er recht. Ich hätte nicht trinken sollen, solange ich im Dienst war. Punkt.«

»Clare, du hast ein paar Schlucke getrunken, mehr nicht.« Tom lehnte sich in seinem Stuhl zurück. »Du hast nicht einmal das Glas ausgetrunken. Du warst ganz bestimmt nicht über dem Grenzwert.«

»Ein Drink ist ein Drink. Und ich sollte einen Mörder jagen. Ich hätte nichts trinken sollen. Ich hätte Nein sagen sollen. Aber weil ich das nicht getan habe, weil ich mich entschieden habe, den Wein zu trinken, den du gekauft hast, ist ein Mann gestorben. Ich hatte Alkohol im Blut, als ich im Dienst war, und ein Mann ist tot.«

»Aber das war doch nicht deine Schuld. Dieser … dieser verrückte Fahrer, den ihr jagt … kannst du wirklich sagen, dass du ihn aufgehalten hättest, bevor er wieder zuschlagen konnte, wenn du keinen Wein getrunken hättest? Kannst du das?«

»Das werden wir nie erfahren, Tom, nicht wahr?«

Tom nahm ihre Hand in seine. »Es tut mir leid.«

Sie zog die Hand zurück. »Ich bin inzwischen ein großes Mädchen. Meine Entscheidung, mein Fehler.«

Er schenkte ihr ein Lächeln, von dem er vermutlich hoffte, dass es mitfühlend aussah, aber sie erwiderte es nicht.

»Ich gehe besser wieder zur Arbeit und bringe es hinter mich. Du fährst zurück nach Glasgow?«

Er nickte. »Ich habe heute Morgen zwar keine Klienten, aber ich muss vor einem Treffen heute Nachmittag noch ein paar Dinge erledigen.«

»Danke für das Abendessen.«

»Es war mir ein Vergnügen. Oh, und ich bringe die Tüten noch in den Wohltätigkeitsladen.«

»Nicht nötig.«

»Das mache ich aber gern, wenn ich dir damit helfen kann.«

»Okay.«

»Irgendein bestimmter Laden?«

»Der für die Obdachlosen liegt am nächsten. In der Market Street.«

»Ich werde ihn schon finden. Und wenn du dich entscheiden solltest, hier Häuser zu besichtigen und eine zweite Meinung einholen möchtest …«

»Ja, vielleicht.« Sie schenkte ihm ein schwaches Lächeln. »Tut mir leid. Ich bin eine blöde Kuh. Ich brauche zu einem Dreifachmord einfach nicht auch noch einen scheinheiligen DCI.«

Tom nahm wieder ihre Hand und drückte sie. Diesmal zog sie ihre Hand nicht zurück, sondern erwiderte seine Berührung. Sie überlegte kurz, ihn zu umarmen. Aber sie tat es nicht.

* * *

DCI Gibson würde in vollem Dienstmodus sein, das wusste sie, aber als Clare zur Wache fuhr, glaubte sie, auf ihn vorbereitet zu sein. Sie hatte eine schlaflose Nacht verbracht, war um vier Uhr morgens aufgestanden und hatte sich Notizen über ihre Handlungen in den letzten Tagen gemacht. Abgesehen von dem unbedachten Glas Wein bezweifelte sie, dass der DCI viel gegen sie in der Hand hatte. Aber das würde sie noch früh genug herausfinden.

Sie hielt auf dem Parkplatz und dachte eine Minute lang nach. Nach dem Trubel in der Nacht zuvor war es auf dem Parkplatz ruhig. In dem Moment kam ihr eine Idee und sie wog sie ab. Dann holte sie ihr Telefon heraus und wählte eine Nummer.

Elaine Carter war erfreut, von ihr zu hören. »Clare, ich bin so froh, dass du anrufst. Du weißt, dass ich immer für dich da bin, wenn es um irgendwelche Probleme geht, vor allem, wenn man bedenkt, was du im letzten Jahr durchgemacht hast.«

Sie schloss die Augen und ließ Elaine weiterreden. Als sie endlich eine Atempause einlegte, nutzte Clare ihre Chance. »Ich könnte tatsächlich deinen Rat gebrauchen.«

»Dafür bin ich da, Clare.« Ihr Ton war zuckersüß. »Wie kann ich helfen? Ich nehme an, die Staatsanwaltschaft hat sich wegen der Strafverfolgung bei dir gemeldet, ja?«

Das schon wieder! Warum fing sie schon wieder damit an? Sie schluckte die Wut hinunter, die in ihr aufkeimte. »Nein, das ist es nicht. Ich verdränge das für den Moment. Ich habe möglicherweise ein Disziplinarproblem.«

»Oh. Vielleicht erzählst du mir besser alles.«

Clare fasste die Ermittlungen zusammen und ging dann auf die Ereignisse des Vorabends ein.

Elaine hörte zu. »Du warst ganz allein an der Garage?«

»Ja.«

»Warum hattest du keinen Kollegen dabei?«

»Ich wollte, dass mein DS an der Basis bleibt, damit er mich über alle Entwicklungen informieren konnte. Und ich wusste nicht, dass es die Garage gibt. Man kann sie von der Straße aus nicht sehen.«

»Du bist also, sagen wir mal, aufgrund einer Vermutung hingegangen?«

»Ich hatte das Gefühl, dass ich dort vielleicht eine Antwort finden könnte, ja.«

»Und wenn du nicht nachgeforscht hättest, wären die Garage und das Auto vielleicht unentdeckt geblieben?«

»Jemand anderes hätte auch darauf stoßen können.«

»Aber es hat sie niemand anderes gefunden, Clare. Sondern du. Vielleicht könntest du deine Aktionen an der Garage für mich noch einmal durchgehen. Ausführlich, bitte.«

Clare erklärte, dass sie unbedingt hatte feststellen wollen, ob das Auto tatsächlich in der Garage stand, ohne den Fahrer wissen zu lassen, dass es entdeckt worden war. »Es gab ein stabiles Vorhängeschloss, das viel neuer als die Garage war. Ich wollte es nicht aufbrechen. Wenn das Tatfahrzeug darin stand – und ich bin mir inzwischen sicher, dass das der Fall war –, musste ich es irgendwie mit dem Fahrer in Verbindung bringen. Sonst hätte es keine Chance auf eine Verurteilung gegeben.«

»Und was geschah, als sich der Fahrer näherte?«

»Ich habe mich versteckt, während er das Vorhängeschloss öffnete. Und dann bemerkte ich, dass er eine Waffe hatte.«

»Hat er dich gesehen?«

»Nicht zu diesem Zeitpunkt. Ich hatte keine Unterstützung, also verhielt ich mich ruhig. Und dann …« Clare zögerte und erinnerte sich an den Moment, als ihr Telefon zu summen begonnen hatte. »… klingelte mein Handy.«

»Oh, Clare!«

»Ich weiß. Also bin ich weggelaufen. Ich schlug Haken zwischen den Bäumen und rannte weiter. Als ich mich in Sicherheit wähnte, blieb ich stehen und rief meinen Sergeant an.«

Der zuckersüße Ton war verschwunden. »Wurdest du verletzt, Clare?«

»Nein, ganz und gar nicht. Okay, ich stand vielleicht ein wenig unter Schock, aber ich wurde nicht verletzt.«

»Du hättest einen Arzt aufsuchen müssen.«

»Ehrlich gesagt, Elaine, war ich völlig okay. Mein Sergeant fuhr mich zurück zur Wache.«

»Und wurde der Fahrer festgenommen?«

»Nein. Das Auto war schon weg, als wir die Garage erreichten. Leider glauben wir, dass der Fahrer in der Nacht erneut zugeschlagen hat.«

»Und der Verdächtige?«

»Wir glauben, dass es ein Farmarbeiter ist. Er heißt Fergus Bain. Wir hatten sein Cottage unter Beobachtung und ein Motorrad auf der Straße stationiert, um ihn abzufangen, falls er das Haus verließ, aber offensichtlich ist es ihm gelungen, durch die Hintertür hinauszuschlüpfen und zur Garage zu gelangen. Ich glaube, er ist dann in die andere Richtung gefahren.«

»Hättest du jemanden in dieser Richtung stationieren sollen?«

Clare dachte kurz darüber nach. »Bis gestern Abend hatten sich alle Anschläge in oder um St. Andrews ereignet, sodass es sinnvoll erschien, die Straße in diese Richtung zu überwachen. Und es gab keine Hinweise darauf, dass das Auto auf diesem Streckenabschnitt versteckt worden war.«

»Zusammenfassend kann man also sagen, dass du den Verdächtigen unter Beobachtung hattest, dass ein Motorradfahrer in der Nähe bereitstand, um ihm gegebenenfalls zu folgen, und dass du keinen Grund zu der Annahme hattest, dass das Auto in der Nähe versteckt worden war?«

»Ja, genau.«

»Für mich klingt es so, Clare, als hättest du völlig richtig gehandelt und als hättest du allein durch dein Handeln dazu beigetragen, dass das Tatfahrzeug überhaupt entdeckt, wenn auch nicht sichergestellt wurde. Der einzige Kritikpunkt, den ich sehen kann, ist, dass du allein ermittelt und dich damit in echte Gefahr begeben hast. Das ist nicht ratsam, aber kaum ein Grund für ein Disziplinarverfahren.«

Bisher lief die Sache gut, und sie holte tief Luft. »Da ist noch etwas, Elaine.«

»Ja?«

»Ich fuhr am frühen Abend nach Hause, um eine Pause zu machen. Der größte Teil des Teams hat das getan. Wir mussten alle etwas essen und unseren Akku aufladen.«

»Du warst im Dienst seit …«

»Acht Uhr morgens.«

»Also zehn Stunden ohne Pause?«

»Ja, ich denke schon. Jedenfalls kochte mir ein Freund ein Essen und schenkte mir ein kleines Glas Wein ein, von dem ich auch trank.«

»Ich verstehe. Wie viel würdest du sagen, hast du getrunken?«

»Ich hatte zwei Schlucke.«

»Du weißt schon …«

»Ja, Elaine. Ich weiß. Ein schwerwiegendes Fehlverhalten. Ich bedaure es zutiefst, und es war eine einmalige Sache.«

»Und ich nehme an, du rufst mich an, weil dein DCI es bemerkt hat.«

»Ich fürchte, ja. Er hat mich ziemlich rund gemacht und dann nach Hause geschickt. Heute Morgen habe ich ein Disziplinarverfahren am Hals.«

»Hat er Maßnahmen ergriffen, um festzustellen, wie viel Alkohol in deinem Blut war?«

»Ich bat um einen Alkoholtest, aber das lehnte er ab.«

»Er hat also keine anderen Beweise als das, was er zu riechen glaubte?«

»Ich wollte ihm gerade sagen, dass ich nur ein kleines Glas getrunken hatte, aber er unterbrach mich.«

»Und dein DCI ist …?«

»DCI Gibson.«

»DCI Alastair Gibson?«

»Ja, genau. Kennst du ihn?«

»Wir haben uns schon mal getroffen, ja.« Es herrschte kurzes Schweigen, dann sprach Elaine wieder. »Clare, ich muss dich fragen, ob du regelmäßig trinkst?«

»An freien Tagen trinke ich vielleicht ein Glas Wein oder ein Bier. Aber wenn du mich fragst, ob ich trinke, um mit Stress in der Arbeit und einer möglichen Privatklage fertigzuwerden, dann lautet die Antwort nein.«

»Ganz ehrlich, ist das ein Einzelfall oder hast du schon einmal im Dienst getrunken?«

»Das ist eine absolut einmalige Sache. Ich war gestern Abend müde, ein bisschen besorgt wegen der Ermittlungen, und ein Freund hat mich überredet, einen Schluck Wein zum Essen zu trinken.«

»Hm. Nun, Clare, du weißt, dass ich es nicht gutheißen kann, im Dienst Alkohol zu trinken, aber angesichts der Tatsache, dass deine Vorgehensweise im Zusammenhang mit den laufenden Ermittlungen weitgehend positiv war, denke ich, dass man über dein Fehlverhalten hinwegsehen sollte. Ich werde deinen DCI und dich heute Morgen aufsuchen. Ich bin gerade in Kirkcaldy und werde in einer Stunde oder so bei dir sein. In der Zwischenzeit werde ich deinen DCI anrufen und ihn anweisen, nicht mit dir über diese Angelegenheit zu sprechen, und ihm sagen, dass es meines Erachtens für dein persönliches Wohlergehen und für die Ermittlungen am besten ist, wenn du deine Arbeit fortsetzt. Vorausgesetzt natürlich, dass du nicht mehr im Dienst trinkst.«

»Und er wird auf dich hören?«

Sie konnte fast hören, wie Elaine sich aufplusterte. »In Fragen des Wohlergehens der Beamten stehe ich über ihm, Clare. Er hat keine andere Wahl, als meinem Rat zu folgen. Ich möchte mit deinen Kollegen und dir sprechen, also bleib bitte in der Nähe.«

Clare beendete das Gespräch und dankte Gott und all seinen Engeln für Elaine Carter, die sich unerwartet bereit erklärt hatte, sie zu unterstützen. Sie saß noch eine Weile im Auto und dachte darüber nach, bevor sie eine andere Nummer eintippte.

»Clare! Schön, von dir zu hören. Wie geht's?«

»Gut, danke, Jackie. Wir müssen uns unbedingt treffen, wenn ich das nächste Mal in Glasgow bin.«

»Ich werde dich daran erinnern.«

»Jackie, du bekommst mehr mit als jeder andere, den ich kenne …«

»Bist du auf Klatsch und Tratsch aus?«

»Ehrlich gesagt, auf Informationen. Ich habe gerade mit Elaine Carter telefoniert.«

Jackie stöhnte auf. »Mein Gott, was hast du angestellt?«

»Eine lange Geschichte. Ich erzähle sie dir, wenn wir uns treffen. Aber ich habe ein kleines Problem mit meinem DCI – ist zum Teil meine Schuld –, und sie scheint sich überraschenderweise auf meine Seite schlagen zu wollen.«

»Das klingt nicht nach ihr. Wer ist dein DCI?«

»Al Gibson.«

»Ach so. Na, da gibt es tatsächlich eine Geschichte.«

»Ja?«

»Oh ja. Du weißt, dass Elaine einen Sohn hat, der bei der Polizei ist?«

»Ein Detective Constable unten in Edinburgh, richtig?«

»Genau. Stuart. Netter Junge, der sich gut macht. Sollte bald zum DS befördert werden. Wie auch immer, als er anfing, war sein Chef Al Gibson. Zu dieser Zeit war Al noch Detective Inspector, und aus irgendeinem Grund hatte er etwas gegen Stuart. Der Junge konnte nichts richtig machen. Al war immer darauf bedacht, ihn nicht öffentlich vor den entsprechenden Leuten zur Schnecke zu machen, doch er hat langsam, aber sicher sein Selbstvertrauen unterminiert.«

»Klar, wenn man weiß, wer seine Mutter ist …«

»Stuart wäre damit nie zu seiner Mutter gegangen. Eben weil sie seine Mutter war. Aber einer der anderen schon. Ich weiß nicht, ob sie jemals herausgefunden haben, wer es war, aber Elaine brachte einen Spion in der Wache in Position und hatte innerhalb von ein paar Wochen genug Informationen, um Al zu einem freundschaftlichen Gespräch einzuladen.«

»Wow, das hat ihm bestimmt gefallen.«

»Natürlich nicht! Der arme Stuart dachte, es sei das Ende seiner Karriere. Aber Al war gezwungen, sich vor Elaine und der ganzen Schicht bei ihm zu entschuldigen. Und das war das Ende der Geschichte. Einige Wochen später bat Al um Versetzung in ein anderes Team. Ich glaube nicht, dass sich ihre Wege seitdem wieder gekreuzt haben.«

»Verdammt genial! Ich wünschte, ich wäre dabei gewesen.«

»Oh, ich auch. Sein Gesicht war bestimmt sehenswert. Jedenfalls bin ich nicht überrascht, dass Elaine dich gegen ihn unterstützt. Mach das Beste daraus.«

»Das werde ich. Okay, Jackie, ich gehe jetzt besser rein und zeige mich auf der Wache. Nochmals vielen Dank. Wir sehen uns bald wieder, ja?«

»Klingt gut.«

Clare wartete noch ein paar Minuten im Auto, um Elaine Zeit zu geben, den DCI anzurufen, dann schloss sie den Wagen ab und ging ins Revier. Der Lärm des allgemeinen Geplauders verstummte allmählich, während die versammelten Polizisten sie misstrauisch beäugten.

»Morgen, Chefin«, meinte Chris, und sie warf ihm einen dankbaren Blick zu.

DCI Gibson kam mit dem Telefon in der Hand aus Clares Büro. Er blieb stehen, als er sie sah. »Sie haben also die Kavallerie gerufen, Inspector?«

Clare lächelte süß und verkündete mit einem Blick in den Raum: »Teambesprechung in fünf Minuten.«

Alle Augenpaare wanderten zum DCI. Er schien etwas sagen zu wollen, überlegte es sich dann aber anders und kehrte in Clares Büro zurück, wobei er die Tür hinter sich zuschlug.

* * *

Sie versammelten sich in der Einsatzzentrale, wobei sie ein wenig verwundert schienen, dass Clare immer noch das Sagen hatte; aber niemand wagte laut zu fragen, was los sei.

»Um jeden Zweifel auszuschließen«, begann Clare, »ich bleibe bis auf Weiteres für diese Untersuchung verantwortlich. Ich erwarte, dass morgen früh ein Sonderteam der Sitte auftaucht, um sich mit den Aktivitäten auf diesen Fotos zu befassen. Wir werden ihm so bald wie möglich diesen Fall übergeben, während wir die Mordermittlung fortsetzen. Möglicherweise werdet ihr auch von Elaine Carter befragt, der Fürsorgebeauftragten der Polizei, die heute Morgen herkommt. Ich möchte dem, was sie sagen wird, nicht vorgreifen, sondern euch lediglich dazu auffordern, ihre Fragen wahrheitsgemäß zu beantworten.« Sie lächelte ihre Kollegen an. »Okay?«

Einige der Polizisten erwiderten ihr Lächeln, und Clare fuhr fort. »Okay, wir haben es mit einem neuen Mord zu tun, und möglicherweise wird es bald noch einen Toten geben. Außerdem haben wir einen Verdächtigen, der verschwunden ist. Rekapitulieren wir also, was wir wissen. Wurde Fergus Bain inzwischen gesichtet?«

Allgemeines Kopfschütteln.

»Ich habe ein paar Streifenpolizisten rund um die Uhr auf das Haus angesetzt«, erklärte Jim.

Clare nickte. »Wir müssen das Haus vielleicht komplett durchsuchen, aber im Moment sollen sie sich zurückhalten und nach ihm Ausschau halten, falls er zurückkommt. Denkt daran, dass er bewaffnet ist und weiß, dass wir hinter ihm her sind. Er ist unserem Kollegen gestern Abend entwischt. Unsere Leute müssen also kühlen Kopf bewahren.«

Clare fuhr fort. »Der DCI hat die übliche Erklärung abgegeben, dass Fergus Bain im Zusammenhang mit unseren Ermittlungen gesucht wird. Wenn wir also eine Rückmeldung erhalten, möchte ich darüber informiert werden. Bisher gab es aber noch nichts, nehme ich an. Richtig?«

»Sorry, Clare«, sagte Jim. »Nein.«

»Dann zu dem Wagen. Wir wissen, dass es ein Land Rover Defender in der traditionellen grünen Farbe ist. Er muss inzwischen ziemlich ramponiert sein – er hat drei Opfer überfahren und ein viertes angefahren, wobei er ziemlich heftig gegen einen Laternenpfahl geprallt ist, sodass die Front eine Beule aufweist. Das Nummernschild ist wahrscheinlich falsch, enthält aber die Buchstaben SJ in der oberen Reihe und eine Sieben in der unteren. Wer passt auf die Garage auf, Jim?«

»Ein Verkehrspolizist auf einem Motorrad. Er steht abseits der Straße und außer Sichtweite, kann aber die Garage sehen.«

»Gut. Wenn wir hier fertig sind, will ich, dass jeder verfügbare Beamte nach Mr Bain und seinem Land Rover sucht. Was wissen wir über das Opfer der letzten Nacht?«

Chris meldete sich. »Ein einundsiebzigjähriger Professor im Ruhestand, lebte allein. Die Nachbarn sagen, dass er ein ruhiger Mann war, der sehr zurückgezogen lebte und seine Bücher liebte.«

»Todesursache?«

»Das Übliche. Multiple Traumata wie bei einem Kraftfahrzeugunfall.«

»Keine Zeugen?«

»Die Nachbarin hörte das Auto und ging zum Fenster, sah aber nichts. Ihr Mann lief dann hinaus, um nachzusehen, und fand den Professor.«

»Tot? Oder lebte er noch lange genug, um ihm etwas zu sagen?«

»Er war leider auf der Stelle tot.«

»Die nächsten Angehörigen?«

»Bisher konnten wir noch keine finden.«

»Okay, zwei von euch fahren zu seinem Haus, um es zu durchsuchen. Haltet insbesondere nach Mobiltelefonen, Computern und Tablets Ausschau sowie nach allen persönlichen

Informationen, die uns helfen könnten, Familienmitglieder zu finden. Und wir brauchen jemanden, der die Leiche identifiziert. Nachbarn wahrscheinlich.«

Connor hob die Hand. »Steve und ich können das übernehmen, Chefin.«

»Im Idealfall sollten ihn zwei Nachbarn identifizieren, da sie nicht zur Familie gehören. Und könnt ihr bitte die Fotos des unbekannten vierten Mannes mitnehmen? Des Grauhaarigen. Ich wette, dass es sich dabei um unser Opfer handelt. Zeigt sie den Nachbarn – diskret, wohlgemerkt. Und auch dem Pathologen. Vielleicht könntest du die Fotos in die Pathologie bringen, Phil?«

»Bin schon unterwegs, Chefin«, meinte Phil.

Sie sah sich um. »Wir haben es hier mit einem gewaltigen Problem zu tun, Leute. Ich denke, wir alle wissen inzwischen, dass es sehr bald zu einem fünften Mord kommen könnte. Der Professor wurde mit einer dieser Karten gefunden, darauf stand die Zahl Zwei. Der Mörder zählt den Countdown bis zu seinem letzten Opfer, und wir müssen es rechtzeitig finden.«

»Was ist mit den Arbeitgebern von Fergus Bain?«, fragte Chris.

»Guter Gedanke. Wir sollten hinfahren und mit ihnen sprechen. Sie könnten wissen, wo er sich versteckt. Okay, das ist alles. Haltet eure Funkgeräte griffbereit. Ihr müsst möglicherweise zurückkommen, um mit Elaine zu sprechen. Und ich möchte, dass ihr alle stündlich Bericht erstattet. Wir müssen einen Fortschritt erzielen, bevor es dunkel wird.«

Connor, Steve und Phil brachen mit Fotos in der Hand auf, und Chris machte sich daran, die Suche nach Fergus und seinem Fahrzeug zu koordinieren. Jim saß am Schreibtisch und erledigte den Papierkram. Auf dem Revier war es ruhig, und Clare setzte sich an einen Schreibtisch, um die Beweise zu sichten, die sie bisher hatten. Sie konnte sich keinen weiteren Fehler leisten. Sie war völlig in ihre Arbeit vertieft, als die Tür aufging und Elaine hereinkam.

»Clare.« Sie kam mit einem breiten Lächeln auf sie zu. »Ich freue mich sehr, dich zu sehen.« Sie wickelte einen Hermès-Schal von ihrem Hals und streifte ihren Mantel ab. »Nun, wo finde ich DCI Gibson?«

Clare deutete auf die Tür zu ihrem Büro und ging darauf zu, aber Elaine hielt sie zurück.

»Ich rufe dich, wenn ich fertig bin.« Ohne anzuklopfen, betrat sie Clares Büro und schloss die Tür hinter sich.

Zehn Minuten später öffnete sich die Tür wieder und Elaine gab Clare ein Zeichen, zu ihnen zu kommen. DCI Gibson schaute ziemlich mürrisch drein.

»Nun, Clare«, begann Elaine, »DCI Gibson und ich haben den gestrigen Vorfall besprochen, und er ist ebenfalls der Meinung, dass eine Befragung deiner Kollegen nicht notwendig ist. Dein Verhalten war zwar unangemessen, aber wenn du versprichst, im Dienst nicht mehr zu trinken, ist er bereit, die Angelegenheit auf sich beruhen zu lassen.«

Clare warf dem DCI einen Blick zu, und dieser nickte kurz.

»Im Gegenzug habe ich zugestimmt, dass wir uns entweder innerhalb von zwei Wochen oder nach Abschluss der laufenden Ermittlungen, je nachdem, was früher eintritt, erneut zu einem Gespräch treffen werden. Schließlich sind wir dir gegenüber zur Sorgfalt verpflichtet.«

Eines musste Clare Elaine lassen. Sie stand ihren Mann genau so, wie man es der Mounties-Polizei in Kanada nachsagte. Alles in allem war das baldige Treffen mit ihr, bei dem sie ihr Wohlbefinden besprechen würden, ein geringer Preis dafür, dass sie die Leitung der Ermittlungen behalten und ein förmliches Disziplinarverfahren vermeiden konnte. Sie rechnete damit, dass sie sich DCI Gibson für immer zum Feind gemacht hatte, aber das war es wahrscheinlich wert.

»Danke, Elaine und … danke, Sir.«

Der DCI nickte Clare zu, und sie wurde entlassen, nachdem sie versprochen hatte, mit Elaine in Kontakt zu bleiben.

Sie sah sich gerade die Beweise noch einmal genau an, als Chris zurückkehrte. Clare hob eine Augenbraue. »Ist die Durchsuchung bereits abgeschlossen?«

»Ja. Und ich habe eben von Connor gehört, dass Steve und er die Korrespondenz des Professors gefunden haben, ordentlich geordnet, einschließlich der Briefe an seinen Anwalt. Ich bin gerade auf dem Weg zu ihm. Seine Kanzlei befindet sich in der South Street.«

»Gibt es sonst noch etwas Bemerkenswertes in dem Cottage?«

»Steve hat einen Computer im Kofferraum seines Autos. Und das Handy des Professors. Ich werde versuchen, jemanden zu finden, der die Sachen heute Nachmittag zur Kriminaltechnik bringt.«

»Das hat Priorität, Chris. Finde heraus, ob Phil sich darum kümmern kann, wenn er aus der Pathologie zurück ist.«

Clares Handy klingelte. Es war Gillian, eine der Streifenpolizistinnen, die bei Fergus' Haus abgestellt worden waren.

»Chefin, oben im Cottage gibt es einen Sicherheitsschrank. Er ist unverschlossen und leer. Sieht aus wie ein Waffenschrank.«

»Okay, danke, Gillian. Ich war mir ziemlich sicher, dass er bewaffnet war, aber das ist gut zu wissen.«

Clare legte auf und wandte sich dann ihrem Computerbildschirm zu, um eine Telefonnummer zu suchen, die sie anschließend ins Telefon eintippte. Sie hielt die Hand über den Hörer und sagte: »Warte kurz, Chris. Ich muss etwas überprüfen.«

Als der Anruf entgegengenommen wurde, fragte sie: »Könnten Sie bitte nach einem Schusswaffenbesitzer suchen? Hier spricht DI Mackay aus St. Andrews.«

Chris hob eine Augenbraue.

»Der Name, bitte?«, fragte die Stimme am anderen Ende der Leitung.

»Fergus Bain. Die Adresse ist zwischen St. Andrews und Strathkinness. Er ist ein Farmarbeiter auf der … einen Moment bitte …«

Sie legte die Hand wieder auf den Hörer. »Chris, wie heißt die Farm, auf der Fergus arbeitet?«

»Woodknowe Farm.«

»Woodknowe Farm«, wiederholte Clare ins Telefon.

»Einen Moment bitte.«

Während sie wartete, erzählte Clare Chris von dem leeren Waffenschrank. »Das bestätigt mehr oder weniger meinen Verdacht, dass es Fergus gewesen ist, der gestern Abend in der Garage war.«

Chris sah sie zweifelnd an. »Das habe ich verstanden, Clare, aber was ist mit den Angriffen auf Andy Robb und Nat Dryden? Das kann nicht Fergus gewesen sein.«

»Er muss einen Komplizen haben.«

Die Stimme an ihrem Ohr unterbrach ihr Gespräch. »Ja, ich bin noch da«, sagte Clare. »Hatten Sie Glück?«

»Fergus Bain«, begann die Stimme, »Hausnummer eins, Woodknowe Cottages, Woodknowe Farm, St. Andrews.«

»Das ist er«, bestätigte Clare. »Hat er einen gültigen Waffenschein?«

Es gab eine Pause, bevor die Stimme antwortete: »Läuft Ende nächsten Jahres aus.«

»Und die Waffe?«

»Ein Gewehr. Eine Remington 870.«

Trotz des Ernstes ihrer Lage erlaubte sich Clare ein Lächeln. Sie hatte recht gehabt mit dem Gewehr. »Können Sie mir bitte ein Foto von Mr Bain per E-Mail zusenden? Und eine Kopie des Waffenscheins?«

»Natürlich, Inspector. Ist es dringend oder können Sie warten?«

»Ich fürchte, es ist dringend. Er ist ein Mordverdächtiger.«

»Wenn das so ist, schicke ich Ihnen die Sachen gleich per E-Mail. Geben Sie mir zehn Minuten.«

Clare beendete das Gespräch. »Planänderung, Chris. Bitte Phil, für dich mit diesem Anwalt zu reden und anschließend zur Kriminaltechnik zu fahren. Wir beide nehmen uns die Woodknowe Farm vor.«

Sie ging zum Schreibtisch hinüber, wo Jim immer noch über einem Stapel Papiere brütete.

»Jim, kannst du alle Polizisten, die auf der Jagd nach Fergus sind, darauf hinweisen, dass er eine Remington 870 mit sich führt und als potenziell gefährlich einzustufen ist? Dann bring den DCI auf den neuesten Stand und sorge dafür, dass die Meldung auch an andere Reviere weitergeleitet wird. Zum jetzigen Zeitpunkt würde ich sagen, dass Fergus nichts zu verlieren hat.«

Kapitel 20

Clare und Chris wurden an der Haustür der Woodknowe Farm von einem großen Mann in einem karierten Hemd, einer Cargohose und kräftigen Stiefeln empfangen. Clare stellte Chris und sich vor. Der Mann streckte eine schwielige Hand aus.

»Sam Walker.«

Sie schüttelten sich die Hände und folgten ihm in die Küche des Bauernhauses. Ein Wasserkessel stand neben einem Herd. »Eine Tasse Tee oder Kaffee?«

»Nein, danke«, erwiderte Clare. »Wir werden Sie nicht lange aufhalten.«

»Setzen Sie sich doch.« Sam deutete auf eine Sitzbank vor einem Tisch aus geschliffenem Kiefernholz. In der Mitte des Tisches befand sich ein cremefarbener Metallkrug mit einigen abgeschnittenen Fliederblüten, deren Duft den Raum erfüllte. Daneben standen ein Laptop, dessen Kabel über den Boden zu einer Steckdose in der Wand führte, und ein großer Weidenkorb, der mit langen Rhabarberstangen gefüllt war. Sam schob Laptop und Blumen zur Seite, stellte den Korb auf den Boden und fuhr mit der Hand über die Stelle, an der er gestanden hatte. Clare lief das Wasser im Mund zusammen, als sie sich an den Rhabarber-Crumble ihrer Mutter erinnerte.

Sie gingen zur Bank und setzten sich. »Wir hoffen, dass Sie uns ein paar Hintergrundinformationen über Fergus Bain geben können, Mr Walker. Wie ich gehört habe, arbeitet er für Sie.«

»Nennen Sie mich Sam, Inspector. Fergus steckt doch nicht in Schwierigkeiten, oder? Er ist heute Morgen nicht aufgetaucht, was nicht seine Art ist. Eigentlich wollte er sich diesen Laptop für mich ansehen. Er spinnt herum, und ich muss die Konten der Farm aktualisieren. Ich hoffe doch, es ist alles in Ordnung.«

Statt darauf einzugehen, meinte Clare: »Wir würden gern mit ihm sprechen. Wissen Sie vielleicht, ob er Freunde oder Familie hat, bei denen er sein könnte?«

»Nicht wirklich. Er war schon immer eher ein Einzelgänger. Ist in einem Heim aufgewachsen, wissen Sie.«

»In einem Kinderheim?«

»Ja.«

»Ich nehme nicht an, dass Sie wissen, in welchem.«

»Irgendwo in der Nähe von Edinburgh, glaube ich. Bin mir aber nicht sicher.«

»Das macht nichts. Leben seine Eltern noch? Wissen Sie, warum er im Heim war?«

»Das hat er nie gesagt. Es gibt aber eine Tante. Nun, ich sage zwar Tante, aber es ist eher eine von diesen Frauen, die man Tante nennt.«

»Also keine Verwandte?«

»Ehrlich gesagt, bin ich mir nicht sicher. Fergus sagte immer, er würde seine Tante besuchen. Aber als ich ihn einmal fragte, ob sie mütterlicherseits oder väterlicherseits sei, sagte er nur, dass sie nicht seine richtige Tante sei, sondern eine Freundin seiner Oma, glaube ich.«

»Soweit Sie wissen, hat er also keine richtige Familie? Nur diese Frau, die er Tante nennt?«

»Ja, ich denke schon.«

»Wissen Sie, wo sie wohnt?«

»Nein, aber sie ist von hier. Er erzählte mir einmal, dass er bei ihr vorbeifahren wolle, um sich ihre Waschmaschine anzuschauen. Sie sei undicht, meinte er. Er erledigte das in seiner Mittagspause, also kann sie nicht weit weg wohnen.«

»Ich nehme an, Sie wissen nicht mehr, in welche Richtung er fuhr? Richtung St. Andrews oder Strathkinness?«

»Tut mir leid, nein.«

»Kein Problem. Was ist mit Freundinnen? Oder war er verheiratet?«

»Nicht, dass ich wüsste. Ich habe ihn nie mit einem Mädchen gesehen. Er ist viel unterwegs, mit der Ceilidh-Band, wissen Sie. Da steht einem Familienleben eher im Weg. Er ist fast jeden Samstagabend unterwegs.«

»Hatte er vielleicht einen Freund?«

Sam breitete seine Hände aus. »Ich habe wirklich keine Ahnung. Ich kann nur sagen, dass ich ihn noch nie mit jemandem in seinem Alter gesehen habe, egal ob Junge oder Mädchen.«

»Was ist mit seinem Handy? Haben Sie seine Nummer?«

»Klar, warten Sie kurz …« Er nannte eine Nummer, die Chris notierte.

»Danke, Sam«, sagte Clare. »Und Sie informieren uns sofort, wenn Fergus sich meldet, ja? Das müssen Sie ihm aber nicht sagen.«

Sam sah besorgt aus. »Er ist ein guter Arbeiter. Ich hoffe wirklich, dass er nicht in irgendwelchen Schwierigkeiten steckt …«

Clare lächelte. »Das hoffen wir auch.«

Sie gingen zurück zum Auto, und als Clare sicher war, dass Sam sie nicht mehr hören konnte, fragte sie ihren Kollegen: »Was denkst du?«

Chris schüttelte den Kopf. »Ich glaube nicht, dass er uns etwas verheimlicht hat.«

»Ich auch nicht. Das mit dem Laptop ist allerdings interessant.«

»Ja, das habe ich bemerkt. Unser Fergus hat Ahnung von Computern.«

»Ich fange an zu bereuen, dass ich nicht seine Fingerabdrücke genommen habe, als wir bei ihm waren«, sagte Clare. »Komm jetzt. Lass uns zum Cottage fahren und nach den Polizisten sehen.«

Die Fahrt zu Fergus Bains Haus war kurz. Clare klopfte an die Tür und rief ihren Namen. Einer der Polizisten kam an die Tür.

»Habt ihr etwas gefunden?«, fragte sie.

»Ja, das hier.« Der Beamte hob eine Beweismitteltüte hoch, in der sich ein Laptop befand. »Und das.« Er hielt einen zweiten Beutel hoch, in dem zu Clares Entsetzen ein Mobiltelefon lag.

Clare nahm ihr eigenes Telefon heraus und tippte die Nummer ein, die Sam Walker ihnen gegeben hatte. Sekunden später begann das Gerät in der Tüte zu vibrieren und zu klingeln.

»Verdammt. Entweder ist er ohne Telefon unterwegs oder er hat noch ein anderes. Ich wette, es ist ein Prepaidhandy. Das war es dann mit unserer Chance, ihn über sein Handy zu orten.«

»Wir können uns immer noch seine Anruf- und SMS-Daten ansehen«, meinte Chris. »Das ist ein Anfang.«

»Da könntest du recht haben. Chris, kannst du Phil anrufen, falls er nicht schon weg ist? Sag ihm, dass wir noch etwas anderes für die Kriminaltechnik haben. Es wäre Unsinn, zwei Mal dorthin zu fahren. Er soll nach Diane fragen, meinen Namen erwähnen und fragen, ob wir die Ergebnisse vielleicht heute noch haben könnten.«

* * *

DCI Gibson forderte telefonisch ein Sondereinsatzkommando an, das um kurz nach halb zwei eintraf. Während dieses Team von Chris instruiert wurde, nahm der DCI Clare mit in sein Büro.

»Ich muss wissen, ob Sie angesichts des Vorfalls mit diesem Ritchie damit klarkommen, mit bewaffneten Beamten zusammenzuarbeiten, Inspector.«

Clare war derselbe Gedanke gekommen. Aber sie wusste, dass sie während ihres restlichen Berufslebens nicht von Zwischenfällen mit Schusswaffen verschont bleiben würde. Und sie wollte dem DCI auf keinen Fall einen Vorwand liefern, um sie im Büro zu halten. Es wäre ohnehin nicht ihr Finger am Abzug, wenn es so weit kommen sollte. Sie würde es schaffen und die Sache durchstehen.

Sie sah ihm direkt in die Augen. »Absolut, Sir.«

Er hob eine Augenbraue, sagte aber nichts weiter zu diesem Thema. »Gut, dann bitten Sie den Leiter des Sondereinsatzkommandos herein.«

Inspector Drew Walsh betrat den Raum und setzte sich auf den von Clare angebotenen Stuhl. »Schön, dich wiederzusehen, Clare. Du siehst gut aus. Wie gefällt es dir hier?«

»Es ist ein schöner Ort, Drew. Hier ist zwar nicht so viel los wie in Glasgow, aber man kann trotzdem genug Action haben.«

»Ich würde sagen, ein Serienmörder mit einer Schrotflinte ist für die meisten Leute schon genug Action.«

Sie grinste. »Könnte sein, ja.«

»Also, zum Geschäftlichen. Könntest du mich auf den neuesten Stand bringen?«

Clare schilderte ihm die Ereignisse der vergangenen Woche, von Andy Robbs Ermordung bis zur Entdeckung, dass Fergus' Gewehrschrank leer war.

»Und ihr habt keine Ahnung, wo er ist?«

»Leider nein«, antwortete Clare. »Ich habe gerade mit seinem Arbeitgeber gesprochen, aber er konnte uns auch nicht weiterhelfen.«

»Ich bin nicht scharf darauf, meine Polizisten in Bereitschaft zu halten, wenn er untergetaucht ist.«

»Wir können ziemlich sicher sein, dass er ein weiteres Opfer im Visier hat. Die Männer, die er sich ausgesucht hat, sind auf Fotos zu sehen, die sie bei pädophilen Aktivitäten zeigen, und wir glauben, dass er noch einen letzten Mann auf seiner Liste hat.«

»Habt ihr Fotos von seinem nächsten Ziel?«

»Nein. Wir glauben, dass es sich um die Person handelt, die die Fotos gemacht hat.«

»EXIF-Daten?«

»Nein. Entweder wurde der Standort entfernt oder die Kamera hatte kein aktiviertes GPS. Aber wir wissen, dass alle Bilder donnerstagabends aufgenommen wurden. Diese Männer trafen sich immer donnerstags, um ihre Aktivitäten durchzuführen.«

»Also heute Abend«, stellte Drew fest.

»Richtig. Da wir jedoch davon ausgehen, dass alle vier Männer auf den Fotos inzwischen getötet wurden, bin ich mir nicht sicher, ob heute Abend noch etwas passieren wird. Wenn ich der letzte wäre, der noch lebt, würde ich mich verkriechen.«

»Was wisst ihr über unseren Mann? Wie heißt er?«

»Fergus Bain. Er ist Landarbeiter und Akkordeonspieler. Und eine Art Einzelgänger. Er wohnt in einem Cottage an der Straße nach Strathkinness.«

»Woher weiß er, wo sie zu finden sind? Wer sie sind?«

»Wir glauben, dass er sich in eine Internetseite im Dark Web gehackt hat, auf der diese Aktivitäten organisiert wurden. Wir konnten auf einigen Laptops der Opfer Informationen wiederherstellen. Mr Bains Haus wird noch durchsucht, aber bisher haben wir ein Handy und einen Laptop sichergestellt.

Beide Geräte sollten im Laufe der nächsten Stunde bei der Kriminaltechnik eintreffen.«

Drew Walsh erhob sich. »Also gut. Wir werden hierbleiben. Ich kann ein paar meiner Männer losschicken, um die Lage im Auge zu behalten.«

Clare runzelte die Stirn. »Ich bin mir nicht sicher, ob ich bewaffnete Beamte in den Straßen einer Kleinstadt wie St. Andrews haben möchte. Das könnte unnötige Panik auslösen. Ich glaube nicht, dass er eine Bedrohung für die Allgemeinheit darstellt.«

Drew wandte sich an DCI Gibson. »Das ist Ihre Entscheidung.«

Der DCI sah Drew an. »Beides ist nicht ideal.« Er wandte sich wieder an Clare. »Gehe ich recht in der Annahme, dass die Ärzte heute versuchen werden, Mr Dryden aus dem Koma zu holen?«

»Ich denke schon. Es kommt darauf an, wie es ihm geht«, entgegnete Clare.

»Und wir haben vielleicht die Möglichkeit, ihn zu befragen?«

»Vielleicht, wenn wir behutsam vorgehen.«

»Gut. Halten Sie Ihre Männer in der Zwischenzeit zurück, Drew. Warten wir ab, ob unsere Kollegin hier mit Mr Dryden sprechen kann.«

Drew nickte. »In Ordnung. Könnten wir uns, sagen wir, um vier Uhr wieder treffen? Oder um fünf?«

Clare sah auf ihre Uhr. »Sagen wir um fünf. Das Krankenhaus liegt vierzig Autominuten entfernt, und wir wollen uns nicht hetzen müssen, wenn man uns erlaubt, mit ihm zu sprechen.«

Clare schickte Chris mit einem Auto los, um die Suche nach Fergus und seinem Land Rover zu unterstützen. Nachdem er gegangen war, ging sie in die Einsatzzentrale, in der es seltsam ruhig schien, da fast alle auf der Suche waren. Sie verstellte die Jalousien, um etwas Tageslicht hereinzulassen, setzte sich an den Schreibtisch und fuhr den Computer hoch. Sie navigierte zu der Serie von Fotos, die auf den Laptops von Andy Robb und Nat

Dryden gefunden worden waren, blätterte sie durch und ging zu dem Ordner, den sie »UB1« genannt hatte. Nach dem, was sie gestern Abend gesehen hatte, war das Haar dasselbe wie das von Professor Harris, und es schien wahrscheinlich, dass er der unbekannte Mann auf den Fotos war. Clare fiel es schwer, für einen der vier Männer Mitleid zu empfinden, aber das musste sie beiseiteschieben. Es galt, einen Job zu erledigen, und es war ihr lieber, wenn der fünfte Mann lange genug am Leben blieb, um ihn wegen seiner Beteiligung an dem Pädophilenring belangen zu können.

Sie klickte sich wieder ziellos durch die Fotos. Sie kannte die Bilder inzwischen auswendig; sie waren schwer zu vergessen. Aber gab es noch etwas anderes, was sie ihr sagen konnten? Sie sah sich die Hintergründe genauer an. Die Einrichtung, die Beleuchtung, die Wände – einige von ihnen waren mit kunstvoll geschnitztem Holz getäfelt, das an manchen Stellen deutlich zu sehen war. Sie erkannte detailliert wiedergegebene Girlanden aus Blättern und Blumen. Clare konnte sich nicht erinnern, so etwas schon einmal gesehen zu haben. Konnte ihnen das helfen, den Standort des sogenannten »Spielzimmers« zu ermitteln?

Sie suchte im Internet nach Experten für historische Holzvertäfelungen. Als weltweite Ergebnisse angezeigt wurden, beschränkte sie die Suche auf Schottland und blätterte die angezeigten Seiten durch.

Immer wieder tauchte der gleiche Name auf, ein Mann namens Geoffrey Dark. Konnte er ihnen vielleicht helfen? Clare suchte nach seinen Kontaktdaten und fand schließlich seine Internetseite. Er lebte in der Nähe von Perth, aber offensichtlich war er Gastdozent für Bildende Kunst an verschiedenen Universitäten in Schottland, darunter auch im nur achtzehn Kilometer entfernten Dundee.

Sie nahm den Hörer ab, um die Universität anzurufen.

Geoffrey Dark hielt an diesem Nachmittag einen Vortrag in Dundee, aber er meinte, wenn Clare vor dreizehn Uhr dreißig kommen könnte, würde er sich die Fotos gern ansehen. Sie sah auf ihre Uhr. Es war gerade Mittag.

Sie griff nach der Mappe mit den Fotos und wählte ein halbes Dutzend aus, auf denen die Kinder herausgeschnitten worden waren.

»Ich bin in ein oder zwei Stunden zurück«, rief sie Jim zu und trat in den Sonnenschein hinaus. Inzwischen war es warm, ein perfekter Frühlingstag, und sie fuhr an Straßenrändern vorbei, wo Tulpen und Narzissen blühten, die nicht zu den düsteren Ereignissen der letzten Tage passten. Und die Morde waren natürlich nur die Hälfte der Geschichte. Wer waren die Kinder auf den Fotos? Wie waren sie dorthin gekommen? Und wo waren sie jetzt? Erwartete sie eine weitere Donnerstagnacht, irgendwo im Nordosten von Fife? Eine weitere Nacht, in der sie von Männern missbraucht wurden? Aber natürlich gab es jetzt nur noch einen. Einen von fünf. »Wo bist du, Nummer eins?«, murmelte sie vor sich hin. »Wo bist du?«

Sie fuhr weiter und überquerte die Tay Road Bridge, die ins Zentrum von Dundee führte. Die Stadt, die an den Hängen eines erloschenen Vulkans lag, tauchte auf, als sie sich dem Ende der Brücke näherte und am V&A-Design-Museum die linke Abfahrt nahm, die in Richtung des westlichen Teils des Ortes und der Universität führte.

Geoffrey Dark hatte vorübergehend ein Büro im alten Duncan of Jordanstone Art College, das inzwischen zur Universität gehörte. Clare meldete sich am Empfang an und wurde in sein Büro in der zweiten Etage verwiesen. Sie bemühte sich, ihre Überraschung zu verbergen, als er die Tür öffnete. Statt des mürrischen Akademikers, den sie erwartet hatte, sah sie sich einem großen, schlanken Mann Ende dreißig gegenüber, der lässig in schwarze Jeans und ein blaues Oxford-Hemd gekleidet war. Für einen Moment war sie sprachlos und plötzlich ziemlich nervös.

Er lächelte. Ein warmes Lächeln, das sein Gesicht erhellte. Er streckte die Hand aus. »Inspector Mackay?«

Clare erwiderte das Lächeln. Es war unmöglich, dies nicht zu tun. Dann räusperte sie sich. »Nennen Sie mich Clare.«

»Also Clare«, meinte er und fügte hinzu: »Und Sie müssen mich Geoffrey nennen.« Er trat einen Schritt zurück, um sie in sein Büro zu lassen, und sie ging an ihm vorbei in den Raum. Als sie sich umsah, stellte sie fest, dass ihm die persönliche Note fehlte. Auf dem Schreibtisch lag ein kleiner Stapel Bücher neben einem Computer. Außerdem gab es einen Porzellanbecher auf einem Untersetzer und daneben ein Moleskine-Notizbuch mit zwei sehr spitzen Bleistiften. Neben dem Schreibtisch stand eine ziemlich abgenutzt aussehende braune Lederaktentasche. Geoffrey Dark deutete auf einen Stuhl, und Clare setzte sich, wobei ihr sofort ein Bild an der Wand gegenüber ins Auge fiel.

»Morrocco«, sagte Geoffrey, der ihrem Blick gefolgt war. »Er war hier Schulleiter, wissen Sie.« Er sah sie einige Augenblicke lang. »Eine wunderbare Farbgebung, finden Sie nicht auch?«

Clare betrachtete das Bild genauer. »Ich fürchte, ich habe keine Ahnung von Kunst, Mr Dark … Entschuldigung, Geoffrey.«

Er lachte. »Aber ich bin mir sicher, dass Sie wissen, was Ihnen gefällt und was nicht. Das ist ein guter Ausgangspunkt. Die Gründe für das, was Sie fühlen, kann man lehren, aber Ihr angeborener Geschmack ist ein Teil von Ihnen. Dafür sollten Sie sich niemals entschuldigen.«

Clare hatte noch nie ein solches Gespräch geführt. Sie erinnerte sich an die Kunstwerke, die die Wände ihrer Wohnung in Glasgow geschmückt hatten, und wurde bei dem Gedanken daran rot. Einige stammten von IKEA, wie peinlich! Sie betrachtete das Bild erneut und dachte, dass sie gern mehr darüber erfahren wollte.

»Nächsten Monat findet eine Ausstellung statt. In Edinburgh«, verkündete er. »Wenn Sie mehr sehen wollen …«

»Oh, ich weiß nicht«, antwortete Clare schnell. Und bereute es sofort. Sie musste sich selbst daran erinnern, dass sie keine Beziehung mehr hatte. Und da war etwas an diesem Mann, die Wärme in seinen Augen, seine lockere Art. Sie versuchte, die Situation zu retten. »Vielleicht, wenn ich etwas weniger zu tun habe.«

Er lachte. »Das war nicht als Einladung gemeint, aber ich würde Sie gern begleiten, wenn Sie das möchten. Ich werde Ihnen meine Karte geben.« Er griff in die Gesäßtasche seiner Jeans und zog eine Brieftasche heraus. »Ich muss sagen, Ms Inspector«, sagte er, während er eine kleine Visitenkarte zückte und ihr reichte, »ich bin fasziniert. Ich glaube, ich habe noch nie einen echten Detective getroffen.«

Clare war erleichtert über den Themenwechsel. »Ich glaube, ich habe noch nie einen echten Kunstexperten getroffen«, erwiderte sie lächelnd, nahm die Karte und steckte sie ein. »Das ist ein ungewöhnlicher Beruf, wenn ich das so sagen darf.«

»Ursprünglich war ich Tischler, dann habe ich ein Kunststudium absolviert und mich schließlich auf Bildhauerei spezialisiert, zu der natürlich auch komplizierte Holzarbeiten gehören«, erklärte er.

Clare dachte, dass sie ihm unter anderen Umständen sehr gern bei einem Vortrag zugehört und vielleicht sogar noch an anderen Dingen Interesse gehabt hätte. Aber die Zeit drängte, also zog sie die Fotos aus der Dokumententasche und breitete sie vor ihm auf dem Tisch aus.

Er betrachtete jedes Foto sehr genau. Dann erhob er sich und bedeutete ihr, ihm zu folgen. Er führte Clare durch einen Flur in einen Raum, wo eine große Vergrößerungsplatte auf einem Schreibtisch stand. Er betätigte einen Schalter, und die Platte leuchtete auf. Dann nahm er eine Schildpattbrille aus seiner Hemdtasche, setzte sie auf und beugte sich vor, um die Fotos zu betrachten.

»Sie ist alt«, sagte er.

»Wie alt?«

»Siebzehntes oder achtzehntes Jahrhundert, würde ich sagen. Um sicher zu sein, müsste ich das jedoch vor Ort überprüfen.« Er betrachtete die Bilder weiter und beugte sich dann noch näher hinunter, um die Ecke eines Fotos zu untersuchen. »Aha!«

»Was?«

Er nahm einen Bleistift von einem Tisch in der Nähe und zeigte darauf. »Sehen Sie das?«

Clare betrachtete einen Teil einer verschnörkelten Holztafel. »Was genau sehe ich da?«

»Dieses kleine Ding in der Ecke. Das ist eine ins Holz geschnitzte Erbsenschote. Sehen Sie die offene Schote und die Erbsen darin?«

Clare trat näher. »Oh ja. Wie clever. Ist das ungewöhnlich?«

»Und ob. Das ist das Markenzeichen eines Bildhauers namens Grinling Gibbons. Er arbeitete hauptsächlich in England. Schloss Windsor, Hampton Court Palace. Es war sein Markenzeichen, irgendwo in seinem Werk eine Erbsenschote zu schnitzen. Es heißt, wenn sie geöffnet ist, wurde er für die Arbeit bezahlt, und wenn sie geschlossen ist, wurde er nicht entlohnt. Hier ist die Sache eindeutig. Das ist eine offene Erbsenschote. Das hier ist mit ziemlicher Sicherheit ein Werk von Gibbons.«

»Lässt sich das Gebäude dadurch identifizieren? Oder zumindest eingrenzen?«

»Das hilft, ja. Er starb im Jahr 1721, sodass das Gebäude vor diesem Datum errichtet wurde. Hier gibt es nicht viele Gebäude, die so alt sind. Aber ich muss ein bisschen recherchieren, um sie zu ermitteln.«

»Wird das lange dauern? Ich versuche, einen Mörder zu fassen, der sicher bald wieder zuschlagen wird, vielleicht noch heute Abend.«

Er sah auf seine Uhr. »Ich sollte hier oben um sechzehn Uhr fertig sein. Dann kann ich etwas recherchieren. Gibbons nahm nur wenige Aufträge in Schottland an, sodass es möglich sein sollte, die Anzahl der Gebäude einzugrenzen. Es handelt sich sicherlich um ein altes Gebäude, dessen ursprüngliche Besitzer wohlhabend gewesen sein müssen. Gibbons' Arbeit war aus naheliegenden Gründen hoch angesehen.«

»Könnten Sie sich vielleicht bis zum frühen Abend bei mir melden?«

Er nahm seine Brille ab und lächelte sie wieder an. »Ich werde tun, was ich kann.«

Nachdem sie sich vergewissert hatte, dass er die Fotos sicher wegschließen würde, verabschiedete sich Clare von Geoffrey Dark und summte vor sich hin, während sie ging.

Draußen schaute sie auf die Straßenkarte ihres Handys und sah, dass sie nur noch ein paar Kilometer vom Ninewells Hospital entfernt war. Sie fragte sich, ob Nat Dryden inzwischen aufgewacht war, und rief Sara an, die ihn im Krankenhaus bewachte.

»Seine Sedierung wird gerade reduziert«, teilte Sara ihr mit. »Sie versuchen, ihn vom Beatmungsgerät zu nehmen.«

»Reagiert er?«

»Er kommt immer mal wieder zu sich, verliert dann aber wieder das Bewusstsein.«

Clare seufzte. »Also keine Chance, ihn zu befragen?«

»Es sieht nicht danach aus.«

»Gut, danke, Sara. Brauchst du jemanden, der dich ablöst?«

»Alles gut, Chefin. Das Personal ist wirklich sehr freundlich und hat mir Tee und Toast gemacht, und ich habe etwas zu essen in meiner Tasche. Teresa wird in ein paar Stunden kommen und die Wache übernehmen. Sobald er wieder klar im Kopf ist, wird dich eine von uns anrufen.«

Kapitel 21

Eine halbe Stunde später hielt Clare auf dem Parkplatz der Wache. Diesmal war sie auf die Pressemeute vorbereitet und drängte sich durch sie hindurch ins Gebäude. Chris war ebenfalls zurückgekehrt und telefonierte gerade.

»Clare ist gerade zurück, Diane. Ich werde ihr Bescheid geben, und sie wird dich anrufen, wenn es nötig ist«, sagte er.

Clare wartete, bis er aufgelegt hatte. »Und?«

»Leider nicht viel. Diane ist immer noch an Fergus' Laptop dran, aber es ist ihr gelungen, auf sein Handy zuzugreifen. Es ist allerdings nur eine Nummer drauf und die kann nicht zurückverfolgt werden. Stammt wahrscheinlich von einem Prepaidhandy. Er muss noch ein anderes Handy haben.«

»Hm. Nur die eine Nummer«, sagte Clare. »Hast du versucht, sie anzurufen?«

»Nein. Ich war mir nicht sicher, ob du das willst.«

Clare holte ihr Telefon heraus, wählte die Nummer und stellte das Gespräch auf Lautsprecher, damit Chris mithören konnte. Der Anruf wurde direkt auf die Mailbox umgeleitet. Clare hinterließ eine Nachricht, in der sie mitteilte, dass sie dieses Telefon gefunden habe und sich frage, ob die Person, die sie anrief, ihr helfen könne, es seinem Besitzer zurückzugeben. Dann beendete sie das Gespräch.

»Das überrascht nicht wirklich«, meinte sie. »Es sieht so aus, als hätte Fergus einen Komplizen.«

»Die Person mit der fehlenden Fingerspitze?«

»Ja, davon gehe ich aus. Lass uns die Morde rekapitulieren. Komm mit zur Tafel.«

Chris folgte Clare in die Einsatzzentrale, wo sie auf das Foto des ersten Opfers zeigte, Andy Robb. »Fergus hat ein Alibi für den Mord an Andy Robb. Aber die Reifenspuren deuten auf einen Land Rover hin.«

»Und wir haben einen Satz Fingerabdrücke auf der Karte mit der Nummer fünf. Sie stammen von der Person mit der fehlenden Fingerspitze.«

»Vergiss nicht den Fußabdruck auf seinem Hemd. Die Spurensicherung denkt, er stamme von einem Frauenschuh.«

Chris runzelte die Stirn. »Und während der Komplize Andy Robb zur Strecke bringt, ist Fergus im Hotel und hat hundert Hochzeitsgäste als Alibi.«

»Genau. Gehen wir einmal davon aus, dass er eine Komplizin hat.«

»Ich bin mir allerdings nicht sicher, was uns das bringt«, erwiderte Chris.

»Ich auch nicht, aber lass es uns trotzdem einmal durchspielen. Dann haben wir Bruce Gilmartin. Fergus könnte diesen Mord begangen haben, und das würde Sinn ergeben, weil die Karte mit der Nummer vier andere Fingerabdrücke aufweist.«

»Fergus'?«

»Könnte sein.«

»Soll sein Laptop zur Spurensicherung geschickt werden? Darauf muss es doch Fingerabdrücke geben.«

Clare dachte kurz darüber nach. »Alles in allem wäre es mir lieber, erst abzuwarten, was Diane finden kann. Ich bin mir ziemlich sicher, dass er etwas mit den Morden zu tun hat. Die Abdrücke können wir prüfen, sobald wir ihn in Gewahrsam haben.«

»Ja, das stimmt. Wir haben also zwei Mörder, die sich abwechseln?«

»Ich glaube schon. Und ich wette, dass derjenige, der den Land Rover jeweils nicht fährt, dafür sorgt, dass er ein wasserdichtes Alibi für die Tatzeit hat.«

»Also gut. Diese Frau – wenn es denn eine Frau ist – begeht also den ersten Mord und Fergus den zweiten. Was ist mit Nat Dryden?«

»Fergus hat ein Alibi für die Tatzeit, also sind wir wieder bei der Frau. Und gestern Abend hat sich Fergus aus dem Haus geschlichen.«

»Wenn dem so ist, ist beim nächsten Mord wieder die Frau dran«, sinnierte Chris.

»Da bin ich mir nicht so sicher. Die Dinge sind ein wenig anders gelaufen als geplant, denn Nat hat den Unfall überlebt. Und Fergus schlich sich hinten raus, erinnerst du dich? Er muss also gewusst haben, dass sein Haus beobachtet wurde. Ich weiß nicht, wie viel er gestern Abend bei der Garage gesehen hat, aber vielleicht hat er mich erkannt. In dem Fall weiß er, dass wir ihm auf den Fersen sind. Die Dinge fangen an, außer Kontrolle zu geraten, und dann werden Fehler gemacht. Außerdem haben wir keine Ahnung, wer diese Komplizin sein könnte.«

»Was ist mit der Ceilidh-Band? Eines der Mitglieder könnte es wissen.«

»Gute Idee. Ich habe irgendwo die Nummer des Bandleaders. Hamish. Wenn ich sie finde, würdest du ihn dann bitte anrufen und herausfinden, was er weiß?«

»Ja, kein Problem.«

Als Clare allein in der Einsatzzentrale zurückblieb, nahm sie ihr eigenes Handy heraus, um nachzusehen, ob sie eine neue

Nachricht erhalten hatte. Ihre Schwester hatte ein Video von Baby James geschickt, und sie lächelte darüber, als die Tür aufging und Drew Walsh hereinkam.

»Hi, Clare. Kurze Pause?«

»Ja, nur einmal kurz durchatmen. Ich warte auf einen Rückruf, der mir helfen könnte, das Gebäude zu lokalisieren, in dem die Fotos aufgenommen wurden. Tut mir leid, dass deine Jungs wegen mir hier so rumhängen.«

Er grinste. »Ist schon okay. Es tut gut, mal ein wenig zu verschnaufen.« Er zögerte, als ob er etwas sagen wollte.

Clare sah ihn mit festem Blick an. »Hast du etwas auf dem Herzen, Drew?«

»Ja.« Er lief auf und ab und setzte sich dann neben Clare. »Ich habe natürlich gehört, dass die Familie Ritchie eine private Strafverfolgung anstrebt.«

»Ja, und?«

»Na ja, hoffentlich wird es nicht dazu kommen. Aber falls doch, wollte ich dir nur sagen, dass ich als Zeuge aussagen und dich voll und ganz unterstützen werde.«

Sie sah ihn an. »Warum habe ich das Gefühl, dass da ein Aber mitschwingt?«

»Die Sache ist die, dass eine aus dem Team an diesem Tag dort war … Die Ritchies sagen, dass sie sie als Zeugin der Anklage aufrufen werden. Ich dachte nur, dass du das wissen solltest.« Er konnte Clare kaum in die Augen sehen.

Sie schwieg einen Moment. »Für die Staatsanwaltschaft? Wer? Wer ist es?«

»Pam.«

»Pam Cassidy?«

»Ja.«

»Aber Pam und ich haben zusammen bei der Polizei angefangen. Wir waren zur gleichen Zeit an der Polizeischule und sind schon seit Jahren befreundet. Warum sollte sie gegen mich aussagen?«

Er warf die Hände in die Luft. »Ich verstehe das auch nicht so ganz. Irgendwas, dass ihr beide Fackelträgerinnen für bewaffnete Polizistinnen gewesen wärt und dass du die ganze Entwicklung um Jahre zurückgeworfen hättest, weil du diesen Jungen erschossen hast. Ich glaube, sie will allen zeigen, dass man Frauen eine Waffe anvertrauen kann.«

»Aber sie ist nicht hier, oder? Sie ist heute nicht in deinem Team, richtig?«

Er zögerte. »Tut mir leid, Clare. Ich hatte keine andere Wahl. Drei meiner Leute sind krank und zwei machen Urlaub im Ausland. Aber ich werde dafür sorgen, dass sie sich von dir fernhält. Im Moment ist sie im Van.«

Clares Fingerknöchel traten weiß hervor. Sie versuchte, sich an ihre Therapiegespräche zu erinnern, entspannte die Hände und atmete ein oder zwei Mal tief ein und aus, bevor sie sprach. »Eine Kollegin – eine Polizistin, mit der ich eng zusammengearbeitet und die ich für eine Freundin gehalten habe – behauptet jetzt also, dass man mir keine Waffe anvertrauen kann?«

»Ich glaube, das ist es, was sie meint, ja.«

»Und was ist mit dir? Warst du erleichtert, als ich den bewaffneten Dienst quittiert habe?«

»Auf keinen Fall. Wäre Ritchies Waffe echt gewesen, hätte er uns alle töten können. Und es gab keine Möglichkeit, das zu wissen. Ich hätte dasselbe getan wie du.«

Sie sah ihn an. »Hättest du das wirklich, Drew?«

Er konnte ihr nicht in die Augen sehen. »Clare, du sollst wissen, dass ich hundertprozentig hinter dir stehe.«

»Das habe ich nicht gefragt.« Sie schob ihren Stuhl geräuschvoll zurück und verließ den Raum.

Chris hing über seinen Schreibtisch gebeugt, als Clare auf ihn zuging. Sie spürte, wie ihr Gesicht brannte, also hielt sie am

Wasserspender an und schenkte sich einen Becher mit kaltem Wasser ein, den sie in einem Zug hinunterspülte.

Chris sah auf. »Alles in Ordnung, Chefin?«

»Klar. Ich habe nur gerade herausgefunden, wer meine wahren Freunde sind und wer nicht.« Sie holte ein paar Mal tief Luft und fuhr fort. »Hattest du Glück mit dem Ceilidh-Bandleader?«

»Nun, ja und nein. Ich habe es geschafft, ihn zu erreichen, aber er hatte nicht viel zu bieten. Er hat noch nie erlebt, dass Fergus eine Freundin oder einen anderen Freund hatte. Er sagt, er verbringt seine Nächte eher mit Computerspielen. Um ehrlich zu sein, schien er sich mehr Sorgen zu machen, weil er ihn nicht erreichen kann und sie am Samstagabend einen Auftritt haben. Er murmelte etwas davon, dass er einen anderen Akkordeonspieler finden würde, und das für immer.«

Clares Telefon klingelte, und sie nahm das Gespräch an.

Es war Diane Wallace. »Hi, Clare. Ich fürchte, ich habe keine guten Nachrichten. Fergus Bains Laptop – die Festplatte ist verschlüsselt.«

»Oh. Heißt das, dass es länger dauert, bis du reinkommst?«

»Bis ans Ende der Zeit, fürchte ich. Es sei denn, jemand baut in der Zwischenzeit einen Quantencomputer.«

»Wir können also keine Informationen aus ihm herausholen?«

»Ich fürchte, nein.«

Clare fluchte innerlich. »Das macht nichts, Diane. Wir werden ihn schon irgendwie kriegen. Danke, dass du es versucht hast.« Sie legte auf. »Fergus Bains Laptop ist nicht zu gebrauchen. Diane kommt nicht rein.«

»Das überrascht nicht wirklich«, meinte Chris. »Wenn es ihm gelungen ist, diese Männer im Dark Web zu finden, kennt er sich definitiv mit Computern aus.«

»Vermutlich.« Clare verstummte. Ihr gingen langsam die Möglichkeiten aus. Wenn er in seinem bisherigen Tempo weitermachte, würde der Mörder Opfer Nummer fünf töten und dann von der Bildfläche verschwinden. Ihr Telefon klingelte erneut.

»Clare? Hier ist Geoffrey Dark. Ich konnte meine Vorlesung früher beenden, da Sie meinten, es sei dringend.«

»Ich weiß das sehr zu schätzen, Geoffrey. Konnten Sie das Gebäude auf den Fotos identifizieren?«

»Ich konnte es zumindest eingrenzen. Im Umkreis von sechzig Kilometern um St. Andrews gibt es drei Gebäude. Eines im Süden in Richtung East Neuk, eines im Westen und das andere im Norden. Es gibt natürlich noch andere in Edinburgh, aber ich hatte den Eindruck, dass das höchstwahrscheinlich zu weit weg liegt.«

»Ja, ich glaube schon«, antwortete Clare und bedeutete Chris, ihr einen Stift zu reichen. »Aber vielleicht komme ich deswegen noch einmal auf Sie zurück. Wenn Sie mir für den Moment die Adressen nennen könnten …« Sie notierte sich die Namen der drei Immobilien auf ihrem Notizblock.

»Und …«

»Ja?«

»Diese Morrocco-Ausstellung. Wenn Sie Lust haben … nun, ich würde Sie gern dorthin mitnehmen.«

Clare holte tief Luft. »Das wäre sehr schön.«

»Gut«, sagte er leichthin. »Dann haben wir jetzt ein Date, und ich überlasse Sie nun wieder Ihren Ermittlungen. Es war mir wirklich ein Vergnügen, Clare. Ich hoffe, bald von Ihnen zu hören.«

Sie beendete das Gespräch und unterdrückte ein Lächeln.

Chris hob eine Augenbraue. »Geoffrey?«

»Halt die Klappe und ruf Drew an. Wir müssen sofort mit dem DCI sprechen.«

Die vier drängten sich in Clares Büro, und sie erklärte ihren Kollegen: »Die Fotos aus dem sogenannten Spielzimmer zeigen kunstvoll geschnitzte Holzverkleidungen. Ich habe mit einem Experten für Bildschnitzereien gesprochen, der sie als das Werk eines Holzschnitzers aus dem späten siebzehnten Jahrhundert namens Grinling Gibbons identifiziert hat.«

»Wie sicher ist er?«, fragte DCI Gibson.

»Sehr sicher. Offenbar hat Gibbons in seinen Werken immer irgendwo eine kleine Erbsenschote geschnitzt, und wie es der Zufall will, ist auf den Fotos eine Erbsenschote in der Holzvertäfelung des Zimmers zu erkennen. Gibbons arbeitete hauptsächlich in England und nahm nur wenige Aufträge in Schottland an. Um es kurz zu machen: Der Experte hat mir die Namen von drei Gebäuden im Umkreis von sechzig Kilometern genannt, in denen Gibbons gearbeitet hat.«

»Drei?«

»Ja, aber ich denke, wir können eines von ihnen ausschließen. Es liegt zwölf Kilometer südlich von St. Andrews. Und Vicky Gallagher erzählte uns doch, dass Andy an einem Donnerstagabend eine Autopanne hatte und sie gebeten hat, ihm ihr Auto zu leihen. Sie hat ihn in der Nähe einer Kreuzung nördlich der Stadt getroffen, also bin ich mir ziemlich sicher, dass es dieses Gebäude im Süden nicht ist.«

»Und die beiden anderen?«

»Das erste ist die Gundor Lodge. Ich glaube, sie liegt im Westen.«

DCI Gibson gab den Namen in die Suchmaschine ein, und eine Karte erschien. »Es ist in der Nähe von Newburgh.«

»Wäre Andy Robb an diese Kreuzung gekommen, wenn er auf dem Weg nach Newburgh gewesen wäre?«, fragte Chris.

»Vielleicht, wenn er versucht hätte, die Kameras der Verkehrsüberwachung zu vermeiden«, sagte Clare. »Aber es ist sicher nicht der schnellste Weg.«

»Und das zweite Haus?«, fragte DCI Gibson.

»Mortaine Castle. Wird T-A-I-N-E geschrieben, Sir.«

Der DCI tippte es in die Suchmaschine ein. »Ist draußen in Richtung Tentsmuir Forest«, erklärte er.

»Was in der Nähe der Kreuzung bei St. Mike's ist, glaube ich«, meinte Chris. »Ich würde sagen, dass es das wahrscheinlichere Gebäude ist.«

»Möglicherweise«, sagte Clare, »aber wir können nichts riskieren.«

»Können Sie Ihre Männer aufteilen?«, fragte der DCI Drew.

»Nicht wirklich. Am Ende würden wir keinen der beiden Standorte angemessen abdecken. Es wäre besser, wenn wir herausfinden könnten, welches das richtige Haus ist.«

Clare zog ihr Handy heraus. »Ich werde es noch einmal bei Sara im Krankenhaus versuchen.«

Sara meldete sich beim zweiten Klingeln. »Ich wollte dich gerade anrufen, Chefin.«

»Was ist passiert?«

»Dryden ist aufgewacht. Ich fahre jetzt zurück nach St. Andrews.«

»Wer ist bei ihm? Teresa?«

»Ja.«

»Gut. Komm so schnell wie möglich zur Wache, Sara. Wir brauchen hier im Moment jeden Beamten, den wir bekommen können.«

»Bin schon unterwegs.« Clare legte auf.

»Gute Nachrichten?«, fragte Chris.

»Ich hoffe es. Komm, wir fahren nach Ninewells. Dryden ist aufgewacht.«

Kapitel 22

»Aber nur ein paar Minuten. Und er darf sich nicht aufregen«, warnte der Arzt.

»Wir bleiben nicht lange«, versicherte Clare ihm.

Als sie den Raum betraten, musste Clare feststellen, dass der ältere Mann, der bei ihrem letzten Besuch mit im Zimmer gewesen war, nicht mehr da war. Sein Bett war leer. Sie hoffte, dass es daran lag, dass er sich erholt hatte.

Nat Dryden lag aufgestützt im Bett, umgeben von Kissen. Sein Kopf war bandagiert, übel zugerichtet und mit Blutergüssen übersät, und der Fixateur über seinem verbliebenen Bein befand sich nach wie vor unter der Bettdecke. Sein Gesicht war voller Bartstoppeln, und Clare wunderte sich, dass der Körper trotz eines solchen Traumas seine normalen Funktionen aufrechterhielt. Als Clare ihn ansah, wie er so hilflos und erschöpft dalag, konnte sie kaum glauben, dass er zu einer solchen Verderbtheit fähig war. Doch dann erinnerte sie sich an die Bilder auf seinem Laptop, und ihr Mitleid verschwand schlagartig.

Chris zog zwei Stühle heran, und sie setzten sich links und rechts von seinem Bett.

»Mr Dryden, ich bin Detective Inspector Clare Mackay und das ist Detective Sergeant Chris West. Wir würden Ihnen gern ein paar Fragen stellen, wenn Sie sich dazu in der Lage fühlen.«

Nat hob die Hand leicht an.

»Mr Dryden, bevor wir fortfahren, muss ich Sie dahingehend belehren, dass Sie nichts sagen müssen und dass jede Aussage, die Sie machen, zu Protokoll genommen wird und als Beweismittel verwendet werden kann.«

Nats Blick sprang von Clare zu Chris und dann wieder zurück zu Clare.

»Verstehen Sie diese Belehrung?«

Er nickte leicht.

»Wir brauchen dringend Ihre Hilfe, um einen weiteren Mord zu verhindern, und wenn Sie uns helfen, werde ich dafür sorgen, dass das berücksichtigt wird, wenn Sie später wegen anderer Delikte angeklagt werden.«

Sie hielt inne, damit er das Gesagte verarbeiten konnte, und wieder hob er die Hand ein wenig.

»Wir möchten Sie zu den Donnerstagabenden befragen. Sie gehen donnerstags immer aus, nicht wahr?«

Er schloss die Augen und atmete durch die Nase aus.

»Wir müssen wissen, wohin.«

Nat fuhr sich über die Lippen, und sein Blick wanderte zu einem Beistelltisch, auf dem eine Wasserflasche mit einem Strohhalm stand. Chris ging um das Bett herum, nahm die Flasche und hielt Nat den Strohhalm an die Lippen. Er saugte, und ein wenig Wasser tropfte an seinem Kinn herunter, das Chris vorsichtig mit einem Taschentuch abtupfte.

»Mr Dryden, befindet sich das Haus, das Sie besucht haben, in der Nähe von Newburgh?«

Nat runzelte die Stirn und atmete flach ein. Er schüttelte den Kopf.

»Also nicht in Newburgh? War es Gundor Lodge?«

Er neigte seinen Kopf leicht zur Seite.

»Ist das ein Nein, Mr Dryden?«

Eine Krankenschwester trat näher. »Ich denke, das reicht für den Moment, Officers. Mr Dryden sieht müde aus.«

Clare drehte sich zu ihr um. »Nur noch ein paar Fragen. Das Leben eines Mannes hängt möglicherweise davon ab.«

Die Augen der Krankenschwester weiteten sich. »Aber nur, wenn ich bleiben und dafür sorgen kann, dass Ihre Fragen ihn nicht aufregen.«

»Natürlich.« Clare drehte sich wieder zu Nat um. »Befindet sich das Haus in der Nähe von Tentsmuir, Mr Dryden?«

Wieder fuhr er sich über die Lippen. Diesmal nahm die Krankenschwester die Flasche und hielt ihm den Strohhalm an die Lippen.

»Mr Dryden.«

Er gab keine Antwort. Seine Augen waren jetzt geschlossen.

»Er ist sehr müde«, sagte die Krankenschwester. »Ich glaube wirklich …«

»Bitte«, sagte Clare, »nur noch eine Frage.«

»Muh«, krächzte Dryden. »Mor…«

»Mortaine?«

Ein schwaches Nicken.

»Sie fuhren donnerstagabends zum Mortaine Castle?«

Er schloss die Augen und nickte erneut.

Clare stand auf. »Vielen Dank, Mr Dryden. Das wäre für den Moment alles.«

Als sie sich zum Gehen wandte, hob er erneut die Hand.

»Ja? Möchten Sie noch etwas sagen?«

Er schluckte mühsam und flüsterte dann: »Es tut mir leid.«

* * *

Auf dem Parkplatz warf Clare die Schlüssel zu Chris. »Du fährst, ich rufe den DCI an.«

DCI Gibson nahm sofort ab. »Was haben Sie herausgefunden?«

»Es ist Mortaine Castle. Draußen in Richtung Tentsmuir Forest. Aber, Sir, ich möchte nicht, dass wir da mit der ganzen Meute reingehen. Wir brauchen Fergus lebend.«

»Und ich will kein weiteres Mordopfer, Inspector. Wir haben schon beim letzten Mal zu viel Zeit verloren.«

»Bitte, Sir, es wird erst in ein paar Stunden dunkel. Können Sie wenigstens so lange warten, bis ich zurückkomme, damit wir uns die Gegend gemeinsam ansehen?«

»Ich werde mit Drew sprechen, Inspector, aber er will seine Männer noch vor Einbruch der Dunkelheit in Stellung bringen. Sollten Sie jedoch innerhalb der nächsten halben Stunde hier eintreffen, werden wir Sie erwarten.«

»Könnten Sie vielleicht nachsehen, wer dort wohnt, während wir noch unterwegs sind?«

»Ich werde einen der Jungs bitten, sich darum zu kümmern. Kommen Sie einfach so schnell wie möglich zurück.«

Sie erreichten das Auto und Clare sprang hinein. »Gib Gas«, sagte sie zu Chris. »Wir müssen zurück sein, bevor das Sondereinsatzkommando zum Mortaine Castle aufbricht.«

* * *

»Wir werden möglicherweise drei Verhaftungen vornehmen, und zwar aus sehr unterschiedlichen Gründen«, sagte Clare zu Drew Walsh und DCI Gibson. »Fergus Bain und eine bisher noch unbekannte Frau wegen Fahrerflucht und den Besitzer oder Bewohner von Mortaine Castle wegen Sexualstraftaten. Wissen wir inzwischen, wer dort wohnt?«

Der DCI schob seine Brille nach unten und sah auf seinen Notizblock. »Edward Collinson. Verdiente sein Geld mit Immobilien, verkaufte dann sein Geschäft und erwarb das Schloss vor zehn Jahren. Wir haben die Festnetznummer des Schlosses, aber noch nicht die Handynummer von Mr Collinson.«

»Wohnt er dort allein?«

»Meines Wissens, ja. Er ließ sich scheiden, bevor er das Anwesen kaufte. Soweit ich mich erinnere, bekam die Ehefrau eine hohe Abfindung. Ich habe damals in der Zeitung darüber gelesen.«

Clare lehnte sich zurück und dachte einen Moment nach. Das würde nicht einfach werden. »Wir brauchen Fergus lebend und gesund, wenn wir Edward Collinson überführen wollen. Er war so schlau, auf keinem der Fotos aufzutauchen. Der einzige direkte Beweis sind die Bilder von der Holzvertäfelung im Haus, und er könnte behaupten, donnerstags nicht im Haus gewesen zu sein und von den Aktivitäten nichts mitbekommen zu haben.«

»Ich bezweifle, dass eine Jury das glauben würde«, bemerkte DCI Gibson.

»Ich würde das Risiko lieber nicht eingehen, Sir. Wir müssen Fergus Bain lebend festnehmen.«

»Bewaffnete Männer neigen nicht dazu, sich zu ergeben.«

»Ich weiß, Sir. Aber ich möchte nicht, dass Collinson aus Mangel an Beweisen durch das Netz schlüpft. Nat Dryden ist noch nicht über den Berg. Wenn ihm etwas zustößt, ist Fergus vielleicht unsere einzige Hoffnung, Collinson zu überführen.«

Drew sah auf seine Uhr. »Ich möchte mein Team so schnell wie möglich in Position bringen. Der Typ rennt mit einer Schrotflinte herum. Nach allem, was wir wissen, könnte er jetzt dort sein und das Grundstück beobachten. Ich werde nicht zulassen, dass meine Leute in Gefahr geraten.«

»Gibt es noch etwas über den Hintergrund von Fergus Bain?«, wollte der DCI wissen.

»Nicht viel. Keine Freundin, nur eine Art Tante irgendwo in der Stadt, deren Namen wir noch nicht kennen.«

»Er ist in einem Kinderheim aufgewachsen«, sagte Chris.

»Interessant. Haben Sie eine Ahnung, in welchem?«

Chris schaute in sein Notizbuch und blätterte ein paar Seiten zurück. »Der Ceilidh-Bandleader hat es erwähnt. Hier ist es – Garthley House.«

DCI Gibson beugte sich vor. »Garthley House?«

Chris nickte. »Gibt es etwas, was wir wissen sollten?«

Der DCI schien seine Worte sorgfältig zu wählen. »Damals wurde alles totgeschwiegen und letztendlich keine Anklage erhoben. Aber es gab Gerüchte ...«

»Missbrauch?«, fragte Clare.

»Ja. Aber da man keine Beweise hatte, wurden die Ermittlungen eingestellt.«

Clare lehnte sich zurück, um diese Information zu verarbeiten. »Jetzt wissen wir also, warum er das tut«, sagte sie. »Er war selbst ein Opfer.«

»Aber Bruce Gilmartin hatte nichts mit der Fürsorge zu tun, das weiß ich. Und er war nicht alt genug, um jemanden im Alter von Fergus Bain zu missbrauchen.«

»Ich nehme an, dass das Fergus egal war«, meinte Clare. »Wenn er seine eigenen Schänder nicht finden konnte, verfolgte er andere Männer, die Kinder missbrauchten. Ich würde sagen, er hat das Internet durchforstet, um Pädophilenringe in seiner Heimat aufzuspüren und dann seine eigene Form der Gerechtigkeit walten zu lassen. Nach allem, was wir wissen, könnten diese fünf Männer nur der Anfang sein.«

»Wenn Sie recht haben, Inspector«, sagte der DCI, »dann ist Edward Collinson das letzte Mitglied dieses Pädophilenrings. Der Donnerstagabendgruppe.«

»Dem stimme ich zu. Er ist der Mann hinter der Kamera und vorerst Fergus' letztes Ziel.«

»Wir könnten sofort aufbrechen und ihn schnappen, bevor es dunkel wird«, meinte Drew.

»Die Beweise gegen ihn sind bestenfalls dürftig«, gab DCI Gibson zu bedenken.

Clare runzelte die Stirn. »Wenn wir Collinson jetzt verhaften und Fergus Bain das Haus beobachtet, werden wir ihn verlieren. Aber wenn wir Collinson an Ort und Stelle lassen, als Köder …«

»Das ist ein gefährliches Spiel, Inspector. Denn wenn Bain Erfolg hat, werden wir einen weiteren Todesfall erklären müssen. Einen, den wir möglicherweise hätten verhindern können.«

»Dieser Edward Collinson muss doch wissen, dass die anderen getötet wurden, und er wird bestimmt im sicheren Haus bleiben«, meinte Chris. »In seinem Wohnzimmer kann er schließlich nicht überfahren werden.«

»Aber Fergus Bain hat jetzt eine Waffe«, entgegnete DCI Gibson. »Was meinen Sie, Drew?«

Drew dachte kurz nach, bevor er antwortete. »Ich würde gern die Gegend erkunden. Wir können Wärmebildkameras einsetzen und so Bain aufspüren, falls er sich in Gebüsch versteckt. Wenn es aber keine Spur von ihm gibt und wir Mr Collinson sicher herausbegleiten können, sollten wir das tun.«

Clare sah ihn an. »In dem Fall würde ich mich ins Haus setzen, die Lichter anmachen und so weiter, damit Fergus glaubt, er wäre noch dort.«

»Auf keinen Fall, Inspector«, widersprach DCI Gibson. »Ich werde nicht Ihr Leben aufs Spiel setzen.«

»Ich werde eine Weste tragen, Sir. Und wenn es Sie glücklich macht, nehme ich ein paar von Drews Jungs mit. Ich möchte ihn in diesem Stadium nicht verlieren. Drew wird Ihnen sagen, wie einfallsreich ich sein kann.« Sie warf Drew einen Blick zu, damit er es nicht wagte, ihr zu widersprechen.

Drew schaute zum DCI. »Clare war eine meiner besten Polizistinnen, und ich habe sie nur ungern ziehen lassen. Ich würde sie sofort wieder zurücknehmen.«

Auch Clare sah den DCI an. Er schwieg und überlegte.

»Warten wir erst einmal ab, ob wir Edward Collinson auftreiben können«, meinte er schließlich. »Dann werden wir das entscheiden.«

Clare erhob sich, doch Chris legte eine Hand auf ihren Arm. »Einen Moment«, sagte er.

Sie drehten sich um und sahen ihn an.

»Wir haben da jemanden vergessen – den anderen Fahrer, von dem wir glauben, dass er eine Frau ist. Sie könnte jemand aus seiner Vergangenheit sein. Ein weiteres Opfer aus Garthley House.«

»Gutes Argument, Sergeant«, sagte der DCI. »Jemand soll sich darum kümmern.«

Drew erhob sich. »Gut. Wir brechen jetzt auf. Ich werde einen Umweg nehmen und das Team vor Einbruch der Dunkelheit in Position bringen. Funkstille ab zweiundzwanzig Uhr.«

* * *

Draußen im Hauptbüro nahm Clare Chris zur Seite. »Wie ist es um deine Schauspielkünste bestellt, Chris?«

»Die sind quasi nicht existent. Warum?«

»Hast du vielleicht Lust, auf Mortaine Castle anzurufen, um zu sehen, ob er zu Hause ist?«

»Und was soll ich sagen?«

»Den üblichen Verkaufsschwachsinn. Irgendeine Versicherung oder etwas in der Art.«

»Warum machst du das nicht?«

»Ich bin echt schlecht in solchen Sachen.«

»Ach, glaubst du, ich wäre besser darin?«

»Jetzt mach schon. Und benutze das Festnetztelefon, nicht dein Handy.«

Chris ging zum Telefon hinter dem Tresen und wählte die Nummer von Mortaine Castle. Nach ein paar Minuten legte er auf.

Er sagte: »Ging keiner dran.«

»Das heißt aber nicht, dass er nicht zu Hause ist. Vielleicht versteckt er sich und hat Angst.«

»Oder er könnte die Leitung herausgerissen haben.«

»Richtig. Frag bei der Zulassungsstelle nach Fahrzeugen, die auf ihn oder auf seine Adresse zugelassen sind. Wenn er nicht zu Hause ist, können wir vielleicht die Aufzeichnungen der Verkehrsüberwachungskameras überprüfen, um herauszufinden, wohin er unterwegs ist.«

Chris machte sich an die Arbeit und kehrte wenige Minuten später zurück. »Er besitzt einen alten Jaguar und einen Audi Q5. Ich habe die Kennzeichen aufgeschrieben. Soll ich die Verkehrsüberwachung bitten, danach zu suchen?«

»Ja, bitte. Geh bis zum letzten Freitag zurück. Bevor die Morde begannen.«

»Er könnte natürlich auch Nebenstraßen genommen haben.«

»Daran möchte ich lieber nicht denken, Chris.« Sie sah auf ihre Uhr. »Wir haben eine lange Nacht vor uns. Ich fahre jetzt nach Hause, um etwas zu essen, und bin in einer Stunde zurück. Ruf mich an, wenn sich etwas ergibt.«

»Aber lass diesmal die Finger vom Wein.«

»Das ist nicht witzig, DS West.«

* * *

»Keines der beiden Autos hat in den letzten fünf Tagen eine Kamera der Verkehrsüberwachung passiert«, berichtete Chris, als sie zurückkam. »Der Jaguar fuhr zwar vorletzten Dienstag nach Edinburgh, ist aber wieder zurückgekommen.

Wenn Collinson sich aus dem Staub gemacht hat, ist er auf Nebenstraßen unterwegs.«

Clare sah, wie Drew ihr aus der Einsatzzentrale ein Zeichen gab, und ging zu ihm. Er hielt eine kugelsichere Weste in der Hand. Sie sah sie an. »Ich hatte ganz vergessen, wie umständlich die sind.«

»*Take it or leave it,* Clare. Aber ohne sie kommst du nicht mit.«

Sie nahm die Weste und ging hinaus, um sie anzulegen. Als sie zurückkam, hatten Drew und der DCI das gesamte Team in der Einsatzzentrale versammelt. Sie entdeckte Pam Cassidy in einer Ecke. Clare sah sie an und wandte dann den Blick ab, um weiteren Augenkontakt zu vermeiden.

Als die Leute im Raum still waren, stand Drew auf.

»Okay«, sagte er. »Das Hauptziel des heutigen Auftrags besteht darin, diesen Mann zu verhaften.« Er wies auf ein Foto von Edward Collinson, das sie inzwischen besorgt und auf dem Whiteboard angebracht hatten. Er sah aus wie ein Mittfünfziger, war glatzköpfig und zu dick. Auf dem Foto trug er einen Smoking und lächelte breit. Clare dachte, dass es ihr sehr viel Spaß machen würde, ihn zu verhaften.

»Das ist Edward Collinson«, fuhr Drew fort. »Wir glauben, dass er der Kopf eines Pädophilenrings ist. Er ist außerdem der Besitzer von Mortaine Castle, draußen im Wald von Tentsmuir. Zwei meiner Männer sind schon vor Ort. Sie haben sich umgesehen, und es scheint niemand zu Hause zu sein. Er besitzt zwei Autos – einen Jaguar und einen Audi –, und soweit wir sehen können, ist der Audi nicht da. Unsere Jungs haben sich durch eine Kellertür Zutritt verschafft, und im Haus ist niemand zu sehen, also können wir wohl davon ausgehen, dass er mit dem Audi weggefahren ist. Das Nummernschild ist in der Datenbank der Verkehrsüberwachung hinterlegt, und die Kollegen melden sich sofort bei uns, wenn er eine ihrer Kameras passiert. Sobald Edward Collinson gesichtet wird, wird ihm empfohlen, sich zu seiner eigenen Sicherheit in Schutzhaft zu begeben. Wir wollen, dass er das freiwillig tut, wenn möglich. Weigert er sich, sollte er im Zusammenhang mit den Ermittlungen wegen sexuellen Missbrauchs von Minderjährigen verhaftet werden. Sorgt unbedingt dafür, dass er ordnungsgemäß belehrt wird. Er ist nicht dumm, und wir wollen nicht, dass er sich einer möglichen Anklage entziehen kann. Ein Team der Sitte wird morgen hier sein, um die Befragung zu übernehmen, aber wir müssen ihn erst einmal schnappen. So weit alles klar?«

Als alle nickten, fuhr Drew fort. »Okay. Unser zweites Ziel ist ein gewisser Fergus Bain.« Diesmal zeigte er auf ein Foto von Fergus an der Tafel. »Wir gehen davon aus, dass er mit einer Remington Pumpgun bewaffnet ist. Daher wird er als sehr gefährlich eingestuft. Er ist außerdem der Fahrer eines Land Rover Defender, der derzeit ein falsches Nummernschild mit den Buchstaben SJ und der Ziffer Sieben trägt. Er dürfte einen erheblichen Schaden an der Front haben, da er gegen einen Laternenpfahl geprallt ist, aber wir wissen, dass der Wagen noch fahrbar ist. Wir glauben, dass Fergus und ein Komplize für vier Attacken mit anschließender Fahrerflucht verantwortlich sind, wobei drei den Tod der Opfer zur Folge hatten. Wir glauben außerdem, dass diese Opfer Mitglieder von Edward Collinsons Pädophilenring sind oder waren.«

»Dieser Fergus Bain scheint seine Sache sehr gut zu machen«, meinte ein Mitglied der Sondereinsatzkräfte. Das brachte ihm einen scharfen Blick von Drew ein, aber keinen Kommentar.

»Wir glauben, dass Fergus Bain das beenden will, was er begonnen hat, indem er versucht, Edward Collinson zu töten, vielleicht noch heute Abend. Wie ich bereits sagte, ist Mr Bain als äußerst gefährlich einzustufen. Ich will nicht, dass einer von euch ein Risiko eingeht. Trotzdem brauchen wir ihn, wenn möglich, lebend. Ohne seine Aussage kann die Sitte möglicherweise keine Anklage gegen Collinson erheben.«

»Dürfen wir schießen, Sir?«, fragte einer seiner Männer.

»Wenn Sie glauben, dass dies die einzige Möglichkeit ist, ihn aufzuhalten, dann ja. Wenn Ihr Leben oder das Ihrer Kollegen bedroht ist, sollten Sie schießen und ihn töten. Aber wenn er flieht, dann schießen Sie mit dem Ziel, ihn zu verwunden.«

Drew machte eine Pause, damit seine Leute das verinnerlichten. »Wir wissen jetzt, dass Bain eine Komplizin hat, eine Frau. Aber wir wissen absolut nichts über sie, außer dass einer ihrer Finger möglicherweise kürzer ist als die anderen. Ihr solltet also auch nach Frauen in der Umgebung Ausschau halten. Jeder, der auf dem Gelände von Mortaine Castle angetroffen wird – ob männlich oder weiblich –, sollte in Gewahrsam genommen werden.«

Drew sah zu Clare hinüber und dann wieder zu den Leuten im Raum. »Außerdem wird DI Mackay zusammen mit zwei bewaffneten Beamten im Schloss sitzen. Sie kennt Bain und kann ihn vielleicht davon abhalten, etwas Dummes zu tun, falls es ihm doch gelingen sollte, ins Haus einzudringen. DI Mackay trägt zwar eine kugelsichere Weste, aber ich muss Ihnen nicht sagen, dass ihr Schutz oberste Priorität hat.«

* * *

Clare und Chris bogen an der St. Michael's-Kreuzung schweigend rechts nach Tayport ab und passierten Felder, die von dichten Kiefernwäldern unterbrochen wurden.

Chris warf einen Blick auf das Navi. »Es ist gleich hinter der nächsten Kurve, glaube ich. Dort gibt es eine Einfahrt zwischen den Bäumen, und das Haus steht auf einer Lichtung.«

Sie fuhren um die Kurve und sahen die kräftigen Steinsäulen, die den Eingang zur Einfahrt säumten. Clare lenkte das Auto hinein. Es gab keinerlei Anzeichen für polizeiliche Aktivitäten. Drews Team hielt sich gut versteckt.

Die Bäume wichen einer kreisförmigen Kieseinfahrt, hinter der sich das imposante Sandsteingebäude erhob. Es ein Schloss zu nennen, war vielleicht etwas übertrieben, aber es war dennoch beeindruckend. Es war im Scottish-Baronial-Stil erbaut worden, mit einem runden Turm und Staffelgiebeln. Als sie zum Vordereingang fuhren, hielt ein Beamter von Drews Team sie an.

»Parken Sie bitte hier drüben, Inspector«, sagte er und deutete auf eine kleine Abzweigung, die hinter einer Baumgruppe eine Kurve machte. Als sie der Anweisung folgte, stieß Clare auf mehrere Polizeifahrzeuge, die von der Haupteinfahrt und dem Haus aus nicht zu sehen waren. Sie parkte an der Stelle, auf die der Beamte zeigte, und stieg aus.

In dem Moment tauchte Drew aus den Bäumen auf. »Ganz sicher können wir uns zwar erst sein, wenn es dunkel ist, doch ich glaube nicht, dass sich jemand auf dem Gelände versteckt hält. Aber sobald wir die Wärmebildtechnik einsetzen können, wissen wir es genauer.«

Clare schaute in Richtung des Hauses. »Wer ist drinnen?«

»Zwei meiner Beamten. Ronnie und Eva. Beide sehr erfahren. Sie werden gut auf dich aufpassen.«

»Ich war schon einmal bei einem Sondereinsatzkommando dabei, Drew. Du erinnerst dich?«

»Ja okay.« Er warf einen Blick in den Himmel. »Die Sonne steht inzwischen schon ziemlich tief. Du solltest auch hineingehen. Der Constable hier wird dir den Weg zeigen. Der Rest von uns wird jetzt außer Sichtweite verschwinden.«

»Und der DCI?«

»Ist wieder auf der Wache. Wir wollen schließlich nicht, dass er alles durcheinanderbringt.«

Chris klopfte Clare auf den Rücken und schenkte ihr ein aufmunterndes Lächeln, aber seine Augen sagten etwas anderes. »Pass gut auf dich auf da drinnen, Chefin.«

Sie nickte, dann machte sie sich auf den Weg. Sie durfte jetzt nicht an Chris denken – oder an ihre Familie. Es galt, eine Aufgabe zu erledigen. Clare folgte dem Constable durch die Bäume und zur Rückseite des Schlosses. Eine kleine Treppe führte zu einer dunkelgrünen, hölzernen Kellertür hinunter, die sich geräuschlos öffnen ließ. Sie fand sich in einem Raum wieder, der leicht nach Feuchtigkeit roch. Sie blinzelte und wartete, bis ihre Augen sich an die Dunkelheit gewöhnt hatten, bevor sie dem Beamten zu einer weiteren Tür folgte, die wiederum zu einer Treppe führte.

»Hier geht es zum Hauptflur«, erklärte er. »Ronnie und Eva sind im vorderen Zimmer, gleich neben der Eingangshalle.«

Clare bedankte sich und ging die Treppe hinauf, an deren Ende sie durch einen abgenutzten Samtvorhang in eine geflieste Halle mit breiter Treppe auf der linken und dem Vordereingang auf der rechten Seite trat. Überall um sie herum war die Holzvertäfelung von Grinling Gibbons zu sehen, und sie wusste, dass sie im richtigen Haus war. Auf der anderen Seite der Halle strömte Licht aus einer offenen Tür. Sie ging zu den beiden Beamten. Obwohl es noch nicht ganz dunkel war, hatten sie die Vorhänge zugezogen und einige Lampen im Zimmer eingeschaltet.

»So sieht es aus, als wäre jemand zu Hause«, meinte Ronnie.

»Das könnte eine lange Nacht werden«, fügte Eva hinzu. »Fühlen Sie sich wie zu Hause, Inspector.«

Clare nahm ihr Handy aus der Tasche, um Chris per Nachricht ihren Standort mitzuteilen, aber sie hatte keinen Empfang.

»Die Mauern sind fast einen Meter dick«, erklärte Eva. »Aber wahrscheinlich gibt es irgendwo im Haus Funkempfang.«

Clare schüttelte den Kopf. »Ist schon okay. Kein Problem.« Dann ließ sie sich in einem Sessel nieder, von dem aus sie die Tür im Blick hatte.

Kapitel 23

Clare langweilte sich zu Tode. Sie war durch den Raum gegangen, hatte die kunstvollen Holztafeln bewundert und erfolglos versucht, die geschnitzte Erbsenschote zu finden. Dies war nicht der Raum, in dem die Fotos aufgenommen worden waren, aber die Ähnlichkeit im Stil war unbestreitbar. Sie schlenderte am Rande des Zimmers umher, betrachtete die Bücher im Bücherregal, blätterte in einigen und bewunderte die Stuckarbeiten an der Decke, aber von Edward Collinson war immer noch nichts zu sehen.

»Passiert draußen irgendetwas?«, fragte sie Ronnie und Eva.

Die beiden schüttelten den Kopf. »Ich werde gleich nach oben gehen und sehen, ob ich dort ein Signal empfangen kann«, sagte Eva.

Clare ging zur Tür. »Möchte jemand einen Kaffee?«

»Ja, bitte«, antwortete Eva. »Beide mit Milch, aber ohne Zucker.«

»Also schön einfach.« Clare kehrte in die Halle zurück und sah sich um. Die Küche befand sich vermutlich auf der Rückseite des Hauses, dachte sie. Also lief sie den Flur entlang, vorbei an der Haupttreppe zu ihrer Linken, hinter der sie eine Tür entdeckte. Sie öffnete sie und tastete im Dunkeln nach einem Lichtschalter. Ihre Finger fanden ihn, und der Raum wurde in Helligkeit getaucht. Trotz des Alters des Gebäudes war die Küche modern. Sie war mit einem cremefarbenen Aga-Herd ausgestattet, an den Wänden standen helle Eichenmöbel. Der Boden war mit großen, diagonal anbrachten schwarz-weißen Kacheln versehen, und in der Mitte des Raums befand sich ein großer gewachster Esstisch.

Eine Menge Küche für einen Mann.

Sie ging zur Spüle, um den Wasserkocher zu füllen. Der Wasserdruck überraschte sie, und sie füllte zu viel Wasser ein, wobei sie etwas davon verschüttete, als sie den Kocher zur Steckdose neben dem Aga trug. Während sie darauf wartete, dass das Wasser kochte, sah sie sich in der Küche um. Es war ein schöner Raum, in dem keine Kosten gescheut worden waren. Aber irgendetwas fehlte. Sie dachte, dass Edward Collinson hier wahrscheinlich nicht viel mehr tat, als Fertiggerichte in der Mikrowelle aufzuwärmen. Plötzlich surrte ihr Telefon, als sie ein Signal empfing. Sie zog es aus der Tasche und sah das Symbol für eine Sprachnachricht blinken. Chris. Sie hielt das Gerät ans Ohr und lauschte.

»Clare, ich bin's, Chris. Wir glauben, dass Fergus im Haus sein könnte. Der Land Rover wurde weiter unten auf der Straße zwischen den Bäumen versteckt. Der Motor ist kalt, und auf dem Gelände ist keine Spur von ihm. Bleib an den Leuten vom Sondereinsatzkommando kleben wie Leim. Drew schickt das Team rein.«

Clares Herz schlug plötzlich schnell. Fergus war im Haus. Sie trug eine Schutzweste, aber keine Waffe. Das Vernünftigste wäre gewesen, wieder zu Ronnie und Eva zurückzugehen. Falls sie noch immer kein Funksignal hatten, wussten sie von nichts. Aber wenn Fergus irgendwo im Haus war, war es dann möglich, dass er ihr vertraute? Er würde sehen, dass sie unbewaffnet war. Der Wasserkocher kochte und stieß klickend eine Dampfwolke aus. Ein zweites, leiseres Klicken kam von der Küchentür, die ganz sachte geschlossen wurde.

»Die Hände dorthin, wo ich sie sehen kann«, sagte Fergus. »Und dann umdrehen.«

»Ich bin unbewaffnet«, sagte sie und drehte sich langsam um.

Er grinste. »Ich weiß.«

Clare fand, dass Fergus Bain hagerer und ruheloser aussah als bei ihrem Gespräch – war das wirklich erst gestern gewesen? Es schien eine Ewigkeit her zu sein. Der dichte Pony ließ seine Augen noch dunkler erscheinen als zuvor. Er stand jetzt mit dem Rücken zur Küchentür, die Schrotflinte auf Clare gerichtet. Er schob ihr einen Stuhl zu.

»Setzen.«

»Ich wäre viel glücklicher, wenn Sie die Waffe senken würden, Fergus.«

Daraufhin senkte er das Gewehr ein wenig, sodass es mehr in Richtung ihrer Füße zeigte. Sie kämpfte gegen die aufsteigende Nervosität an und versuchte, die Erinnerung an das letzte Mal zu verdrängen, als etwas auf sie gerichtet gewesen war, was sie für eine Waffe gehalten hatte. Aber dieses Mal war die Waffe echt. Eine Remington 870. Sie hätte kaum eine Chance, wenn sie losgehen würde.

Clare zwang sich zu einem Lächeln. »Ich fände es schön, wenn wir beide auf die Wache fahren und uns richtig unterhalten könnten. Ohne die anderen Polizisten da draußen. Sie wissen, dass draußen bewaffnete Polizisten stehen, Fergus?«

»Draußen und drinnen. Sie werden mich hier nicht lebend rauslassen. Aber solange ich Sie habe …«

»Ich werde nicht Ihre Geisel sein.«

Er hob erneut die Waffe.

»Sie werden mich gleich hier erschießen müssen. Und dann werden meine Leute Sie erschießen.« Sie schaute wieder auf die

Waffe, und er senkte sie ein wenig. »Und wir wollen, dass Sie leben, Fergus. Wir möchten, dass Sie uns helfen, den Mann festzunehmen, der hier wohnt.«

Fergus sagte etwas, das wie »kranker Bastard« klang, aber Clare war sich nicht ganz sicher.

»Ist Ihnen das auch passiert? In Garthley House? Haben Sie sich deshalb auf diesen Rachefeldzug begeben?«

Clare beobachtete ihn aufmerksam. War da ein Aufflackern von irgendetwas in diesen dunklen Augen zu sehen? Sie versuchte es erneut: »Wir wissen, was passiert ist. Damals, in Garthley. Damals konnte man es nur nicht beweisen. Aber das wissen Sie ja alles, nicht wahr, Fergus?«

Wieder dieses Flackern. Hatte sie seinen wunden Punkt getroffen? Drang sie tatsächlich zu ihm durch?

»Es lässt Sie niemals los, nicht wahr?«, fuhr Clare fort. »Es hat Sie fürs Leben geprägt, richtig?«

Er fuhr sich mit der Zunge über die Lippen. »Sie müssen die Fotos gesehen haben.« Seine Stimme war flach. »Wenn ich in ihre Laptops kommen konnte, können Ihre Leute das bestimmt auch. Die Männer, die mir diese Dinge angetan haben …« Er brach ab.

Clare wartete.

Dann begann er erneut. »Sie sind schon lange weg«, sagte er. »Einige sind tot, andere – ich weiß es nicht. Aber es geht immer noch weiter. Sie haben es selbst gesehen.« Er hob den Kopf, um ihrem Blick zu begegnen, und sie sah, dass in seinen Augen Tränen glänzten.

»Das habe ich, Fergus. Und ich kann Ihnen versichern, dass der Mann, der im Krankenhaus liegt, und der Besitzer dieses Hauses die volle Härte des Gesetzes zu spüren bekommen werden. Das verspreche ich Ihnen.«

»Krankenhaus?«

Clare nickte. »Ihr drittes Opfer ist nicht gestorben. Es hat lebensverändernde Verletzungen erlitten, wird aber überleben.«

»Sie sagte, es sei nicht nach Plan verlaufen.«

Sie. Es war also eine Frau gewesen.

»Wer hat das gesagt, Fergus? Ihre Komplizin? Jemand, der Ihnen bei diesen Morden hilft?«

Plötzlich schien er sich wieder zu besinnen. »Ich werde nichts mehr sagen. Und jetzt sollten wir beide von hier verschwinden.«

Das Knarren, das Clare genau in diesem Moment hörte, war unglaublich leise. Sie glaubte nicht, dass Fergus es auch vernommen hatte, aber vielleicht verriet es ihr Gesicht.

Fergus wirbelte zur Küchentür herum und hob die Waffe.

Clare sah ihre Chance, sprang von ihrem Stuhl auf und duckte sich.

Als sich sein Finger um den Abzug krümmte, griff sie nach seinen Beinen, schlang die Arme fest um sie und zog ihn nach unten und von der Tür weg. Sein Kopf schlug gegen einen der massiven Eichenschränke, und ein Schuss löste sich mit ohrenbetäubendem Knall. Der Rückstoß ließ Fergus nach hinten taumeln, weg von Clare, und er verlor die Waffe. Das Geschoss durchschlug die Schranktür, zerbrach dabei Porzellan und blieb in der dicken Steinwand dahinter stecken. Benommen wie er war, wollte Fergus nach dem Gewehr greifen, aber Clare war schneller. Sie sprang vor und schleuderte es über den Boden. Dann packte sie seinen Arm und drückte ihn auf seinen Rücken. Die Ausbildung aus ihrer Zeit beim Sondereinsatzkommando kam ihr nun zugute, und sie hielt sich an die Dienstvorschrift.

»Feuer einstellen! Waffe gesichert. Raum sauber«, rief sie, während ihre Ohren noch von der Explosion brummten.

Bewaffnete Polizisten traten ein, und einer von ihnen sprang sofort an Clares Seite. Ein anderer stellte sich einige

Meter von Fergus entfernt auf, die Waffe auf ihn gerichtet. Clare, die Fergus im Auge behielt, kam unsicher auf die Beine.

»Ich bin okay«, sagte sie, »oder werde es zumindest wieder sein, sobald es in meinen Ohren nicht mehr klingelt.« Sie sah einen der maskierten Polizisten an, dessen Waffe auf Fergus gerichtet war. Das Gesicht wurde von einer Sturmhaube verdeckt, aber irgendetwas an den Augen kam ihr bekannt vor, und Clare starrte ihn an und versuchte, sich zu erinnern.

»Ich bin es, Pam«, sagte die Beamtin. »Pam Cassidy.« Pams Blick fiel auf die Schrotflinte und das Loch im Eichenschrank. »Das ist ein verdammt großes Loch. Was hat er benutzt?«

»Sicherlich keine Schrotkugeln«, erwiderte Clare. »So wie es aussieht, ziemlich große Patronen.«

Pam schaute zur Küchentür. Sie war nicht original, sondern neueren Datums mit getäfeltem Design – dünn im Vergleich zu den Türen des massiven Eichenschranks. Hätte Clare Fergus nicht zu Fall gebracht, wäre das Geschoss geradewegs durch die Küchentür geflogen und hätte die Person auf der anderen Seite der Tür getroffen. Pam. Sie sah die Tür an, und Clare folgte ihrem Blick.

»Pam«, sagte Clare mit sanfter Stimme und durchbrach damit die Gedanken ihrer Kollegin. »Legen wir ihm Handschellen an und bringen ihn in den Wagen. Und keine groben Sachen. Er hat wertvolle Informationen.«

* * *

»Sie fahren jetzt ins Krankenhaus«, beharrte DCI Gibson.

»Bei allem Respekt, Sir, das werde ich ganz bestimmt nicht tun.«

»Zwingen Sie mich nicht, es Ihnen zu befehlen, Inspector.«

»Sir, mir geht es gut. Ich habe mir den Ellbogen gestoßen, aber das war's auch schon.«

»Oh, Sie sind inzwischen also auch Ärztin? Möglicherweise hat die Explosion Ihr Trommelfell perforiert. Vielleicht haben Sie sogar einen Schock erlitten.«

»Sehe ich aus, als stünde ich unter Schock? Vergessen Sie nicht, dass ich so etwas früher tagein, tagaus gemacht habe.«

Chris mischte sich ein. »Wie wäre es, wenn ich dich ins Krankenhaus fahre, damit sie dich kurz untersuchen, bevor ich dich dann nach Hause bringe?«

»Wir müssen Zeugen befragen.«

»Nicht heute Abend, Inspector«, widersprach der DCI. »Wir haben zwei Verdächtige, die beide auf dem Weg zum Revier sind, und wir werden nichts unternehmen, bis wir Drews Nachbesprechung hinter uns haben, was noch mindestens eine Stunde dauern wird. Ich möchte, dass Sie von einem Arzt untersucht werden. Sofern der Arzt bestätigt, dass es Ihnen gut geht, können Sie morgen an den Befragungen teilnehmen. Wir treffen uns um neun Uhr und klären, wer wen befragt.«

»Zwei Verdächtige?«, fragte Clare, die nun wieder alarmiert war. »Der zweite Fahrer?«

Der DCI schüttelte den Kopf. »Nein. Collinson. DS West kann Sie auf dem Weg ins Krankenhaus auf den neuesten Stand bringen.«

Clare schüttelte den Kopf. »Nein. Ich werde nicht gehen.«

»Dann werden Sie morgen nicht zur Arbeit kommen«, entgegnete der DCI. »Und selbst die heilige Elaine von Carter wird mir in diesem Punkt recht geben.«

Bei dem Gedanken musste Clare lächeln, und Chris sah seine Chance. »Komm schon, Detective Inspector. Wir sollten dich zum Arzt bringen, damit wir alle nach Hause und ins Bett gehen können.« Er sah auf seine Uhr. »Vielleicht schaffen wir es gerade noch zum Gemeindekrankenhaus, bevor es schließt«, meinte er. »Das spart uns die Fahrt nach Dundee …«

»In Gottes Namen! Na dann los – bringen wir es hinter uns.« Mit diesen Worten machte sie sich auf den Weg zu Chris' Auto.

»Rufen Sie mich an, DS West, sobald der Arzt unsere Kollegin untersucht hat«, rief DCI Gibson ihnen nach.

»Wird gemacht, Sir.«

* * *

Im Auto klärte Chris Clare über die Ereignisse des Abends auf.

»Collinsons Audi wurde nordwestlich von Dundee von einer Kamera aufgenommen. Die Jungs von der Streife haben ihn an der Tay Road Bridge aufgegabelt.«

»Was sagt er?«

»Er war außer sich vor Wut. Er verlangte, nach Hause gehen zu dürfen, und drohte damit, den Polizeipräsidenten anzurufen. Das übliche Schwachkopf-Gehabe.«

»Aber ist er möglicherweise ein einflussreicher Schwachkopf?«

»Keine Ahnung. Aber der DCI ist froh, ihn festnehmen zu können, wenn er Schwierigkeiten macht. Im Moment hat man ihn dazu überredet, freiwillig mit uns zu kooperieren. Aber der Chef meint, wir sollen ihn notfalls festnehmen.«

»Aber wenn Nat Dryden ihn eindeutig identifiziert …«

»Das wollen wir hoffen.«

Sie erreichten das Gemeindekrankenhaus eine halbe Stunde bevor es für die Nacht geschlossen werden sollte. Nachdem Chris die Situation erklärt hatte, wurde Clare sofort untersucht. Eine Ärztin kontrollierte ihre Ohren und stellte fest, dass beide Trommelfelle intakt waren.

»Ich fürchte, dass es dafür leider kein Medikament gibt«, sagte sie. »Vermeiden Sie es einfach, sich die Nase zu putzen, zu schwimmen und zu fliegen. Und halten Sie die Ohren sauber. Kein Staubwischen oder Gartenarbeiten.«

Clare nahm die angebotenen Schmerztabletten und schluckte ein paar davon. Die Ärztin wollte ihr außerdem ein Beruhigungsmittel geben und empfahl ihr achtundvierzig Stunden Ruhe – ohne Arbeit. Clare nahm das Beruhigungsmittel, steckte es in ihre Tasche und versprach, ihren Anweisungen Folge zu leisten.

Draußen war Wind aufgekommen, und ihr wurde plötzlich kalt. »Das ist der Schock«, sagte Chris. »Komm, ich fahre dich nach Hause, und du darfst morgen nicht vor neun Uhr auf dem Revier erscheinen.«

»Ja, Sergeant.«

»So spricht ein guter Inspector.«

Kapitel 24

Freitag, 24. Mai

Clare war überrascht, als sie sich im Bett umdrehte und auf ihre Nachttischuhr schielte. Zehn nach acht! Nach den Ereignissen der letzten Nacht hatte sie nicht erwartet, überhaupt schlafen zu können. Aber dann hatte sie die Müdigkeit übermannt, und abgesehen von dem Klingeln in ihren Ohren, das inzwischen einem dumpfen Summen gewichen war, fühlte sie sich ausgeruht. Und ausgehungert. Wann hatte sie zuletzt etwas gegessen?

Sie tappte die Treppe hinunter, zog sich ihren Morgenmantel über und füllte den Wasserkocher auf. Dann kramte sie im Gefrierschrank herum und fand eine Tüte backfertiger Croissants, von denen sie zwei in den Ofen schob. Sie fühlte eine seltsame Ruhe, die völlig im Gegensatz zu der Erfahrung stand, in den Lauf einer Remington 870 zu starren. Fergus und Collinson waren beide verhaftet worden, und sie hoffte, dass Fergus und Nat Dryden reden würden, damit sie Collinson anklagen konnten. Mit drei Toten und einem schwer verletzten Mann war das Ergebnis nicht optimal, aber mit etwas Glück konnten sie die Kinder auf den Fotos finden und sie vor weiterem Missbrauch bewahren.

Im Badezimmer stellte sie die Dusche an. Sie erinnerte sich an die Anweisungen der Ärztin vom Vorabend und stopfte sich Watte in die Ohren, bevor sie unter den Wasserstrahl trat, das Gesicht nach oben gerichtet. Während sie dastand, dachte sie über die Ereignisse der vergangenen Woche nach. Der erste Mord war noch nicht einmal eine Woche her. Knapp sechs Tage. Und ihre Ermittlungen waren noch nicht beendet. Sie mussten noch eine unbekannte Fahrerin finden – Fergus' Komplizin. Trotz ihres ununterbrochenen Schlafs gähnte sie. »Du brauchst dringend Urlaub, Clare«, sagte sie sich, stellte den Wasserstrahl ab und griff nach einem Handtuch. Ihre Gedanken kreisten um das Cottage, das sie gesehen hatte. Jetzt, wo Fergus in Gewahrsam war, brauchte sie keine Angst mehr vor einem Haus zu haben, das so nahe bei seinem lag. Wenn man beide Männer anklagen und den Komplizen finden würde, konnte sie vielleicht darüber nachdenken, das Haus zu besichtigen. Aber die Aussicht auf eine private Strafverfolgung schwebte immer noch über ihr. Solange das nicht geklärt war, konnte sie keine Pläne schmieden.

Sie hörte ein Piepen aus der Küche und rannte mit dem Handtuch auf dem Kopf zurück nach unten, um die Croissants aus dem Ofen zu holen.

* * *

Als Clare auf der Wache ankam, war der Anwalt von Edward Collinson bereits seit vierzig Minuten dort. Er hatte sich offensichtlich vorgenommen, unfreundlich zu sein. »Mein Mandant hat sich gestern Abend um – wie viel Uhr war es noch? – dreiundzwanzig Uhr freiwillig zu einer Befragung bereit erklärt. Und Sie haben ihn bisher noch nicht befragt?« Er sah auf seine Uhr. »Ich glaube, Sie haben seine Gutmütigkeit lange genug missbraucht, Officers. Mr Collinson wird jetzt gehen.«

DCI Gibson war auf diese Situation vorbereitet. »Unsere Nachforschungen haben sich bis zu Ihrer Ankunft verzögert, Sir. Wir können aber jetzt mit der Befragung beginnen.«

»Und wenn er sich weigert?«

DCI Gibson lächelte. »Ich hoffe, Sir, dass das kein Problem sein wird. Ich möchte hinzufügen, dass wir Ihrem Mandanten geraten haben, uns zur Wache zu begleiten, zunächst zu seiner eigenen Sicherheit. Wir hatten Grund zur Annahme, dass sein Leben in unmittelbarer Gefahr war.«

»Vielleicht können Sie das genauer erläutern«, sagte der Anwalt.

»Das werden wir während der Befragung tun«, entgegnete der DCI.

»Falls dem wirklich so war, wäre ein Hotelzimmer mit einem Polizisten als Wache angemessener gewesen«, warf Edward Collinson ein.

Mein Gott, dachte Clare, woher hatten diese Leute nur ihre Ideen? Sie behielt diese Frage jedoch für sich, schob ihm stattdessen ein Formular über den Tisch zu und begann mit ihrer förmlichen Einleitung.

»Mr Collinson, mit der Unterzeichnung dieses Formulars bestätigen Sie, dass Sie meine Kollegen freiwillig zur Wache begleitet haben, um uns bei den Ermittlungen zu helfen. Sind Sie immer noch damit einverstanden, auf dieser Grundlage befragt zu werden?«

Edward Collinson schob seinen Stuhl zurück und stand auf. »Ich glaube eher nicht, Inspector. Es war eine lange Nacht, und ich würde jetzt gern nach Hause gehen.«

»Ich fürchte, das wird nicht möglich sein, Sir. Ihr Haus ist derzeit ein Tatort.«

»Dann, wie ich schon sagte, vielleicht ein Hotel …«

Clare holte tief Luft. »Nun gut, Sir. Edward Collinson, hiermit nehme ich Sie offiziell im Zusammenhang mit Straftaten gegen Minderjährige fest, die sich unserer Meinung nach in Ihrem Haus, Mortaine Castle, ereignet haben. Sie sind nicht verpflichtet, etwas zu sagen, aber alles, was Sie sagen, wird aufgezeichnet und kann als Beweismittel verwendet werden. Haben Sie das verstanden?«

Edward Collinson sah seinen Anwalt an. Dieser hob eine Augenbraue in Richtung Clare, die ihre Hand ausstreckte, um auf den Platz hinzuweisen, den Collinson gerade frei gemacht hatte. Er verstand den Hinweis und setzte sich wieder.

Clare fuhr fort. »Können Sie uns bitte sagen, was Sie über diese Aktivitäten wissen?«

Der Anwalt antwortete für seinen Mandanten. »Mr Collinson hat keine Kenntnis von solchen angeblichen Straftaten und bestreitet jede Beteiligung.«

»Könnte Mr Collinson vielleicht für sich selbst sprechen?«

Er sah Edward Collinson an, der schwer seufzte. »Wie mein Rechtsvertreter bereits gesagt hat, kann ich Ihnen nicht helfen. Ich weiß nichts von irgendwelchen Ereignissen dieser Art, die während meiner häufigen Abwesenheit in meinem Haus stattgefunden haben könnten. Ich streite jegliches Fehlverhalten strikt ab. Und ich darf sagen, dass ich völlig schockiert darüber bin, dass mein Haus ohne mein Wissen und meine Zustimmung von bewaffneten Polizisten übernommen wurde.«

Clare ließ sich davon nicht beirren. »Kennen Sie einen Mann namens Andrew Robb? Er war Fahrer bei Swilcan Taxis.«

Er grinste. »Nicht, dass ich wüsste. Ich fahre jedoch ab und zu mit dem Taxi, sodass ich ihn vielleicht getroffen habe, ohne es zu wissen.«

»Bruce Gilmartin?«

»Der Typ von der Brauerei? Ich habe von seinem Tod gelesen. Hm … vielleicht im Rahmen einer Wohltätigkeitsveranstaltung? Ich leiste gern meinen Beitrag.«

»Nat Dryden?«

Er schüttelte den Kopf.

»Professor Bertram Harris?«

»Ich glaube nicht.«

Clare sah ihn unverwandt an, aber er hielt ihrem Blick stand. »Erkennen Sie vielleicht dieses Foto?« Sie schob das Foto der Holzvertäfelung mit der Erbsenschnitzerei über den Tisch. Er nahm eine Lesebrille aus seiner Jackentasche und setzte sie auf.

Dann sah er sich das Foto an. »Das ist eine sehr schöne Holzschnitzerei.«

»Von Mortaine Castle.«

»Das kann ich nicht sagen. Es ist möglich, aber es gibt auch andere Beispiele für diese Art von Arbeiten in Immobilien ähnlichen Alters. Das ist in keiner Weise einzigartig.«

»Aber ungewöhnlich?«

»In der Tat.«

Sie schob drei weitere Fotos über den Tisch. »Handelt es sich bei diesen Fotos um Einrichtungsgegenstände in Mortaine Castle?«

Er sah sie an, lächelte wieder und nahm seine Brille ab. »Sie könnten aus jedem beliebigen Landhaus stammen, Inspector.«

»Wie viele Personen haben Schlüssel zu Ihrem Besitz?«

Er lehnte sich zurück, schlug die Hände zusammen und tat so, als würde er darüber nachdenken. »Mal sehen: ich selbst natürlich, dann die Putzfrau, die zweimal pro Woche kommt, der Makler, der sich um die Vermietung kümmert, wenn ich nicht zu Hause bin … Ich glaube, das sind alle.«

Der Anwalt beugte sich vor. »Sie sehen also, Inspector, mein Klient ist ein vertrauensvoller Mensch, und das bedeutet, dass seine Wohnung ohne sein Wissen oder seine Erlaubnis für andere Zwecke genutzt worden sein könnte. Ich glaube wirklich, dass Sie wenig haben, um ihn weiter festzuhalten.«

Draußen meinte DCI Gibson: »Er hat recht, Inspector. Wir haben nichts Konkretes.«

»Es ist möglich, dass Nat Dryden sich bald so weit erholt hat, um eine Aussage zu machen. Aber ich muss sicherstellen, dass ein Anwalt dabei anwesend ist. Überlassen Sie das mir, Sir. Ich werde diesem miesen Bastard etwas anhängen, und wenn es das Letzte ist, was ich tue.«

Der DCI stimmte zu, dass Clare und Chris Fergus befragten, und die beiden machten sich auf den Weg in den zweiten Befragungsraum, wo dieser bereits wartete. Fergus war ganz ruhig und starrte die meiste Zeit auf den Tisch vor ihm. Einen Anwalt hatte er abgelehnt. Clare belehrte ihn, und er erklärte, dass er die Belehrung verstanden habe. Dann startete sie die Aufzeichnung, und nach einem langen Piepton begann sie mit der Befragung.

»Fergus«, sagte sie, »Sie werden in Kürze wegen der Morde an Bruce Gilmartin und Professor Bertram Harris sowie wegen Verabredung zum Mord an Edward Collinson angeklagt werden. Sie werden außerdem als Mitverschwörer in Zusammenhang mit dem Mord an Andy Robb und dem versuchten Mord an Nat Dryden angeklagt. Zudem legt man Ihnen die Entführung und den versuchten Mord an einer Polizeibeamtin in der vergangenen Nacht zur Last. Doch bevor wir mit den Anklagepunkten fortfahren, möchte ich Sie über Ihre Komplizin befragen. Denn Sie hatten eine Komplizin, nicht wahr, Fergus?«

Er starrte weiter auf den Tisch.

»Wir gehen davon aus, dass wir Ihre DNA und Fingerabdrücke auf den nummerierten Karten nachweisen werden, die am Tatort gefunden wurden. Sie werden sehr wahrscheinlich also auch dann verurteilt werden, wenn Sie die Vorwürfe bestreiten. Aber mindestens zwei der Anschläge müssen von einer anderen Person ausgeführt worden sein, und wir müssen diese Person vor Gericht bringen.«

Immer noch nichts.

»Gestern Abend in der Küche von Mortaine Castle«, fuhr Clare fort, »meinten Sie, sie habe gesagt, dass es nicht nach Plan gelaufen sei. Wen meinten Sie damit? Ihre Komplizin? Eine Freundin? Jemanden aus Garthley House vielleicht?«

Er schaute kurz zu ihr auf und dann wieder weg. Clare fragte sich, ob das der richtige Weg war. Sie beschloss, weiterzumachen.

»Okay, Fergus. Ich werde Ihnen sagen, was ich denke, und vielleicht können Sie mir zustimmen, wenn ich recht habe.« Sie schaute ihn an, und er zuckte leicht mit den Schultern. »Fergus, ich glaube, Sie wurden Opfer von Missbrauch, als Sie in Garthley House lebten. Ich denke, Sie wurden von Menschen missbraucht, denen Sie eigentlich vertraut haben. Und solche Erfahrungen, nun ja, die lassen einen nie wieder los, oder?«

Clare machte eine Pause, aber Fergus hielt den Kopf weiterhin gesenkt.

»Ich denke, dass Sie ziemlich gut mit Computern umgehen können und dass Sie in der Lage waren, im Internet Leute zu finden, die ebenfalls Kinder missbrauchten. Vielleicht nicht die Männer, die Sie missbraucht haben, aber Verbrecher, die anderen Gewalt antun. Ich glaube, Sie wollten den Missbrauch und die Männer stoppen, und deshalb haben Sie diese Morde begangen. Fergus«, Clares Stimme wurde sanfter, »wenn ich recht habe, sind Sie genauso ein Opfer wie die Männer, die Sie getötet haben.«

Fergus' Gesicht wurde rot, und er fuhr sich mit der Hand über die Augen. Clare schob eine Schachtel mit Taschentüchern über den Schreibtisch, aber er ignorierte sie.

Also machte sie weiter. »Ich kann nicht viel gegen die Vorwürfe tun, die man gegen Sie erheben wird. Wir haben genügend Beweise für eine Verurteilung, aber wir brauchen Ihre Hilfe, um die beiden Männer, die noch leben, vor Gericht zu bringen. Auf dem Revier gibt es spezialisierte Kriminalbeamte, die Sie in diesem Zusammenhang gern befragen würden. Ich kann Ihnen zwar nichts versprechen, aber wenn Sie uns helfen, werde ich dafür sorgen, dass es vor Gericht erwähnt wird.«

Er hob den Blick und begegnete Clares. Einen Moment lang fühlte sie sich in die Küche von Mortaine Castle am Vorabend zurückversetzt, und sie erschauerte unwillkürlich.

»Sie geben dir Sachen«, sagte er plötzlich mit rauer Stimme. »Zigaretten, Schokolade, Wodka. Etwas, was dich bei Laune hält. Aber sie würden es trotzdem tun, auch wenn du das Zeug nicht nimmst. Also nimmst du es. Die älteren Jungs – diejenigen, die schon länger dabei waren – haben uns gesagt, was wir zu erwarten hatten. Was sie tun würden – was wir tun mussten.« Er räusperte sich und hielt inne.

Clare stand auf, ging zum Wasserspender und goss ihm einen Becher Wasser ein. Er trank einen Schluck, schob sich den Pony aus dem Gesicht und fuhr dann fort.

»Ich konnte es erst kaum glauben. Was die Jungs sagten, was sie tun würden. Aber sie sagten, man gewöhne sich daran. Nach den ersten paar Malen. Und nach einer Weile täte es auch nicht mehr weh.« Er hob den Blick. Clare bemerkte zum ersten Mal, dass seine Augen überhaupt nicht dunkel waren. Sie waren von einem durchdringenden Blau. Es waren seine dichten Wimpern, die vom Pony verdeckt wurden, die sie dunkel erscheinen ließen. Sie stellte ihn sich als einen dunkelhaarigen, blauäugigen Jungen vor und dachte, dass es kein Wunder gewesen war, dass die Täter ihn ausgewählt hatten. Er musste körperlich attraktiv gewesen sein, und ihr wurde schlecht bei der Vorstellung, was er durchgemacht hatte.

»Sie hatten recht«, sagte er, »irgendwie. Es war okay. Hab mich daran gewöhnt. Ich wusste, was sie wollten, und habe sogar gelernt, wie man sie dazu brachte, mir ein paar Pfund mehr zu geben. Aber dann haben sie das gemerkt, die Leute im Heim. Und haben es mir abgenommen.«

Clare warf Chris einen Blick zu, der das Stichwort annahm. »Gab es denn niemanden, dem Sie es sagen konnten?«

Fergus schüttelte den Kopf. »Sie haben uns davor gewarnt, die älteren Jungs. Sag etwas, und du wirst geschlagen. Einem Jungen wurden die Rippen gebrochen.« Er schaute zu Chris hinüber. »Sie sagten uns, es sei ein Privileg. Dass wir etwas Besonderes waren, weil wir ausgewählt wurden.« Er nahm noch einen Schluck und fuhr dann fort. Nun, wo er angefangen hatte, schien er fast erleichtert zu sein, darüber reden zu können. »Ich sagte zu einem von ihnen, dass ich Computer mochte. In der nächsten Woche bekamen wir einen neuen Laptop, und alle paar Wochen schenkten sie uns Spiele und so weiter.«

»Sie hatten keine Familie?«, fragte Chris.

Fergus schüttelte den Kopf. »Ich habe meinen Vater nie kennengelernt. Dann starb meine Mutter. An irgendeinem Krebs. Sie haben es mir nie gesagt. Als Nächstes brachten sie mich in dieses Haus. Garthley. Ich hatte noch nie davon gehört, und plötzlich war es mein Zuhause.«

Clare sagte: »Ihr Arbeitgeber …«

»Sam?« Er schien überrascht. »Was ist mit ihm?«

»Als wir mit ihm sprachen, erwähnte er, dass Sie eine Tante haben – irgendwo in St. Andrews. Konnten Sie nicht …«

»Nein!«

Sein scharfer Ton überraschte sie. »Nein?«

Er schüttelte den Kopf. »Nein. Sie war nicht meine richtige Tante. Eine Freundin meiner Oma. Eine dieser Freunde der Familie. Sie hat selbst niemanden gehabt.«

»Hätte sie Sie nicht aufnehmen können?«

»Nein. Zu alt und nicht blutsverwandt. Sie kam ein paar Mal vorbei. Um mich zu besuchen.«

»Und Sie konnten ihr nicht sagen … was los war?«

Er zuckte mit den Schultern. »Sinnlos. Sie hätten mir nicht geglaubt und nicht zugelassen, dass sie mich mit zu sich nach

Hause nahm, und ich hätte eine Tracht Prügel bekommen, weil ich etwas gesagt habe. Aber sie war nett. Ich besuche sie immer noch ab und zu.«

Clare wunderte sich über ein System, das es einer netten älteren Dame nicht erlaubte, sich um einen kleinen Jungen zu kümmern, den sie kannte, sondern ihn lieber in ein Heim steckte, wo er der Gnade der Leitung ausgeliefert war. Sie fragte sich, ob sich die Dinge seit Fergus' Kindheit verbessert hatten.

Chris unterbrach ihre Gedanken und fuhr fort: »Wie lange ging das so, Fergus?«

Er zuckte mit den Schultern. »Keine Ahnung. Fast die ganze Zeit, die ich dort war. Ein paar Jahre. Die Sache ist die«, sagte er und sah ihnen in die Augen, »nach einer Weile vergisst man es. Man vergisst, was falsch ist und was richtig. Das ist einfach das, was man tut. Und dann bist du plötzlich sechzehn und stehst draußen in der Welt. Und es hört auf. Sie wollen sowieso nur die jungen Leute. All die Jungs, die ich zurückgelassen habe.« Er sah sie an. »An dem Tag, als ich ging, wurde ein Junge ins Heim gebracht. Ein kleiner Rotschopf. Niedlicher Kerl. Ich wollte es ihm sagen, aber was hätte das für einen Sinn gehabt? Ich hätte ihn nicht retten können.«

Clare schloss für einen Moment die Augen. Der Gedanke an all diese kleinen Jungen war fast unerträglich für sie. Wahrscheinlich auch Mädchen. Dann schüttelte sie sich. »Was ist passiert, als Sie das Heim verlassen haben, Fergus?«

»Ich bin herumgelaufen. Bin überallhin gelaufen. Sie können sich das Gefühl der Freiheit nicht vorstellen, das ich empfand, weil ich wusste, dass ich nicht mehr zurückmusste. Sie gaben mir ein paar Pfund für den Anfang und die Adresse eines Wohnheims. Aber darauf hatte ich keine Lust. Ich hatte genug von Heimen. Also ging ich an den Stadtrand und kam zu einem Bauernhof. Ich habe angeboten zu arbeiten, für meinen

Unterhalt. Die Frau des Farmers war gut zu mir. Zahlte mir ein bisschen Geld und gab mir einen Wohnwagen zum Schlafen. Das war das erste Mal, dass ich etwas hatte, was mir gehörte. Oh, das Ding war zugig und an einer Seite undicht, aber es gehörte mir.« Er hielt inne und schüttelte den Kopf. »Man verliert nie die Angst, dass jemand nachts ins Bett kommt. Ich verbarrikadiere immer die Tür. Ich stelle heute noch einen Stuhl unter die Klinke meiner Schlafzimmertür im Cottage.« Er trank seinen Becher leer und lehnte sich dann zurück, nachdem er seine Geschichte erzählt hatte.

»Wissen Sie, was mit den Männern passiert ist, die Sie missbraucht haben, Fergus?«, fragte Chris.

Fergus' Augen schauten kurz zu ihm und dann wieder weg. »Nein. Um ehrlich zu sein, wusste ich nie, wer sie waren. Einige von ihnen kamen mir alt vor. Wahrscheinlich sind sie jetzt tot.«

»Fergus?« Clare wartete, bis er ihr in die Augen sah. »Sie wissen, dass wir Sie jetzt zu strafrechtlichen Vorwürfen befragen müssen. Ich kann das nicht verhindern. Was ich aber tun kann, ist, Sie zu bitten, sich von einem Psychologen untersuchen zu lassen. Er kann Ihnen helfen – eine Behandlung anbieten. Damit Sie das Geschehene verarbeiten können.«

Fergus zuckte nur mit den Schultern.

»Ich denke, wir werden jetzt eine kurze Pause einlegen, Fergus. Wir holen uns einen Kaffee. Und wenn wir zurückkommen, würde ich Sie gern zu den Angriffen auf die vier Männer befragen«, sagte Clare.

Sie verließen den Raum und schlossen die Tür hinter sich. Clare atmete tief aus und lehnte sich gegen die Wand. »Mein Gott, Chris. Wie macht die Sitte das nur, tagein, tagaus?«

Er schüttelte den Kopf. »Der arme Kerl. Kein Wunder, dass er auf die schiefe Bahn geraten ist.«

DCI Gibson kam auf sie zu. »Wie läuft es?«

Clare seufzte. »Ziemlich schrecklich, Sir, um ehrlich zu sein. Er hat uns gerade von dem Missbrauch erzählt, den er als Kind erlebt hat.«

DCI Gibson nickte. »Das ändert aber nichts an dem, was wir tun müssen. Wir müssen ihn noch zu den Anschlägen befragen.«

»Ja, ich weiß. Chris, könntest du drei Kaffee kochen, dann machen wir weiter. Je schneller wir es hinter uns bringen, desto besser.«

»Denken Sie daran, dass Collinson noch im anderen Raum ist«, erinnerte der DCI sie. »Sie müssen nach Ninewells fahren und herausfinden, ob Dryden ihn ans Messer liefert.«

»Okay, Sir. Sobald Chris den Kaffee gebracht hat, werden wir Fergus weiter befragen.«

Als sie das Zimmer wieder betraten, fand Clare, dass Fergus anders aussah. Leichter. Es war, als wäre dadurch, dass er sich alles von der Seele geredet hatte, die jahrelange Anspannung aus seinem Körper gewichen.

»Fergus«, begann sie, »ich möchte Sie noch einmal daran erinnern, dass Sie nach wie vor unter Verdacht stehen. Außerdem muss ich Ihnen sagen, dass Sie wahrscheinlich wegen des versuchten Mordes an einem Polizeibeamten in der vergangenen Nacht auf Schloss Mortaine verurteilt werden; ein Vergehen, das mit einer Freiheitsstrafe geahndet wird.«

Fergus nickte. »Ja, das weiß ich.«

»Mit diesem Wissen«, fuhr Clare fort, »würden Sie uns bitte etwas über die Angriffe mit Ihrem Fahrzeug erzählen? Jede Kooperation, die Sie leisten, wird bei der Verurteilung berücksichtigt.«

Er sah Clare an, als wäge er seine Optionen ab. Dann sagte er schließlich: »Ja, okay. Ich werde Ihnen alles erzählen.« Er atmete ein paar Mal ein und aus und begann dann. »Ich habe den Typen von der Brauerei und den Professor drüben in Dairsie erledigt. Ich habe sie beide mit meinem Land Rover überfahren. Habe sie überfahren und getötet.«

Clare sah ihn an. »Nur um das klarzustellen: Sie gestehen, Bruce Gilmartin und Bertram Harris getötet zu haben.«

Fergus nickte.

»Für das Band, bitte?«

Er räusperte sich und sagte dann: »Ja, das stimmt. Ich habe sie beide getötet.«

Clare warf Chris einen Blick zu. Sie hatten es geschafft. Sie hatten ihn auf dem Revier, und er hatte gestanden. Zumindest zwei der Morde.

Chris übernahm die Vernehmung. »Fergus, können wir Sie jetzt zu den beiden anderen Anschlägen befragen? Andy Robb wurde getötet, als Sie auf der Hochzeit seiner Schwester Akkordeon spielten. Und Nat Dryden wurde fast getötet, als Sie bei einem Ceilidh in einem Rugbyklub in Kirkcaldy auftraten. Wer war also für diese Morde verantwortlich?«

In dem Moment wurden die Vorhänge wieder heruntergelassen. Fergus ließ seinen Pony über seine Augen fallen, lehnte sich zurück und verschränkte die Arme. »Kein Kommentar.«

»Aber Sie müssen das doch wissen«, beharrte Chris. »Wir wissen, dass es Ihr Fahrzeug war, und wir haben auch Grund zu der Annahme, dass der Fahrer eine Frau war.«

Fergus schloss die Augen, sagte aber nichts. Clare und Chris unternahmen noch einige Versuche, ihn zum Reden zu bringen, aber er blieb stumm. Schließlich sagte Clare: »In Ordnung, Fergus. Die beiden anderen Angriffe lassen wir vorerst beiseite. Aber es gibt noch etwas, was Sie für uns tun könnten.«

Seine Augen weiteten sich ein wenig, aber er sagte nichts. »Fergus, wir glauben, dass Sie sich in den Laptop von mindestens einem der Opfer gehackt haben. In den von Nat Dryden. Ist das richtig?«

Fergus lachte. »Dieser Volltrottel. Er benutzte nicht einmal die einfachste Sicherheitssoftware. Ein Zwölfjähriger hätte das schaffen können.«

»Und das führte Sie zu einer Seite im Dark Web?«

»Ja. Zu dieser und zu vielen anderen.«

Clare schluckte. Hatte er gerade »viele andere« gesagt? »Wir haben heute Kollegen einer anderen Sonderabteilung auf dem Revier. Sie sind auf die Zerschlagung von Pädophilenringen spezialisiert. Fergus – würden Sie ihnen helfen? Ihnen helfen, andere zu finden, die noch da draußen sind?«

»Mein Laptop. Ich brauche meinen Laptop«, sagte er.

Clare stand auf. »Ich werde das arrangieren«, antwortete sie. »Und damit beende ich diese Befragung.«

Chris lehnte sich nach vorn. »Inspector, vorher würde ich Fergus gern noch eine Frage stellen.«

Clare setzte sich wieder hin und sah Chris an. Er warf ihr einen Blick zu und sagte dann: »Fergus, ich muss Sie das fragen. Wir haben uns gestern Abend auf dem Gelände von Mortaine Castle umgesehen und das Haus durchsucht. Wie sind Sie in die Küche gekommen?«

Der Anflug eines Lächelns schlich sich auf sein Gesicht. »Da habe ich Sie voll erwischt, was?«

Chris nickte. »Das haben Sie. Also?«

»Der Jaguar. Ich war im Jaguar. Ihre Jungs haben die Garage überprüft. Ich hörte, wie sie die Türen öffneten. Sie schauten sich kurz um, dachten aber nicht daran, den Kofferraum zu öffnen. Sobald sie weg waren, kam ich wieder raus und ging die Hintertreppe zum Durchgang hinter der Küche hinauf. Ein Kinderspiel.«

Chris lehnte sich in seinem Stuhl zurück. Eines musste er Fergus lassen. Er hatte alles durchdacht.

Clare stand wieder auf. »Ich beende hiermit diese Befragung, Fergus. Ich werde Sie mit meinen Kollegen sprechen lassen, dann werden wir Sie unter Anklage stellen und Sie werden in Untersuchungshaft genommen. Vielleicht sollten Sie jetzt über einen Anwalt nachdenken.«

Im Hauptbüro rief Clare die Kriminaltechnik an und bat den Kollegen, einen Beamten vor Ort zu beauftragen, Fergus' Laptop unverzüglich nach St. Andrews zu bringen. Dann rief sie die Beamten der Sonderabteilung ins Büro des DCI, um sie alle gemeinsam auf den neuesten Stand zu bringen.

»Fergus Bain hat sich bereit erklärt, mit den Beamten von der Sitte zu sprechen. Aber er will seinen Laptop haben. Ihr müsst also warten, bis das Gerät eintrifft. Die Kriminaltechnik schickt gerade einen Polizisten damit her.«

»Was ist mit den Morden?«, fragte der DCI.

»Den an Bruce Gilmartin und an Professor Harris hat er gestanden. Aber über die anderen beiden oder darüber, wer sein Komplize ist, will er nichts sagen.«

»Haben Sie Anklage erhoben?«

»Noch nicht. Ich werde abwarten, was er noch zu sagen hat, sobald er seinen Laptop bekommt. Aber ich werde ihn wegen zweifachen Mordes und wegen des versuchten Mordes in Mortaine Castle letzte Nacht anklagen. Wir werden seine Fingerabdrücke nehmen und sie hoffentlich einem der Abdrücke auf den weißen Karten zuordnen können. Aber es sieht so aus, als würde er über seinen Komplizen schweigen.«

»Was ist mit dem Heim? Garthley House«, wollte der DCI wissen. »Könnte es jemand von damals sein?«

»Ja, möglicherweise, Sir, aber das dürfte die berühmte Suche nach der Nadel im Heuhaufen sein, angesichts der vielen Kinder, die an einen solchen Ort kommen.«

»Es lohnt sich aber, das zu überprüfen, Inspector. Wenn man bedenkt, wie wenige Freunde er zu haben scheint, ist das durchaus möglich.«

»Ich werde einige Polizisten darauf ansetzen, Sir.«

Die Anwesenden verließen Clares Büro, doch der DCI rief Clare zurück. Als die Beamten von der Sitte gegangen waren, fragte er: »Wie geht es Ihnen heute, Inspector?«

»Mir geht es gut, danke, Sir.«

»Mit den Ohren alles in Ordnung?«

Clares Hand fuhr unwillkürlich an ihr rechtes Ohr. »Ich muss zugeben, dass es noch ein bisschen brummt, aber die Ärztin meinte, dass sich das bald wieder legen sollte.«

»Versuchen Sie, heute Abend früh nach Hause zu kommen«, meinte er und schenkte ihr ein seltenes Lächeln.

* * *

Clare ging kurz raus, um ein Sandwich zu kaufen, und als sie zurückkam, saß Jim am Empfang.

»Und, was gibt es, Jim?«, fragte sie.

»Nicht viel. Fergus Bains Laptop ist angekommen. Ich habe ihn einem der Jungs von der Sitte gegeben. Bain bespricht sich gerade mit seinem Anwalt. Und diese Kollegin von der Sitte ...«

»Kate?«

»Ja, genau. Sie und einer der anderen Jungs haben Edward Collinson befragt, aber er streitet jede Beteiligung ab. Behauptet, oft von zu Hause weg zu sein und dass jeder es hätte nutzen können. Ist er nicht auf den Fotos von Nat Drydens Computer zu sehen?«

Clare schüttelte den Kopf. »Nein. Dafür war er zu schlau.« Sie stand eine Minute lang gedankenverloren da und erkundigte sich dann: »Ist Kate noch da?«

»In der Einsatzzentrale.«

Clare ging in den Raum und sah Kates widerspenstige rote Locken, die über einen Laptop fielen. Sie scrollte durch Seiten darauf und zeigte auf etwas, während ihr Kollege Notizen machte. Beide sahen auf, als Clare eintrat, und Kate kam auf sie zu, um sie zu begrüßen.

»Clare, schön, dich zu sehen. Wie geht es dir? Ich habe gehört, dass du gestern Abend ein bisschen Action hattest.«

»Ja, alles okay, danke.« Sie rieb sich erneut das Ohr. »Die Ohren sind ein bisschen lästig, aber man sagte mir, das geht vorbei. Wie läuft es bei dir?«

»Ich kann mich nicht beklagen. Das ist Brian. Mein DS.«

Clare lächelte Brian an und sah dann wieder zu Kate.

»Ich kenne diesen Blick, Clare. Was willst du?«

»Kate, ich habe gehört, dass du die Anlaufstelle für Opfer von Kindesmissbrauch bist.«

Kate lachte. »Ja, leider habe ich diese Ehre. Und?«

»Könntest du dir vielleicht ein paar Fotos ansehen? Wir haben einen mutmaßlichen Pädophilen mit einem arroganten Anwalt, der darauf drängt, dass er freigelassen wird, und ich will ihn nicht verlieren.«

»Natürlich. Ich tue alles, um einen von ihnen aus dem Verkehr zu ziehen.«

Kate trat zur Seite, damit Clare den Laptop benutzen konnte. Sie navigierte zu dem Ordner im Netzwerk, in dem die Fotos gespeichert waren. »Wenn du eines der Kinder hier wiedererkennst, besteht die Möglichkeit, dass es unseren Mr Collinson identifizieren könnte.«

Kate nickte, nahm die Maus und blätterte durch die Fotos.

»Stopp«, sagte Brian. »Geh eins zurück. Ja, das.«

Kate schaute genauer hin. »Jasmine Greene?«

»Das habe ich mir auch gedacht.«

»Ihr kennt sie?«, fragte Clare.

»Ja, ganz gut sogar. Ich werde das überprüfen, aber ich glaube, sie lebt in einem Wohnheim auf der anderen Seite von Cupar.«

»Könnten wir sie befragen? Das würde uns vielleicht den Beweis liefern, den wir brauchen, um Collinson hinter Gitter zu bringen.«

»Lass mich ein paar Anrufe machen.«

Kate begann zu telefonieren, um Jasmine Greene ausfindig zu machen, während Brian und ein anderer Beamter der Sitte zu Fergus gingen. Clare suchte Chris auf. Er sah sie an, und sie zögerte.

»Was ist?«, wollte er wissen.

»Ich habe einen Job für dich.«

»Einen, der mir nicht gefallen wird, deinem Gesicht nach zu urteilen.«

Sie setzte sich. »Es tut mir leid, aber es ist wichtig. Der DCI glaubt, dass Fergus' Komplize jemand sein könnte, den er noch aus seiner Zeit in Garthley House kennt. Wahrscheinlich ein weiteres Missbrauchsopfer. Vielleicht ein Mädchen, mit dem er in Kontakt blieb.«

»Und du willst, dass ich sie aufspüre?«

»Leider ja.«

»Wann ist er von dort weggegangen?«

»Vor etwa zwölf Jahren. Die Fürsorge wird es wissen.«

»Und wie lange war er dort?«

»Ich glaube, etwa vier Jahre, aber auch das sollte die Fürsorge noch einmal überprüfen. Finde heraus, ob sich jemand vom Personal an Fergus erinnert und ob er mit irgendwelchen Mädchen befreundet war, als er dort war. Oder wenn nicht, ob sie sich an ein Mädchen erinnern, dem die Spitze des Mittelfingers fehlte. Das spart dir vielleicht etwas Zeit.«

Chris lehnte sich in seinem Stuhl zurück und atmete hörbar aus. »Vier Jahre? Clare, hast du eine Ahnung, was das für eine Arbeit ist? An Orten wie diesem kommen und gehen ständig Kinder.«

»Ich weiß. Aber es ist wichtig. Es gibt da draußen eine Frau, die einen Mord begangen hat und fast einen zweiten, und solange Fergus sie nicht verrät, haben wir keine Ahnung, wer sie ist. Und nach allem, was wir wissen, könnte sie noch mehr Männer im Visier haben. Ruf Connor, Steve und Phil an. Sie sollen herkommen.«

Chris warf ihr einen »Du schuldest mir was«-Blick zu und griff nach dem Hörer.

Clare ging zum DCI, um ihm mitzuteilen, dass sie nach Cupar fahren würde, um eines der möglichen Missbrauchsopfer zu befragen.

»Ich werde einen Laptop mit den Fotos mitnehmen und sehen, ob wir Collinson identifizieren können. Kate von der Sitte kennt sie und wird mich unterstützen.«

»Achten Sie darauf, dass Sie die Fotos mischen, Inspector. Fügen Sie ein paar Kleinkriminelle ein, damit uns niemand beschuldigen kann, die Zeugin beeinflusst zu haben.«

»Schon erledigt, Sir. Und jemand von der Fürsorge wird bei der Befragung anwesend sein. Ich werde Collinson in diesem Stadium nicht verlieren.«

Während sie sich unterhielten, steckte Brian, der DS von der Sitte, seinen Kopf durch die Tür.

»Fergus Bain«, begann er, »… wir müssen ihn einstellen, anstatt ihn anzuklagen.«

»Er hat ein paar gute Informationen geliefert?«

»Ja. Wenn er fertig ist, werden wir wohl mindestens drei weitere Pädophilenringe allein in Fife sprengen können. Der Typ ist ein verdammtes Genie, was das Dark Web angeht.«

»Er ist aber auch ein Mörder«, erinnerte ihn Clare.

»Nun, verärgern Sie ihn nicht, bevor er uns alle Informationen gegeben hat.«

Sie verstand Brians Standpunkt. »Holen Sie sich von ihm, was Sie können, dann lasse ich ihn anklagen. So können wir ihn festhalten, während wir seine Komplizin aufspüren.« Sie sah auf ihre Uhr. »Ich bin jetzt bereit, nach Cupar zu fahren, sofern Kate Zeit hat. Ich stelle nur noch die Fotos der Männer auf einem Laptop zusammen.«

»Ich würde vorschlagen, Ausdrucke mitzunehmen«, meinte Brian. »Dann ist es für Jasmine einfacher, sie durchzugehen.«

»Könnte sein, ja. Okay, dann werde ich mal den Drucker anschmeißen.«

Während die Fotos ausgedruckt wurden, surrte Clares Handy in ihrer Tasche. Tom. Sie leitete den Anruf auf die Mailbox um. Im Moment war sie zu beschäftigt. Das letzte Foto kam aus dem Drucker, Clare nahm es und ging mit Kate zum Auto.

Kapitel 25

Kate fuhr, während Clare den diensthabenden Polizisten am Bett von Nat Dryden anrief. »Raten Sie ihm, heute Nachmittag einen Anwalt an seiner Seite zu haben. Sagen wir um vierzehn Uhr? Er wird im Zusammenhang mit möglichen strafrechtlichen Vorwürfen befragt werden.«

Nachdem der Anruf getätigt war, lehnte sie sich zurück und unterhielt sich mit Kate. »Erzähl mir von dem Mädchen, das wir besuchen.«

»Jasmine Greene. Sie muss jetzt fast fünfzehn sein«, sagte Kate. »Die meiste Zeit ihres Lebens hat sie in Kinderheimen verbracht. Ein paar Mal war sie auch in Pflegefamilien untergebracht, aber meistens in Heimen. Sie kann ein bisschen anstrengend sein. Was eigentlich nicht überraschen sollte. Die Mutter starb an einer Überdosis Heroin, als sie fünf oder sechs Jahre alt war. Jasmine wurde allein mit der Leiche der Mutter gefunden. Überall lagen Nadeln herum.«

Clare schüttelte angesichts dieses düsteren Bildes den Kopf. »Ist sie bereit, zu kooperieren?«

»Ja, ich glaube schon. Hinter ihrer harten Schale versteckt sich ein nettes Mädchen.«

Sie fuhren schweigend an Feldern vorbei und wurden langsamer, als sie Cupar erreichten. In der Stadt herrschte reges Treiben, zahlreiche Autos und Einkäufer waren unterwegs, aber schon bald wurde die schmale Straße breiter, und sie fuhren an Schul- und College-Gebäuden vorbei, bevor sie wieder Ackerland erreichten. Ein paar Kilometer weiter tauchte ein modernes Gebäude aus honigfarbenem Backstein mit Flachdach auf. Kate fuhr von der Straße ab und bog auf einen Parkplatz ein. Sie wurden von einer jungen Frau in einem Laura-Ashley-ähnlichen Kleid erwartet, die Clare auf Ende zwanzig schätzte.

Sie stellte sich als Miranda vor. »Jasmine weiß, dass Sie kommen, aber ich habe ihr nicht erklärt, warum.«

Clare dankte ihr. Ein junges Mädchen mit gepiercten Augenbrauen hing herum und drehte eine Haarsträhne in ihren Fingern.

Miranda rief sie zu sich. »Kannst du Jasmine bitten, in mein Büro zu kommen?«

Das Mädchen warf einen Blick auf Clare und Kate, drehte sich dann wortlos um und verschwand. Miranda führte sie in ein kleines Büro. Es war spärlich eingerichtet mit einem Schreibtisch, einigen übereinander gestapelten Schalensesseln und einem grauen Metallschrank. Der Schreibtisch war ein altes L-förmiges Modell mit drei Ablagefächern an einem Ende und dem obligatorischen Computer in der Mitte. Miranda schob den Monitor beiseite und stellte die Stühle auf. Ein paar Minuten später öffnete sich die Tür, und ein Mädchen um die fünfzehn kam herein, dessen Blick zwischen den drei Frauen hin und her sprang. Clare erkannte es als eines der Kinder auf den Fotos und spürte, wie es ihr die Kehle zuschnürte. Das war nicht nur ein mürrischer Teenager. Das war ein Mädchen, das systematisch misshandelt worden war. Hier und jetzt im Jahr 2019. Warum zum Teufel passierte so etwas immer noch? Sie lächelte das Mädchen an, aber das Lächeln wurde nicht erwidert.

»Jas«, begann Miranda, »diese Polizistinnen sind aus St. Andrews und möchten dir einige Fragen stellen. Du bist nicht in Schwierigkeiten, und nichts, was du sagst, wird dazu führen, dass dir irgendetwas geschieht. Also sei bitte ehrlich und sag ihnen alles, was du weißt.«

Jasmine erwiderte nichts, sondern beäugte Clare misstrauisch.

Kate schenkte ihr ein freundliches Lächeln. »Erinnerst du dich an mich, Jas?«

Jasmine nickte.

»Das ist Clare«, fuhr Kate fort. »Sie ist DI in St. Andrews, und du kannst ihr vertrauen.«

An dieser Stelle übernahm Clare das Gespräch. »Jasmine, wir glauben, dass du möglicherweise zu sexuellen Handlungen mit älteren Männern gezwungen wurdest. Wenn das stimmt, bekommst du überhaupt keine Probleme. Ganz im Gegenteil. Wir werden dir die Hilfe und Unterstützung geben, die du brauchst. Aber diese Männer … nun, sie werden eine Menge Ärger bekommen. Verstehst du das?«

Jasmine sah Miranda an, die ihr ein ermutigendes Lächeln schenkte.

Dann wandte sie sich wieder an Clare. »Ja.«

»Darf ich fragen, ob du regelmäßig ausgehst? Abends?«

Jasmine sah Miranda an, die immer noch lächelte.

»Würdest du bitte antworten, Jas?«

»Kann ich eine Kippe haben?«

Miranda lachte. »Nicht in geschlossenen Räumen. Du kennst die Regeln. Vielleicht danach.«

Jasmine sah wieder Clare an. »Donnerstags. Wir gehen donnerstags aus.«

Miranda runzelte die Stirn. »Aber das ist doch dein Sportabend, Jas.«

Jasmine sah sie nicht an. »So hat es angefangen. Dann fragte sie, ob wir Lust hätten, uns ein bisschen Geld zu verdienen. Gutes Geld.«

»Sie?« Miranda war verblüfft. »Du meinst doch nicht etwa Mrs …«

»Doch, genau die. Diese Jennifer.«

Clare sah zu Miranda. »Jennifer?«

»Gilmartin. Jennifer Gilmartin. Sie interessiert sich für die jungen Leute und ist sehr freundlich. Organisiert einen Kleinbus, um sie zum Schwimmen oder ins Fitnessstudio zu bringen.« Sie legte die Hand auf den Mund. »O Gott! Was haben wir getan?«

Clare zog ihr Handy heraus und öffnete Google. Sie gab »Jennifer Gilmartin« in die Bildersuche ein. Das erste Ergebnis war ein Foto von Jennifer und Bruce bei einem Brauereidinner.

Sie zeigte Jasmine das Foto. »Ist das die Frau, Jasmine?«

»Ja. Und er. Sie nahm uns im Kleinbus mit, und er war da. Wir haben Sachen mit ihm gemacht. Sex und so.«

Die Farbe wich aus Mirandas Gesicht. »Jas, warum hast du das getan? Hattest du nicht das Gefühl, du könntest zu mir kommen und es mir sagen?«

Jasmine zuckte mit den Schultern. »Keine Ahnung. Wir bekamen Geld, gutes Essen und so. Ich habe schon Schlimmeres erlebt.«

Miranda sank wortlos in ihren Stuhl zurück.

Clare bat Kate, Jasmine die Fotos zu zeigen, und entschuldigte sich, um Chris anzurufen.

»Fahr zu Jennifer Gilmartins Haus und bring sie auf die Wache«, wies sie ihn an. »Sag ihr nichts. Nur, dass wir im Zusammenhang mit den Ermittlungen mit ihr sprechen müssen. Sie steckt bis zum Hals in der Sache drin.«

Als Clare ins Zimmer zurückkehrte, hatte Kate die Fotos auf zwei Stapel verteilt.

»Das sind die Männer, die Jasmine als Teilnehmer der sogenannten Donnerstagabend-Partys identifiziert hat.«

Clare blätterte sie durch. Sie waren alle da, auch Edward Collinson. »Ja«, murmelte sie leise vor sich hin. »Jasmine, bist du dir bei diesen Fotos absolut sicher?«

»Ja. Ich war schon sehr oft dort.«

»Und Jennifer Gilmartin hat dich in einem Kleinbus dorthin gebracht?«

»Ja. Es ist auf dem Land, also hat sie uns gefahren.«

»Hast du dir gemerkt, wohin ihr gefahren seid?«

»Hm. Zu diesem Schloss an der Tayport Road. Mort irgendwas. Ich bringe Sie hin, wenn Sie wollen.«

»Du bist sehr aufmerksam, Jasmine. Und du bist dir sicher, dass es dort war?«

»Ja. Ich war eine Zeit lang in Tayport in Pflege. Früher fuhr ich im Auto daran vorbei und habe mich immer gefragt, wer da wohl wohnt. Drinnen ist es todschick.« Sie tippte mit einem Finger auf das Foto von Edward Collinson. »Er wohnt dort. Er ist stinkreich!«

Clare versuchte, sich ihre Aufregung nicht anmerken zu lassen. »Wir brauchen dich vielleicht als Zeugin, Jasmine. Aber das würde per Video-Link geschehen. Du müsstest niemanden sehen.« Sie beschloss, Jasmine nicht zu sagen, dass zu diesem Zeitpunkt nur noch zwei der Männer am Leben waren.

»Ja, okay. Kann ich jetzt die Kippe haben?«

»Nur noch eine Sache, Jasmine. Kannst du uns sagen, wer die anderen waren?«

»Die anderen Kinder?«

»Ja.«

»Ja. Miranda kennt sie. Alle Kinder, die mit Jennifer mitgegangen sind.«

Miranda sah schockiert aus. »Ihr alle? Die Jungs auch?«

Jasmine zuckte mit den Schultern. »Ja. Was ist jetzt mit der Kippe?«

Miranda griff in ihre Schreibtischschublade und förderte ein Päckchen Zigaretten zutage. Sie nahm eine heraus und reichte sie Jasmine. Das Mädchen stand auf und wollte schon gehen.

»Jasmine, eines noch«, bemerkte Clare, »bitte sag niemandem etwas davon. Es ist sehr wichtig, dass das hier nicht an die Presse durchsickert. In diesem Fall könnten diese Männer behaupten, sie hätten keinen fairen Prozess bekommen. Wir müssen uns an die Regeln halten, okay?«

Jasmine nickte und verließ den Raum.

Miranda war den Tränen nahe. »Sie ist so eine nette Frau, Jennifer, meine ich. Ich habe ihr wirklich vertraut …«

* * *

Clare rief DCI Gibson an, während Kate eine Erklärung vorbereitete, die Jasmine unterschreiben sollte. »Ich nehme nur noch die Aussage auf, Sir«, sagte sie. »Wir sollten innerhalb einer Stunde zurück sein. Aber da gibt es etwas, was ich Ihnen sagen muss.«

»Ja?«

Clare erzählte ihm von Jennifer Gilmartin. »Chris müsste sie jeden Moment auf die Wache bringen. Ich dachte, dass Sie das wissen sollten.«

Es entstand eine unangenehme Pause, bevor der DCI antwortete. »Sind Sie sich da sicher, Inspector?« Seine Stimme klang heiser.

»Ich fürchte ja, Sir. Eine der Jugendlichen nannte ihren Namen, und die diensthabende Leiterin des Heims bestätigte, dass Mrs Gilmartin jeden Donnerstag mit einem Kleinbus mit den Jugendlichen unterwegs ist. Sie dachte, sie würde sie zum Sport bringen.«

Der DCI wollte gerade antworten, als Clare ein lautes Gebell über das Telefon hörte.

»Kommt da Chris mit Mrs Gilmartin?«, fragte sie den DCI.

»Warten Sie kurz«, antwortete er.

Ein paar Minuten später hörte Clare seine Stimme wieder. »Sie ist weg, verdammt! Sie muss einen Tipp bekommen haben. Das Auto ist verschwunden, und in der Küche lag ein Zettel für die Putzfrau, auf dem steht, dass Jennifer für ein paar Wochen weg ist und dass sie den Hund füttern und ausführen soll. DS West hat den Hund wieder hergebracht.«

»Kann ich mit Chris sprechen, Sir?«

»Einen Moment …«

Als sie Chris' Stimme hörte, sprach sie schnell. »Lass dir von der Kfz-Zulassung ihr Kennzeichen geben. Ich will, dass uns gemeldet wird, sobald sie an einer Kamera vorbeikommt. Wer zum Teufel hat ihr bloß einen Tipp gegeben?«

»Schon erledigt, Chefin. Aber ich habe keine Ahnung, woher sie das wusste.«

»Ich kümmere mich darum.«

Clare legte auf und blickte Miranda an. »Gibt es irgendeine Möglichkeit, wie durch Sie oder jemand anderen im Haus Mrs Gilmartin hätte gewarnt werden können, dass wir auf dem Weg hierher waren?«

»Ganz sicher nicht. Heute bin nur ich hier, und ich habe niemandem gesagt, warum Sie kommen wollten.«

»War eines der Kinder dabei, als Sie Kates Anruf entgegennahmen?«

Miranda schüttelte den Kopf. »Ich bin mir ziemlich sicher, dass sie nicht dabei waren. Sie hätten sowieso nur meine Seite des Gesprächs gehört.«

Clares Gedanken wirbelten durcheinander. »Was ist mit Jasmine? Könnte sie sie angerufen haben? Fehlgeleitete Loyalität?«

»Das bezweifle ich, aber ich werde sie gleich fragen.«

Jasmine verneinte dies. »Es ist mir egal, ob sie ins Gefängnis geht. Geschieht ihr recht. Perversling!«

»Dein Handy bitte, Jas.« Miranda streckte die Hand aus.

Jasmine schaute finster drein, gab ihr aber das Telefon. »Ich habe sie nicht angerufen. Sie werden schon sehen.«

Miranda blätterte zu Jasmines Anrufliste. »Hier steht nichts, obwohl du das natürlich hättest löschen können.«

Clare unterbrach sie. »Jasmine, wir können deine Anrufe bei der Telefongesellschaft überprüfen. Wenn du also Mrs Gilmartin angerufen hast, kannst du es uns auch gleich sagen. Du wirst deshalb keine Schwierigkeiten bekommen. Ich muss es einfach nur wissen.«

»Ich habe sie nicht angerufen!« Jasmine streckte das Kinn vor. »Prüfen Sie, was Sie wollen.«

Clare nickte. »Okay. Danke, Jasmine. Wir bleiben in Kontakt.« Dann sah sie Kate an. »Wir fahren jetzt besser zurück.«

Kate erhob sich, bedankte sich bei Miranda, und die beiden brachen auf.

Auf der Rückfahrt ließ Clare die Ereignisse der letzten zwölf Stunden noch einmal in ihrem Kopf Revue passieren. Wer konnte Jennifer Gilmartin gewarnt haben?

Sie zog erneut ihr Handy hervor. »Chris? Kannst du bitte Jennifer Gilmartins Handynummer herausfinden? Der Chef müsste sie haben. Ich brauche ihre Anruflisten von der Telefongesellschaft. Die letzten vierundzwanzig Stunden. Und dann besorge dir die Telefonnummern von Fergus, Nat Dryden und Edward Collinson und prüfe, ob es irgendwelche Anrufe oder Textnachrichten zwischen ihnen gab, seit Collinson letzte

Nacht festgesetzt wurde. Das hat oberste Priorität. Und bitte die Jungs von der Sitte um Hilfe, falls noch welche zur Verfügung stehen.«

»Wird gemacht. Sonst noch etwas?«

»Nein, zumindest nicht im Moment. Ich muss meine Gedanken ordnen. Irgendeine Spur von ihrem Auto?«

»Noch nicht. Aber das sollte sich bald ändern.«

»Okay, danke. Ich bin in zwanzig Minuten zurück.«

Als Clare das Revier betrat, sprang Benjy auf, der sich auf seinem üblichen Platz auf dem Empfangstresen niedergelassen hatte, und kam schwanzwedelnd auf sie zu. Sie hob ihn auf, dankbar für die Begrüßung, und setzte ihn wieder auf den Tresen.

»Noch keine Spur von Jennifer Gilmartin, Chefin«, sagte Chris. »Die Jungs von der Sitte arbeiten sich gerade für uns durch die Telefonnummern.«

In dem Moment rief einer von ihnen: »Ich habe eine Übereinstimmung. Eine Textnachricht kurz vor neun Uhr heute Morgen.«

»Von wem?«

»Von einem Handy, das auf einen Mr Edward Collinson registriert ist.«

Clare schlug mit der Faust auf den Tresen, was Benjy zum Knurren brachte. »Hab ich dich, du Mistkerl. Können Sie diese Unterlagen bitte für mich ausdrucken?«

* * *

Fünf Minuten später saß Clare wieder mit Edward Collinson und seinem Anwalt im Befragungsraum und breitete die Seiten mit den Telefonunterlagen vor ihnen auf dem Schreibtisch aus. »Dieses Dokument«, begann sie und wies auf das oberste Blatt, »zeigt die Daten der Anrufe und Textnachrichten, die in den letzten vierundzwanzig Stunden von Ihrem Mobiltelefon gesendet wurden. Wie Sie sehen, habe ich einen der Einträge markiert.«

Edward Collinson schaute zu Boden und tat so, als sei er nicht interessiert.

Clare schob das Blatt zur Seite und zeigte auf den nächsten Ausdruck. »Und hier sehen Sie die Nachrichten, die von einem auf Mrs Jennifer Gilmartin registrierten Mobiltelefon empfangen wurden. Jennifer Gilmartin war mit Bruce Gilmartin verheiratet, von dem Sie sagten, Sie hätten ihn vielleicht getroffen, aber nicht gekannt.«

Der Anwalt sah seinen Mandanten mit einem Anflug von Sorge im Gesicht an. »Darf ich fragen, wohin das führen soll, Inspector?«

»Aus diesen Unterlagen geht hervor, dass Ihr Mandant heute Morgen kurz vor neun Uhr eine Textnachricht an Jennifer Gilmartin geschickt hat. Wie Sie sich sicherlich erinnern, war Ihr Mandant heute Morgen um neun Uhr freiwillig hier und noch im Besitz seines Mobiltelefons.«

»Und?«

»Und er schickte eine Textnachricht an eine Person, von der er nachweislich sagte, dass er sie nicht kennt.«

»Hier ist meinem Mandanten sicherlich ein Fehler unterlaufen, Inspector. Es passiert schließlich sehr leicht, dass man eine falsche Zahl eintippt, nicht wahr?«

»Vielleicht würde Mr Collinson uns dann mitteilen, wem er eine Nachricht schicken wollte? Dann können wir die Nummer überprüfen.«

Edward Collinson winkte ab. »Bei all dem, was hier gerade passiert, Inspector, kann ich mich unmöglich erinnern. Haben Sie eine Ahnung, wie sehr mich diese ganze Angelegenheit belastet?«

Clare ignorierte seinen Einwand, stapelte die Blätter fein säuberlich und legte sie beiseite. Dann sah sie Edward Collinson unverwandt an. »Wir glauben, dass Mrs Gilmartin an der Vermittlung von Jugendlichen zum Zwecke der sexuellen Ausbeutung beteiligt ist. Wir haben außerdem einen Zeugen, der Sie als regelmäßigen Teilnehmer an sexuellen Aktivitäten mit Minderjährigen identifizieren wird.«

Er schnaubte. »Irgendein Mädchen, das für ein Päckchen Zigaretten alles sagen würde?«

»Wie kommen Sie darauf, dass es ein Mädchen ist, Sir?«

Er bemerkte seinen Fehler und versuchte, die Situation zu retten. »Nun, Sie waren es, die von Minderjährigen sprach. Ich ging einfach davon aus, dass Sie Mädchen meinten …«

Clare stand auf. »Ich kann Ihnen versichern, dass der Zeuge in Anwesenheit von zwei Polizeibeamten und einer unabhängigen dritten Person korrekt befragt und Ihr Foto aus einer Auswahl von mehr als zwanzig Fotos eindeutig identifiziert wurde. Es wurde eine Aussage aufgenommen, und wir werden Sie im Zusammenhang mit dieser Aussage wegen eines Vergehens anklagen. Und jetzt, Sir, möchten Sie vielleicht mit Ihrem Anwalt unter vier Augen sprechen.«

* * *

DCI Gibson war erleichtert, als er hörte, dass sie genug Beweise hatten, um Edward Collinson anzuklagen. »Er hätte einen Höllenlärm gemacht, wenn wir ihn hätten gehen lassen müssen.«

»Er ist so schuldig wie die Sünde selbst, Sir«, sagte Clare. »Wenn Nat Dryden ihn ebenfalls identifiziert, sind wir auf der sicheren Seite. Ich werde dafür sorgen, dass er für eine lange Zeit weggesperrt wird.«

»Und Fergus Bain?«

»Um ehrlich zu sein, habe ich bei ihm zu kämpfen, Sir. Er hat die Morde an Bruce Gilmartin und dem Professor sowie den Mordversuch an Pam letzte Nacht gestanden. Aber ich bezweifle, dass wir ihn wegen Verschwörung zum Mord an den beiden anderen überführen können, es sei denn, wir finden den Komplizen. Wir könnten es versuchen, aber ich bin mir nicht sicher, dass die Staatsanwaltschaft vor Gericht gehen würde. Selbst dann kommt es möglicherweise zu keiner Verurteilung. Das ist vielleicht das Beste, was wir tun können.«

»Was ist mit dem Komplizen? Hatten Sie Glück im Garthley House?«

»Chris hat daran gearbeitet, ist dann aber zu den Gilmartins gefahren.«

»Connor, Steve und Phil sind aber jetzt hier und stehen in Kontakt mit der Fürsorge. Es wird eine Weile dauern, doch sie werden dranbleiben, bis wir ein Ergebnis haben. Oder auch nicht …«

»Und Mr Dryden?«

»Ich habe ihm eine Nachricht geschickt, dass heute Nachmittag um vierzehn Uhr ein Anwalt kommen soll, damit er eine offizielle Aussage machen kann. Chris wird mich begleiten.«

»Okay, Inspector. Sagen Sie mir Bescheid, wenn es irgendwelche Probleme gibt.«

Clare zögerte. »Wissen Sie, Sir, wenn ich mit Fergus über seine eigenen Erfahrungen im Heim spreche, kann ich sein Handeln irgendwie verstehen. Da sind ziemlich schlimme Dinge passiert. Er muss völlig kaputt sein.«

»So dürfen wir das nicht sehen, Inspector. Wir sind hier, um dort zu ermitteln, wo wir etwas Illegales feststellen. Der Rest ist Sache des Gerichts.«

»Da haben Sie wohl recht, ja.« Clare verließ das Büro und ging in die Einsatzzentrale. Niemand war dort, und sie setzte sich kurz hin. Sie war hundemüde und ihre Ohren schmerzten. Sie sehnte sich nach dem Ende dieser Untersuchung. »Aber so weit sind wir noch nicht«, sagte sie zu sich selbst.

In dem Moment steckte Chris den Kopf durch die Tür. »Wir müssen in etwas mehr als einer Stunde in Ninewells sein, um Nat Dryden zu treffen. Hast du Lust, zuerst noch einen Happen zu essen?«

»Das ist eine ausgezeichnete Idee, DS West.«

»Ich bin für meine ausgezeichneten Ideen bekannt.«

* * *

Nat Dryden saß in einem Stuhl, als Clare und Chris hereinkamen. Clare versuchte, nicht auf die Stelle zu schauen, wo sein Bein gewesen wäre, und lächelte stattdessen eine elegante Frau in einem dunklen Anzug an.

»Meine Anwältin«, erklärte Nat. »Valerie Grimmond.«

Clare schüttelte der Frau die Hand und setzte sich neben das Bett. Sie sah Nat an, und ihre Gedanken wanderten unwillkürlich zurück zu den Fotos, auf denen er abgebildet war. Sie dachte an Jasmine und ihre versteinerte Miene, die offenbar immun gegen ihre Erfahrungen war und sich nur Gedanken darüber machte, wie sie von Miranda eine Zigarette bekommen konnte. Und dieser Schatten eines Mannes, der vor ihr saß, dem ein Bein fehlte, der geschunden, verletzt und an Monitore angeschlossen war – dieser Mann war einer von Jasmines Schändern. *Denk daran, Clare. Denk daran, was er getan hat.* Und dann dachte sie an Fergus. An sein Leben, das in Trümmern lag. Ruiniert seit dem Tag, an dem er Garthley House zum ersten Mal betreten hatte. Und diese Männer – Männer wie Nat mit ihrem perversen Appetit –, diese Männer ruinierten jeden Tag noch mehr Leben, Jungen wie Fergus, Mädchen wie Jasmine. Sie sah ihn an und kämpfte gegen die Verachtung an, die sie empfand. Diese Befragung war sehr wichtig. Sie durfte es nicht vermasseln.

»Nat«, begann sie, »ich werde Sie heute belehren und formell anklagen lassen. Außerdem werde ich diese Befragung aufzeichnen. Wenn Sie sich zu irgendeinem Zeitpunkt unwohl fühlen oder eine Pause brauchen, werden wir die gern machen. Ich möchte außerdem erwähnen, dass jede Unterstützung, die Sie uns geben können, zur Kenntnis genommen wird, sollten Sie vor Gericht gestellt werden.«

Nat warf einen Blick auf seine Anwältin, die meinte: »Das ist in Ordnung, Inspector. Bitte fahren Sie fort.«

Clare hielt die Befragung so kurz wie möglich. Nat verstand die Anklage wegen sexueller Handlungen mit Minderjährigen und antwortete auf Anraten seiner Anwältin nicht. Doch als Clare ihn bat, die anderen Männer zu identifizieren, die an diesen Partys teilgenommen hatten, meinte er, dass er nicht helfen könne. »Wir kannten uns nur durch Nummern. Je weniger wir voneinander wussten, desto sicherer war die ganze Sache. Ich war die Nummer drei. Vielleicht wussten die anderen Namen, ich aber nicht.«

Clare zog einen Stapel Fotos aus ihrer Tasche und fragte Nat, ob er einen der Männer darauf erkennen würde. Er identifizierte Bruce Gilmartin sofort.

»Er war Nummer vier«, sagte er und reichte das Foto zurück. Und als ihm das Foto von Andy Robb gezeigt wurde, identifizierte er ihn als Nummer fünf. Wie vermutet, war der Professor die Nummer zwei. Dann reichte Clare ihm das Foto von Edward Collinson. Ihre Handflächen waren feucht. Es stand so viel auf dem Spiel. Sie hatten Jasmines Aussage, aber sie konnten nicht vorhersagen, wie sie auf die Fragen eines erfahrenen Strafverteidigers reagieren würde.

Nat sah sich das Foto lange und intensiv an.

Er kennt ihn nicht. Von allen Männern auf den Fotos, für die wir eine eindeutige Identifizierung brauchten, kennt er ausgerechnet diesen hier nicht.

Nach einigen Augenblicken reichte er ihr das Foto zurück und begegnete ihrem Blick. Er schwieg ein paar Sekunden, dann räusperte er sich und sagte: »Er war derjenige, der mich beunruhigt hat. Ich meine, wirklich beunruhigt. Der Rest von uns, wir waren alle nur auf ein bisschen Sex mit den Mädchen aus. Ich meine, sie waren minderjährig, ja, aber nicht ganz so jung. Bei manchen ist das heutzutage schwer zu sagen. Die ganz jungen Dinger wollte ich nicht. Vierzehn, fünfzehn … das war okay. Aber er … Er stand auf die ganz kleinen, egal ob Junge oder Mädchen.«

Clare sah ihn unverwandt an. »Nat, können Sie bitte für das Band sagen, ob Sie den Mann auf diesem Foto identifizieren können? Ich zeige Mr Dryden Foto Nummer fünfundvierzig.«

»Auf jeden Fall. Diesem Mann gehört das Haus, in dem wir uns trafen. Das Haus liegt zwischen der Kreuzung Tayport und St. Mike's. Er war auf allen Partys, hat Fotos gemacht und sich voll auf den Sex mit Minderjährigen eingelassen. Je jünger, desto besser.«

Nats Hände zitterten. Clare sah zu seiner Anwältin.

Jede Farbe war aus ihrem Gesicht gewichen.

Sie räusperte sich. »Vielleicht haben Sie jetzt alles, was Sie brauchen, Inspector? Ich denke, mein Mandant sollte sich jetzt ausruhen.«

Clare nickte. »Vielen Dank, Mr Dryden. Sie haben uns sehr geholfen.«

Nat sah weg und fuhr sich mit der Hand über die Augen. Clare stand auf und bedeutete Chris mit einem Nicken, ihr zu folgen. Er starrte Nat an, und sie zupfte ihn am Ärmel. »Komm schon, Chris. Lass uns von hier verschwinden. Lass uns an die frische Luft gehen.«

* * *

Sie fuhren schweigend zurück nach St. Andrews. Schließlich sagte Chris: »Glaubst du, dass du dich jemals daran gewöhnen wirst? Mit Leuten wie ihm zu tun zu haben?«

»Wahrscheinlich nicht.«

Sie verfielen wieder in Schweigen.

Schließlich meinte Clare: »Wir müssen die Aussagen der anderen Mädchen aus dem Heim aufnehmen.« Sie warf Chris einen Blick zu. »Ich werde die Sitte bitten, das zu tun. Ich glaube, wir beide haben genug für heute.«

In dem Moment klingelte ihr Handy.

»Siehst du mal nach, wer dran ist?«, bat sie Chris.

»Ich kenne die Nummer nicht.«

»Dann leite den Anruf auf die Mailbox um. Wer auch immer es ist, er kann warten.«

Sie fuhren gerade über die Tay Road Bridge, als das Telefon erneut klingelte.

»Es ist Jim«, sagte Chris.

»Nimmst du das Gespräch bitte an?«

Chris meldete sich und legte nach ein paar Minuten auf.

»Jennifer Gilmartins Auto ist auf der M90 in Richtung Queensferry Crossing aufgetaucht.«

»Will sie zum Flughafen?«

»Möglicherweise. Wir werden es bald wissen. Sie löst bei jeder Überwachungskamera auf der Autobahn einen Alarm aus.«

»Informiere die Verkehrspolizei in Edinburgh. Sie soll sie anhalten. Und ruf den Flughafen an. Und den Flughafen von Glasgow. Wenn sie versucht, durch die Passkontrolle zu kommen, sollen sie sie festnehmen. Und informiere die Autovermietungen an beiden Flughäfen. Sie ist nicht dumm, also sollten wir versuchen, alle Möglichkeiten zu berücksichtigen.«

Kapitel 26

Jennifer Gilmartins Auto wurde eine Stunde später auf dem Park-and-Ride-Parkplatz in Ingliston etwa anderthalb Kilometer vom Flughafen entfernt gefunden.

»Vielleicht hat sie ein Taxi in die Stadt genommen«, sagte Jim zu Clare und Chris, »aber wir vermuten, dass sie mit der Straßenbahn zum Flughafen gefahren ist. Wenn wir recht haben, wird sie bald an einem Check-in-Schalter auftauchen.«

»Oder bei einer Autovermietung«, meinte Clare.

»Das ist auch möglich. Sie wurden alle informiert und haben ihren Namen und ihr Foto.«

Sie mussten nicht lange warten.

»Sie hat für einen Flug in die Dominikanische Republik eingecheckt«, teilte Jim mit. »Er geht in einer Stunde. Die Jungs aus Edinburgh sind schon auf dem Weg, um sie abzuholen. Sie melden sich, wenn sie sie in Gewahrsam haben.«

»Sie sollen sie unbedingt belehren. Wir dürfen uns keinen Fehler erlauben.«

»Wird gemacht, Clare.«

Und plötzlich gab es vorerst nichts mehr für sie zu tun.

Fergus Bain war wegen Mordes, versuchten Mordes und Freiheitsberaubung angeklagt worden, Edward Collinson wegen der sexuellen Übergriffe auf Jasmine Greene. Weitere Anklagen würden folgen, sobald die Beamten von der Sitte die Aussagen aufgenommen hatten. Jennifer Gilmartin würde wahrscheinlich angeklagt werden, weil sie Kinder zur Teilnahme an sexuellen Handlungen veranlasst hatte, und Clare war überzeugt, dass keiner von ihnen in nächster Zeit eine Gefängniszelle von außen sehen würde. Es gab eine Menge Papierkram zu erledigen, aber irgendwie hatte sie keine Lust, damit anzufangen.

»Ich glaube, ich gehe mit Benjy spazieren«, sagte sie. Chris nickte als Antwort, und sie nahm ihre Jacke und Benjys Leine vom Kleiderständer in der Ecke. Als der Hund seine vertraute rote Leine sah, sprang er von der Theke, setzte sich zu ihren Füßen und wartete darauf, dass die Leine befestigt wurde.

Es war ein herrlicher Mainachmittag. Mild und sonnig, mit einer leichten Brise. Sie verließ die Wache und ging den Tom Morris Drive entlang. Ob bewusst oder unbewusst fand sie sich auf der Shoolbraids – der Straße mit dem kuriosen Namen – wieder, die in Richtung Scooniehill Road führte. Sie fragte sich unwillkürlich, ob Angela Robb wohl zu Hause war. Sie musste über die Verhaftungen informiert werden. Billy Dodds' Qashqai stand vor der Tür. Clare klingelte. Angela verzog das Gesicht, als sie sah, dass es Clare war, aber dann entdeckte sie Benjy und beugte sich vor, um ihn zu begrüßen. Erstaunlich, was der Anblick eines Hundes mit der Stimmung der Menschen anstellen konnte.

»Sie kommen besser rein«, sagte sie und trat zurück, um Clare und Benjy hineinzulassen.

Billy Dodds sah sich gerade eine Spielshow an und drückte auf die Stummtaste, als Clare eintrat. Benjy sprang auf das Sofa, und Clare zog an seiner Leine, um ihn herunterzuholen.

»Lassen Sie ihn«, meinte Angela. »Ist schon okay. Setzen Sie sich. Möchten Sie einen Kaffee?«

Clare schüttelte den Kopf und setzte sich neben Benjy. »Ich werde Sie nicht lange aufhalten. Ich wollte Sie nur wissen lassen, dass wir im Zusammenhang mit Andys Tod einige Verhaftungen vorgenommen haben.«

»Wirklich?«, fragte Billy.

Angela sagte nichts.

»Ich fürchte, ich kann Ihnen im Moment noch keine Details nennen. Sie werden am Montag vor Gericht gestellt, und dann wird es eine Presseerklärung geben, aber ich dachte, Sie würden es gern wissen, bevor es öffentlich bekannt wird.«

»Danke. Ich weiß das zu schätzen.«

»Und vielleicht könnten Sie der Familie Bescheid sagen? Andys Schwester und so weiter.«

»Ja. Ich werde es ihnen sagen.«

»Da gibt es etwas, was ich Ihnen mitteilen muss.«

»Aha.«

»Wir glauben, dass Andy unter anderem deshalb ins Visier des Mörders geraten ist, weil er … sexuelle Handlungen mit Minderjährigen vorgenommen hat. Unter sechzehn, meine ich.«

Billy schüttelte den Kopf. Angela schwieg.

»Wir werden versuchen, die Details auf ein Minimum zu beschränken. Für die Presse, meine ich. Aber es wird trotzdem herauskommen. Das tut es immer.«

Angela fand ihre Stimme wieder. »Er war schon immer ein Weiberheld, wissen Sie. Aber ich hätte nie gedacht, dass …«

»Ich weiß. Das ist schwer zu begreifen«, antwortete Clare. »Es tut mir leid, dass ich Ihnen eine so schreckliche Nachricht überbringen muss.«

Sie stand auf, und Benjy folgte ihr auf dem Fuß. »Ich werde jetzt gehen. Falls es sonst noch etwas gibt, werden wir uns bei Ihnen melden.«

Billy brachte Clare zur Tür. »Ich werde mich um sie kümmern, Inspector. Machen Sie sich keine Sorgen.«

Sie lächelte und überließ es den beiden, die Nachricht zu verdauen. Dann stand sie draußen auf der Straße und überlegte, welchen Weg sie einschlagen sollte. Vicky Gallagher hätte es auch verdient gehabt, dass man es ihr sagte, aber Clare fehlte die Kraft dazu. Nicht nach dem Tag, den sie erlebt hatte, ganz zu schweigen von den Ereignissen der letzten Nacht. Der Schlafmangel, das ständige Brummen in den Ohren – all das machte ihr zu schaffen. Angela hatte kaum Gefühle gezeigt, aber Clare wusste, dass Vickys Reaktion ganz anders ausfallen würde. Sie konnte vielleicht Chris und Sara schicken, damit sie ihr die Nachricht überbrachten.

»Komm«, sagte sie zu Benjy, »wir gehen zurück zur Wache. Wir müssen Jennifer Gilmartin befragen.«

* * *

Clares Telefon klingelte, als sie gerade den Parkplatz des Reviers erreichte. »Ich bin schon da«, sagte sie und beschleunigte ihren Schritt. Sie betrat die Wache und sah Chris' Gesicht.

»Was ist?«

»Jennifer. Sie ist entwischt und hat nie die Sicherheitskontrolle am Flughafen passiert. Sie hat zwar einen Koffer aufgegeben, aber wir wissen nicht, wo sie danach hingegangen ist.«

»Und?«

»Das Flugzeug ist gestartet. Der Koffer wurde aus der Maschine geholt, als sie nicht an Bord ging.«

»Haben sie ihn geöffnet?«

»Ja. Er war nicht einmal abgeschlossen. War nichts als Männerkleidung drin. Sieht aus, als hätten wir sie verloren.«

Clare fluchte leise. Sie hatte gewusst, dass sie mit ihr reden wollten. »Okay«, sagte sie. »Geh zur Pressestelle. Ich möchte, dass ihr Foto in den Nachrichten, auf unserer Facebook-Seite und in allen Bahnhöfen mit dem Hinweis veröffentlicht wird, dass sie im Zusammenhang mit einem Kapitalverbrechen gesucht wird. Keine Details, bitte.«

Chris machte sich sofort auf den Weg, und Clare suchte den DCI auf.

»Haben Sie eine Ahnung, wo sie hingegangen sein könnte?«, fragte sie.

Er schüttelte den Kopf. »Nein, sie hat hier keine Familie, soweit ich mich erinnern kann, und ich weiß auch nicht, wer ihre Freunde sind.«

»Würden Sie eine Nachverfolgung ihres Mobiltelefons genehmigen?«, fragte Clare. »Das könnte uns helfen, herauszufinden, wo sie hinwill.«

»Sie richten alles ein, und ich erteile die Genehmigung.«

Chris wartete an der Bürotür auf sie. »Die Pressestelle kümmert sich um die Veröffentlichung. Was jetzt?«

»Jemand muss ihr Mobiltelefon orten und herausfinden, in welche Sendemasten sie sich einloggt. Der DCI wird es genehmigen.«

»Okay, Clare. Sonst noch etwas?«

»Nein, kümmere du dich um die Ortung, und ich rufe den Flughafen Glasgow an. Sie hat vielleicht ein Taxi oder sogar einen Zug genommen.«

* * *

Chris legte den Hörer auf. »Sieht so aus, als hättest du recht. Sie loggt sich in sämtliche Telefonmasten entlang der M8 in Richtung Flughafen Glasgow ein.«

»Sie muss in einem Taxi sitzen«, vermutete Clare. »Okay, ich will Beamte in Zivil am Flughafen haben, die die Taxistände im Auge behalten. Wenn sie Uniformen sieht, könnte sie den

Fahrer auffordern, weiterzufahren. Sorg dafür, dass jeder Check-in-Schalter und jeder Sicherheitsbeamte ihr Foto hat. Ich will nicht, dass sie uns ein zweites Mal entkommt.«

Wie Clare vermutet hatte, wurde das Telefon bis zum Flughafen Glasgow geortet, aber eine halbe Stunde, nachdem ihr Handy den nächstgelegenen Mast angefunkt hatte, gab es immer noch kein Zeichen von ihr.

»Sie ist also immer noch im oder in der Nähe des Flughafens«, sagte Clare. »Warum haben sie sie nicht entdeckt?«

»Sie muss unseren Jungs entwischt sein«, meinte Chris.

»Wie zum Teufel konnte das passieren?«

»Das ist ganz einfach, Clare. Du wartest auf einen Bus, der vom Langzeitparkplatz kommt, und mischst dich unter die Fahrgäste. Du verwickelst einen von ihnen in ein Gespräch, während du durch die Tür gehst.«

»Ja, wahrscheinlich hast du recht. Wurde die Passkontrolle verständigt?«

»Ja. Diesmal sollten wir sie kriegen. Sie wissen, dass sie sie am Check-in-Schalter aufhalten müssen.«

Clare zog die Stirn in Falten. »Aber wenn sie einen Inlandsflug nimmt ...«

»... braucht sie keinen Reisepass. Verdammt!«

»Genau. Ruf noch einmal beim Flughafen an und frag nach den Passagierlisten für alle Inlandsflüge, die heute noch abfliegen. Wenn das nichts bringt, werden wir es morgen früh versuchen. Hoffen wir, dass sie auf einen dieser Flüge gebucht ist.«

* * *

Es dauerte eine halbe Stunde, bis der Flughafen sie fand.

»Sie hat den Siebzehn-Uhr-dreißig-Flug nach Luton gebucht«, verkündete Chris. »Und dieses Mal hat sie die Sicherheitskontrolle passiert.«

»Bitte sag mir, dass sie sie festnehmen!«

»Das sollte in diesem Moment geschehen«, antwortete Chris. »Der Anruf müsste demnächst kommen.«

Sie saßen auf dem Revier und warteten nervös. Niemand konnte sich zu irgendeiner Arbeit durchringen, also bestellte Clare Pizza. Als der Pizzabote mit einem halben Dutzend Kartons durch die Tür kam, klingelte das Telefon. Chris schnappte es sich, hörte ein paar Minuten zu und zeigte ihnen dann den Daumen nach oben.

»Haben sie sie?«, fragte Clare, als er das Gespräch beendet hatte.

»Ja.«

Ein Jubelgeschrei ging durch den Raum, und der Pizzamann verbeugte sich. Clare reichte ihm ihre Kreditkarte und er zückte sein Kartenlesegerät. Sie tippte ihre Nummer ein und schaute dann auf ihre Uhr. »Ich bezweifle, dass sie vor halb acht hier sein werden«, meinte sie. »Lasst uns etwas essen und ein wenig ausruhen. Wir brauchen einen klaren Kopf, wenn sie ankommt.«

Die Stimmung im Revier hatte sich gehoben. Chris saß da und unterhielt sich mit Sara, die sich zweifellos darüber freute, dass Clare die Jungs aus Edinburgh nach Hause geschickt hatte. Clare beobachtete sie ein paar Minuten lang. Chris legte sich mächtig ins Zeug und ließ seinen Charme spielen, was Sara nicht zu stören schien. Sie fragte sich, ob sie gerade den Beginn von etwas beobachtete. Der Pizzaduft trieb Benjy in den Wahnsinn. Clare bat Gillian, für ihn Hundefutter zu kaufen, während sie ihre Gedanken sortierte. Es würde eine lange Nacht werden.

Sie trug ihre Pizza in einen der Befragungsräume und schloss die Tür. Sie musste gut auf das Gespräch mit Jennifer Gilmartin vorbereitet sein. Clare wusste inzwischen, dass sie auf die volle Unterstützung des DCI zählen konnte, aber sie war immer noch seltsam nervös. Vielleicht lag es an der Nähe, die sie in Jennifers Küche geteilt hatten. Damals hatte sie zu Clare gesagt, sie bezweifle, dass sie sich wiedersehen würden. Hatte sie zu diesem Zeitpunkt schon geplant, zu verschwinden? Als sie erkannte, was mit den fünf Männern passierte, musste sie gewusst haben, dass die Polizei irgendwann vor ihrer Tür stehen würde. Oder war es die Textnachricht von Edward Collinson gewesen, die sie zur Flucht veranlasst hatte? Das spielte jetzt keine große Rolle, aber Clare wusste, dass sie bei ihr einen kühlen Kopf brauchte.

* * *

Jennifer Gilmartin kam kurz nach ihrer Anwältin auf dem Revier an. An der Art, wie sie die Kiefer aufeinanderpresste, konnte Clare erkennen, dass Jennifer nicht die Absicht hatte, mit ihnen zu kooperieren. Sie führte die beiden in einen Befragungsraum und ließ sie einige Minuten allein. Der DCI, so stellte sie fest, ging ihr aus dem Weg, also bat sie ihn, Benjy in ihrem Büro zu behalten.

»Ich will keine Ablenkung«, sagte sie, übergab ihm die Leine und er stimmte zu.

Nach Rücksprache mit Jennifer teilte die Anwältin Clare mit, dass ihre Mandantin von ihrem Aussageverweigerungsrecht Gebrauch machen werde.

Clare nickte und belehrte Jennifer über ihre Rechte gemäß dem Sexualstrafgesetz. Als Jennifer statt einer Antwort auf die Wand über Clares Kopf starrte, fuhr sie fort. »Ich habe gehört, dass Sie sich um Kinder in Heimen gekümmert und Ausflüge mit ihnen unternommen haben. In einem Kleinbus.«

Jennifer sagte nichts.

»Mrs Gilmartin, wir haben einen Zeugen, der aussagen wird, dass Sie jeden Donnerstagabend mit zehn Kindern in einem Kleinbus unterwegs waren. Ursprünglich wurden diese Ausflüge in Fitnessstudios und Schwimmbäder unternommen. Ist das richtig?«

Jennifer zuckte mit den Schultern und begann, ihre manikürten Nägel zu untersuchen.

Clare fuhr fort. »Wir haben einen weiteren Zeugen, der in einer schriftlichen Erklärung aussagt, dass sich diese Ausflüge irgendwann geändert haben; dass Sie die Kinder nicht mehr zu Sportzentren gefahren haben, sondern zum Mortaine Castle in der Nähe von Tayport. Ist das richtig?«

»Ein Zeuge?«, fragte Jennifer plötzlich, und ihre Augen funkelten. »Sie meinen eines dieser Kinder? Sie haben mich den ganzen Weg vom Flughafen Glasgow hierhergeschleppt, nur weil ein paar Kinder aus einer Bruchbude so etwas erzählt haben?« Sie lachte und beugte sich über den Tisch, ihr Gesicht war ganz nah an Clares. »Oh, Clare, da werden Sie aber etwas Besseres brauchen als das.«

Clare roch ihr Parfüm. Keines, das sie kannte. Sie hielt Jennifers Blick stand. »Leugnen Sie es?«

»Auf jeden Fall. Wenn Sie auch nur eine Minute glauben, dass ein Gericht Leuten wie Jasmine Greene glauben würde …«

»Sie geben also zu, dass Sie Jasmine kennen?«

Jennifer lehnte sich in ihrem Stuhl zurück. »Natürlich kenne ich sie. Und ich weiß, was sie ist. Was sie alle sind. Kleine Huren. Die tun alles für ein Päckchen Zigaretten. Was auch immer sie Ihnen erzählt hat, es ist ein Haufen Lügen.«

Jennifers Anwältin legte eine Hand auf ihren Arm, und sie lehnte sich wieder zurück.

»Was könnten sie denn für ein Päckchen Zigaretten tun?«, fragte Clare.

Jennifer zuckte mit den Schultern.

»Sie haben sie …«, Clare zögerte, »… kleine Huren genannt.« Sie sah Jennifer unverwandt an. »Warum haben Sie diesen Begriff verwendet?«

»Wie würden Sie sie denn nennen?«, raunte sie.

»Ich würde sie Kinder nennen.«

»Das zeigt nur, wie wenig Sie wissen«, sagte sie. »Mein Vater, falls Sie das nicht wissen, war Richter am Obersten Gerichtshof. Hat alles Mögliche gesehen. So mancher gute Mann wurde von verlogenen, intriganten kleinen Flittchen zu Fall gebracht. Jungs und Mädchen. Glauben Sie auch nur einen Moment, dass ich eines dieser Kinder zwingen musste? Dass sie es nicht aus freien Stücken getan haben?«

Wieder legte die Anwältin die Hand auf Jennifers Arm, aber sie schüttelte sie ab. Irgendetwas war in ihr entbrannt, und sie war nicht mehr bei klarem Verstand.

»Mrs Gilmartin, was würden Sie sagen, wenn ich Ihnen mitteile, dass der Mann, der Ihren Mann ermordet hat, selbst als Kind systematisch missbraucht wurde? Dass er täglich mit den physischen und psychischen Folgen dessen leben muss, was er erlitten hat?«

Jennifer kniff die Augen zusammen. »Ich würde sagen, dass das heutzutage eine sehr beliebte Ausrede ist, Clare. Dieser ganze ›Me Too‹-Mist. Das ist völliger Blödsinn. Seien Sie ehrlich. Jeder mag Sex. Sie mögen Sex, ich mag Sex. Wenn wir das nicht täten, wäre die Menschheit schon längst ausgestorben.«

Clare schüttelte den Kopf. »Das war kein Sex. Das war Missbrauch. Wie konnten Sie Ihrem Mann – Ihrem eigenen Ehemann – erlauben, sich an diesen Handlungen zu beteiligen? Wie konnten Sie Ihr Leben – und Ihr Bett – mit einem solchen Mann teilen? Verdammt, Sie haben die Kinder selbst hingefahren!«

Jennifer lachte. »Oh, Clare, seien Sie nicht so hochmütig. Bruce hatte seine Gelüste. Ich hatte meine.«

»Hatten Sie Affären?«

Jennifer lehnte sich zurück und schlug die Beine übereinander. »Natürlich. Meine waren einvernehmlich mit Erwachsenen. Aber Bruce – nun ja, sagen wir mal so, sein Geschmack war anders.«

»Und das hat Sie nicht gestört? Es hat Ihnen nichts ausgemacht, ihm zu helfen, Minderjährige zu missbrauchen?«

»Meine Güte, Clare. Sie müssen noch eine Menge über Männer lernen.«

Clare bemühte sich, ihre Stimme zu beherrschen. »Warum klären Sie mich nicht auf?«

In einem weiteren Versuch, ihre Mandantin zu beruhigen, warf die Anwältin ein: »Mrs Gilmartin, ich muss Ihnen raten …«

Jennifer hob die Hand, um sie zum Schweigen zu bringen, und ein Lächeln erschien auf ihrem Gesicht. »Clare, das ist ganz einfach. Bruce war ein guter Geschäftsmann. Er kannte sich mit dem Bierbrauen aus und wusste, wie man damit zu Geld kommt. Das bedeutete, dass wir ein schönes Leben hatten.« Wie zum Beweis streckte sie einen diamantenen Verlobungsring in die Höhe. »Sie haben das Haus gesehen. Und dann die Urlaube. Geld für die schöneren Dinge, wissen Sie.« Sie bürstete ein Staubkorn von ihrer Jacke. »Wir hatten einen Ruf. An Bruces Arm war ich jemand.«

»Und?«

»Und … er mochte junge Mädchen.« Sie hielt einen Moment inne und fuhr dann fort. »Er ging ziemlich dumm dabei vor, und es kam zu einem kleinen Vorfall, wissen Sie. In einer öffentlichen Toilette.« Sie schüttelte den Kopf.

»Sie haben nicht daran gedacht, ihn zu verlassen?«, fragte Clare.

Jennifer sah überrascht aus. »Natürlich nicht. Ich hatte viel zu viel in meine Ehe investiert. Ich wollte nicht alles wegwerfen, nur weil Bruce seine Finger nicht von ein paar jungen Mädchen lassen konnte.«

»Und dann?«

Jennifer sah Clare in die Augen. »Und dann beschloss ich, die Angelegenheit für ihn zu regeln.«

Clare starrte sie an. »Zu regeln?«

»Genau. Ich wusste von dem Heim in Cupar und begann, donnerstags mit den Kindern wegzufahren. Zum Fitnessstudio, zum Schwimmen, manchmal auch zum Bowling.«

»Ein verdammt großes Risiko«, sagte Chris. »Was, wenn eines von ihnen es den Mitarbeitern gesagt hätte?«

Jennifer lachte. »Oh, Sergeant. Haben Sie vergessen, wie es ist, ein Teenager zu sein? Die Kids lieben die Vorstellung von Sex. Sie reden darüber, geben damit an, auch wenn sie keine Erfahrung haben. Ich habe eines Abends beiläufig Geschlechtskrankheiten erwähnt, und das hat sie zum Reden gebracht. Sie waren alle ganz verrückt danach. Als ich ihnen die Sache vorschlug, musste ich nicht viel Überzeugungsarbeit leisten. Erstaunlich, was sie für eine Pizza und ein paar Pfund alles tun.«

Clare schüttelte den Kopf. »Wollen Sie damit sagen, dass Sie diese Abende arrangiert haben, um den Appetit Ihres Mannes auf Sex mit Minderjährigen zu befriedigen? Um zu verhindern, dass er anderswo erwischt wurde?«

Jennifer zuckte mit den Schultern. »Ja, so ungefähr.«

»Und die anderen Männer?«

»Das war Bruces Idee. Das ergab auch Sinn. Schließlich bezahlten sie gut dafür. Ich habe den Kindern ein paar Pfund gegeben, um sie ruhig zu halten und den Rest für schlechte Tage beiseitezulegen.« Sie lächelte wieder. »Eine Win-win-Situation also.«

Clare spürte, wie die Wut in ihr aufstieg, und kämpfte darum, ihre Stimme zu beherrschen. »Und diese Internetseite – das ›Spielzimmer‹?«

»Oh, das ist gut, nicht wahr? Ich war sehr zufrieden damit, wie sie geworden ist. Erstaunlich, was man online alles lernen kann.«

Clare konnte sich nicht länger beherrschen. »Sie sind … verachtenswert. Absolut verachtenswert.«

Jennifers Gesicht verfinsterte sich, und sie beugte sich über den Tisch. »Wenigstens habe ich niemanden erschossen, Clare!«

Clare wollte sich auf sie stürzen, aber Chris hielt sie zurück. »Sie ist es nicht wert, Chefin.«

Clare ließ ihren Stuhl zurückklappen, ihr Gesicht war scharlachrot. »Die Befragung wurde um«, sie blickte auf die Wanduhr, »zwanzig Uhr dreißig beendet.« Sie schaltete das Mikrofon aus und wandte sich zum Gehen. Chris folgte ihr auf dem Fuß.

Als sie die Tür erreichten, rief Jennifer ihr hinterher: »Ich nehme an, eine anständige Tasse Tee ist nicht drin? Das Zeug hier schmeckt wie Spülwasser.«

* * *

»Sie wird angeklagt und am Montag zusammen mit den anderen vor Gericht erscheinen«, erklärte Clare dem DCI, nachdem Jennifer das Revier verlassen hatte.

»Wie wirkte sie?«

Clares Kiefer verkrampfte sich. »Verzeihen Sie, Sir, aber sie ist eine verdammte Psychopathin. Nach außen tut sie vornehm und charmant, aber sie hat einen Pädophilenring organisiert, um ihre Ehe zu retten. Zu Beginn der Befragung wollte sie gar nichts sagen, aber dann ist sie völlig ausgeflippt. Hat sich darüber ausgelassen, dass diese Kinder Huren seien und dass die ›Me Too‹-Bewegung ein Haufen Mist sei. Das war die seltsamste Befragung, die ich je durchgeführt habe.«

»Meinen Sie, sie sollte einen Psychologen aufsuchen?«, fragte der DCI.

Clare hob die Hände. »Ich bin keine Expertin. Aber wenn ich ihre Verteidigerin wäre, würde ich sie wahrscheinlich untersuchen lassen. Sie klang da drin ziemlich aus dem Gleichgewicht geraten.«

»Dem stimme ich zu«, bestätigte Chris. »Aber ich glaube, sie weiß sehr wohl, was sie getan hat. Es tut ihr nur einfach nicht leid.«

Der DCI lehnte sich in seinem Sessel zurück. »Da denkt man, man kennt jemanden …«

Clare wusste nicht, was sie darauf antworten sollte, also sagte sie stattdessen: »Wir müssen die Anklagepunkte mit äußerster Sorgfalt durchgehen. Ich wette, dass sowohl Collinson als auch Jennifer Gilmartin die besten Anwaltsteams engagieren werden, die man für Geld kaufen kann.«

Der DCI nickte. »Gibt es irgendwelche Neuigkeiten über Fergus Bains Komplizin?«

»Bis jetzt noch nicht. Connor, Steve und Phil spüren alle Mädchen auf, die zur gleichen Zeit wie Fergus in Garthley House waren, und sei es nur für ein paar Wochen, aber das bedeutet sehr viel Arbeit. Ich habe sie für heute nach Hause geschickt. Morgen früh machen sie dann weiter.«

Der DCI sah zu Chris hinüber. »Sie können schon mal nach Hause gehen, mein Sohn. Ich muss nur noch kurz mit Ihrer Chefin sprechen.«

Chris grinste. »Danke, Sir. Ich erledige rasch noch ein paar Dinge, dann bin ich weg. Bis morgen früh, Clare.«

Nachdem er die Tür hinter sich geschlossen hatte, sagte der DCI: »Sie sehen müde aus, Clare. Setzt Ihnen die letzte Nacht noch zu?«

Er hatte sie Clare genannt. Es geschahen doch noch Wunder.

»Ich bin okay, Sir. Es waren einfach ein paar arbeitsreiche Tage. Und, um ehrlich zu sein, bin ich wütend auf mich selbst. Wütend, dass ich Jennifer nicht durchschaut habe, als ich letztens mit ihr sprach. Ich habe immer auf meinen Instinkt vertraut, aber dieses Mal hat er mich im Stich gelassen. Vielleicht verliere ich mein Gespür …«

DCI Gibson schüttelte den Kopf. »Clare, sie hat alle hinters Licht geführt. Die Leute von der Fürsorge, mich. Verdammt noch mal, ich kenne diese Frau seit zwanzig Jahren und hatte keine Ahnung!«

»Vermutlich haben Sie recht. Ich ärgere mich einfach nur über mich selbst.«

»Hören Sie sofort damit auf«, erwiderte er. »Sie haben hier verdammt gute Arbeit geleistet. Ich gebe zu, ich hatte meine Zweifel, aber Sie haben mich eines Besseren belehrt. Ich würde jederzeit sehr gern wieder mit Ihnen zusammenarbeiten.«

Das grenzte jetzt wirklich an ein Wunder, dachte Clare. »Danke, Sir.«

»Ach, nennen Sie mich Al. Das machen alle anderen auch. Wie auch immer, Sie haben den Fall gelöst«, fuhr er fort. »Und obendrein noch einen Pädophilenring auffliegen lassen. Aber es ist schon recht spät. Ich denke, Sie sollten nach Hause gehen und etwas schlafen. Wir werden den Papierkram morgen erledigen, schlimmstenfalls am Sonntag. Und danach werde ich nach Edinburgh zurückkehren. Sie bekommen also Ihr Büro zurück.«

Das war vielleicht die beste Nachricht des Tages. Sie ging zur Tür und blieb nur kurz stehen, um Benjys Leine zu nehmen. »Gute Nacht allerseits«, rief sie und trat in den kühlen Maiabend hinaus. Die Sonne war hinter Wolken verschwunden, und es sah so aus, als könnte es in der Nacht Regen geben. Sie lächelte eine ältere Frau an, die über den Parkplatz ging, als sie gerade ihr Auto aufschloss.

Sie öffnete die Tür für Benjy. Er sprang hinein und setzte sich auf den Beifahrersitz, wo er aus dem Fenster schaute. Und sie hätte es fast geschafft. Fast hätte sie es geschafft, vom Parkplatz und nach Hause zu fahren, um einen entspannten Abend zu verbringen. Doch als sie den Schlüssel hineinsteckte und den Motor starten wollte, öffnete sich die Tür der Wache und Chris winkte ihr, wieder hineinzukommen.

Kapitel 27

»Ich habe sie in Befragungsraum zwei gebracht«, sagte Chris. »Der DCI will dabei sein.«

Clare brachte Benjy zurück zum Tresen, und er nahm seinen gewohnten Platz ein. »Wissen wir, wer sie ist?«, fragte sie Chris.

»Sie heißt Rena Bishop und sagt, sie sei Fergus Bains Tante.«

»Die Freundin seiner Oma? Die Frau, die keine richtige Tante ist?«

»Ja, ich denke schon.«

»Dann gehe ich besser zu ihr.«

Chris legte eine Hand auf ihren Arm. »Aber da ist noch etwas anderes.«

»Was denn?«

»An einem ihrer Mittelfinger fehlt die Spitze.«

Clare, DCI Gibson und Chris drängten sich in den Befragungsraum und nahmen vor dem Tisch Platz. Auf der anderen Seite saß die ältere Frau, die Clare einige Minuten zuvor beim Verlassen des Reviers über den Parkplatz hatte gehen sehen. Clare schaute auf ihren kurzen Mittelfinger. Nach all der Arbeit, die Chris und die Jungs aus Edinburgh und einige Polizisten von der Sitte geleistet hatten, nachdem sie stundenlang die Unterlagen des Sozialamtes durchforstet hatten, nach all dieser Arbeit nun das. Die Besitzerin der Fingerabdrücke spazierte einfach in die Wache und stellte sich selbst. Es war kaum zu glauben.

Clare betrachtete sie mit unverhohlenem Interesse. Sie schien Mitte siebzig zu sein und hatte die Haltung einer älteren Schullehrerin. Ihr silbernes Haar war leicht dauergewellt, und ihr Gesicht, obwohl vom Alter gezeichnet, war wach. Sie war so zart, als würden ihre Knochen bei der kleinsten Berührung brechen. Sie saß kerzengerade auf ihrem Stuhl und hatte die Hände vor sich gefaltet.

Clare räusperte sich. »Mrs Bishop, ich bin Detective Inspector Clare Mackay. Das ist Detective Chief Inspector Gibson und dieser Mann ist Detective Sergeant Chris West. Ich habe gehört, dass Sie ein Geständnis ablegen wollen.«

»Zunächst einmal, Inspector, bin ich Miss Bishop. Miss Rena Bishop.«

»Ich bitte um Entschuldigung, Miss Bishop. Vielleicht könnten Sie uns erzählen, was Sie uns zu sagen haben?«

»Ich möchte drei Morde und einen Mordversuch gestehen.«

Clare sah Chris und den DCI an, doch bevor sie etwas sagen konnte, ergriff Miss Bishop erneut das Wort. »Ich habe sie alle getötet. Den Kerl auf der Hochzeit, dann den Mann von der Brauerei …«

Clare unterbrach sie. »Miss Bishop, bevor wir weitermachen, muss ich Sie formell belehren. Und ich empfehle Ihnen dringend, einen Anwalt hinzuzuziehen.«

»Ich versichere Ihnen, Detective Inspector, dass ich keinen Anwalt benötige.«

»Ich möchte aber, dass Sie wenigstens einen Pflichtverteidiger bekommen, wenn Sie keinen eigenen Anwalt haben.«

Sie entfaltete die Hände und begann, einen Ring an ihrem Finger zu drehen. »Nun gut. Wenn Sie darauf bestehen, schreibe ich Ihnen die Adresse meines Anwalts auf. Aber bitte nehmen Sie zur Kenntnis, dass ich nicht die Absicht habe, etwas von dem zurückzunehmen, was ich gerade gesagt habe.«

Rena Bishops Anwalt traf eine halbe Stunde später ein. Clare bat Chris und DCI Gibson zu bleiben und betonte, dass das Gespräch unterbrochen werden könne, wenn Rena sich zu irgendeinem Zeitpunkt unwohl fühle.

»Mir geht es sehr gut, Detective Inspector«, raunte sie. »Ich möchte die Sache einfach nur hinter mich bringen.«

Clare nickte. Sie sprach die übliche Vorrede für das Band und belehrte Rena, die bestätigte, dass sie die Belehrung verstanden habe. Auf Clares Frage, was sie denn gestehe, zählte Rena die Morde an Andy Robb, Bruce Gilmartin, Bertram Harris und den Mordversuch an Nat Dryden auf. Sie war präzise in Bezug auf Datum und Uhrzeit, den Ort, die nummerierten Karten auf dem Brustkorb der Leichen. Tatsächlich war sie in allem, was sie sagte, sehr genau.

»Miss Bishop«, begann Clare mit einem Lächeln, »wir haben an den Tatorten Fußabdrücke gefunden. Gehe ich recht in der Annahme, dass Sie Schuhgröße vier oder fünf haben? Sie haben einen ziemlich schlanken Fuß, finde ich.«

Der erste Anflug von Zweifel flackerte in ihren Augen auf. Nur ganz kurz, und dann war er schon wieder verschwunden. Aber er war ihnen trotzdem nicht entgangen.

»Manchmal ist es matschig«, sagte sie, »und ich trage größere Stiefel, wissen Sie. Männerstiefel. Sie liegen im Land Rover.«

»Und haben Sie diese Stiefel an einem der Tatorte getragen?«

Ihr Blick war wieder stählern. »Das könnte sein.«

»Können Sie sich erinnern, an welchem?« Clare blieb hartnäckig.

»Bei dem von der Brauerei. Diesem Gilmartin.«

»Nachdem Sie also Mr Gilmartin überfahren hatten, stiegen Sie aus dem Fahrzeug, wobei Sie die größeren Stiefel trugen.«

»Das ist korrekt.«

Clare hielt einen Moment inne. »Die Sache ist die, Miss Bishop, dass die Einfahrt der Gilmartins geschottert war. Und in der Nacht, in der Mr Gilmartin überfahren wurde, oder am Tag davor hatte es nicht geregnet. Die Auffahrt war also nicht schlammig, und die großen Stiefel wären nicht nötig gewesen. Tatsächlich haben wir in dieser Nacht überhaupt keine Fußspuren gefunden. Außerdem haben wir bereits einen Verdächtigen in Gewahrsam, der die Morde an Bruce Gilmartin und Bertram Harris gestanden hat. Ich fürchte also, dass Ihr Geständnis erfunden ist.«

»Fergus hat nichts von alledem getan«, sagte sie. »Er versucht nur, mich zu beschützen.«

»Ich habe keine Namen genannt«, sagte Clare und beobachtete Rena aufmerksam.

Sie warteten auf eine Antwort. Rena Bishop schürzte die Lippen, und ihr Anwalt beugte sich vor. »Ich glaube, meine Damen und Herren, ich möchte mich mit meiner Mandantin unter vier Augen beraten.«

Die drei erhoben sich und überließen Rena und ihren Anwalt kurz sich selbst.

»Was halten Sie davon?«, fragte Clare den DCI.

»Ich vermute mal, dass sie Fergus das Gefängnis ersparen will. Sie weiß, was er durchgemacht hat, und will die Schuld auf sich nehmen.«

»Aber sie muss doch wissen, dass er das niemals zulassen würde. Er wollte uns nichts über seine Komplizin verraten. Ich bin mir nicht einmal sicher, ob ich ihr irgendetwas glaube.«

Der DCI sah sich kurz um. Rena Bishops Anwalt näherte sich ihnen. »Warten wir ab, was er sagt, und lassen Sie es mich wissen, wenn es irgendwelche Probleme gibt. Ich überlasse das Ihnen.«

Der Anwalt zögerte, dann meinte er: »Das ist eine … ungewöhnliche Situation, Inspector. Normalerweise würde ich nicht so mit Ihnen reden, aber …«

»Sie glauben ihr auch nicht?«

Er schüttelte den Kopf. »Aber sie besteht darauf, ein Geständnis in Bezug auf die drei Morde und den Mordversuch zu unterschreiben.«

»Haben Sie eine Ahnung, warum?«

»Nicht wirklich, außer …« Er schien zu zögern.

»Könnte sie jemanden beschützen?«

»Ich glaube schon. Ich sollte Ihnen das wirklich nicht sagen, aber ich befürchte, dass es sonst zu einem Fehlurteil kommen könnte.«

»Fahren Sie fort«, bat Clare.

»Miss Bishop … sie mag den Enkel einer engen Freundin sehr gern. Ihre Freundin ist vor vielen Jahren gestorben, und Miss Bishop hat sich um den Jungen gekümmert. Er hatte offensichtlich eine schwierige Zeit, als er in einem Kinderheim untergebracht war. Sie bedauert, dass sie ihm nicht helfen konnte. Ich glaube, das ist ihre Art, es wiedergutzumachen.«

Clare dachte kurz darüber nach. »Sie wissen schon, dass wir das nicht zulassen können? Wir müssen die Personen strafrechtlich verfolgen, die wir für schuldig halten. Danach müssen die Gerichte entscheiden, was mit ihnen geschieht.«

»Natürlich«, erwiderte der Anwalt. »Ich dachte nur, dass Sie das wissen sollten. Mir liegt genauso viel daran wie Ihnen, dass meine Mandantin kein Verbrechen gesteht, das sie nicht begangen hat.«

Clare dachte kurz nach und sagte dann: »Ich möchte, dass ein Arzt sie sich ansieht. Er soll ihre Fähigkeit beurteilen, ein Geständnis abzulegen.«

»Das wird ihr nicht gefallen.«

»Nein, das wird es nicht.«

Rena Bishop war tatsächlich empört angesichts der Vorstellung, von einem Arzt untersucht zu werden. »Ich brauche keinen Psychiater, das versichere ich Ihnen, Detective Inspector. Ich bin voll und ganz im Besitz meiner geistigen Kräfte.«

»Miss Bishop, Sie haben sich freiwillig auf eine Polizeiwache begeben und ein schweres Verbrechen gestanden. Ich würde meiner Sorgfaltspflicht Ihnen gegenüber nicht nachkommen, wenn ich nicht sicherstellen würde, dass Sie zu einer solchen Aussage fähig sind.«

Darauf gab sie keine Antwort.

Es war zwar schon spät, aber der Arzt stimmte trotzdem zu, auf die Wache zu kommen. Er traf kurze Zeit später ein, und Clare überließ ihm seine Patientin.

Fünfundzwanzig Minuten später kehrte er zurück, und Clare rief den DCI und Chris an, damit sie seine Einschätzung hörten.

»Ein harter Brocken«, bemerkte er. »Sie hat sich erst bereit erklärt, mit mir zusammenzuarbeiten, als ich die Möglichkeit andeutete, dass sie nach dem Mental Health Act inhaftiert werden könnte.«

»Und was ist Ihre Meinung, Doktor?«

»Geistig ist sie kerngesund. Wenn Sie wollen, dass ein Spezialist sie untersucht, wird es länger dauern, aber ich bezweifle sehr, dass man sie für schuldunfähig erklären wird.«

Der DCI nickte. »Sonst noch etwas?«

Der Arzt zögerte. »Wenn das, was sie sagt, wahr ist, wird sie nicht mehr lange bei uns sein.«

»Das heißt?«

»Nachdem ich die Prüfung ihrer geistigen Fähigkeiten abgeschlossen hatte, stellte ich ihr einige Fragen zu ihrem allgemeinen Gesundheitszustand, und sie kam sofort darauf zu sprechen. Sie hat einen inoperablen Tumor und hat voraussichtlich nur noch sechs Monate zu leben.«

Der DCI starrte ihn an. »Glauben Sie ihr?«

»Ehrlich gesagt, ja. Sie sieht nicht gut aus, was in Anbetracht ihres Alters auch nicht weiter verwunderlich ist. Aber das können Sie mit ihrem Hausarzt klären. Sie hat mir seine Adresse gegeben.«

Clare nahm den Zettel mit den Angaben zu Renas Hausarzt und bedankte sich bei dem Arzt. Als er die Wache verlassen hatte, wandte sie sich an Chris und den DCI. »Chris, sprich mit ihrem Hausarzt und finde heraus, ob sie tatsächlich nur noch sechs Monate zu leben hat. Dann nehmen wir ihre Fingerabdrücke und prüfen, ob es die auf den weißen Karten sind. Wir werden sie in Untersuchungshaft nehmen, bis die Ergebnisse der Fingerabdrücke vorliegen. Wenn sie übereinstimmen, werde ich sie des Mordes an Andy Robb und des versuchten Mordes an Nat Dryden anklagen.«

Der DCI runzelte die Stirn. »Bezweifeln Sie ihre Aussage immer noch, Inspector? Dass sie alle Anschläge durchgeführt hat?«

»Da bin ich mir sicher, Sir. Wahrscheinlich hat sie die beiden verübt, für die Fergus ein Alibi hat – Andy Robb und Nat Dryden. Aber ich vermute, dass Fergus die anderen getötet hat – Bruce Gilmartin und Professor Harris. Außerdem haben wir sein unterschriebenes Geständnis.« Clare legte eine Hand ans Ohr, das nun laut brummte, eine Geste, die nicht unbemerkt blieb.

»Sie gehen jetzt nach Hause«, sagte der DCI zu ihr. »Chris und ich werden uns um Rena Bishop kümmern.«

Ein scharfes Bellen erinnerte Clare daran, dass Benjy noch da war. Sie schaute ihn an und Benjy sie.

»Geh schon«, meinte Chris. »Hört sich an, als müsstet ihr beide dringend nach Hause.«

Clare lächelte Chris und den DCI an. »Danke, Jungs. Ich weiß das zu schätzen.« Sie drehte sich wieder zu Benjy um, der ein Ohr anlegte. »Okay«, sagte sie, und er sprang von der Theke und lief auf sie zu.

»Ich werde diesen jungen Mann nach Hause bringen«, sagte sie. »Und wenn nichts Dringendes dazwischenkommt, nehme ich mir morgen frei, um meine Schwester und meinen Neffen zu besuchen.«

DCI Gibson zeigte ein seltenes Lächeln. »Das klingt nach einer guten Idee, Clare. Sie auch, DS West. Wir werden am Sonntagmorgen alles klären. Sagen wir um zehn Uhr.«

* * *

Dieses Mal schaffte es Clare nach Hause, ohne zurückgerufen zu werden. Benjy sprang um ihre Füße herum, und ihr wurde bewusst, dass er wahrscheinlich hungrig war. Zum Glück hatte sie noch etwas von dem Hundefutter übrig und schüttete eine große Portion und etwas Wasser in die Eisbehälter. Benjy verschlang das Essen gierig, und Clares Gedanken kreisten um ihr eigenes Abendbrot. Die Pizza war nur noch eine ferne Erinnerung, aber es war spät und sie war viel zu müde, um zu kochen. Also ging sie zum Kühlschrank, holte eine Flasche Roséwein und einen Becher Hummus heraus und trug beides ins Wohnzimmer. Dort ließ sie sich auf die Couch fallen.

Sie sah sich in dem Raum um. Es war ein einfaches Haus, in das sie vor ein paar Monaten eingezogen war, als sie Glasgow verlassen hatte, aber es war nicht wirklich etwas für sie. Ein bisschen zu modern und seelenlos. Ihre Gedanken wanderten zu dem Cottage an der Straße von Fergus' Haus. Sie erinnerte sich vage daran, ein Schild am Eingang gesehen zu haben. Daisy Cottage oder so etwas in der Art. Sie wollte es sich gern einmal richtig ansehen. Sie sah auf die Uhr. Das Maklerbüro hatte schon seit Stunden geschlossen, aber vielleicht würde sie morgen früh dort anrufen und einen Besichtigungstermin für die nächste Woche vereinbaren. Wenn sie jetzt anrief und eine Sprachnachricht hinterließ … In diesem Moment erinnerte sie sich an den Anruf, den sie ignoriert hatte.

Sie zog ihr Handy aus der Tasche und sah, dass sie vier Sprachnachrichten hatte. Sie schaltete den Lautsprecher ein, klickte auf das Symbol, um die Nachrichten abzuspielen, entkorkte den Wein und schenkte sich ein Glas ein.

Die erste Nachricht kam von Tom. Er bat sie, ihn anzurufen, und hoffte, dass es ihr gut ging und sie nicht zu sehr mit den Ermittlungen beschäftigt war. Sie grinste. Wenn er gewusst hätte, was in den letzten vierundzwanzig Stunden geschehen war, wäre er wie eine Glucke um sie herumgeflattert. »Gott sei Dank weiß er es nicht«, murmelte sie und nahm einen Schluck Wein.

Die nächste Nachricht stammte von Judith, die sie fragte, ob sie am Wochenende Zeit hätte. »Der kleine James würde gern seine Tante Clare sehen«, hörte sie die Stimme ihrer Schwester.

»Und Tante Clare würde das auch gefallen«, sagte Clare zu ihrem Telefon.

Als sie bemerkte, dass sie nichts mitgenommen hatte, um den Hummus zu essen, aber zu müde war, um sich Tortilla-Chips zu holen, steckte sie einen Finger in die Schale und löffelte so viel wie möglich mit der Fingerspitze in den Mund.

»Und das ist mir total egal«, sagte sie zu Benjy, als die nächste Nachricht aufleuchtete.

»Oh hallo, Inspector. Geoffrey Dark hier. Ich wollte nur sagen, dass es schön war, Sie kennenzulernen, und ich hoffe, dass ich Ihnen helfen konnte. Und – na ja – nächste Woche bin ich wieder in Dundee und halte einen Vortrag. Diesmal abends. Haben Sie vielleicht Zeit und Lust, dorthin zu kommen? Wir könnten uns zunächst auf einen Drink treffen und ich könnte

Ihnen ein wenig darüber erzählen. Sie haben ja meine Nummer, und ich würde mich freuen, von Ihnen zu hören. Bis dann.«

Clare dachte an den großen Mann in den dunklen Jeans und dem blauen Oxford-Hemd zurück. Der Möbelschreiner, der zum Experten für Schnitzereien geworden war. Sie dachte, dass sein Vortrag vielleicht genau ihr Ding war. Und vielleicht – nur vielleicht – würde er sich auch als ihr Ding entpuppen. Vielleicht konnte sie ihn bitten, sich mit ihr das Daisy Cottage anzusehen. Mit dem Blick eines Experten sozusagen. Ein Lächeln umspielte ihre Lippen, und sie drückte eine Taste, um die Nachricht zu speichern.

Und dann wurde die letzte Nachricht abgespielt.

»Clare? Hier ist Drew Walsh. Ich hatte gehofft, persönlich mit dir sprechen zu können, aber du bist wahrscheinlich noch mit dieser Untersuchung beschäftigt. Wie auch immer, ich wollte dich nur über Pam Cassidy informieren. Ich habe heute Morgen mit ihr gesprochen. Sie wird die Aussage zurückziehen, die sie gegenüber dem Anwalt der Ritchies gemacht hat, und nicht gegen dich aussagen, falls es zu einer privaten Strafverfolgung kommen sollte. Aber das wird wahrscheinlich nicht der Fall sein. Ich glaube, sie war ihre einzige Zeugin. Wie auch immer, ich dachte, das würde dich interessieren. Das war alles. Gute Arbeit gestern Abend. Und denk dran: Wenn du jemals zum Sondereinsatzkommando zurückkommen willst, lass es mich einfach wissen. Okay … Tschüss und bis bald, Clare. Pass auf dich auf.«

Clare ließ ihr Handy auf den Boden fallen. Plötzlich war sie schrecklich müde. Die Ereignisse der vergangenen Nacht überschlugen sich in ihren Gedanken. Fergus in dieser Küche. Seine Waffe nur wenige Zentimeter von ihr entfernt. Die blitzschnelle Entscheidung, ihn zu Boden zu werfen, und der Schuss, der sich löste. Die Augen der bewaffneten Beamtin unter der Sturmhaube. Die Augen, die zu Pams Gesicht wurden. Pam, deren Leben sie wahrscheinlich gerettet hatte, indem sie Fergus zu Boden stieß, bevor er durch die Tür schießen konnte. Und nun revanchierte sich Pam.

Doch das änderte nichts. Ja, die private Strafverfolgung gegen sie würde jetzt wahrscheinlich eingestellt werden. Aber sie hatte trotzdem Francis Ritchie erschossen, weil sie seine Nachbildung mit einer echten Waffe verwechselt hatte. Ein Fehler, mit dem sie leben musste. Der nie wieder ungeschehen gemacht werden konnte.

Sie griff nach ihrem Telefon und wählte die Nummer ihrer Schwester. »Hi, Jude. Ich würde morgen gern meinen Neffen besuchen, wenn das okay ist. Ich könnte einen freien Tag gebrauchen.«

Ihre Schwester war begeistert. »Oh, Clare. Das wäre toll. Wirst du bleiben?«

»Diesmal nicht, Jude. Ich muss am Sonntag arbeiten. Aber vielleicht könnte ich meinen neuen Untermieter mitbringen? Er heißt Benjy …«

Danksagung

Die Gemeinschaft der Krimiautoren ist unendlich freundlich und hilfsbereit, und ich muss Claire MacLeary, Dawn Geddes und dem bemerkenswerten Ray Banks für ihre Hilfe und Ermutigung in der Anfangsphase dieses Buches danken. Mein Dank gilt auch meinen lieben Freunden David Murtagh und Ruth Darbyshire, die sich mühsam durch die ersten Entwürfe gearbeitet haben.

Für die technischen Informationen kann ich meinen Brüdern Iain, Stuart und Kenneth sowie meinen guten Freunden Alan Rankin und Richard Renwick nicht genug danken. Sie beantworteten meine endlosen Fragen mit scheinbar unerschöpflicher Geduld. Für etwaige Fehler und Ungenauigkeiten in diesem Zusammenhang bin ausschließlich ich verantwortlich.

Ich hatte das große Glück, dass Diane Banks von Northbank Talent Management das Manuskript von »See Them Run« gefiel und dass sie mich an meine unglaubliche Agentin Hannah Weatherill vermittelte, die diesen ganzen Prozess so aufregend gemacht hat.

Auch meiner großartigen Lektorin Louise Cullen bin ich sehr dankbar, die mir mit ihrem Wissen und ihren Fähigkeiten geholfen hat, ein besseres Buch zu schreiben.

Und ich muss mich bei den Einwohnern von St. Andrews, Strathkinness und Umgebung dafür entschuldigen, dass ich mir in diesem wunderschönen Teil Schottlands einige Freiheiten herausgenommen habe. Ich hoffe, sie verzeihen die gelegentlichen geografischen Unzulänglichkeiten und die beunruhigende Zahl der Toten! Das Gleiche gilt für die schottische Polizei, deren Vorgehensweisen ich aus literarischen Gründen verändert habe.

Schließlich möchte ich meinen wunderbaren Kindern Ally, Euan und Alicia sowie Peter, meiner leidgeprüften besseren Hälfte, dafür danken, dass sie mich ertragen und an mich geglaubt haben. Ohne ihre Liebe und Geduld wäre DI Clare Mackay immer noch nichts als eine vage Idee.

Made in the USA
Monee, IL
05 September 2022

12322999R10215